DISCLAIMER

디스클레이머

DISCLAIMER

DISCLAIMER

디스클레이머

르네 나이트 지음   **김효정** 옮김

BOOK PLAZA

Disclaimer

면책조항. 출판을 비롯한 미디어에서 말하는 면책조항은
작가가 쓴 내용에 근거하여 어떠한 책임이나 의무를
지지 않을 수 있음을 명시한 것을 말한다.

예시) "이 작품에 등장하는 인물, 단체, 사건은 모두 허구입니다."

일러두기

———————

본문 속의 주석은 모두 옮긴이주입니다.

01

캐서린

2013년 봄

캐서린은 마음을 추스르려 안간힘을 썼지만 뜻대로 되지 않았다. 그녀는 싸늘한 세면대를 손으로 짚은 채 거울을 들여다봤다. 거울 속에서 마주한 얼굴은 잠자리에 들기 전의 그 얼굴이 아니었다. 언젠가 본 적이 있지만 두 번 다시 보고 싶지 않은 얼굴이었다. 캐서린은 거울 속의 낯선 여자를 응시하다가 수건을 물에 적셔 입가를 훔쳤다. 그리고 그 눈 안에 가득한 두려움을 닦아내려는 듯 수건으로 눈두덩을 지그시 눌렀다.

"괜찮아?"

남편의 목소리에 그녀는 흠칫 놀랐다. 그를 깨우는 건 정말 원치 않았다. 혼자 있고 싶다는 생각뿐이었으니까.

캐서린은 전등 스위치를 껐다.

"이제 괜찮아." 거짓말이었다. "지난밤에 먹은 게 체했나봐." 역시 거짓말이었다. 그녀는 남편을 향해 몸을 돌렸다. 한밤의 어둠

속에서 그의 윤곽이 어렴풋이 보였다.

"가서 누워. 난 괜찮으니까." 그녀가 들릴 듯 말 듯한 소리로 말했다. 그는 잠에 취해 있는 와중에도 팔을 뻗어 그녀의 어깨를 감쌌다.

"정말이야?"

"그렇대도." 캐서린은 그저 남편이 자기를 좀 내버려뒀으면 좋겠다는 생각만 간절했다.

"로버트. 어서 자러 가. 나도 곧 갈게."

그는 손가락으로 그녀의 팔을 쓰다듬었다. 그런 다음 순순히 침대로 돌아갔다. 캐서린은 그가 다시 고른 숨소리를 낼 때까지 기다렸다가 침실로 들어갔다.

남편의 옆자리에는 여전히 그 책이 펼쳐진 채로 엎어져 있었다. 처음 몇 챕터를 읽을 때까지만 해도 그녀는 담담했다. 약간의 긴장감을 느끼긴 했지만 평온하게 즐길 수 있었다. 그녀를 두려움에 몸서리치게 만들 만한 내용은 아무것도 없었다. 하지만 50페이지까지 읽고서 그녀는 확신을 갖게 됐다. 책 속의 글귀들은 별안간 그녀를 낯선 세계로 끌어들이더니 그녀의 뇌를 강타하고 가슴을 거세게 후려쳤다. 마치 사람들이 줄지어 지하철 선로로 뛰어드는데도 충돌 사고를 막을 길이 전혀 없는 기관사만큼이나 비참했다. 브레이크를 걸기엔 너무 늦어버린 느낌이었다. 그녀는 완전히 무방비 상태로 지독한 두려움 속에 내던져졌다.

누군가의 일그러진 상상력이 캐서린을 고통에 빠뜨린 것이었다면 차라리 나았을지 모른다. 하지만 이것은 그보다 훨씬 불쾌한 경험이었다. 그녀는 그 단락을 읽는 순간 즉시 알 수 있었다. 그것이 누군가의 창작일 리는 없었다. 그녀가 과거에 직접 경험한 상황을 묘사하고 있었으니까. 실제로 일어난 사건 그대로였고 그녀는 바로 그 현장에 있었다. 사건의 장본인이자 주인공으로. 캐서린은 느닷없이 책 속에 갇혀 있던 그녀 자신을 만났다.

세세한 내용까지 완벽하게 일치했다. 그날 오후에 그녀가 입었던 옷의 디자인과 색상, 머리모양까지 정확했다. 그것은 그녀가 기를 쓰고 감추어왔던 삶의 한 토막이었다. 세상 누구에게도 털어놓은 적 없는 비밀이었다. 누구보다 그녀를 잘 안다고 자부하는 남편이나 아들조차도 모르는 일이었다. 방금 읽은 내용을 누군가 창작했다고는 상상도 할 수 없었다. 그런데도 그것은 책으로 만들어져 세상에 나왔다. 이제 누구나 읽을 수 있게 되었다. 그녀는 그 일을 깨끗이 잊은 줄 알았다. 이미 끝난 일이라고만 생각했다. 그런데 지금 다시 모습을 드러냈다. 바로 그녀의 침실에서. 그녀의 머릿속에서.

그녀는 도저히 잠을 이룰 수 없을 것 같아 아래층으로 내려갔다. 이 집에도 아래층이라 할 만한 것이 있었다. 이곳은 단독주택이 아닌 복층형 빌라이다. 두 사람은 3주 전에 이곳으로 이사했다. 방은 네 개에서 두 개로 줄었다. 사실 그녀와 로버트에게는 방두 개로도 충분했다. 둘이서 방 하나를 쓰면 하나가 남는다. 그래서 벽을 트는 공사를 했다. 방문도 없앴다. 니콜라스가 떠난 지금은 방문을 닫을 필요가 없었다. 그녀는 주방에 들어가 불을 켠 다음 찬장에서 잔을 꺼내 물을 따랐다. 수돗물이 아니라 새 냉장

고에 들어 있던 차가운 물이었다. 냉장고는 마치 옷장처럼 세련된 디자인이다. 여전히 생생한 두려움에 몸이 화끈거리고 식은땀이 흘렀다. 새로 간 대리석 바닥의 서늘한 감촉이 새삼 고맙게 느껴졌다. 찬물도 열기를 조금은 식혀주었다. 물을 벌컥벌컥 들이키면서 그녀는 아직 낯설기만 한 이 집의 뒤편을 감싼 커다란 유리창을 내다보았다. 창밖에는 깜깜한 어둠이 전부였다. 보이는 것은 아무것도 없었다. 아직 이 집에 블라인드를 설치하지 못했다. 밖에서는 그녀의 모습이 보이지만 그녀는 밖을 볼 수 없었다.

02

스티븐

2년 전

나는 그 일을 진심으로 안타깝게 생각한다. 어쨌든 그 애는 겨우 일곱 살이었다. 그리고 내게는 부모처럼 그 애를 돌봐야 할 책임이 있었다. 비록 내게 그런 역할을 기대한 부모는 한 명도 없었겠지만 말이다. 그 무렵 나에 대한 평판은 최악이었다. 나는 학교에서 가장 미움 받는 교사였다. 아이들도 학부모도 나를 싫어했다. 하지만 모두가 그랬던 건 아니었다. 학부모 가운데 몇 명쯤은 그들의 큰 아이를 가르치던 시절의 나를 기억하고 있었을 테니까. 아무튼 저스틴이 나를 교장실로 호출했을 때 나는 별로 놀라지 않았다.

나는 교장실 밖에서 한참을 기다려야 했다. 대기시간이 생각보다 길었지만 사립학교가 원래 그런 법이다. 하나의 작은 왕국이나 다름없다. 학부모들은 돈을 내는 자신들이 학교를 좌지우지하는 줄 알지만 그것은 어림없는 착각이다. 나만 봐도 알 수 있지 않은가? 나는 면접도 제대로 거치지 않고 채용되었다. 저스틴과 내가 케임브리지 동창이기 때문이다. 마침 나는 돈이 궁했고 저스틴은 영어 교사가 필요했다. 알다시피 사립학교는 공립학교보다 급여가 후하다. 나는 수년간 공립학교에서 교사 생활을 한 경력도 있다. 가엾은 저스틴, 나를 해임하기란 여간 난처한 일이 아니었을 것이다. 그것은 분명 파면이 아닌 해임이었다. 그런 배려를 해준 저스틴에게 깊이 감사해야 마땅할 것이다. 연금을 못 받게 됐다면 생계가 막막해졌을 테니까. 어쨌든 은퇴할 시기가 다가오고 있었기에 저스틴은 절차를 서둘렀다. 사실 그 무렵에 은퇴를 한 건 저스틴도 마찬가지였지만 그가 학교를 떠날 때의 분위기는 사뭇 달랐다. 눈물을 쏟는 학생도 있었다고 한다. 하지만 나를 위해 우는 학생은 없었다. 물론 내가 그런 대우를 받을 자격이 있다고는 생각지 않는다.

그렇다고 괜한 오해를 사고 싶지는 않다. 나는 소아성애자가 아니다. 그 애를 희롱한 적이 없다. 몸에 손끝하나 대지 않았다. 절대 그런 일은 없었다. 그저 그 애의 작문이 끔찍하게 지루했을 뿐이다. 그것이 일곱 살 아이에게 그토록 심한 말이었나? 물론 선생이란 사람이 할 말은 아니었다. 나는 아이들이 쓴 시시한 작문을 읽는 게 못 견디게 따분했다. 몇몇 아이들의 글은 꽤 공들인 흔적이 엿보이긴 했지만, 그렇다 해도 일곱 살이나 됐으면 적어도 내가 조금이나마 흥미를 가질만한 얘기를 해야 하지 않나? 그러던 어느 날 저녁 마침내 나의 인내심이 한계에 도달했다. 빨간 펜을 휘두르는 쾌감이 약발을 다할 무렵, 마침 그 아이의 과제가 걸려

들었다. 아이 이름은 생각나지 않지만, 인도 남부에서 현지인들과 함께 보낸 그 아이의 가족 휴가에 대해 내가 눈곱만큼도 관심이 없는 이유를 구구절절 늘어놓았다. 정말 우라지게 기막힌 휴가였겠군. 당연히 아이는 상처를 받았다. 그 점은 미안하게 생각한다. 그리고 당연히 아이는 부모에게 일러바쳤다. 내가 그 애 부모한테까지 미안해야 하나? 어쨌든 나는 학생과 부모는 물론 내 자신을 위해서도 학교를 서둘러 그만두어야 했다.

그래서 나는 집에서 한가하게 지내는 처지가 됐다. 이류 사립학교에서 퇴직한 영어 교사. 홀아비. 내가 너무 솔직히 터놓는 바람에 듣는 이들로부터 반감만 사게 되는 건 아닌지 걱정이다. 너무 정떨어지는 얘기만 늘어놓은 것 같기도 하다. 나를 잔인한 인간으로 여길지도 모르겠다. 내가 그 어린 애에게 한 짓이 잔인했다는 사실은 인정한다. 하지만 내가 늘 잔인한 사람이었던 것은 아니다. 낸시가 죽은 이후로 생활이 조금, 아니 많이 엉망이 되었을 뿐이다.

믿기 어렵겠지만 한때는 나도 그 해의 가장 인기 있는 교사로 뽑히기도 했다. 그 사립학교에서가 아니라 전에 가르쳤던 공립학교에서의 일이다. 그것도 한 번이 아니라 몇 년 연속으로. 어느 해에는, 1982년으로 기억하는데, 낸시와 내가 각자의 학교에서 동시에 상을 탄 적도 있다.

나는 낸시를 따라서 교사가 되었다. 낸시는 우리 아들이 유치원에 들어가면서 교사 생활을 시작했다. 낸시는 조나단의 학교에서 5~6세 아이들을, 나는 길 건너 중등 공립학교에서 14~15세 아이들을 가르쳤다. 그 나이 대 아이들은 특히 다루기 까다롭다고 생각하는 교사들도 있지만 나는 그렇지 않았다. 청소년기는 누구에게나 별로 행복한 시기가 아니니, 나는 가엾은 녀석들을 좀 풀어주고 싶었다. 나는 원치 않는 아이들에게 책을 읽으라고 강요한 적이 없다. 결국 이야기는 이야기일 뿐이니 꼭 책에서만 읽어야 할 이유는 없다. 영화나 TV, 드라마, 연극 속에도 교훈적이고 의미 있고 흥미로운 이야기가 있다. 당시만 해도 나는 헌신적이고 따뜻한 교사였다. 하지만 그건 그때 일이다. 나는 더 이상 교사가 아니다. 은퇴한 홀아비일 뿐이다.

03

캐서린

2013년 봄

캐서린은 몸을 제대로 가누지 못했다. 하이힐을 원망했지만 너무 취한 탓이라는 걸 알고 있었다. 콘크리트 계단에서 뒤로 넘어지려는 순간 로버트가 손을 뻗어 그녀의 팔꿈치를 잡았다. 로버트는 다른 손으로 열쇠를 돌리고 현관문을 밀어젖힌 다음 캐서린의 팔을 꽉 잡은 채 집안으로 들어섰다. 캐서린은 구두를 벗어 던지고, 똑바로 걸으려고 애쓰면서 주방 쪽으로 갔다.

"당신이 정말 자랑스러워." 등 뒤에서 다가온 로버트가 캐서린을 감싸 안으며 말했다. 그는 캐서린의 목덜미에 입을 맞췄다. 그녀는 머리를 뒤로 젖혔다.

"고마워." 눈을 지그시 감으며 그녀가 말했다. 하지만 달콤한 기분은 순식간에 눈 녹듯 사라졌다. 다시 밤이 찾아왔고 두 사람은 집에 돌아왔다. 캐서린은 못 견디게 피곤했지만 잠자리에 들고 싶지 않았다. 오늘도 잠들지 못할 게 분명하다. 한 주 내내 잠을 제대로 이룰 수가 없었다. 로버트는 모른다. 그가 눈치채지 못하도록 무척 신경을 썼으니까. 불면증은 흔히 커플 사이의 다툼으로 이어지기도 하지만 두 사람에게는 해당하지 않았다. 잠들지 못하는 이유를 로버트에게 털어놓을 수는 없었기에 그녀는 애써 아무렇지 않은 척했다. 두려움에 사로잡혀 어쩔 줄 모르면서도 그의 옆자리에 누워 잠든 시늉을 했다. 지금도 그를 따라 바로 침실로 가지 않을 핑계를 찾아야 했다.

"먼저 올라가." 그녀가 말했다. "좀 있다 갈게. 이메일을 확인해야 해서." 캐서린은 그를 재촉하는 듯 미소를 지어보였지만 굳이 그럴 필요도 없었다. 로버트는 다음 날 이른 아침에 일어나야 했으니까. 그날 저녁 행사를 진심으로 즐겁게 생각해준 것보다 더 감사한 일이었다. 저녁 내내 온통 그녀에게만 사람들의 관심이 쏠려 있었지만 로버트는 미소 띤 얼굴로 묵묵히 그녀의 옆자리를 지켜주었다. 밤이 깊을 때까지 지루하다는 내색 한 번 하지 않았다. 오히려 캐서린이 빛나는 순간을 한껏 즐길 수 있게 마음을 써주었다.

"물 좀 갖다 줄게." 그가 말했다.

두 사람은 TV 시상식 피로연에서 막 돌아온 참이었다. 캐서린은 어린 아이들을 유혹해 성적으로 학대하는 범죄에 관한 프로그램으로 상을 받았다. 연속극도 드라마도 아닌 실화를 다룬 진지한 시사 다큐멘터리였다. 마땅히 보호받아야 하지만 그 아이들은 누구의 보살핌도 받지 못했다. 지금껏 아무도 관심을 기울이지 않던 문제였다. 심사위원은 그것을 용감한 작품으로 평가했다. 그녀 역시 용감한 사람으로 평가받았다. 그들은 모른다. 그들

은 내가 진짜 어떤 사람인지 알지 못한다. 그것은 끈질긴 집념일
뿐 용기가 아니었다. 음흉한 가해자들을 몰래 카메라에 담는 데
는 용기가 필요했었는지도 모른다. 하지만 지금은 아니다. 집에 있
는 지금은 절대 그렇지 않다. 블라인드를 새로 설치했지만 누군가
지켜보고 있다는 두려움을 떨칠 수 없었다.

　잘 시간이 다가올 때마다 캐서린은 참을 수 없이 초조해졌다.
말짱한 정신으로 어둠 속에 누워 있어야 한다는 생각에 저녁 내
내 마음이 어수선했다. 그나마 로버트는 잘 속아주고 있다. 취침
시간이 가까워오면 늘 식은땀이 흘렀지만 그녀는 갱년기 탓이라
며 애써 명랑한 척했다. 갱년기 증상들이 나타나고 있는 것도 사
실이지만 땀이 나는 것은 그 때문이 아니었다. 로버트가 어서 잠
자리에 들기를 바라면서도 그녀 곁에 함께 있어주지 않는 게 아
쉬웠다. 용기를 내어 그에게 모든 걸 털어놓을까 하는 생각도 해
보았다. 그때 당시에 고백하지 않은 것이 후회스럽기도 했다. 하지
만 이제는 너무 늦어버렸다. 지금 로버트가 그녀와 함께 아래층
에 있다가 말을 걸어주었다면 기분이 조금 나아졌을 텐데. 하지
만 캐서린은 침실로 들어가 그의 옆자리에 누울 수도 없었다. 침
대 옆에는 여전히 그 책이 놓여 있다. 차마 끝까지 읽을 수 없지
만 읽기를 그만둘 수도 없는 책이다. 같은 단락을 몇 번이나 반
복해서 읽었는지 모른다. 그녀는 책 속으로 끌려들어가 꼼짝없이
그 안에 갇히고 말았다.

　그 사건을 낱낱이 떠올리게 하는 책 따위는 필요치 않았다. 그
때 일을 조금도 잊지 않았으니까. 그 일로 그녀의 아들은 목숨을

잃을 뻔했다. 하지만 캐서린은 여태껏 니콜라스에게 모든 것을 감추어 왔다. 니콜라스는 자신이 하마터면 어른이 되지 못할 뻔했다는 사실을 모른다. 니콜라스가 그때의 기억을 조금이라도 갖고 있다면? 상황이 달라졌을까? 니콜라스는 지금과 다른 사람이 되었을까? 엄마와의 관계도 지금과 다를까? 하지만 그녀는 니콜라스가 그날 오후의 일을 조금도 기억하지 못한다고 굳게 믿었다. 적어도 그 사건의 실체가 무엇인지 눈치챌만한 사실은 모르는 게 분명했다. 니콜라스에게 그날 오후는 유년기의 여느 시간과 다르지 않았을 것이다. 심지어 행복한 경험으로 기억하고 있을지도 모른다. 니콜라스가 그 일을 특별하게 기억할 이유는 전혀 없다고 그녀는 생각했다.

로버트가 그 자리에 있었다면 상황이 많이 달라졌으리라. 분명 지금과는 많이 다를 것이다. 그런 일이 생기지 않았을지도 모른다. 그러나 로버트는 그 자리에 없었다. 그래서 캐서린은 그에게 말할 필요가 없다고 생각했다. 그가 그 일을 알게 될 리도 없다. 그때나 지금이나 모르는 게 훨씬 나을 것이다. 이미 20년 전의 일이다. 이제 와서 로버트에게 그때 일을 털어놓는다고 해도 그는 이해하지 못할 게 분명하다. 지금껏 숨겨왔다는 사실을 용납하지 못할 것이다. 그에게 마땅히 알려야 할 사실을 감춰온 그녀에게 분노할 것이다. 제길, 그 앤 우리 아들이라고. 이렇게 말하는 그의 목소리가 귀에 들리는 듯했다. 아니, 캐서린은 그때 자신이 왜 그 일을 숨길 수밖에 없었는지 로버트에게 절대 이해받지 못할 것 같아 두려웠다.

그녀는 노트북을 펼쳐 구글 검색창에 저자의 이름을 입력했다. 이제는 거의 하나의 의식처럼 이 일을 반복한다. 뭔가 단서가 나타나기를 바라며 검색 결과를 살피는 것은 이번이 처음이 아니다. 하지만 아무것도 알아낼 수 없었다. 그녀가 아는 것이라고는 E. J. 프레스턴이라는 이름뿐이다. 물론 이 역시 꾸며낸 이름이겠지만. '〈낯선 사람〉은 E. J. 프레스턴의 처음이자 마지막 책이다.' 저자의 성별조차 짐작할 수 없는 문장이다. 발행인이 '람노시아'라고 되어 있었지만 검색 결과로 짐작건대 자비로 낸 책이 분명해 보였다. 그녀는 이 단어의 의미조차 몰랐지만 지금은 알고 있다. 복수의 여신 네메시스의 다른 이름이다. 그것이 단서가 될 수 있을까? 적어도 성별은 알게 된 것 같다.

하지만 도저히 있을 수 없는 일이다. 사건의 자초지종을 알 만한 사람은 세상에 없다. 물론 그 자리에는 익명의 사람들이 있었다. 하지만 책의 저자는 그 일과 깊이 관계된 인물이 분명하다. 이것은 은밀한 글이다. 아무나 쓸 수 있는 내용이 아니다. 캐서린은 이 책에 대한 서평이 있는지 찾아봤지만 단 한 건도 없었다. 그녀가 이 책의 유일한 독자인지도 모른다. 다른 사람이 이 책을 읽는다 해도 그녀가 책 속의 핵심 인물이라는 사실을 눈치챌 리는 없다. 하지만 그것을 아는 누군가가 분명히 존재한다.

이 책이 어떻게 이 집에 있는 걸까? 그녀가 직접 책을 산 기억은 없다. 그것은 침대 옆에 쌓여 있던 책 더미 사이에서 어느 순간 발견되었다. 이사 후에 미처 정리하지 못한 물건이 여기저기 널려 있을 때였다. 책이 가득 담긴 상자가 포장된 상태 그대로 방치되어 있었다. 그녀 손으로 그 자리에 가져다둔 것 같기도 하다. 상자에서 꺼내다가 표지에 끌렸는지도 모른다. 로버트의 책일 수도 있다. 그의 장서 중에는 아직 그녀가 읽지 않은 책이 수도 없이 많으니 알아보지 못한다 해도 이상할 것이 없다. 오래전에 구입한 책인지도 모른다. 그녀는 로버트가 아마존을 검색하다가 책의 제목과 표지에 매료되어 주문하는 모습을 그려보았다. 그렇다면 순전히 우연이다.

그러나 그녀는 누군가 책을 거기에 가져다 두었다는 쪽으로 생각이 미쳤다. 아직 집다운 모습을 갖추지 못한 이곳에 낯선 누군가가 들어온다. 부부의 침실에 몰래 숨어들어 침대 옆 선반에 책을 놓아둔다. 조심스럽게. 다른 건 아무것도 건드리지 않고. 캐서린의 자리가 어딘지 알고 그 옆에 책을 놓아둔다. 마치 그녀가 자기 손으로 가져다 둔 듯이. 머릿속에서 이런저런 생각들이 충돌을 일으키더니 복잡하게 뒤엉키기 시작했다. 입안이 바싹 마르고 텁텁해졌다. 술과 불안이라니, 위험한 조합이었다. 지금의 그녀에게 술은 독이나 마찬가지일 것이다. 그녀는 갑작스런 두통을 느끼며 머리를 감쌌다. 요즘 들어 두통이 좀처럼 가시지 않는다. 눈을 감아도 책 표지에 그려진 둥근 태양이 눈에 선하다. 이 책은 대체 어떻게 집으로 들어왔을까?

04

스티븐

2년 전

낸시가 죽은 지 7년이 지났지만 나는 그녀의 유품도 제대로 정리하지 못했다. 낸시의 옷은 아직도 옷장에 걸려 있다. 구두며 핸드백도 그대로 있다. 낸시는 발이 조그마해서 225mm 구두를 신었다. 그녀의 서류와 편지도 여태 책상 위와 서랍 속에 남아 있다. 그것들을 발견했을 때 얼마나 반가웠는지 모른다. 나는 낸시에게 편지를 가져다주는 것이 좋았다. 가스회사에서 보낸 사소한 청구서라 해도 그녀가 마지막 살던 집으로 편지를 가져다주는 것이 기뻤다. 봉투에 적힌 아내의 이름과 우리가 함께 살던 시절의 집 주소를 보는 것이 좋았다. 은퇴한 이후에는 그녀의 편지를 가져다줄 구실이 없어졌다. '하던 대로 해요, 스티븐.' 그녀가 이렇게 말할 것 같아 나는 계속 그녀의 편지를 챙겼다.

아내의 옷부터 정리하기 시작했다. 옷걸이에 걸린 옷을 걷어내고 서랍 속에 있던 옷도 꺼냈다. 침대 위에 모두 펼쳐놓고 그것들을 떠나보낼 준비를 했다. 물론 그녀의 속옷은 정리할 것도 없이 바로 내다버렸다. 다 끝났나보다 생각했는데 옷걸이에서 떨어져 옷장 구석에 숨어 있던 가디건 한 벌이 눈에 띄었다. 연보라색이었다. 가까이서 보면 파랑, 분홍, 보라, 회색 등이 섞여 있지만 전체적으로 연보라빛을 띤다. 결혼 전 스코틀랜드에서 함께 산 옷이다. 결혼하기 직전이었으니 낸시가 23살 때였던 것 같다. 캐시미어였다. 좀이 슨 흔적이 있었다. 소매 끝에 새끼손가락이 들어갈만한 구멍이 나 있었다. 낸시는 그것을 숄처럼 어깨에 걸치곤 했다. 빈 소매를 허리춤까지 늘어뜨린 채. 그 옷은 내가 갖기로 했다. 지금도 보관하고 있다. 낸시가 50년 가까이 지니고 있던 옷이다. 낸시는 죽었지만 옷은 아직 남아 있고 아마 나보다도 오래 살아남을 것이다.

한밤중에 조나단에게 젖을 먹이려 일어나 그 옷을 걸치던 낸시의 모습이 떠오른다. 낸시가 잠옷 단추를 풀어 헤친 채 조나단의 작은 입에 젖을 물리고 있을 때 이 가디건은 그녀의 어깨를 따뜻하게 감싸주었다. 침대에서 그 모습을 지켜보는 나를 향해 그녀가 미소를 지으면 나는 자리에서 일어나 우리 두 사람을 위해 차를 만들었다. 나는 낸시와 함께하고 싶었다. 그녀 혼자 잠을 깨는 것은 원하지 않았다. 낸시는 늘 나를 깨우지 않으려고 배려했다. 내가 계속 누워 있기를 바랐다. 그녀는 자기가 잠을 깨는 것 따위는 아무렇지도 않다고 했다. 낸시는 행복해했다. 진심으로. 나도 행복했다. 결코 가식이 아니었다. 우리 두 사람 모두 부모 노릇을 부담스러워하지 않았다. 누가 일어날 차례라고 다투는 법도 없었다. 누구 때문에 잠을 설쳤다고 불평하는 일도 없었다. 내가 육아에 공평하게 기여했다고 주장할 생각은 없다. 나는 조나단을 더 돌보고 싶었지만 그 애는 항상 내가 아닌 낸시를 찾았다. 우리 두 사람 모두 불만은 없었다. 누가 더 하고 덜 하는지는 중요하지 않았다. 만약 내가 지금처럼 계속 여위어 간다면, 틀림없이 그렇겠지만, 머지않아 낸시의 가디건이 몸에 맞을 것이다.

밤마다 일어나 아이에게 젖을 먹이기 전부터 낸시는 이 가디건을 즐겨 입었다. 글을 쓸 때도 입었고, 여름 드레스, 블라우스, 잠옷 위에도 그것을 걸쳤다. 나는 내 책상 앞에 앉아, 소매를 옆구리까지 늘어뜨린 채 책상에서 타자기를 두드리는 낸시의 모습을 바라보곤 했다. 교사가 되기 전에 낸시와 나는 둘 다 작가였다. 조나단이 태어나자 낸시는 글쓰기를 그만뒀다. 글쓰기에 관심이 없어졌다고 했다. 조나단이 유치원에 들어가고부터는 거기서 교사 일을 시작했다. 물론 이 얘기는 앞에서도 이미 했지만.

낸시와 나는 책을 내긴 했지만 둘 다 작가로서 크게 성공하지는 못했다. 돌이켜 생각해보면 낸시가 나보다는 좀 더 잘나갔지만, 그녀는 자신이 작가 일을 그만두더라도 나만큼은 계속 글을 써야 한다고 고집했다. 낸시는 나를 믿었다. 언젠가는 작가로 성공할 날이 올 거라 확신했다. 낸시가 옳았는지도 모른다. 어쨌든 그녀의 믿음 덕분에 나는 계속 글을 쓸 수 있었다. 하지만 작가로서는 낸시가 한 수 위였다. 그녀는 인정하지 않았지만 나는 항상 알고 있었다. 내가 여러 해에 걸쳐 꾸준히 글을 써서 결국 한두 권의 책을 완성할 때까지 낸시는 줄곧 내 뒷바라지를 했다. 하지만 내 책은 모두 출판을 거절당했다. 그때서야 낸시는 내가 더이상 글을 쓰고 싶어하지 않는다는 걸 이해하게 됐다. 나는 할 만큼 했다. 작가로서는 재능이 없다. 그만두고 나니 오히려 마음이 편해졌다고 해도 낸시는 완전히 믿지는 못하는 눈치였다. 하지만 나는 진심이었다. 마음이 홀가분했다. 나는 글쓰기보다는 독서가 체질이었다. 작가, 특히 훌륭한 작가가 되려면 용기가 필요하다. 자신을 세상에 드러낼 마음의 준비를 해야 한다. 작가는 용감해야 하지만 나는 늘 겁쟁이였다. 오히려 낸시가 나보다 용감했던 것 같다. 이렇게 나는 교사생활을 시작하게 됐다.

아내의 유품을 치우는 데도 용기가 필요했다. 그녀의 옷을 개켜 쇼핑백에 담았다. 구두와 핸드백은 와인 병을 보관하던 상자에 넣었다. 집에 와인 상자를 들일 때만 해도 그 안에 죽은 아내의 물건을 담게 될 줄은 상상도 하지 못했었다. 물건을 모두 정리하기까지 꼬박 한 주가 걸렸지만 시내 중심가로 차를 몰고 가 중고품 가게에 그것들을 내려놓는 데는 겨우 20분밖에 걸리지 않을 터였다.

사실은 20분보다 훨씬 오래 걸렸다. 모든 물건을 한꺼번에 떠나보내기가 영 내키지 않아 일부러 꾸물거렸던 것 같다. 20분 거리를 몇 번이나 오가며 물건을 실어 나르다 보니 가게 점원들과도 낯을 익히게 됐다. 그곳에서 일하는 두 여성은 내게 상냥했다. 그것들이 죽은 아내의 옷이라는 사실도 알았다. 아내 얘기를 꺼내면 두 사람은 내 이야기에 귀 기울여 주었다. 내가 방문할 때마다 두 사람은 하던 일을 멈추고 미소 띤 얼굴로 나를 맞아주었다. 어쩌다 두 사람이 커피를 마시고 있을 때 가게에 들어서면 내게도 커피 한 잔을 내주었다. 죽은 이들의 옷가지로 가득한 그 가게에서 나는 묘한 편안함을 느꼈다.

낸시의 유품 정리를 끝내고 나면 다시 무기력한 생활로 돌아가게 될까봐 두려웠다. 은퇴 이후에는 늘 그랬으니까. 하지만 예상과는 정반대였다. 내 안의 무언가가 깨끗이 제거된 듯 다시 에너지가 샘솟고 의욕이 넘치기 시작했다. 아내의 흔적을 지우는 것이 절대 쉬운 일은 아니었다. 결코 만족스러운 일도 아니었다. 사실은 끔찍하게 슬픈 일이었다. 하지만 반드시 해야 할 일이었고 낸시도 틀림없이 그러기를 바랐을 것이다. 모순처럼 들리겠지만 일을 끝내고 나니 일종의 뿌듯함마저 느껴졌다. 낸시가 좋아할만한 일을 했다는 생각 때문이었다. 그녀에게 보여주고 싶은 일을 한 것이 얼마 만이었던지. 그래서 나는 결심했다. 앞으로는 낸시가 곁에 있다면 못마땅해할 행동이 아닌 흡족해할 만한 행동을 하겠다고. 낸시는 보이지 않는 곳에서 여전히 내가 잘 되길 간절히 바라고 나를 이끌어주는 안내자였다.

낸시의 물건을 처분하고 얼마 지나지 않은 어느 날 아침, 나는 지하철역으로 향하고 있었다. 꼭 해야 할 일이 있어서였는지 저절로 눈이 떠졌다. 자리에서 일어나 세수와 면도를 하고, 옷을 차려입고, 아침 식사를 마친 후 아홉 시가 되기 전에 집을 나설 채비를 마쳤다. 국립도서관에서 하루를 보낼 생각을 하니 마음이 설레였다. 한동안 글쓰기를 다시 시작해볼까 고민하던 터였다. 허구가 아니라 실제 사건을 글로 쓰고 싶었다.

낸시와 나는 이스트 앵글리아의 해변에서 휴가를 보내곤 했다. 어느 해 여름 우리는 마텔로 타워*를 빌렸다. 나는 늘 그것에 대해 관심이 많았지만 관련 서적을 찾아보면 뻔하고 따분한 내용밖에 없었다. 낸시도 내 생일에 몇 번이나 마텔로 타워에 대한 책을 선물했지만 역시나 날짜와 통계자료만 가득한 지루한 설명뿐이었다. 어쨌든 나는 그것을 주제로 글을 쓰기로 작정했다. 그 신비스런 건축물에 생명을 불어넣고 싶었다. 수백 년 동안 그곳을 거쳐 간 수많은 이들의 숨결을 더듬어보고 싶었다. 그날 아침, 나는 가벼운 발걸음으로 집을 나섰다. 바로 그때 내 눈 앞에 유령이 나타났다.

그녀의 모습을 또렷이 볼 수는 없었다. 몇몇 사람이 우리 사이를 가로막고 있었으니까. 유모차를 밀며 지나가는 여자와 담배를 피며 한가롭게 걸어가는 젊은이 한 쌍이었다. 하지만 그것은 그녀가 분명했다. 틀림없었다. 그녀는 바쁜 일이라도 있는 듯 종종걸음을 옮기고 있었다. 황급히 그 뒤를 따랐지만 그녀는 나보다 젊고 다리도 튼튼했다. 심장이 세차게 뛰는 바람에 나는 잠시 걸음을 멈추어야 했다. 그 사이 그녀의 형체는 점점 멀어졌다. 숨을 고르고 다시 그녀를 쫓았지만 그녀는 어느새 역 쪽으로 사라지고 없었다. 그녀가 지하철에 오르고 나면 영영 놓치게 될까 두려워 사람들을 헤치고 그녀를 쫓아갔다. 발을 헛디디지 않도록 난간에 의지하며 계단을 내려갔다. 무척 가파른 계단이었다. 지하철을 기

---

* 영국이 19세기에 해안을 방어하기 위해 만든 원기둥 형태의 요새로, 호스항을 비롯한 아일랜드 남동 해안가에 주로 분포한다. 여러 차례 전쟁을 거치면서 일부는 소실되었으며 현재는 주로 박물관이나 갤러리, 관광안내소, 개인 주거지 등으로 이용되고 있다.

다리고 있는 그녀의 모습이 보였다. 나는 그녀에게 다가가며 미소를 지어보였다. 그녀가 나를 기다리고 있었다고 생각했다. 바로 그 때 그녀가 내 쪽으로 돌아보았다. 그녀의 얼굴에는 웃음기가 없었다. 초조하고 당황한 듯한 표정이었다.

물론 그녀는 유령이 아니었다. 서른 전후의 젊은 여성이었다. 중고품 가게에 기부한 낸시의 외투를 입고 있었다. 그 나이 때의 낸시와 머리색도 같았다. 적어도 내가 보기엔 그랬다. 하지만 가까이서 보니 그녀의 머리색은 낸시와 조금도 비슷하지 않았다. 갈색 빛이 돌긴 했지만 생기 없고 칙칙한 갈색이었다. 낸시처럼 생생하고 윤기 있는 머리색이 아니었다. 낸시의 머리카락은 뭐라고 말로 표현하기 어려운 오묘한 빛을 띠고 있었다. 그녀는 내 미소를 보고 경계하는 눈치였다. 나를 정신 나간 사람쯤으로 여겼으리라. 내게 그녀를 해칠 생각이 조금도 없음을 알아주길 바라며 나는 재빨리 몸을 돌렸다. 그냥 나의 착각이었던 것이다. 지하철이 도착했지만 나는 전동차에 오르지 않았다. 그녀를 뒤쫓는다는 오해를 사기 싫었다. 다음 열차가 오기를 기다렸다. 마침내 열차에 올라 좌석에 앉았지만 쿵쾅대던 심장은 좀처럼 진정되지 않았다.

그날 오전이 절반쯤 지나고 나서야 겨우 안정을 되찾았다. 조용하고 아름다운 도서관에서 느긋하게 책을 읽고, 메모를 하다 보니 하루를 시작하던 그때의 기분으로 돌아갈 수 있었다. 집으로 돌아올 저녁 무렵에는 다시 본래의 내 모습을 되찾았다. 지하철역에서 집으로 돌아오는 길에 슈퍼마켓을 들러 포장 음식을 하나 골라왔다. 간편하지만 훌륭한 식사였다. 와인도 한 잔 곁들였다.

딱 한 잔만. 요즘 들어 술이 잘 받지 않는다. 술을 마시면 머리가 멍해진다. 정신을 놓아버려서는 안 된다. 제멋대로 구는 어린아이처럼 엉뚱한 방향으로 새거나 흩어지게 하고 싶지 않다.

잠자리에 들기 전에 오전에 메모한 내용을 읽어보고 싶어져서 책상 앞에 앉았다. 책상 위에는 낸시의 서류들이 여전히 어지럽게 널려 있었다. 모두 쓸모없는 자료라는 걸 알면서도 해묵은 잡지와 청구서를 휙휙 넘겨보았다. 뭔가 쓸 만한 것이 있었다면 진작 눈에 띄지 않았을까? 그것들을 모조리 쓰레기통에 쓸어 넣었다. 다음날 아침부터 작업을 시작할 수 있도록 벽장 안에 들어 있던 타자기를 꺼내 깨끗이 치운 책상 가운데 놓았다.

낸시가 소설을 쓰던 시절에는 그녀도 따로 책상을 갖고 있었다. 그때 쓰던 조그만 참나무 책상은 지금 조나단의 아파트에 있다. 낸시가 글쓰기를 그만두면서 우리는 내 책상을 같이 쓰기로 했다. 낸시는 왼쪽 서랍을, 나는 오른쪽 서랍을 사용했다. 기왕 정리를 시작했으니 낸시가 쓰던 왼쪽 서랍도 비워야겠다고 생각했다. 시간은 이미 10시 30분경이었지만 저녁 뉴스를 보러 TV 앞에 앉는 대신 책상 정리를 계속했다. 낸시가 봤더라도 본인 손으로 당장 버렸을 잡다한 종잇조각과 메모가 가득했다. 그것들을 그냥 보관할까하는 생각도 스쳤지만 아무래도 어리석은 짓 같아 모두 끄집어냈다. 그러자 서랍 바닥에서 중요한 물건이 모습을 드러냈다. 낸시의 원고였다. 모두 세 권이었다. 다른 원고들은 모두 책장에 쌓여 있지만 이 세 편은 낸시가 가장 희망을 걸었던 작품이었다. 원고가 거기에 있다는 건 알았지만 이런 식으로 발견하게 될 줄은 몰랐다. 〈바다의 풍경〉, 〈겨울을 지나〉, 〈특별한 친구〉. 세 편 모두 세상에 공개되지 못했다. 나는 〈특별한 친구〉를 집어 들고 침대로 갔다.

거의 40년 만에 다시 읽게 된 셈이다. 조나단이 태어나기 전 마지막 여름에 쓴 소설이니까. 글을 읽다보니 마치 낸시가 내 옆에 누워 있는 것 같았다. 그녀의 목소리가 머릿속을 맴돌았다. 아주 또렷한 목소리였다. 엄마가 되기 전 젊은 낸시의 목소리였다. 이렇게 느닷없이 그녀의 흔적을 다시 발견하게 될 줄은 몰랐다. 책을 다 읽고 나서야 내가 울고 있다는 사실을 알게 됐다. 어리석은 소리 같지만 정말로 그랬다. 베개가 축축이 젖을 때까지 깨닫지 못했다. 딱히 이야기가 감동적이어서라기보다 그 안에서 낸시의 목소리를 들었기 때문이다. 그녀의 열정, 그녀의 용기가 느껴졌다. 우리에게 다가올 미래를 생각하면 가슴이 설레던 시절이 떠올랐다. 어떤 일들이 우리를 기다리고 있는지 알지 못했던 그 시절에 미래는 두려움보다 열정을 안겨주었다. 그날 밤 나는 비록 낸시는 더 이상 내 곁에 없지만 한때 내 삶을 그녀와 함께 할 수 있었다는 사실에 감사하며 행복한 기분으로 잠자리에 들었다. 낸시는 내게 그녀의 진정한 모습을 숨김없이 보여주었다. 덕분에 나 역시 용기를 내어 그녀에게 내 모든 것을 드러낼 수 있었다. 나는 우리가 서로를 속속들이 알고 있다고 생각했다.

05

캐서린

2013년 봄

"잠깐만, 나도 같이 갈게." 캐서린이 층계 맨 위에서 소리쳤다.

현관문 앞에서 로버트가 그녀를 올려다보며 말했다. "미안해, 자기, 나 때문에 깬 거야?"

캐서린은 로버트가 그녀를 깨우지 않으려고 얼마나 애썼는지 알고 있었다. 샤워를 짧게 끝내고 까치발로 걸어 다니며 옷을 입었다. 하지만 캐서린은 내내 깨 있었다. 로버트의 세심한 배려가 고마웠지만 실눈을 뜬 채 누워서 그를 지켜보고 있었다. 한참을 그렇게 누워 있다가 로버트가 방을 나가는 순간 침대에서 뛰쳐나와 부랴부랴 옷을 걸치고 따라 내려왔다. 혼자 있고 싶지 않아서였다. 적어도 지금은 혼자 있을 자신이 없다.

캐서린은 계단 맨 아래 칸에 걸터앉아 운동화에 발을 집어넣었다.

"머리가 쑤셔서 말이야. 바람을 쐬면 좀 나을 거 같아." 떨리는 손가락으로 운동화 끈을 묶으며 그녀가 말했다. 꽤 그럴듯한 구실이었다. 손가락이 떨리는 것은 숙취 탓으로 돌리면 그만이다. 그녀는 이삿짐을 풀고 새 집을 정리하려고 한 주 휴가를 냈다. 하지만 오늘 아침에는 엄두가 나지 않았다. 머리가 지끈거리긴 했지만 어젯밤의 피로연 탓은 아니었다. 로버트가 손목시계를 확인했다. 서둘러야 했다.

"다 됐어, 다 됐다고." 캐서린은 주방으로 달려가 물병에 물을 담고 아이팟을 손에 쥔 채 그에게 달려왔다. 두 사람은 문을 닫고 잘 잠갔는지 확인한 다음 지하철역 쪽으로 걸어갔다. 캐서린이 손을 뻗어 로버트의 손을 잡자 그는 그녀의 얼굴을 보며 빙긋 웃었다.

"어제 즐거웠어." 로버트가 말했다. "반가운 메일이 많이 왔나 봐?"

캐서린은 어젯밤에 메일 핑계를 댔던 것이 떠올랐다.

"응, 몇 통 왔더라." 그녀가 말했다. 실은 확인도 안 해봤다. 그럴 경황이 없었다. 이따가 집에 돌아가서 머리가 좀 맑아지면 확인해 볼 생각이다. 로버트는 그녀의 뺨에 입을 맞추면서, 저녁때 일찍 퇴근할 테니 두통이 빨리 나았으면 좋겠다는 말을 남기고 지하철역으로 사라졌다. 로버트가 가자마자 그녀는 귀에 이어폰을 꽂고 방향을 돌려 달리기를 시작했다. 지금까지 걸어온 길을 거슬러 올라가 가까운 공원 쪽으로 달렸다.

'네 잘못이라는 뜻은 아니야. 하지만 좀 더 잘 할 수 있었잖아….' 쿡스의 음악에 맞춰 발을 내딛었다. 경사진 길을 지나 달리기를 계속했다. 벌써 심장이 쿵쾅거리고 어깨 위로 땀이 흘러내렸다. 몸 상태가 좋지 않았다. 달리기보다는 빠른 속도로 걷는 편이 낫겠지만 지금은 몸을 혹사하고 싶었다. 캐서린은 페인트칠이 벗겨진 커다란 철문 앞에 이르렀다. 그 사잇길은 최근에 황금빛 자갈로 포장되었다. 길가의 잡초는 정리되고 새로 심은 관목이 싱싱하게 반짝이고 있었다. 모두 복권 기금으로 시행한 사업이다. 지역 주민들은 기금을 합리적으로 운용하고 있다. 근처의 공동묘지는 파리의 묘지만큼이나 깔끔하고 우아하다. 이제 남은 것은 철문뿐이다. 그 역시 머지않아 수리될 것이다. 캐서린은 공원을 한바퀴 돌고나서 숨을 헐떡이며 무릎에 손을 짚었다. 주저앉고 싶었지만 남의 시선이 신경 쓰였다. 힘에 부칠 만큼 무리한 운동을 하고 있다.

한참을 달리다가 멈추어 숨을 고르고 다시 출발했다. 이번에는 힘들지 않을 정도로 가볍게 달렸다. 이런저런 생각을 하면서. 조그만 테리어를 데리고 나온 그녀 또래의 여성이 미소를 지어보이자 캐서린도 미소로 화답했다. 테리어는 뒷다리에 줄이 걸려 들뜬 어린 아이처럼 폴짝폴짝 뛰고 있었다. 전환점에 이르자 캐서린은 속도를 조금 줄였지만 심장이 계속 세차게 펌프질을 하길 바라며 빠른 걸음을 유지했다. 비석에 적힌 이름들이 눈에 들어왔다. 글래디스, 앨버트, 엘리너. 오래전에 살다 간 사람들의 이름이다. 하지만 유난히 그녀의 눈길을 끈 것은 아이들의 무덤이었다. 그녀는 비석 앞에 멈춰 섰다. 짧은 생이 시작된 날과 끝난 날이 기록되어 있었다. 누구라도 그렇지 않을까? 땅속에 영원히 잠든 아이들의 무덤 앞에서는 누구나 발걸음을 멈추게 되지 않을까? 어른들보다 좁은 공간을 차지하고 있지만 그들의 존재를 무시하기는 어려웠다. 잠깐 멈춰 서서 돌아봐 달라고 외치는 소리가 들리는 듯했다.

그녀는 그 외침을 외면하지 않았다. 캐서린은 그 자리에 있을 뻔한 비석을 상상했다. 니콜라스 레이븐스크로프트, 1988년 1월 14일에 태어나 1993년 8월 15일에 세상을 떠난 로버트와 캐서린의 사랑하는 아들. 그리고 그녀는 로버트에게 니콜라스가 죽었다는 사실을 알리는 자신의 모습을 상상했다. 그는 이렇게 묻는다. 당신은 뭐하고 있었어? 어떻게 그런 일이 있을 수 있지? 대체 어떻게? 그러면 그녀는 입을 열고 모든 진실을 털어놓는다. 로버트는 그녀가 쏟아낸 엄청난 진실 속으로 빠져 들어간다. 그 속에서 허우적대며 머리를 쳐들고 숨을 헐떡이지만 절대 거기서 벗어날 수는 없다.

그러나 니콜라스는 죽지 않았다. 그래서 그녀는 로버트에게 말할 필요가 없었다. 덕분에 지금까지 그들 모두가 무사했다.

스티븐

2년 전

나는 〈특별한 친구〉를 읽은 다음날 아침 상쾌한 기분으로 잠을 깼다. 빨리 일에 착수하고 싶어서 그날은 노트에 정리한 내용을 타이핑하는 작업부터 시작하기로 했다. 옷장 선반 위에 용지가 조금 남아 있을 것이다. 애매한 물건은 결국 모두 옷장 속으로 들어갔으니까. 스크래블*과 백개먼** 밑에 종이 뭉치가 보였지만 몇 장을 잡아당겼더니 찢어지고 말았다. 옷장 판자가 안으로 밀려들어와 있고 그 사이에 종이가 걸려 있었던 것이다. 종이를 빼려고 판자를 눌러보니 옷장과 벽 사이에 끼여 있는 다른 물체가 보였다. 옷장 뒤편에 손을 넣어 보니 부드러운 감촉이 느껴져 그것을 끄집어냈다. 낸시의 낡은 핸드백이었다. 중고품 가게로 실려 갈 운명을 영악하게 피한 물건이다. 그것을 보니 웃음이 났다. 낸시는

---

* 알파벳 조각을 조합해 단어를 만드는 보드게임
** 2인용 보드게임의 일종으로 두 개의 주사위를 던져 15개의 말을 정해진 위치로 먼저 이동시키는 사람이 승리한다.

어떻게 핸드백을 그런 뜻밖의 장소에 잊어버리고도 없어졌다는 사실조차 눈치채지 못했을까. 내 기억에 낸시가 내게 그것의 행방을 물은 적은 한 번도 없다.

나는 벽에 기대앉은 채 다리를 펴고 핸드백을 무릎에 올려놓았다. 검은 스웨이드 소재로, 두 개의 맞물린 진주를 이용해 여닫는 방식이었다. 나는 먼지를 털어내고 안을 들여다보았다. 조나단의 아파트 열쇠 다발과 립스틱 하나, 네모반듯하게 다림질된 손수건이 들어 있었다. 나는 립스틱의 뚜껑을 열어 냄새를 맡아보았다. 향은 날아갔지만 각진 모양은 낸시의 입술을 쓰다듬던 시절 그대로 남아 있었다. 손수건을 코에 대고 향수 냄새를 들이마셨다. 극장과 음악회로 저녁 나들이를 다니던 시절의 추억이 떠올랐다. 이것들은 핸드백 속에서 발견해도 전혀 이상할 물건이 아니었지만 앞면에 '코닥'이란 검은 글씨가 적힌 노란 사진 봉투는 정말 뜻밖이었다.

나는 사진을 바로 꺼내보지 않고 천천히 감상하고 싶었다. 앨범에 자리를 차지하지 못한 사진들을 찾아내다니 뜻밖의 횡재였다. 다시 내 발로 일어서려니 몸이 말을 듣지 않았다. 바닥에 앉아 있다 보니 무릎이 펴지지 않아 라디에이터에 의존한 채 손으로 벽을 짚고 기어올라야 했다. 몸이 풀릴 때까지 기다렸다가 주방으로 들어가 커피를 만들었다. 사진을 감상하기 전에 분위기를 내고 싶었다. 행복한 추억을 떠올리기 위한 준비가 필요했다. 아마도 휴가 때 찍은 스냅사진일 것이다. 마텔로 타워의 사진도 몇 장 있으면 좋을 텐데. 만약 그렇다면 낸시가 내 작업을 돕기 위해 핸드백을 찾게 해준 것이리라. 결국 그 사진들은 내게 큰 도움이 되긴 했지만 그날 아침에 기대했던 종류의 도움은 아니었다.

하루를 시작할 때만 해도 더할 나위 없이 개운하던 머릿속에 별안간 다른 누군가의 생각이 마구 쏟아져 들어온 것 같은 느낌이었다. 어느 것이 내 생각이고 어느 것이 다른 사람의 생각인지 구분할 수 없었다. 무엇이 진실이고 무엇이 거짓인지도 알 수 없었다. 커피는 싸늘하게 식었다. 사진은 내 무릎 위에 펼쳐져 있다. 사진 속 여자는 거의 아무것도 걸치지 않은 몸으로 누워 있다. 나는 사진 속에서 친숙한 모습들을 만나길 기대했지만 그 이미지들은 너무 낯설었다. 여자는 카메라를 똑바로 응시하고 있었다. 남자에게 추파를 던지고 있는 걸까? 그런 것 같다. 그렇다, 여자는 남자를 유혹하고 있다. 여자의 눈을 보면 알 수 있다. 무척이나 기분이 좋아보였다. 모두 컬러 사진이었다. 해변에서 찍은 사진도 있다. 그녀는 빨간 비키니 차림으로 달콤한 미소를 머금은 채 누워 있었다. 그곳이 어딘지 알 것 같았다. 스페인이었다. 그녀는 마치 누드모델처럼 가슴을 한껏 끌어올린 채 요염한 자태를 뽐내고 있었다. 자신감이 넘치는 모습이다. 바로 그거다. 당당한 섹시함.

다른 배경의 사진도 있었다. 내가 가본 적 없는 어느 호텔에서 찍은 사진이다. 방 안은 어두컴컴했다. 사진 속 이미지는 가히 충격적이었다. 추잡하고 음란하고 뻔뻔했다. 여자는 조금의 수치심도 느끼지 못하는 것 같았다. 하지만 나는 고개를 돌릴 수 없었다. 사진에서 눈을 뗄 수 없었다. 내 자신을 고문하듯 그것들을 보고 또 봤다. 낸시는 그것들을 왜 보관하고 있었을까? 어쩌자고 그런 것들을 집안에 들여 우리 집을 더럽혔을까? 왜 내 생각은 하지 않았을까? 내게도 알 권리가 있지 않았나? 사진을 숨겨둔 채 먼저 떠나버렸으니 내겐 따질 기회조차 없다. 그 자리에는 아이도 있었다. 어떤 엄마가 어린 아들을 옆에 두고 그런 짓을 한단 말인가? 심지어 아이의 모습이 담긴 사진도 있다. 해변에서 아이스크림을 먹으며 카메라를 향해 웃고 있다. 그러나 나는 이 사진을 찍은 이가 누구인지 알고 있었기에 더욱 가슴이 아팠다. 나는 렌즈 뒤에 숨어있을 잘생긴 얼굴을 알고 있다. 하지만 그의 모습은 사진 속에 없었다. 몇 번이고 꼼꼼히 살폈지만 그의 모습이라고는 사진 한 장의 가장자리에 잡힌 그림자가 전부였다.

만약 내가 그 자리에 있었다면, 반질반질한 코닥 사진 속으로 들어갈 수 있었다면 내 손으로 여자의 목을 졸라 죽였을 것이다. 그 자리에서 모든 것을 끝장냈을 것이다. 그 녀석이 그런 짓을 하지 못하도록 온 힘을 다해 막았을 것이다. 하지만 나는 그곳에 없었다. 모든 것을 멈추기에는 너무 늦어버렸다. 이 한심한 늙은이는 그 일이 생긴 후 오랜 세월이 지난 지금에야 사진을 보게 됐다. 나는 클럽을 집어 들고 뾰족한 끝으로 여자의 웃는 얼굴을 마구 문질렀다. 사진이 갈기갈기 찢어질 때까지.

나는 솔직함이 낸시의 가장 큰 매력이라고 생각했는데 그녀는 어쩌면 그렇게 나를 철저히 기만할 수 있었을까? 그녀도 고민을 했을 것이다. 어떻게 할지 망설이다가 결단을 내렸을 것이다. 필름을 꺼내 현상한 사진을 집에 가져온다. 그것들을 꼼꼼히 살펴본다. 나 몰래 우리 집에 오랜 세월 보관한다. 대체 몇 번이나 그것들을 몰래 꺼내 보고 숨기기를 반복했을까? 내가 외출하기를 기다렸다가 사진을 꺼내보고 내가 돌아올 때쯤 다시 숨기는 그녀의 모습을 상상했다. 내가 옷장에서 뭔가를 꺼낼 때마다, 우리가 스크래블 게임을 할 때마다 그녀는 사진의 존재를 의식했을 것이다. 그러면서 내게는 한 마디도 하지 않았다. 나는 항상 그녀를 믿었는데 지금은 그 외에도 내게 숨긴 것이 또 있지나 않을까하는 의심이 들었다.

분노를 느끼면 사람들은 엄청난 힘이 솟는 모양이다. 나는 비밀을 더 캐야겠다는 생각에 온 집안을 뒤집어엎었다. 이 방 저 방을 샅샅이 뒤지며 찢고 쏟고 헤집었지만 그 밖에는 아무것도 찾아낼 수 없었다. 이 모든 경험은 꽉 막힌 배수구를 뚫기 위해 오물을 손으로 더듬는 듯한 느낌을 주었다. 손에 잡히는 단단한 실체는 아무것도 없었다. 배수구가 막힌 원인은 알아낼 수 없었다. 오로지 흐물흐물한 찌꺼기만이 내 피부와 손톱 밑을 파고들었다. 그 악취가 콧구멍을 찌르고, 머리카락에 배어들고, 모세 혈관에까지 스며들어 내 몸 전체를 더럽혔다.

07

캐서린

2013년 봄

베개 위에 먼지 한 점이 내려앉았다. 아무도 들을 수 없는 소리지만 캐서린의 귀에는 들렸다. 그녀의 예민한 청각으로는 어떤 소리든 다 들을 수 있었다. 시각 역시 무척이나 예민해졌다. 그녀의 눈은 칠흑 같은 어둠에도 익숙해졌다. 로버트가 지금 잠을 깬다면 그의 눈에는 아무것도 보이지 않을 것이다. 하지만 캐서린은 모든 것을 볼 수 있다. 그녀는 꼭 감긴 로버트의 두 눈과 씰룩거리는 눈꺼풀, 미세하게 떨리는 속눈썹을 보며 그 속에서 어떤 일이 일어나고 있을지 상상했다. 물론 그녀가 그것을 알 길은 없다. 그의 피부 밑에서 일어나는 일을 알아낼 수는 없다. 로버트는 그녀에게 숨기는 게 없을까? 로버트도 그녀만큼이나 능청스레 비밀을 숨기고 있는 것은 아닐까? 그는 세상 누구보다 그녀와 가까운 사람이다. 지금껏 알던 누구보다 그녀를 잘 알고 있다. 그런데도 그녀는 오랜 세월 동안 그가 모르는 비밀을 간직했다. 두 사람은 더 이상 가까울 수 없는 사이지만, 그가 그녀에 대해 모르는 사실도 있다. 로버트가 여태 조금도 눈치채지 못했다는 것이 더 두렵게 느껴졌다. 그는 오랜 세월 동안 그녀와 붙어 지냈다. 그보다 더 가까운 사이는 세상에 존재하지 않을 만큼. 그런데도 그는 전혀 눈치채지 못했다. 비밀을 가둬두려고만 하다가 오히려 너무 크게 만든 게 아닌지도 걱정스러웠다. 덩치가 너무 커져버린 아기처럼 더 이상 자연스럽게 세상으로 내보낼 수 없게 되었는지도 모른다. 비밀을 지키려는 몸부림이 비밀 자체보다 더 부담스러워졌다.

로버트는 몸을 뒤척이더니 입을 벌린 채 코를 골기 시작했다. 캐서린은 그를 반대편으로 가만히 밀어낸 다음 그의 몸에 닿지 않도록 조심하면서 옆으로 다가갔다. 그를 깨우고 싶지 않았다. 하지만 그의 체취가 느껴질 만큼 가까이 다가갔다. 그는 캐서린이 오래전에 했던 고백이 거짓이었음을 까맣게 모른다.

그녀는 20년 전의 그 순간을 떠올렸다. 로버트가 그녀를 안아주며 "괜찮아?"라고 물었다. 괜찮지 못했지만 그가 눈치채는 건 싫었다. 하지만 그때는 지금과 달리 뭔가를 숨기는 재주가 없었다. 그녀는 "아니, 그렇지 않아."라고 대답했다. 눈에 눈물이 고였지만 떨어뜨리지 않으려 애썼다. 눈물이 떨어지면 이런저런 말들이 터져 나올 것 같아서였다. 일단 울음을 터뜨리면 다른 것들도 함께 쏟아져 나올 것만 같았다. 그녀는 울음을 참으며 고백을 했지만 그것은 진짜 고백이 아니었다.

"직장으로 돌아가고 싶어. 이런 말하기 정말 미안하지만 말이야. 집에 있어도 된다는 게 행운이라 생각하고, 당신 수입도 넉넉

하지만 나는…외롭고 우울해." 일은 그녀 자신과 니콜라스로부터 도망치기 위한 수단이었는지도 모른다. 아들을 볼 때마다 그 일이 끊임없이 되살아났지만 로버트에게 그런 말을 할 수는 없었다. 니콜라스와 단 둘이 있으면 그 일이 자꾸 떠올라서 미쳐버릴 것 같다는 말은 차마 할 수 없었다.

"이해할 수 있지?" 그녀는 로버트의 눈을 들여다보며 그가 자신의 속마음을 정말로 이해했는지 살폈다.

"물론이야." 로버트는 그녀를 끌어당겨 입을 맞췄다. 캐서린은 로버트가 씩씩하고 당당했던 과거의 캐서린을 되찾고 싶어한다고 느꼈다. 그가 자랑스럽게 여겼던 캐서린을. 그리고 로버트에게 그가 원하는 캐서린의 모습을 돌려준다면 충분할 거라고 생각했다. 그러나 그녀는 로버트의 실망도 느낄 수 있었다. 로버트는 그가 바라는 좋은 엄마가 될 수 없다는 캐서린의 고백에 서운함을 느끼면서도 그런 감정을 키스로 덮으려 했다. 그는 자신의 실망감을 입 밖으로 꺼내지 않았지만 그녀는 두 사람 사이에 오가지 않은 말이 무엇인지 느낄 수 있었다.

로버트에게 마땅히 진실을 털어놔야 했던 순간도 있었지만 그녀는 진실 대신 다시 거짓을 말했다. 주말에 동창을 만나러 간다고 했다. 런던 외곽에 살고 있어 로버트가 모르는 친구라고 둘러댔다. 그 친구가 힘든 일을 겪고 있어 옆에 있어줘야 한다고 했다. 캐서린은 짐을 미리 싸 두었다가 금요일에 직장에서 바로 출발했다. 니콜라스를 학교에 데리러 가는 일은 새 보모에게 맡기고, 로버트가 퇴근하기 전에 떠나버렸다. 그녀는 혹시라도 아는 사람과 마주치지 않도록 지하철이 아닌 택시를 탔다.

일요일 저녁에 집에 돌아오니 니콜라스는 이미 잠들어 있었다. 로버트는 그녀에게 안색이 안 좋아 보인다고 했다. 그녀는 끔찍한 주말을 보내느라 너무 지쳐서 그렇다고 대꾸했다. 그 말만은 모두 사실이었다.

"지금 자러 가야겠어." 그녀가 말했다. "내일 아침이면 괜찮을 거야." 그녀는 미소로 얼버무리며 새로운 보모에 대한 질문으로 화제를 돌렸다.

"괜찮은 사람 같아. 금요일에 퇴근했더니 니콜라스가 무척 즐거워 보이더라."

"다행이네. 주말에 전화를 못해서 미안해. 그럴 상황이 아니었거든." 캐서린이 말했다.

"괜찮아." 그 대답이 꼭 진심이라고는 느껴지지 않았다. 하지만 그녀는 더 이상 아무 말도 할 기운이 없어 위층으로 올라갔다. 아침이 되니 역시나 기분이 한층 나아지고 얼굴에 생기가 돌아왔다. 출근하기 전에 니콜라스를 유치원에 보낼 준비를 해야 했기 때문에, 말을 꺼낼 틈도 없었고 로버트에게 그녀의 복잡한 심경을 들킬 새도 없었다. 직장에 복귀한지 한 주밖에 지나지 않았지만 그녀는 이미 일에 푹 빠져 있었다. 그녀가 바라던 바이기도 했다. 바쁜 일에 몰두하면 쓸 데 없는 생각이 끼어들 틈이 없어질 테니까. 그러다보니 어느새 머릿속에서 지난 일을 떨쳐버릴 수 있었다. 그 덕에 계속 버틸 수 있었다. 그래서 그녀는 로버트와 니콜라스를 위한 공간을 제외한 나머지를 모두 일로 채웠다. 하지만 지금 과거가 또다시 그들을 한쪽으로 밀치며 그녀 안으로 파고들고 있었다. 뻔뻔하고 기세등등하게 그녀의 관심을 요구하고 있었다.

그 책은 여전히 침대 옆의 탁자에 놓여 있다. 책 중간에 갇혀버린 듯 더 이상 앞으로 나아갈 수 없었다. 계속 읽어보려 애썼지만 앞으로 나타날 페이지를 마주할 자신이 없었다. 그녀는 몇 번이고 앞으로 돌아가 같은 내용을 읽고 또 읽었다. 또 먼지 한 점이 내려앉는 소리가 들렸고 그녀 자신의 뇌를 파고드는 어두운 생각이 보였다. 더 이상 참을 수 없었다. 그녀는 로버트에게서 떨어져 침대를 빠져나온 다음 책을 집어 들었다. 자신의 집 안에서 도둑처럼 계단을 살금살금 내려갔다.

그녀는 책을 식탁 위에 내려놓고서 등을 돌렸다. 소심한 저항의 행동이었다. 오늘은 일요일이지만 그녀에게는 마음 편히 쉴 수 있는 날이 아니었다. 그녀는 차를 끓여 손님방으로 가서 바닥에 앉았다. 여기도 포장을 풀지 않은 이삿짐 상자가 다섯 개나 남아 있다. 그 중 두 개에는 니콜라스의 이름이 적혀 있고 나머지 세 개에는 '손님방'이라고 적혀 있었다. 안에 뭐가 들어 있었더라? 생각이 나지 않았다. 어쩌면 그 안에 단서가 될 만한 물건이 들어 있을지도 모른다. 노트, 봉투, 무엇이든 그 책이 집안으로 들어오게 된 경위를 추측할 수 있는 물건. 수면 부족 탓인지 속이 메스껍고 현기증이 났다. 떨리는 손으로 상자에서 물건을 꺼내 신문지를 찢고 포장을 벗겼지만, 모두 자질구레한 장식품이었다. 다음 상자에는 책이 들어 있었다. 책을 모조리 꺼내 빈 책장에 던져 넣었다. 제대로 정리하지 않은 탓에 책들은 서로 기대어 쓰러지거나 요란한 소리를 내며 바닥에 떨어졌다.

그녀는 니콜라스의 상자도 열어보기로 했다. 그 애는 지난주에 자기 물건을 정리하러 오기로 했었다. 니콜라스가 필요한 물건을 가져가면 나머지는 내다버릴 생각이었다. 하지만 니콜라스는 오지 않았다. 그래서 아들의 물건을 대신 정리하려 했더니 로버트가 그녀를 말렸다. 니콜라스의 물건에 함부로 손대지 말라는 것이었다. 캐서린은 니콜라스가 정리를 제대로 할 리 없다는 생각에 부아가 치밀었다. 이 집에 더 이상 니콜라스의 침실이 없다는 게 문제다. 남는 방은 있지만 손님용이다. 물론 니콜라스는 원할 때마다 집에 올 수 있다. 자고 가고 싶으면 얼마든지 그렇게 해도 된다. 하지만 손님방에서 자야 한다. 지금은 니콜라스도 따로 거처가 있다. 자기 힘으로 월세를 내며 살고 있다. 잘 된 일이다. 그 애 벌써 스물다섯이니까. 니콜라스는 두 사람의 기대를 뛰어넘는 아들이 되어주었다. 직장도 있다. 정규직이다. 독립도 했다. 그것이 바로 캐서린이 니콜라스에게 바라던 것이다. 쓸 만한 사람이 되는 것. 그리고 캐서린은 니콜라스가 독립하는 데 자신의 역할이 컸다고 자부했다. 니콜라스를 둥지에서 떠나보낸 사람은 바로 그녀였다. 사춘기 내내 아들을 부담스럽게 여긴 것도 캐서린이었다. 그녀는 아들을 재촉하여 제 발로 일어설 줄 아는 성숙한 어른으로 만들었다. 다 그 애를 위해서였다. 모두 아들을 사랑해서 한 일이었다. 캐서린은 이 모든 생각을 큰 소리로 떠들기라도 한 듯 숨이 가빴다.

"여보?" 로버트의 목소리는 나직했지만 그녀는 소스라치게 놀랐다. 그녀는 찢어진 신문지 사이로 그를 올려다보았다. 손은 신문 잉크로 시커멓게 물들어 있었다. 이미 아침 아홉 시니 무려 네 시간이나 그 자리에 있었던 셈이다. 로버트의 얼굴에 걱정이 가득했다. 그녀의 몰골은 보기 딱할 지경이었다. 마흔 아홉 나이에 그렇게 오래 불면증에 시달렸으니 얼굴에 드러나지 않을 리가 없다. 로버트의 눈에도 그녀는 창백하고 수척해 보였다. 뼈에 간신히 붙어 있던 피부가 녹아서 흘러내릴 것 같은 모습이었다.

"니콜라스가 오기 전에 시작하려고. 그래야 그 애가 좀 더 편할 거 아냐." 그녀는 이렇게 거짓말을 하며 난장판이 된 방 안을 돌아보았다.

"천천히 해도 되잖아. 뭐가 급하다고. 그 애한테 시키라고." 그는 캐서린의 어깨에 손을 얹었다. "스크램블 에그 먹을래?"

그녀는 고개를 끄덕였다. 몹시 배가 고팠다. 잠을 설치면서부터는 늘 그랬다. 그를 따라 아래층으로 내려가 식탁 의자에 털썩 주저앉았다. 묵직한 정적이 감돌았다.

"내가 점심 준비할까?" 그가 제안했다. 일요일 만찬 때 니콜라스가 오기로 해서 캐서린은 닭고기를 사 두었다.

"아니, 내가 할게." 캐서린이 말했다. 그녀의 임무를 다하면서 고기 굽는 냄새로 불안감을 숨겨야 기분이 나아질 것 같았다.

식탁 모퉁이에 놓인 책이 눈에 들어왔다. 그것을 침실에서 치우면 마음이 좀 편해질 줄 알았다. 로버트는 그녀에게 무슨 걱정이 있냐고 물어볼 참이었다. 머릿속에서 이것저것 이유를 떠올려 보았다. 일 때문일까? 이사 때문일까? 직접 물어보려던 찰나에 캐서린이 먼저 말을 꺼냈다. 그녀 역시 자기만의 생각에 몰두하느라 로버트가 숨을 들이쉬며 말을 꺼낼 준비를 하는 것을 눈치채지 못했다. 그것을 알았더라면 물어볼 용기를 내지 못했을 것이다.

"당신 책이야?"

무심코 하는 질문처럼 보이도록 입 안에 음식을 우물거리며 테이블 끝을 향해 고갯짓을 했다. 로버트는 그 쪽을 돌아보더니 손을 뻗어 책을 앞으로 끌어당겼다. 잠시 책을 살펴보더니 시큰둥하게 고개를 가로저었다.

"볼만한 책이야?" 그는 책을 집어 들고는 뒤표지에 쓰인 글을 읽었다.

그녀는 음식물을 삼켰다. "뭐 딱히. 좀 지루하더라." 로버트는 책을 뒤집어 표지를 들여다봤다.

"〈낯선 사람〉이라⋯. 어떤 내용인데?"

캐서린은 어깨를 으쓱했다. "글쎄, 앞뒤가 좀 안 맞더라. 줄거리가 부실하달까. 개연성이 없어." 그러자 로버트는 책을 내던졌다. 무심히. 아무 생각 없이. 캐서린은 그 책을 그런 식으로 취급할 수 있는 로버트가 부러웠다.

"그런데 왜?"

"당신 책인가 해서." 캐서린이 그를 떠보았다.

"날 독서광으로 보다니 고맙군." 그는 이렇게 말하며 미소 지었지만 캐서린은 그 미소를 놓치고 말았다.

"저 책을 산 기억이 전혀 없어서 말이야. 대체 어디서 왔나 싶었어⋯." 접시를 식기세척기로 옮기는 그녀의 목소리가 점점 작아졌다. 로버트는 책을 보며 어깨를 으쓱했다. 캐서린이 그런 걸 왜 궁금해하는지 의아했다. 진짜 걱정거리를 숨기려고 그러나보다 싶었다. 캐서린이 억지로 말을 시키고 있다는 생각에 로버트는 불안해졌다. 두 사람은 억지로 대화를 할 필요가 없는 사이였다.

"이봐, 캐서린, 정말 괜찮은 거야? 회사에서 무슨 일 있었어?"

그녀는 고개를 저었다. 그의 관심을 딴 데로 돌려야 했다. 책 이야기를 꺼내다니 정말 어리석었다.

"그런 거 아니야. 새 프로그램 아이디어를 내야 해서 부담이 컸나봐. 상 받았다고 마냥 도취감에 빠져 있을 순 없잖아." 그녀는 억지로 미소를 지었다.

로버트는 고개를 끄덕였지만 별로 수긍하지 못하는 눈치였다. 바로 그때 캐서린의 머리가 번뜩였다. 드디어 생각이 났다. 그 책이 어떻게 집안에 들어왔는지. 책은 탁자 위에 놓여 있었다. 이 집으로 이사 온 직후였다. 탁자 위에는 여러 잡동사니가 가득했다. 반쯤 포장이 풀어진 유리잔 상자, 어지럽게 헝클어진 신문 스크랩 사이로 그녀의 손길을 기다리고 있던 책 표지가 보였다. 개봉하지 않은 다른 우편물 틈에서 회색 완충재를 드러낸 채 찢겨 있는 소포용 봉투가 놓여 있었다. 그녀는 그 봉투에서 책을 꺼냈다. 소포는 그들에게 온 것이었다. 옛 주소 위에 두꺼운 빨간 선이 그어져 있고, 옆에 새 주소가 적혀 있던 기억이 났다. 캐서린의 얼굴에 번지는 안도의 미소를 보고 로버트도 안심하는 것 같았다.

캐서린의 머리가 재빠르게 회전하기 시작했다. 그 책은 그들의 옛 주소로 배달되었으니 누가 보냈든 그녀의 현재 주소는 모른다는 뜻이다. 누가 집에 몰래 들어와 침실에 놓고 간 것은 아니다. 그녀의 옛집으로 이사 온 가족에게 전화를 해야 한다. 혹시나 다른 물건이 도착하더라도 여기로 보내지 말라고 일러둘 참이다. 번거롭게 하고 싶지 않다고 말할 것이다. 무엇이든 그녀가 직접 가지러 가겠다고 할 것이다. 거기서 한술 더 떠서 성가신 편지가 몇통 왔으니 다른 우편물이 도착해도 굳이 전달하지 말라고 할 생각이다. 누가 그들의 주소나 전화번호를 물어도 절대 알려주지 말라고 당부할 것이다. 그녀는 그렇게 마음먹고는 로버트의 이마에 입을 맞추고 샤워를 하러 위층으로 올라갔다. 하지만 모두 오늘이 아니라 내일 할 일이다. 오늘은 니콜라스와 로버트에게만 관심을 쏟을 생각이다. 주말을 단란하게 보내는 데만 주력할 것이다.

08

스티븐

2년 전

18세기 석조 건축물에 대한 책에 집중하면 낸시의 배신에 대한 생각을 떨칠 수 있을 줄 알았다. 당시만 해도 그렇게 생각했다. 나는 그녀의 비밀이 배신이라고 여겼지만 그런 생각을 접고 마텔로 타워에 관한 글을 쓰는 데 집중하려 무진 애를 썼다.

나는 옷장 선반에 놓인 조나단의 엽서 위에 그 사진 중 한 장을 세워 두었다. 하지만 그런 더러운 사진이 조나단의 엽서를 짓밟고 있는 꼴이 보기 싫어서 다시 치워버렸다. 어찌해야 집중을 할 수 있단 말인가?

내 머릿속에는 반짝이는 금속 조각이 이리저리 굴러다녔다. 책상 위에 놓인 작은 은색 쇳덩어리가 나를 괴롭혔다. 낸시의 가방에서 발견한 조나단의 아파트 열쇠에는 조그만 열쇠가 하나 더 붙어 있었다. 문 열쇠라고 하기에는 너무 작았지만 우리 집이 아닌 조나단의 집에 있는 무언가의 열쇠가 틀림없었다. 일에 집중하려 할 때마다 그것이 반짝이며 나를 유혹했다. 역시 내 의지를 과대평가 한 건가? 내 주위에 나를 과거로부터 지켜줄 3미터 높이의 벽이라도 둘러져 있다고 생각했었나 보다. 나는 마텔로 타워 같은 사람이 아니었다. 나는 아내가 또 무엇을 숨겼는지 찾고 싶어 안달하는 여위고 쭈글쭈글한 노인일 뿐이었다. 적어도 나는 인간이었다. 그 작은 열쇠가 내 머릿속에 구멍을 뚫는 바람에 나는 그 비밀을 밝힐 때까지 아무것도 쓸 수 없게 되었다.

조나단의 집은 내가 태어나기 10년 전에 지어진 전전(戰前)양식*
아파트의 맨 위층이다. 엘리베이터는 없었지만 우리 같은 사람이 꼭대기 층까지 올라가는 경우를 배려해선지 각 층마다 의자가 비치되어 있었다. 나는 한 층을 오를 때마다 의자에 앉아 쉬면서 계속 위로 올라갔다. 무거운 몸을 이끌고 마지막 층까지 올라가서는 차가운 대리석 바닥에 곡선을 그리며 떨어지는 아름다운 철제 난간 사이로 아래를 내려다보았다. 부드러운 곡선의 소용돌이 사이로 거꾸로 뛰어 내리면 난간에 닿지 않고 바닥에 이를 수 있겠지만 결국 피투성이로 최후를 맞이하게 될 것이다. 괜히 온 게 아닌가 하는 후회가 잠시 스쳤다. 조나단의 집에 몰래 쳐들어올 권리는 없으니까.

대문 앞에 놓인 식물은 오랫동안 방치된 채 말라죽어 있었다. 나는 문에 열쇠를 꽂았다. 요령이 없어서인지 문은 좀처럼 열리지

---

* pre-war architecture, 20세기 초~제2차 세계대전 이전에 유행하던 아파트 건축양식으로 널찍한 내부 공간과 나무 바닥, 우아한 실내 장식, 벽난로 등이 특징이다.

않았고, 그러는 사이 누군가 내 어깨를 두드리며 무슨 짓을 하나고 묻지나 않을까 내내 마음을 졸였다.

결국 집안으로 들어선 나는 끔찍한 악취에 흠칫 놀랐다. 부패하는 냄새였다. 죽은 생물체가 썩어가는 냄새였다. 나는 곧장 주방으로 향했다. 쓰레기통에서 나는 냄새가 틀림없다고 생각했지만 그 속은 비어 있었다. 식탁에는 화병이 놓여 있었다. 꽃은 말라 비틀어져서 금방이라도 부스러질 것 같았고 화병 둘레에 한때 물이 차 있던 흔적을 나타내는 연둣빛 선이 남아 있을 뿐이었다. 내가 그것을 내다버려도 될지 망설여졌다. 거실에 놓인 조나단의 소파에 앉아 주위를 둘러보았다. 틀림없는 여자의 흔적이 느껴졌다. 창가에 놓인 작은 테이블에는 더 많은 꽃이 놓여 있었다. 이미 생명을 잃고 추하게 비쩍 마른 줄기는 물기가 전혀 없는 막대기가 되어 고통에서 벗어나려 비명을 지르고 있는 것 같았다. 여자의 흔적이 분명했다. 나는 그것들에 전혀 손을 대지 않았다. 내가 놓아둔 물건이 아니다. 그것들은 나와 아무 관계가 없다.

조나단의 침실에도 구역질나는 냄새가 진동했다. 침대는 엉망으로 헝클어져 있었고 이불이 바닥에 떨어져 있었다. 이불은 짙은 청색, 매트리스 커버는 밤색이었다. 교복을 연상시키는 색이다. 때가 타도 티가 잘 안 나는 어두운색이다. 냄새의 진원지는 낸시의 책상 근처였다. 손으로 코와 입을 틀어막은 채 그쪽으로 다가가보니 무언가가 눈에 들어왔다. 동물의 시체였다. 부패하고 있었다. 목이 꺾이고 입을 벌린 채 이빨을 드러낸 시체는 안팎에서 악취를 풍기고 있었다. 진작 알았어야 했다. 죽음은 시간이 한참 지난 후에도 발정 난 수고양이처럼 위협적인 악취를 남긴다. 나는 주방에서 비닐봉지를 가져와 장갑처럼 손에 감싼 다음 모든 것을 남김없이 집어서 쓰레기통에 넣었다.

침실로 돌아가 낸시의 책상 앞에 앉았다. 내 것보다 낮아서 다리가 밑면에 닿았다. 조나단에게는 더 작았을 것이다. 나는 180cm가 넘는 골격과 튼실한 다리를 엄마의 책상에 구겨 넣은 조나단의 모습을 떠올렸다. 책상은 반갑게도 관리가 잘 되어 있었다. 시든 꽃따위는 없었다. 컵을 놓았던 물자국도, 물 잔도 없었고 먼지만 두텁게 쌓여 있었다. 그 위에는 서류 몇 가지가 가지런히 정리되어 있었고 낸시와 나의 사진도 놓여 있었다. 엄마와 아빠, 남편과 아내였다. 서로 사랑하는 두 사람, 서로에게 사랑받던 두 사람이었다.

책상 위에 놓인 램프를 켰지만 전구가 나갔는지 불이 들어오지 않았다. 나는 본격적으로 수색에 착수했다. 맨 위 서랍을 열어 안을 들여다봤다. 몽당연필과 잉크가 새는 볼펜 말고는 아무것도 없었다. 다음 서랍도 차례로 열어봤지만 마찬가지였다. 마지막 서랍은 크기가 가장 작았다. 상판 밑에 붙은 채 책상 다리 사이의 좁은 공간을 따라 열리는 구조였다. 서랍은 잠겨 있었다. 현관 열쇠 옆에 달려 있었던 바로 그 열쇠를 꽂고 돌린 다음 서랍을 최대한 앞으로 당길 수 있게 의자를 뒤로 뺐다.

그 안에는 물건이 가득했다. 펜, 연필깎이, 연필, 클립 통, 노트세 권이 들어있었다. 낸시가 즐겨 쓰던 것과 같은 종류였다. 파란선이 인쇄된 평범한 기자용 메모지. 낸시는 글을 쓸 때 항상 노트 한 권을 가지고 다니면서 떠오르는 아이디어나 인상 깊은 장면, 주위들은 대화 내용 등을 기록하곤 했다. 나는 한 권을 집어들고 별 생각 없이 휙휙 넘겨보았다. 나의 관심을 끈 것은 노트 밑에 놓여 있던 원고였다. 그것을 집어 들어보니 표지에 〈무제〉라고 적혀 있었다. 그렇다면 틀림없이 다른 사람의 작품이다. 낸시는 글을 쓸 때 항상 제목을 먼저 정했으니까. 더구나 낸시가 글쓰기를 그만둔 시점보다 한참 뒤의 날짜가 적혀 있었다. 조나단이 쓴걸까? 페이지를 넘기자 '내 아들 조나단에게'라는 문구 아래에 아내의 이름이 적혀있는 것이 보였다. 조나단이 아닌 내 아내가 쓴 원고였다. 나 몰래 써서 내가 볼 수 없는 곳에 숨겨 둔 원고.

'아무려면 어때.' 나는 혼잣말을 했다. 하지만 이 원고가 정말로 내 마음을 찢어놓지는 않을지 두려웠다. 나는 준비도 안 됐는데. 아내의 원고가 든 서랍 속에는 다른 물건들도 굴러다니고 있었다. 스위스 군용 칼, 반쯤 남은 담배 한 갑, 유치하고 선정적인 상표명을 지닌 데오드란트 한 캔. 나는 데오드란트를 손에 쥐고 집안을 한 바퀴 돌았다. 정신 나간 방제업자처럼 '와일드캣'을 공중에 마구 뿌렸다. 죽은 짐승의 악취와, 기만과 배신의 분위기 속에서 내 감각을 거스르는 모든 것을 뒤덮으려는 듯. 흥분을 진정시킨 나는 캔을 제자리에 두고, 낸시의 제목 없는 작품을 작고 연약한 생명체를 감싸듯 가슴에 껴안았다. 내 것이 아니라 조나단의 물건이었으니 손대지 말았어야 했는지 모른다. 하지만 나는 그원고를 가져가기로 했다. 노트는 남겨두고 원고만 집어 들었다. 조나단은 내가 그곳에 갔었다는 사실을 절대 알지 못할 테고, 나는다 읽고 나서 제자리에 돌려놓겠다고 스스로 다짐했다.

09

캐서린

2013년 봄

"엄마, 이것들을 다 어쩌라고요?"

와인 잔을 비우던 캐서린은 짜증을 참느라 눈을 질끈 감았다. 점심때부터 술을 마시는 게 썩 내키지 않았지만 로버트가 집에 있던 가장 좋은 와인 두 병을 따는 바람에 로버트, 니콜라스와 함께 한 잔씩 마시기로 했다.

"필요한 물건만 챙기면 나머지는 엄마가 처리한다니까." 캐서린은 소리를 질렀다. 대답이 없다. 손님방에서 책과 파일이 바닥에 쏟아지는 소리가 들렸다. 캐서린은 의자를 뒤로 밀었다. 의자 다리가 돌바닥을 긁는 소리에 신경이 거슬렸다.

"커피 마실래?" 로버트가 물었다.

니콜라스는 오늘 새벽의 캐서린처럼 바닥에 앉아 있었다.

"뭘 가져가야 할지 모르겠어요." 니콜라스는 정말 어쩔 줄 모르는 표정이었다.

"원치 않는 물건은 다 버리래도. 이젠 놔둘 공간이 별로 없잖니, 니콜라스." 그는 알겠다는 듯 고개를 끄덕였지만 진짜 알아들었는지는 알 수 없었다.

"엄마한테는 다 필요 없는 물건인가요?" 아들의 목소리에 상처가 느껴졌다. 또 이런 일이 생기다니. 빨리 하라고 다그치다가 아이에게 상처를 주고 말았다.

"글쎄." 그녀는 아들의 곁에 앉으며 짐짓 다정한 목소리로 말했다. "어디 볼까." 캐서린은 커다란 누런 봉투를 집어 들고 안을 들여다봤다. 니콜라스의 초등학생 시절 성적표가 고무줄로 묶여 있었다. 거기서 하나를 꺼내 읽어야 하나? 그러면 니콜라스가 좋아할까? 니콜라스의 성적표는 늘 그녀를 실망시켰다. 지금 와서 그게 무슨 의미가 있나? 이제 그 애는 스물다섯이나 됐는데. 이제는 그것을 읽으며 함께 웃을 수 있을 것이다. 별로 내키지 않았지만 캐서린은 찰스 선생님의 평가를 읽었다. 곱슬머리와 얇은 입술을 지닌 니콜라스의 옛 담임선생님은 지금도 생생히 기억난다. 그것은 초등학교 마지막 학년 때의 성적표였다. '니콜라스는 남학생과 여학생 모두에게 인기 있는 학생입니다.' 하지만 찰스 선생님이 쓴 문장의 뒷부분은 읽지 않았다. '그러나 집중력이 떨어지는 편이라 학업성적은 기대에 못 미칩니다.' 몇 년 동안 늘 같은 소리였다. 기대에 못 미친다, 노력이 필요하다, 집중력이 부족하다 등등.

"이건 엄마가 보관해야겠구나." 캐서린은 봉투를 정리한 다음 성적표를 소중한 물건이라는 듯 가슴에 껴안았다. "지금 사는 곳은 어때?"

니콜라스가 어깨를 으쓱했다. "괜찮아요."

"같이 사는 친구들은 마음에 드니?"

역시 어깨를 으쓱한다. "좀 괴짜 같아요."

"전부 다?'

이번에도 어깻짓을 한다.

"오, 저런." 캐서린은 니콜라스의 말을 무조건 믿는다는 인상을 주고 싶었지만, 내심 그의 룸메이트들이 밝고 성실한 아이들일 거라고 생각했다. 그 애들이 공부를 열심히 하기 때문에 니콜라스의 눈에 괴짜처럼 보일 것이다.

"걔들은 다 학생이에요." 니콜라스가 말했다.

"일은 여전히 재미있니?" 캐서린은 두 사람 사이의 어색함을 감추고 싶었다.

"네, 재미있어요." 니콜라스는 어깨를 으쓱했다. "아시잖아요."
그녀는 알지 못했다. 니콜라스가 말해주지 않는데 어떻게 알겠는가? 니콜라스는 존 루이스 백화점의 전자제품 코너에서 일한다. 그녀와 로버트는 자신의 아들이 그런 일을 하리라고는 상상도 못했다. 하지만 니콜라스는 열여섯에 학교를 그만두고 겨우 검정고시를 통과했으니, 그만하면 성공했다고 볼 수도 있다. 아들이 앞으로 제 밥벌이라도 할 수 있을지 걱정하던 시절도 있었다. 다른 엄마들, 심지어 친한 친구들에게서 걸려오는 전화에 캐서린이 얼마나 상처를 받았는지 모른다. 니콜라스에 대해 관심 있는 척 물어보지만 실은 자기 아이의 성적을 자랑하고 싶어서 연락하는 사람들이었다. 다들 니콜라스가 검정고시라도 통과하면 다행이라는 사실을 뻔히 알고 있었다. 이미 오래전의 일이지만 캐서린은 그들을 용서할 수 없었다. 생각해주는 척하면서 오히려 비참하게 만드는 사람들이었다. 어쨌든 니콜라스가 백화점 일을 아직 때려치우지 않은 걸 보면 그곳에 뭔가 마음에 드는 점이 있는 게 분명했다.

"이걸 가져갈래요." 니콜라스는 모빌을 꺼냈다. 비행기였다. 발사나무와 종이로 정교하게 만들어졌지만 날개가 조금 찢어지고 줄이 엉켜 있었다.

"샌디도 가져 가라고요?" 니콜라스는 캐서린이 손에 든 털 빠진 강아지 인형을 보고 고개를 내저었다.

이번엔 그녀가 상처를 받았다. 니콜라스에게 어린 시절의 추억을 돌려주고 싶었는데. 샌디에게 머리를 기대야만 잠들 수 있던 시절, 엄마가 재워줘야만 잠들 수 있던 시절로 데려가고 싶었는데. 정말 복잡한 심정이었다. 니콜라스가 어른다워지길 바라면서도 한편으로는 한때 그가 엄마를 얼마나 사랑했었는지, 엄마를 얼마나 필요로 했는지 일깨워주고 싶었다. 또 한편으로는 니콜라스가 지금도 엄마의 보살핌을 필요 이상으로 바라는 건 아닌지 신경이 쓰였다. 니콜라스가 결국 샌디를 남겨두기로 하자 캐서린은 서운함과 안도감을 동시에 느꼈다. 캐서린은 문간에 멈춰 서서 그를 돌아보며 말했다.

"이해할 수 있지, 니콜라스?"

그는 모빌을 선반 모서리에 걸고 엉킨 줄을 풀고 있었다.

"뭘요?"

"우리 이사한 것 말이야. 알잖아. 이제 그렇게 큰 집은 필요 없잖니."

아무런 대꾸가 없었다. 캐서린은 다그치지 말아야 하는 걸 알면서도 참을 수가 없었다.

"너도 독립을 해야 하잖아? 어려울 땐 우리가 항상 네 곁에 있겠지만, 이제 독립할 때도 됐지. 안 그래?"

그는 어깨를 으쓱했다.

"엄마 생각이 그렇다면요."

"니콜라스, 축구 시작한다." 거실에서 로버트가 부르는 소리에 니콜라스는 캐서린을 스치고 지나가 아빠 옆에 앉았다. 니콜라스의 마지막 말이 가슴 아프게 다가왔다.

캐서린은 주방으로 돌아가 병에 남은 와인을 잔에 모두 따라 붓고 테라스 쪽의 문을 열었다. 담배에 불을 붙인 다음 담배와 와인을 번갈아가며 천천히 음미했다. 그리하면 마음이 안정될 줄 알았지만 그렇지 않았다. 신경을 자극하여 그녀를 더욱 초조하게 했다. 그녀는 몸을 혹사하고 싶었다. 담배로 자신을 서서히 파괴하는 것도 그 방법 중 하나였고 책도 마찬가지였다. 그녀는 주방으로 돌아가 아까 일요 신문 아래 감춰 두었던 책을 꺼내 첫 페이지를 펼쳤다. 첫 부분에는 앞으로 일어날 사건에 대한 단서가 없다. 차분하고 평탄하게 흘러간다. 그녀는 책장을 넘겨 자신을 공격하는 그 부분을 찾았다. 그녀는 어찌할 바를 모른 채 그 문장들의 부당한 횡포에 짓눌렸다. 눈을 감자 그 문장들이 TV에서 들려오는 함성소리에 실려 그녀를 덮치는 것 같았다. '골'이었다. 다시 집안이 조용해졌다.

잠이 들었던 것 같았다. 얼마나 잤는지는 알 수 없었다. 바깥이 어두워지고 있었다. 정신이 아득했다. TV는 꺼졌고 현관 앞 복도에서 소곤대는 소리가 들리더니 누군가 주방 쪽으로 다가왔다.

"이제 가려고요." 니콜라스가 손을 들어 올리며 캐서린을 향해 다가왔다. 그가 키스하려 하자 캐서린은 자리에서 일어나 몸을 앞으로 기울였다. 니콜라스의 입술이 귀에 스쳤다. "저도 그 책 읽었어요." 심장이 멎는 듯했다. 목구멍이 조여들었다. "재미있던데요." 윗입술에 땀이 맺혔다.

로버트가 빙그레 웃었다. "네 엄마는 그 책이 잘 이해가 안 되나 보더라."

"정말요? 엄마답지 않은데요." 책이 그녀의 손을 떠나 아들의 손으로 넘어갔다. 니콜라스는 그녀의 표정을 잘못 읽은 것 같았다. "진짜 다 읽었어요. 저도 독서를 한다니까요."

"아니, 그런 뜻이 아니라…. 그러면 이게 네 책이었니? 네가 엄마한테 보낸 거야?"

"아닌데요."

"그럼 네가 여기 두고 갔니?"

"아니에요. 제 책은 집에 있어요."

"어쩌다 그걸 읽게 된 거니?"

"캐서린." 로버트는 그녀가 지나치게 예민하게 군다고 생각했다.

"아니, 그냥 우연치고는 이상해서 말이야. 이사하고 나서 이 책이 배달됐는데 대체 누가 보냈는지…."

"저는 선물 받았어요."

"선물? 대체 누가?" 그녀의 목소리가 갈라졌다. 니콜라스는 당황한 표정으로 그녀를 보며 어깨를 으쓱했다.

"어떤 손님이 주고 갔어요. 아마 제 도움을 받은 고객인가 봐요. 누군지는 기억나지 않지만 책에 제 이름을 적어서 계산대 위에 놓고 갔다던데요."

"그래서 그게 누구였냐고?" 그녀는 다시 물었다.

"그건 몰라요, 엄마. 말씀드렸잖아요. 그게 어때서요? 뭐 잘못됐나요?"

자신의 표정을 보고 니콜라스가 무슨 생각을 할지 두려워 캐서린은 몸을 돌린 채 낮은 소리로 말했다. "아니, 아니야." 그녀는 질문을 멈출 수 없었다. "그래, 책이 마음에 들었다고?"

"네, 재미있었어요. 그래도 내용을 미리 알려드리면 안 되겠죠?"

그녀는 잠시 멈칫했다. "괜찮아. 어차피 다 읽진 않을 테니까."

"다음에요. 주중에 전화 드릴게요." 이렇게 말하면서 니콜라스는 현관 쪽으로 이동했고 로버트가 뒤를 따랐다. 캐서린도 두 사람을 따라갔다.

"그래서 어떻게 됐지?" 절박한 목소리였다. "책을 끝까지 안 읽을 거라서." 그녀는 이렇게 반복했다.

니콜라스는 현관문을 열며 뒤를 돌아보았다. "여자가 죽어요. 비참하게요. 그래도 싸죠." 니콜라스는 아버지와 포옹한 다음 캐서린을 향해 환히 웃으며 손가락을 흔들어 작별인사를 했다.

스티븐

18개월 전

낸시의 원고는 내 마음을 찢어놓지 않았다. 나를 흥분시키고 자극했지만 내 마음을 찢어놓지는 않았다. 젊은 낸시가 쓴 〈특별한 친구〉를 읽었을 때는 그녀의 목소리가 너무 선명하게 느껴져 눈물을 흘렸다. 그녀의 마지막 작품에서도 나는 그녀의 목소리를 또렷하게 느꼈다. 하지만 이번에는 나와 40년간 결혼생활을 유지했던 성숙한 여인의 목소리였다. 낸시가 죽음을 앞두고 있을 때 나는 그녀를 씻기고, 먹이고, 그녀에게 책을 읽어 주고, 위로해주며 정성껏 돌보았다. 활자 속에서 그녀를 다시 만나리라고는 생각도 못했지만 그녀는 그 안에 있었다. 나는 그녀가 포기하지 않았다는 사실이 자랑스러웠다. 나는 이미 포기했지만 그녀는 아니었다. 처음에는 나를 불안하게 했던 책이지만, 그녀의 책과 더불어 시간을 보내며 그것을 반복해서 읽으니 차츰 마음이 진정되고 그 안에서 안정감을 찾을 수 있었다.

낸시는 그 사진들도 원고도 내게 숨긴 것이 아니었다. 숨긴 것처럼 보여도 낸시는 내가 그것을 찾아내리라는 걸 알고 있었다. 없애버릴 수도 있었지만 일부러 그렇게 하지 않았다. 낸시는 내가 마음의 준비를 갖출 때까지 기다렸다. 제목이 정해지지 않은 낸시의 원고는 사진과 더불어 내게 영감을 주었다. 내 마음을 휘젓고, 나를 뒤흔들고, 내게 다시 생명력을 불어넣었다.

나는 한동안 마텔로 타워를 핑계로 논픽션에만 관심을 쏟았다. 하지만 나는 소설을 써야 했다. 나는 단어를 적고, 음미하고, 고치기 시작했다. 돌이켜 생각해보면 내 머리를 맑게 일깨우는 것은 언제나 소설이었다. 이제 나는 소설에 대한 생각으로 나를 가득 채우고 싶었다. 아내가 깨우쳐 준 대로 나는 내면을 살펴보고 그 안의 모든 것을 쏟아낼 준비를 했다.

소설에 손을 놓은 지 이미 오랜 세월이 지난 데다 혼자서 쓰는 것은 이번이 처음이었다. 과거에 낸시는 매일 저녁 내가 그날 낮에 쓴 글을 읽어 주었다. 그녀 덕분에 나는 계속 글을 쓸 수 있었다. 비록 이번에는 혼자서 글을 써야 하지만 '내가 글을 쓰든 말든 누가 관심이나 있을까?', '누구를 위해 글을 써야 하나?' 따위의 고민을 할 필요는 없다. 적어도 내게는 큰 의미가 있는 글이고, 나는 이것이 누구를 위한 글인지도 분명히 알고 있다.

그래도 역시 본격적으로 책 쓰기를 시작하기까지는 시간이 걸렸다. 나는 일을 미루는 데는 으뜸이라 우선 책상의 배치부터 바꿨다. 책상을 창문 쪽으로 돌리자 맞은 편 집에 사는 젊은 가족이 들락날락하는 모습을 볼 수 있었다. 아침에는 아이들이 학교에 가고 오후에는 엄마가 아이들을 데리고 돌아왔다. 그들의 규칙적인 일과는 내게 좋은 영향을 주었다. 오래전 낸시가 아침마다 조나단과 함께 집을 나섰다가 티타임에 돌아오던 패턴과 비슷했다. 그들이 돌아올 무렵이면 나는 그날의 마지막 문장을 마무리했다.

그 사진들도 중요한 역할을 했다. 사진들을 내 책상 서랍 속에 가두었더니, 꺼내달라며 아우성을 쳤다. 그 사진들은 내가 쓰려는 이야기의 핵심이었기 때문에 더 이상 숨겨둘 수 없었다. 나는 그것들을 꺼내 나무 재질의 창틀에 핀으로 고정했다. 섹스, 기만, 배신이 뒤섞인 일종의 아이디어 보드였다. 젊은 가족이 집을 들락날락하는 모습을 볼 때마다 나는 그들을 내다보는 창문을 통해 순수함이 얼마나 쉽게 타락할 수 있는지를 떠올릴 수 있었다. 글쓰기에 몰입하는 나름의 방법이었다.

나는 손으로 글을 쓰기로 했다. 모든 글자의 모양을 직접 느끼고 싶었다. 손을 왼쪽에서 오른쪽으로 움직이면서 종이의 매끈한 감촉을 느끼고 싶었다. 종이와 나 사이에 조금의 거리도 있어서는 안 된다. 피부와 펜, 종이와 피부가 하나로 밀착되어야 한다. 나는 손 글씨를 쓸 때의 리듬감이 좋았다. 단어 하나하나를 몸소 느낄 수 있으니까. 타자기를 이용하면 나와 작품 사이에 거리가 생길 것 같아, 나는 시간을 들여서라도 그 경험을 찬찬히 즐기기로 했다. 마음에 안 드는 부분이 있어도 고치지 않은 채 꾸준히 글을 써내려갔다. 마지막 순간에 이르렀을 때 비로소 나는 정상을 눈앞에 둔 등산가처럼 뒤를 돌아볼 것이다. 그 전에는 아래를 내려다보지 않을 생각이었다.

나는 몇 달에 걸쳐 손에 펜을 쥐고 종이를 정성스레 채워나갔다. 'c'의 관능적인 곡선, 't'의 과감한 가로줄을 직접 펜으로 그으며 맵시 있는 글자들을 그려나가다 보니 단어들이 종이 위에서 살아나 꿈틀거리는 것 같았다. 잃었던 나의 작품을 다시 찾은 느낌이었다. 글은 내 안에서 흘러 나왔다. 과거에는 한 번도 느껴보지 못한 방식으로. 한때 나는 작가들이 그런 말을 하면 가소롭게 여겼었다. 말도 안 되는 소리라고 생각했었다. 애쓰지 않아도 글이 술술 나온다거나, 소설 속 인물과 자신을 동일시한다거나, 글이 저절로 써진다는 말을 들으면 낸시와 나는 허세를 부린다며 그들을 비웃곤 했다. 하지만 난생 처음으로 내게도 그런 일이 일어나고 있었다. 소설 속 인물들이 생생하게 살아나 책 속에서 뛰쳐나왔다. 그들은 완벽한 모습을 갖춘 채로 살아 숨 쉬고 있었다. 펜을 단단히 쥔 축축한 내 손에서 모든 단어가 뿜어져 나오고 있었다.

집필에 몰두하는 동안 나는 내 삶을 되찾은 기분이었다. 문을 활짝 열어 다정하고 사랑스런 낸시를 집으로 맞아들였다. 날마다 그날의 글쓰기를 마치고 손이 아파올 무렵 나는 차와 토스트를 들며 글을 큰 소리로 그녀에게 읽어주었다. 그녀가 내 맞은편 의자에 앉아 있다는 듯이. 낸시가 흡족해 할 만한 일을 하겠다는 결심을 잊지 않았다. 그리고 낸시가 틀림없이 나를 자랑스러워 할 거라 믿었다.

　마침내 만족스런 결과물이 만들어지자 그것을 타이핑하기 시작했다. 탁, 탁, 탁. 내 손톱이 자판 위를 쉬지 않고 움직였다. 이제 세 단어만 남았다. '안타깝기 짝이 없다' 탁, 탁, 탁. 이제 다 끝났다. 시작부터 끝까지 얼마나 걸렸을까? 물론 그 시작은 오래전으로 거슬러 올라가지만 나는 모르는 일이었으니까. 그것을 구상하고, 페이지에 옮기기까지 약 일 년 정도? 그렇다. 모두 마무리하는 데 약 1년이 걸렸다. 낸시도 나를 칭찬하고 있었다. 눈에 보이지 않지만 그녀는 분명히 그곳에 있었다. 언젠가는 내 글이 세상에 널리 알려지리라 믿었던 아내, 미소 띤 얼굴로 내게 용기를 주던 아내가 내 곁에 있었다.

11

캐서린

2013년 봄

니콜라스의 등 뒤로 문이 닫히자마자 캐서린은 아래층 화장실에 틀어박혔다. 그 책이 원래 옛 주소로 배달되었으니 작가에게 그녀의 새 주소가 알려지지 않았을 거라는 가느다란 희망은 산산조각 났다. 그녀를 공격할 무기가 이제는 아들의 손에도 들려 있다. 비록 니콜라스는 자신이 그 책과 어떤 관계가 있는지 여태 깨닫지 못했지만. 그녀는 서서히, 교묘한 방식으로 누군가의 사냥감이 되고 말았다. 그 사냥꾼은 머지않아 그녀를 찾아낼 것이다. 문 밖에서 로버트의 목소리가 들리자 캐서린은 시간을 끌기 위해 잡지를 집어 들고 펄럭펄럭 넘기는 소리를 냈다. 그녀는 생각할 시간이 필요했다. 그들이 그녀에게 원하는 것은 무엇일까? 발목에 걸린 속바지를 내려다보던 캐서린은 갑작스런 자기 연민에 휩싸였다. 내게 왜 이런 일이 일어나나? 무엇 때문에 고통을 받아야 하나? 이제 와서? 그녀는 울음을 터뜨렸다. 로버트가 울음소리를 듣고 위로해주기를 바라는 마음과 그에게 울음소리를 들켜서 해묵은 상처를 비집어 열고 싶지 않다는 생각 사이에서 갈피를 잡을 수 없었다.

"괜찮아?" 로버트는 문 바로 밖에 서 있었다.

"응, 괜찮아." 그녀는 잡지를 다시 부스럭대다가 속바지를 올리고 물 내리는 소리에 맞춰 코를 풀었다. 거울을 보며 얼굴을 매만졌다. 몰골이 말이 아니었지만 일요일이니까 괜찮다. 이런 바보, 기운을 내야 해. 책을 마저 읽어야지. 더 이상 피하지 말고 있는 그대로 받아들이라고. 그러면 어찌해야 할지, 무엇이 문제인지 알 수 있을 거야. 그녀는 거울을 보며 미소를 짓다가 웬 정신 나간 짓인가 싶어 웃음을 터뜨릴 뻔했다.

새벽 세 시. 로버트는 깊이 잠들었다. 가까스로 저녁시간을 함께 보내고, 침실에서 그의 옆에 누워 자는 척하다가 그가 잠들고 나면 자리를 뜨는 과정이 날마다 반복됐다. 캐서린은 아래층으로 기어 내려가 다시 화장실에 틀어박혔다. 이제 그녀는 자신의 죽음을 묘사한 장면을 읽고 있다. 누군가가 상상한 그녀의 죽음을. 그녀가 맞이할 최후를. 그것은 무자비하고 처참했다. 캐서린은 죽은 그녀 자신이 볼 수 없을 자신의 모습을 본다. 다른 사람들의 눈으로 내려다보게 될 그 모습을. 머리통이 깨져서 뇌가 밖으로 흘러내리고, 혀는 이에 씹혀 갈라지고, 코는 잘려 나와 광대뼈 밑에 박힌 모습. 그녀가 기차 앞으로 뛰어든 다음에 일어난 일이다. 스스로 뛰어들지 않았다는 사실은 오직 캐서린 자신만 알고 있다. 누군가의 손에 떠밀린 것이다. 아주 살짝 밀렸지만 기차가 역으로 들어오는 바로 그 순간 선로 위로 떨어진 것이다. 사람들이 웅성대며 몰려든다. 이런 끔찍한 사고라니. 하지만 이것은 아무 일도 없었다는 듯 평온하게 살아온 지난 20년에 대한 대가다. 스스로 뛰어들지 않았다는 사실을 아는 사람은 오직 캐서린뿐이다. 물론 〈낯선 사람〉을 읽은 사람이 또 있다면 그 책 안에서 그녀를 알아볼 것이다. 그들 역시 그 일이 절대 사고가 아니었다는 비밀을 공유하게 될 것이다.

이렇게 강렬한 두려움은 캐서린에게 먼 기억으로만 남아 있었다. 이제는 그것이 어떤 느낌이었는지 가물가물하다. 그녀는 이제 중년이다. 죽음이 슬금슬금 다가와 마음속을 파고들 나이지만 그녀는 늘 꿋꿋이 앞으로 나아갔고 앞을 가로막는 두려움 따위는 대수롭지 않게 여겼다. 하지만 이제 죽음이 그녀를 잠식하고 있다. 그녀는 죽음의 손아귀에 사로잡혔다. 꽉 쥔 주먹 속의 작은 물건 신세가 되었다. 그녀를 향한 증오는 조금도 희석되지 않은 채 그녀를 공격하고 있다. 이런 식의 증오는 대개 잔인한 살인자나 아동 성추행범에게 향해야 마땅하지만 그녀는 둘 중 어디에도 해당하지 않는다. 그들은 그녀를 비열한 존재로 왜곡했다. 그녀의 인격을 모독했다. 그들은 그녀가 나서서 뭐라고 변명하기를 바라는 것 같았다. 하지만 왜 그래야 하나? 그럴 필요가 없는데. 그녀에겐 그럴 의무가 없다.

캐서린은 사람들에게서 진실을 끌어낸다. 그것이 그녀의 일이다. 그녀가 잘 하는 일이다. 그녀에게는 남을 설득하는 재주가 있다. 사람들에게서 진실을 끌어내고, 그들의 마음을 열고, 그들이 말하기 꺼리는 섬세한 비밀을 발라낸다. 그것을 시험대 위에 올려놓고 다른 사람들에게 보여주며 교훈을 얻게 한다. 그 방법이 워낙 교묘해서 그녀 자신에 대해서는 아무것도 드러내지 않는다. 그런데 왜 그녀는 자신을 시험대 위에 올려야 한단 말인가? 그럴 필요는 없다. 오히려 그녀는 사냥꾼을 찾아내야 한다. 그들이 얼마나 큰 오해에 빠져 있는지, 얼마나 잘못된 정보를 갖고 있는지 깨우쳐줘야 한다. 그들은 진실을 왜곡했다. 누구일까? 과연 누가 이런 짓을 했을까? 그녀가 만난 적 없는 사람일까? 그녀는 〈낯선 사람〉의 마지막 문장을 다시 읽었다.

'아무 일도 없었다는 듯 살아온 삶이 그렇게 비참하게 끝나다니 안타깝기 짝이 없다.'

캐서린은 이 책을 당장 끝장내고 싶었지만 300페이지짜리 책은 생각보다 튼튼했다. 어쨌든 책을 없애버려야 한다. 순순히 당하지 않을 것이다. 누군가의 먹잇감이 되지 않을 것이다. 캐서린은 자리에서 일어나 잠옷을 휘날리며 주방으로 성큼성큼 걸어갔다. 그녀는 성냥을 찾았다. 지금껏 무화과향초에 불을 붙일 때만 썼던 길고 우아한 성냥 하나를 켜 책 표지에 불꽃을 갖다 댔다. 두꺼운 표지에는 좀처럼 불이 붙지 않고 매캐한 냄새만 났다. 하지만 일단 표지에 불이 옮겨붙자 가장자리가 검게 그을리며 붉은 기가 도는 연기가 나더니 이내 푸른색과 노란색의 불꽃이 일었다. 그녀는 손가락에 불길이 닿기 직전까지 책을 들고 있다가 불이 붙은 상태로 싱크대에 떨어뜨린 다음 책을 뒤집어 불을 껐다.

"당신 뭐하는 거야?" 캐서린은 움직이지 않았다. 로버트가 부리

나케 다가와 싱크대 안의 그을린 잿더미를 내려다보았다. 두 사람
이 보고 있는 물체는 그녀의 바람과 달리 여전히 책의 형태를 띠
고 있다. 로버트는 어찌된 영문인지 모르겠다는 듯 그녀의 얼굴
을 보았다. 캐서린은 그에게서 한 발짝 물러나며 잠옷을 단단히
여몄다.

"캐서린?"

그녀는 고개를 저었다. 들켰다. 결국 들키고 말았다. 그녀가 원
하던 결과였는지도 모른다. 그게 최선이었는지도 모른다. 로버트
는 손가락 끝으로 싱크대에서 젖은 종이 뭉치를 집어 들었다. '낯
선'. 표지에서 알아볼 수 있는 단어는 그것뿐이었다.

"내 얘기야."

'내가 정신이 나갔었나봐.'라고 말했어야 했는지 모른다. 자신의
말을 주워 담고 싶었지만 이미 엎질러진 물이었다. 이것이 바로
그녀가 원하는 것인가? 지금 그에게 말하는 것이?

"아, 캐서린." 책을 다시 싱크대에 떨어뜨리면서 로버트가 내뱉
은 말에 혼란과 고통이 묻어났다. 캐서린은 양손으로 그것을 잡
고서 아직 불타고 있기라도 한 듯 쓰레기통 속으로 황급히 떨어
뜨렸다. 그리고 검은 비닐봉지를 당겨 입구를 묶었다. 빨리 감기
영상처럼 모든 과정을 신속하게 끝냈다. 그녀는 봉지를 대문 밖에
있는 쓰레기통에 떨어뜨린 다음 금속 뚜껑을 쾅 닫았다. 그제야
비로소 속도를 늦추어 층계를 올라온 다음 등 뒤로 문을 닫았다.

로버트가 주방에서 그녀의 모습을 지켜보고 있었다. 그도 그녀
도 움직임을 멈췄다. 두 사람 사이에 놓인 3미터 길이의 복도에

는 입 밖으로 나오지 못한 말들이 먼지조각처럼 떠다니고 있었다. 캐서린은 어떤 말을 집어삼키고 어떤 말을 꺼내야 할지 고르고 있었다. 그렇게 고른 말을 어떤 순서로 꺼내놓을지도 고민이었다. 그녀가 먼저 로버트 쪽으로 다가갔다. 그녀의 입은 할 말을 고르는 듯 우물거리고 있었다.

"옛날 집으로 배달됐었어. 나한테 온 거야. 오래전에 있었던 일에 대한 책이야." 그녀는 말을 더듬었다. "누군가 나를 괴롭히려고 이러는 거야."

"괴롭힌다니? 누가 당신을 괴롭혀?"

"그 책을 쓴 사람 말이야."

"뭣 때문에?"

"모르겠어." 그녀는 거짓말을 했다. 거짓말은 거기서 멈추고 싶었지만 로버트가 그녀를 재촉했다.

"당신 일이랑 관련된 거야? 당신이 만든 다큐멘터리?" 그녀는 고개를 저었다.

"그러면 대체 뭔데? 누가 그걸 보냈지?"

"모르겠어. 그들이 잘 몰라서 이런 짓을 하는 거야." 그녀는 망설였다. 어디까지 얘기를 해야 할지 알 수 없었다. 로버트는 자리에 앉았다.

"왜 당신 얘기라고 생각하지?"

그녀는 말을 이어갈 용기를 내려고 그의 손을 잡았다.

"나는 알 수 있어."

"어떻게? 당신 이름이 나와?"

"그건 아니지만 장소며, 옷이며, 외모를 설명한 부분이며…. 사건이며."

"무슨 사건?"

로버트는 자세한 얘기를 듣고 싶었지만 캐서린은 하려던 말을 다시 삼키고 말았다. 그는 초조해졌다.

"우리가 만나기 전의 일이야?" 그녀는 고개를 저었다.

"나도 그 자리에 있었어?" 역시 고개를 저었다.

"내가 아는 일이야?"

"아니 당신은 그 일에 대해 쥐뿔도 몰라." 그가 몰아붙인다는 생각에 캐서린은 화가 치밀었다. 그가 아무것도 모른다는 사실마저 원망스러웠다. 그 자리에 없었다는 사실도. 로버트에게 조금이라도 책임을 떠넘겨 자신의 잘못을 덜고 싶었는지도 모른다. 로버트는 그녀의 분노에 당황하는 것 같았다. 그녀의 험한 말투가 두 사람 사이에 장벽을 만들었다. 로버트가 자신을 보호하기 위해 장벽을 친 것이다.

"니콜라스한테도 책이 배달됐다잖아, 기억나?" 캐서린의 목소리가 높아졌다.

"니콜라스가 그 일과 무슨 상관인데?"

"상관있어." 그녀는 악을 썼다. "상관있다고."

로버트는 의자를 뒤로 밀쳐 두 사람 사이에 공간을 만들었다. 그녀를 똑바로 바라보기 위해서였다.

"그랬군. 니콜라스. 그게 그 애 잘못이라고 말할 참이야? 이번엔 그 애가 뭘 잘못했는데?" 그녀가 아닌 니콜라스를 두둔하는 말투였다. 두 사람 사이에 다툼을 일으키고 캐서린의 가장 나쁜 모습을 끄집어내는 것은 항상 니콜라스였다. 그녀는 로버트의 마음이 닫혔다고 느꼈다. 털어놓을 기회를 놓쳐버린 것이다. 이런 식으로는 그에게 아무 말도 할 수 없다. 그녀의 마음은 무너져 내렸고 로버트를 향한 분노도 사그라들었다. 말을 꺼낼 용기가 완전히 사라졌다. 그녀는 울음을 터뜨렸다. 그나마 로버트 앞에서 울 수 있다는 게 위안이 되었다. 그녀는 식탁에 주저앉은 채 팔에 얼굴을 파묻었다. 잠시 후에 로버트는 기분이 조금 누그러졌는지 손으로 캐서린의 머리를 쓰다듬었다.

"아, 캐서린, 캐서린." 그가 말했다. "대체 무슨 일이야? 나한테는 말해줘도 되잖아." 그녀는 말할 수 없었다. 그의 얼굴을 볼 수도 없었다.

"그 책 내용이 어쨌다는 거야? 그게 니콜라스와 무슨 상관이냐고?"

그의 말투가 달라졌다. 그녀를 달래 입을 열게 하려는 것이었다. 그는 기다렸다. 캐서린은 가까스로 고개를 들어 그를 보았다. 축축한 얼굴이 붉게 상기되어 있었다.

"옛날 기억을 떠올리게 해. 나를 두렵게 한단 말이야. 그 책은…." 그녀는 울음을 간신히 참으며 그에게 조금이라도 진실을 전달하려 애썼다. "그 책을 보니 내 자신이 증오스러워졌어. 그 안의 뭔가가 말이야, 그게 뭔지는 모르겠지만. 미안, 미안해. 그건 바로 내 모습이야. 정말 미칠 것 같아. 니콜라스까지 그 책을 읽었다니, 그 애도 같은 걸 봤을까봐 두려워…. 모두 내 기억에 있는 일이야. 내가 알아…. 그런데 어떻게 설명해야 할지 모르겠어…."

"그래, 자기. 말하지 않아도 돼." 그녀는 궁지에서 벗어나는 느낌이었다. "그래 많이 힘들겠지…. 당신에게 힘든 일이었을 거야."

그는 그녀에게 팔을 두르며 말했다. "니콜라스 때문에 속이 상했겠지. 당신이랑 그 애는 많이 부딪쳤잖아." 그녀는 움찔했다. "당신을 탓하는 게 아니야. 정말로. 하지만 그 책 탓도 아니야. 니콜라스가 집을 나가는 바람에 이렇게 된 거라고. 책 내용이 혹시 그런 거야? 죄책감? 엄마와 아들?" 로버트는 그녀가 동의하길 기다리다가 그녀의 침묵을 동의로 간주했다.

"이곳으로 이사 오는 게 내키지 않았겠지. 당신도 그랬겠지만 니콜라스도 따로 살 곳을 구해야 했으니까. 하지만 그 앤 언제든 집으로 돌아올 수 있잖아. 여전히 남는 방이 있으니까. 너무 늦지 않았다고." 그는 캐서린의 얼굴을 잡고 자기 쪽으로 돌렸다.

"아무도 당신을 괴롭히려 하지 않아, 캐서린. 당신이 스스로를 괴롭히고 있는 거야." 그의 목소리도 표정도 모두 다정했다. "아침에 당장 의사에게 전화해서 약속을 잡는 게 어때? 일에만 파묻혀서 혼자 끙끙대지 말고. 당신을 사랑하는 내가 옆에 있잖아."

"미안해." 그녀가 말했다.

"조금도 미안할 거 없어. 내일 의사에게 연락하겠다고만 약속해."

"약속할게."

그는 그녀에게 입을 맞춘 다음 그녀의 손을 끌고 위층으로 데려갔다. "나한테 얘기해, 캐서린. 기분이 엉망일 땐 내게 말하라고." 그의 다정하고 따뜻한 말은 그녀의 머릿속에 각인된 끔찍한 장면과는 어울리지 않았다. 그가 쓰다듬고 있는 그녀의 얼굴이 철도 위에서 형체를 알아볼 수 없을 만큼 으깨져 있는 장면과는.

스티븐

2012년 겨울의 끝 – 2013년 봄

오른손에 쥔 뾰족한 연필은 치명적인 무기가 될 수 있다. 안구를 똑바로 관통해 뇌를 찌른다면 눈알을 뽑을 수도 있다. 나는 연필을 완벽히 뾰족하게 깎았다. 하지만 치명적인 무기도 목표물을 겨냥하지 않는다면 아무 소용이 없다. 나는 내 목표물이 누구인지 알았다. 거기에 다가가는 일만 남았다.

나는 이웃 주민으로부터 조언을 얻었다. 그는 낸시의 장례식 때 안내장을 제작해 준 인쇄업자였다. 중개인 없이 소설을 직접 출판하는 게 어떻겠냐고 제안한 사람도 그였다. "온라인으로 독자에게 직접 다가가는 거죠." 솔깃한 말이었지만 '온라인'이라니? 나는 말귀를 못 알아들었다. 나는 '온라인'과 전혀 상관없는 사람이다. 심지어 컴퓨터도 없다. 늙어서 혼자 살 때의 좋은 점은 별로 없지만 가련한 처지를 이용할 수는 있다. 나는 도움이 필요한 사람이었고 이 선량한 남자는 기꺼이 나를 도왔다. 노트북을 장만하는 게 어떻겠냐고 그가 제안했다. 좋은 생각 같았다. 그는 내가 노트북을 사는 것을 도와주었고, 사용 방법을 가르쳐주었고, 온라인으로 연결도 해 주었다. 그의 도움 없이는 불가능한 일이었다. 그렇게 인내심이 강하고 친절한 사람이라니. 그는 내게 지금껏 생각지도 못한 자유를 선사했다. 이제 나 같은 늙은이도 경계 없는 세상에서 어디든 원하는 곳으로 여행할 수 있게 되었다.

내가 처음으로 검색한 단어는 그 여자의 이름이었다. 그 이름을 입력하자 사진, 약력, 발언 내용, 업적 등 모든 정보가 한눈에 펼쳐졌다. 동명이인도 몇 명 있었지만 보는 순간 누가 진짜인지 알 수 있었다. 한 번도 만난 적 없지만 내가 찾는 캐서린 레이븐스크로프트가 누구인지 확신할 수 있었다. 여자의 남편도 있었다. 로버트. 로버트와 캐서린. 그가 그 여자의 어깨에 팔을 두르고 있는 사진도 있었다. 여자는 바람에 헝클어진 머리로 웃고 있었다. 그 사진을 클릭했더니 놀랍게도 사진이 찍힌 장소가 GPS 좌표로 정확하게 표시되었다. 지도에서 찾아보니 과연 사진 속의 그곳이 있었다. 콘월 주(州)의 포위Fowey라는 곳이었다. 고급 호텔에서 휴가를 보내는 모습 같았다. 휴대폰으로 찍은 사진이었다. 그 여자의 아들이 찍었는지도 모른다.

여자의 어린 아들. 지금쯤은 청년이 되었겠지만. 니콜라스. 니콜라스 레이븐스크로프트. 그 애에 대한 정보도 있었다. 대학 교육을 받지 않았다고? 학교를 중퇴했다니? 그럴 리가. 영업사원이라고? 그렇게 야망 넘치는 성공한 부부의 자식치고는 기대 이하였다. 내가 몰랐던 그 세월 동안 여자는 행복한 삶을 살았다. 여자와 그 가족이 그동안 어떻게 살아왔는지 알아내기란 조금도 어렵지 않았다. 그 여자가 얼마나 보람 있고 충만한 삶을 살아왔는지, 그것으로 얼마나 큰 보상을 받았는지. 여자의 가지런하고 새하얀 치아만 봐도 알 수 있었다. 60년대에 선탠한 피부가 그랬듯, 건강한 이는 풍족함의 상징이다. 머리에도 돈을 많이 쓴 게 분명했다. 세련된 헤어스타일에, 회색 머리(지금쯤이면 그 여자도 흰머리가 있을 만도 하다)와 금발이 절묘하게 섞여 있었다. 분명 잘먹고 잘 사는 사람의 모습이다.

낯선 세계를 향한 여행에 빠져들다 보니 때로는 엉뚱한 길로 벗어나고픈 유혹을 떨칠 수 없었다. 이곳저곳을 기웃거리다가 옛 제자의 흔적을 추적하기도 했다. 지금은 중년에 가까워졌겠지만, 가장 아끼는 제자였던 이 젊은이를 나는 오랫동안 그리워했다. 어떤 사람이 되었을지 궁금하기도 했고. 그런데 이제는 찾을 수 있다. 나는 그 애의 직업과 사회생활을 훔쳐보았다. 결혼하지 않았고 아이도 없었다. 이제는 먼 곳에서 마음 놓고 그 애를 지켜볼수 있다. 누구에게도 들키지 않고.

하지만 다시 하던 일로 돌아와야 했다. 나는 주소가 필요했다. 그것은 내 목표물을 명중시킬 과녁의 한복판이 될 터였다. 그 여자의 직장은 쉽게 알아낼 수 있었지만 내가 원하는 것은 여자의 집 주소였다. 알아내기가 쉽지 않았다. 결국 여자의 남편이 흘린 정보에서 단서를 포착할 수 있었다. 신문의 비즈니스 섹션에서 그의 프로필을 발견했다. '로버트 레이븐스크로프트는 노스웨스턴

던에서 유명한 다큐멘터리 제작자인 아내 캐서린, 그리고 아들과 함께 살고 있다.' 전체 주소는 아니었지만 그것을 단서로 손가락을 부지런히 움직여 전화번호부에서 그들의 이름을 찾아냈다. 로버트 레이븐스크로프트. 만약에 대비해 전화번호도 적어두었다.

인쇄업자인 내 친구가 가져다 준 초판을 받아들었을 때 나는 크리스마스 날의 어린 아이처럼 기뻤다. 실제 크리스마스는 이미 지나갔다. 내겐 외로운 날이었다. 일 인분의 간편식 칠면조 요리, 구운 감자, 미니 양배추, 그레이비, 크랜베리 소스가 전부였다. 맛보다는 냄새가 그럴싸했다. 골판지 뚜껑을 들어 올리자 크리스마스 분위기가 집안에 감돌았다. 1월 말이 되어서야 진짜 나만의 크리스마스가 찾아온 셈이지만, 상자에서 내 첫 책을 꺼낸 순간 그간의 기다림이 모두 보상을 받은 느낌이었다. 나는 조나단이 보냈던 엽서 가운데 하나를 책 표지로 사용했다. 파란 하늘과 작열하는 태양. 탁월한 선택이었다. 이글대는 태양의 이미지는 눈을 감아도 떠오를 만큼 강렬했다. 내 친구가 옆에 앉아 온라인에서 물건을 주문하는 법을 가르쳐주려 했지만 그런 데 허비할 시간은 없었다. 고맙지만 지난 한 달 동안 인터넷 세계에 완전히 적응했으니 이제는 괜찮다고 했다. 나는 인터넷에서 물건을 주문할 생각은 없었지만 그에게 그런 내색은 하지 않았다.

책을 소포용 봉투에 넣고 그 위에 그 여자의 주소를 쓰는 순간 내 손은 기대감으로 마구 떨렸다. 행여 글자를 틀리거나 우편번호를 잘못 쓰지 않을까 마음을 졸이다가 결국에는 내 손으로 직접 전달하기로 했다. 따끈따끈한 신간이 나왔으니 특별한 사람에게 증정하고 싶었다. 깜짝 선물이 되길 바라는 마음에 사람들의 눈에 잘 띄지 않는 한밤중에 가져다 두기로 했다. 현관 깔개 위에 떨어뜨릴 때 나는 쿵 소리가 만족스러웠다. 그것은 누군가가 핀을 뽑아주기만을 기다리는 작은 수류탄이었다. 나는 그 여자가 전혀 예상치 못한 때에, 이를테면 손에 와인 한 잔을 들고 소파에 편히 앉은 순간에 강한 충격을 받길 바랐다. 책에 메모 따위는 남기지 않았다. 나에게 관심이 쏠려서는 곤란하다. 내가 아닌 그 여자를 드러내는 것이 나의 목적이다. 책 속 주인공이 자기 자신임을 그 여자가 알아봐야 한다. 가식적인 모습이 아닌 진짜 자신을 마주해야 한다. 나는 진실의 주먹으로 여자의 얼굴을 한방 먹이고 싶다.

그 책이 귀여운 잭 러셀 테리어*가 되어, 숨어 있는 그 여자를 찾아 세상 밖으로 끌어내길 바랐다. 그 작고 뾰족한 이빨이 여자가 뒤집어쓴 위선을 벗겨내어 그 실체를 만천하에 드러낼 것이다. 여자는 오랜 세월 유지해 온 원만한 결혼생활, 대단한 경력, 엄마라는 허울 속에 추악한 본색을 숨겨왔다. 절대 속아서는 안 된다. 그것은 교묘한 변장일 뿐이다. 제발 좀 정체를 드러내라. 네 모습 그대로를. 너의 본색이 만천하에 공개된 후에도 지금처럼 살 수 있을지 두고 보리라.

집에 돌아온 나는 피곤해서 침대에서 잠깐 눈을 붙였다. 점심 무렵에 일어나서 치즈 샌드위치를 만들었지만 처량하기 짝이 없는 음식이었다. 치즈는 딱딱하게 굳었고 빵도 맛이 변했다. 식품 저장

---

* 체구가 작고 활동적인 영국 원산의 사냥개

고 선반에는 낸시가 만든 저장식품들이 여태껏 보관되어 있다. 그녀가 죽은 이후로 손도 대지 않았지만 그날은 양파 처트니* 한 병을 꺼내 곰팡이를 걷어낸 다음 치즈 위에 펴 발랐다. 샌드위치를 한 입 베어 삼키는 순간 목구멍에 이물감이 느껴졌다. 씹기를 멈추고 혀를 움직여 이물질을 꺼냈다. 그것은 낸시의 일부였다. 기다랗고 흰 머리카락 한 올이었다. 다른 병이 아닌 유독 그 병에 손이 간 이유를 알 것 같다. 그 속에 아내의 흔적이 간직되어 있어서였나보다. 나는 머리카락에 묻은 음식물을 빨아먹은 뒤 접시 한 쪽에 놓았다. 그것은 하나의 징조가 분명했다. 낸시의 분신이 나타나다니. 그녀는 내가 잘 한 일이 있으면 늘 칭찬을 하곤 했다. 그것은 허락을 뜻하는 표시였다. 이보다 더 그녀를 기쁘게 할 일은 떠올릴 수 없었다. 나는 용기를 내야겠다고 생각했다.

화창하고 상쾌한 하루였다. 나는 버스 지붕에 앉아 얼굴에 내려쬐는 따갑고 강렬한 햇볕을 즐겼다. 옥스퍼드 광장에서 걸어갈 수 있을 거리였지만 꾸물대는 인파 사이를 뚫고 존 루이스 백화점의 전자기기 매장에 도착하기까지는 생각보다 오래 걸렸다. 하지만 나는 점심식사로 기운을 충분히 회복한 상태였다. 새 진공청소기를 사고 싶었지만 어떻게 골라야 할지 막막했다. 누가 도와주었으면 싶었다. 주위를 둘러보다가 누군가를 발견했다. 내가 찾던 사람이었다. 정장 차림에 끈 없는 구두를 신고 이름표를 착용한 이 직원은 처음에는 매우 적극적이었다. 내가 어떤 제품을 찾는지 정확하게 알아들은 것 같았다. 나는 늙은이도 손쉽게 들고 층계를 오

---

* 과일이나 채소에 향신료를 넣고 걸쭉하게 졸인 인도식 소스의 일종

르내릴 수 있는 가벼운 제품을 원했다. 죽은 아내가 집안일을 주로 담당했었다는 얘기를 듣고 그 청년은 나를 가엾게 여겼다. 그는 내 힘으로 끌고 다닐 수 있고 손잡이가 붙어 있어 층계 아래위로 쉽게 옮길 수 있다며 다이슨 제품을 추천했다. 부품으로 보나 흡인력으로 보나 시중에 그보다 좋은 물건은 없다고 했다. 아, 하지만 나는 구형 업라이트 청소기에 향수를 갖고 있었다. 적어도 과거에 유행하던 청소기를 닮은 모델이라면 더 익숙하게 사용할 수 있을 것 같았다. 그의 몸에서 엷은 담배 냄새가 났다. 조금 전에 몰래 한 대 태우고 온 것이 틀림없었다. 하지만 구형 업라이트는 다이슨보다 훨씬 무거워서 내 힘으로 감당할 수 있을지 의문이었다. 아니면 전기를 안 쓰는 청소기가 나을까? 비쎌인지 비슬인지 그런 비슷한 이름이었던 것 같은데? 롤러가 카펫 위의 먼지를 잡는 그런 방식? 그런 건 어떨까?

그는 고개를 갸웃했다. 내가 라틴어 활용형을 대보라고 시키기라도 한 듯 어리둥절해보였다. 그러더니 그는 내게 질문을 쏟아내기 시작했다. 집에 있는 양탄자의 두께가 얼마나 되냐? 카펫을 쓰냐, 러그를 쓰냐? 아니면 맨바닥이냐? 그는 최선을 다했지만 한참 동안 나를 상대하다보니 어느새 인내심이 바닥난 것 같았다. 내가 시간을 너무 많이 뺏았나? 설마 휴식시간까지 빼앗은 건가? 그는 턱을 앙다문 채 이를 갈면서 동료가 있는 쪽을 돌아보며 노골적으로 불쾌한 표정을 지었다. 상사에게 그런 표정을 들킨다면 꾸중을 들을 게 분명했다. 내가 뭘 잘못한 걸까? 내가 다시 문의를 했더니 역시 다이슨을 권했다. 내가 '전문가니까 당신이 잘 알겠죠'라고 대답하자 그는 박스를 내려주며 결코 실망시키지 않을 물건이라고 했다. 제

값어치를 충분히 한다고. 할인가로 판매한 적도 없는 물건이라고.

그는 그것을 계산대로 가지고 갔지만 나는 마음이 바뀌었다. 그 말을 어떻게 꺼내야 할지? 설명하기가 쉽지 않았다. 연금에 의존해 생활하는 사람에게는 너무 비싼 물건이라고 말할 수밖에. 나는 그에게 사과한 다음 내가 시간을 너무 뺏은 게 아니었길 바란다고 덧붙였다. 그런 다음 그곳을 빠져나왔다.

나는 그에게 기회를 주고 싶었다. 적어도 내가 원치 않는 물건을 사도록 권하지는 않기를 바랐다. 하지만 역시나 형편없는 놈이었다. 수습 교육 대상자로도 부적합한 완전히 쓸모없는 녀석이었다. 며칠 뒤에 나는 계산대를 지키는 젊은 여자에게 그에게 줄 선물을 맡겼다. 고객이 감사의 뜻으로 주는 선물이라는 말을 덧붙이면서.

두 권의 책을 전달하고 어느 정도 시간이 흐른 뒤 나는 가끔씩 현장에 찾아가 반응을 살폈다. 니콜라스가 별 반응이 없다는 건 별로 놀랍지 않았지만 캐서린에게서는 뭔가 반응을 기대했다. 독한 년 같으니라고. 겨울 추위도 한 풀 꺾이고 봄기운이 감돌기 시작했지만 여전히 별다른 움직임이 없었다. 더 이상 참고 있을 수 없었다. 그 여자가 제 발로 정체를 드러낼 때까지 익명을 유지할 작정이었지만, 이렇게 된 이상 여자의 집에 다시 가보는 수밖에 없다. 이번에는 대낮에 찾아가서 동태를 살펴볼 참이었다.

이렇게 멋진 집이라니. 최근에 페인트칠을 했고 앞마당도 아름답게 가꾸어져 있었다. 사랑스런 가정이지만 나를 환영할 곳은 아니다. 한 시간 정도 그곳을 서성댔다. 추운 날씨였다. 봄이라고는 해도 꽤 쌀쌀했다. 마침내 차 한 대가 멈춰 섰다. 뒷문이 벌컥 열리더니 아이들이 우르르 쏟아져 나왔다. 모두 셋이었다. 내가 찾던 가족이 아니다. 한 여자가 차에서 내렸다. 아이들의 엄마였다. 역시 그 여자가 아니다. 차도 그 집 차가 아닐 것이다. 집은 맞지만 그 앞에 섰다고 해서 그 집 차라고 볼 수는 없다. 그런데 아이들의 엄마가 그 집으로 향하더니 현관문을 열고 안으로 들어갔다. 나도 그 뒤를 따랐다. 아무래도 내가 떨어뜨린 수류탄은 엉뚱한 사람의 손에 들어간 것 같다.

나는 마당으로 들어갔다. 아래층 창문에서 한 얼굴이 나를 지켜보고 있었다. 다른 얼굴도 나타났다. 두 개의 작은 얼굴이 나를 보고 있었다. 세 번째 아이도 얼굴을 내밀었다. 아이들에게 미소를 짓자 그들은 그 자리에서 순식간에 사라지고 커튼이 홱 닫혔다. 나는 계속 미소를 띤 채 현관문 앞으로 걸어가 초인종을 눌렀다. 집안에서 아이들이 깩깩대는 소리가 들렸다. 낯선 사람의 방문에 들떠서일 것이다. 요 귀염둥이들.

아이들의 엄마가 문을 열었다. 오후 시간이었지만 그녀는 사슬을 풀지 않은 채 문을 열었다. 한밤중도 아닌 환한 대낮에. 나는 미소를 지었다. 그들을 해칠 생각이 없다는 사실을 보여주고 싶었다.
"안녕하세요, 실례합니다만." 잠시 말을 멈추었다. 정말로 미안한 마음을 전달하고 싶어서였다. "옛 친구 연락처를 알고 싶어서요. 캐서린 레이븐스크로프트라고요. 이 집에 살았었는데⋯." 눈을 깜박였다. 다시 미소를 지었다. "문 앞에 생일 선물을 놓고 갔는데 몇 주가 지나도록 소식이 없어서요…. 그럴 사람이 아닌데."

"이사 갔어요." 그녀가 말했다. 웃음기가 조금도 없는 얼굴이었다.

"아 그랬군요. 그 가족을 만난 지 오래돼서요. 혹시…." 이번에도 뜸을 들였다. 집요하게 보이고 싶지 않았다. "새 주소를 아세요?" 다시 눈을 깜박였다. 나는 늙고 힘없는 노인네다. 바깥 날씨는 이렇게 춥다. 그러니 친절을 베풀어달라는 듯이. 그녀는 고개를 저었다.

"몰라요." 그녀는 문을 닫으려 했다. 매정하게도. 나는 문틈으로 잽싸게 발을 집어넣었다.

"부탁해요." 나는 애원했다. "성가시게 해서 죄송하지만 꼭 연락을 하고 싶어요."

귀여운 세 아이는 이제 엄마 뒤에서 불안에 떨고 있었다.

"당장 발이나 치우시죠." 그녀가 정색하고 말했다. 쌀쌀맞기 이를 데 없었다. 물론 나는 즉시 발을 빼고 사과했다. 쾅 소리를 내며 문이 닫혔다. 겁을 줄 생각은 조금도 없었는데 역효과만 났다. 그러나 거기서 그만둘 수 없었다. 내 물건이 잘 전달됐는지 확인해야 했다. 나는 쑤시는 무릎을 굽혀 그 집 입구에 주저앉은 채 우편함을 손가락으로 밀었다.

"부탁이에요. 제 선물을 전달하셨는지만 알려주세요." 때마침 기막힌 생각이 떠올랐다. "전 캐서린의 대부라고요. 그녀의 생일도 잊어버렸다는 오해를 사고 싶지 않아요."

"엄마…." 한 아이가 애원하는 소리가 들렸다. 이래서 나는 아이들을 좋아한다. 영리하고 따뜻한 아이들이다. 엄마가 늙은이를 푸대접한다고 생각한 것이다.

"그래요, 소포를 전달했어요. 그러니 이제 가세요. 새 주소를 함부로 알려주지 말라고 당부했다고요. 지금 가시지 않으면 경찰을 부르겠어요."

나는 다시 일어섰다. 무릎이 시렸지만 성과가 있었다.

"정말 감사하군요." 우편함을 지나 뒷걸음질을 치면서 웅얼거렸다. 집을 잘못 찾는 바람에 내 작은 미사일이 예상보다 훨씬 먼 길을 돌아서 갔지만 어쨌든 목적지에 이르기는 한 모양이었다.

책의 서평이 올라왔는지 끊임없이 확인했지만 여전히 아무것도 없었다. 노트북의 도움으로 계속 그 여자의 행적을 추적할 수 있었다. 중독자처럼 몇 시간마다 계속 접속을 했다. 때로는 새로운 정보로 보상받았다. 여자의 목소리가 담긴 동영상이었다. 이런 보물을 건지다니. 남편도 함께 있다. 인상이 좋은 남자다. 멋지게 차려입고 행사에 참가했다. 상까지 받다니 정말 똑똑한 여자다. '캐서린 레이븐스크로프트의 용감한 다큐멘터리는 성노리개로 이용당하는 여자 아이들의 실태를 조명했다.'

흥미로운 아이러니다. 여자의 목소리를 듣고 싶어 견딜 수 없었다. 나는 눈을 감고 소리를 감상했다. "저를 믿고 용기를 내어 진실을 말해준 아이들에게 감사를 전합니다. 그들의 용기가 없었더라면, 고통스런 경험을 세상에 밝히려는 의지가 없었다면…" 이런, 여자의 말은 설득력이 있었다. 그 아이들은 분명 용감했다. 하지만 그 여자라면 자신의 영예를 위해 그런 아이들을 이용하는 것쯤은 대수롭지 않게 여겼을 것이다. 상을 준 사람들은 그 여자가 어떤 사람인지 꿈에도 모른다. 나는 그 여자의 입을 틀어막고 싶었다. 그 목소리를 도저히 참고 들어줄 수 없었다. 없애 버리고 싶다. 빨간 네모 칸 속의 X만 클릭하면 금방 없앨 수 있다. 간단하다.

13

캐서린

2013년 봄

깊은 땅 속. 햇빛을 보려면 적어도 10미터는 올라가야 한다. 캐서린은 혼자가 아니다. 수십 명의 사람들과 함께 있다. 하지만 그들도 그녀와 같은 심정일까? 그 사람이 여기 있을까? 캐서린은 가방을 꼭 끌어안은 채 등 뒤와 좌우를 둘러보았다. 누군가의 눈이 그녀와 마주치더니 순식간에 사라졌다.

'…누군가 등을 가볍게 쓰다듬는 느낌이 들어 그녀는 뒤를 돌아보았다. 무수한 얼굴이 그곳에 있었지만 그녀의 관심을 끌만한 얼굴은 없었다. 승강장 안내판을 보니 열차가 3분 뒤에 도착한다고 표시되어 있었다. 그녀의 삶이 앞으로 3분밖에 남지 않았음을 의미하는 것이기도 했다…'

〈낯선 사람〉의 한 구절이 떠올라 공포가 밀려오기 시작했다. 지하철역에 오는 게 아니었는데. 누군가 그녀의 발을 밟았다. 발을 걸어 넘어뜨리려는 걸까? 발을 빼며 운동화의 주인을 쏘아보자 그는 뭐라고 사과를 하면서 앞을 본다. 그녀를 선로 아래로 떠미는 것이 아니라 뒤로 밀치고 먼저 열차에 오르겠다는 듯 계속 앞을 주시하고 있다. 그녀의 목에 누군가의 숨결이 닿았다. 왼쪽에서 풍겨오는 로션 냄새에 그녀는 숨을 참았다. 역겨워서 숨을 쉴 수 없었다. 그의 얼굴을 슬쩍 돌아봤다. 키 큰 남자가 곁눈질로 그녀를 내려다본다.

아무래도 버스를 탔어야 했는지 모른다. 집을 나설 때 그녀는 책 따위에 굴복하지 말자고 마음을 단단히 먹었다. 더구나 사무실에 가려면 버스를 세 번이나 갈아타야 한다. 용감한 캐서린, 그녀는 비겁한 겁쟁이가 아니다. 로버트의 캐서린이다. 어젯밤 책을 불사르는 소동 이후로 로버트는 다시 그녀를 믿기 시작했다. 그는 혹시라도 캐서린의 신경을 건드릴세라 온갖 배려를 아끼지 않았다. 그녀는 로버트와 약속한 대로 의사를 만났고 로버트는 그녀의 침대 옆에 놓인 작은 노란 알약을 보았다. 알약의 도움으로 캐서린이 다시 잠을 잘 수 있게 되자 로버트는 그녀가 평소 상태로 회복되고 있다고 믿었다.

사람들이 그녀를 뒤에서 밀었지만 그녀는 다가오는 열차 가까이 밀려가지 않도록 버텼다. 열차가 한 대씩 지나갈 때마다 앞으로 조금씩 밀렸지만 너무 가까이 가지는 않았다. 갑자기 노란 선이 무척이나 신경 쓰이기 시작했다. 어떤 사이코패스가 그녀를 무작위로 골라 선로로 밀어버리지 않을지 두려워 몸이 떨렸다. 과거에 일어난 그 사건이 이제 그녀에게도 일어날 수 있다. 무작위가 아니라 일부러 그녀를 골라 떨어뜨린다 해도 그것은 사고로 위장될 것이다. 캐서린은 사고란 것이 얼마나 쉽게 일어날 수 있는지 잘 안다.

그녀는 선로에 시선을 고정한 채 그 위에 자신의 신체부위가 흩어져 있는 모습을 상상했다. 그 사이 열차는 도착했고, 이제 그녀가 돌격할 차례다. 무사히 열차 안에 들어섰다. 문이 닫혔다. 앉을 자리가 없지만 지금만큼은 사방에서 그녀를 밀쳐 똑바로 서 있게 지탱해주는 사람들이 고맙게 느껴졌다. 여덟 정류장만 지나면 된다.

여덟 번째 정류장에 이르자 그녀는 차에서 내려 거리로 나갔다. 뒤돌아보지 않고 곧장 걸었다. 어서 사무실에 도착해 책상 뒤에 숨고 싶었다. 사무실에 가까워질수록 마음이 놓였고 누군가 그녀를 지켜보다가 선로로 밀어버릴지도 모른다는 두려움은 어느새 사라졌다. 적어도 지금만큼은. 이제 안전하다. 그녀는 출입증을 판독장치에 읽히고 보안대를 통과한 다음 엘리베이터를 기다리는 사람들 사이에 섞여들었다. 그들은 그녀를 알고 그녀도 그들을 안다. 여기서 그녀를 모르는 사람은 없다. 그들 중에는 그녀를 죽이려는 사람이 없다고 확신할 수 있다.

"이사 잘 하셨어요?"

캐서린은 킴에게 미소를 지어보였다. 킴은 아름답고, 젊고, 생기가 넘친다. 캐서린은 책상에 가방을 털썩 내려놓고는 상으로 받은 괴상한 쇳덩이를 꺼내 높이 들고 사람들에게 흔들어 보였다.

그런 다음 그것을 그녀 뒤편에 있는 선반에 올려놓았다. 그녀의 집처럼 이 사무실에도 칸막이가 없다.

"좋았어." 마침내 책상 앞에 안착했다. 돌아온 기분이 나쁘지 않았다. 집 밖으로 벗어나니 마음이 홀가분했다. 이곳은 그녀가 통제할 수 있는 공간이다. 원하는 대로 모든 것을 관리하고 시작하고 그만둘 수 있는 곳이다.

"모양이 너무 흉측하지 않아?" 캐서린이 트로피를 보며 말했다.

"뒤통수 내려치기에는 딱인데요. 사이먼한테 한 번 써볼까요." 킴이 대꾸했다.

"티슈로 피만 닦아내면 그만이겠어." 이렇게 말하면서 캐서린은 화면 닦는 천을 꺼내 컴퓨터에 쌓인 먼지를 밀어냈다. 킴의 엽기적인 농담을 태연히 받아치는 자신이 놀라웠다. 직장에 돌아왔다는 사실이 새삼 기뻤다.

"커피 드실래요?" 킴이 물었다.

"응 부탁해." 캐서린이 미소를 지었다.

프로듀서, 조사팀, 제작팀 사람들도 속속 도착했다. 다들 캐서린에게 안부 인사며 축하 인사를 건넸고 캐서린도 일일이 감사 인사를 했다. 입에 발린 칭찬으로 호들갑을 떠는 사이먼조차 오늘은 별로 밉살스럽지 않았다. 그간의 기분과는 사뭇 달랐다. 평소의 컨디션을 거의 되찾은 것 같았다. 비록 얼굴은 피곤해 보였지만 킴을 제외한 다른 사람들도 마찬가지였다. 조명 탓인지도 모른다.

"아, 킴, 커피 고마워." 그들의 공동 조수인 킴이 커피 두 잔을 들고 오자 사이먼이 말했다. 캐서린은 킴이 사이먼을 울퉁불퉁한 트로피로 후려치는 모습을 상상하며 웃음을 참았다. 킴은 자기 커피를 사이먼에게 주고 다른 하나는 캐서린에게 건넸다.

"어쨌든 잘 된 일이에요." 사이먼은 캐서린의 상을 또 한 번 바라보더니 눈을 찡긋했다.

캐서린은 못 본 척하고 새 노트를 폈다.

"그래, 다음 프로젝트는 뭐예요?" 사이먼이 물었다. 저렇게 경박스럽고 짜증나는 남자라니.

"내 다큐멘터리를 장편영화로 만들겠다는 사람이 있어요." 그녀는 거짓말을 하며 사이먼의 일그러지는 미소를 통쾌한 듯 바라봤다.

"잘 됐네요." 그가 말했다.

"그렇죠." 그의 눈을 응시하면서 캐서린이 대답했다.

"어려운 일 있으면 나한테 물어봐요. 영화제작자들은 내가 꼭 잡고 있잖아요." 그가 억지웃음을 지었다.

"그럴게요, 사이먼." 캐서린은 그에게 눈을 찡긋한 다음 몸을 돌려 펜으로 노트를 두드리기 시작했다. 종이에 써보기. 지금 당장 해야 할 일이다. 일을 시작할 때는 종이에 생각을 써보는 게 최고다.

책: 〈낯선 사람〉
저자: …의 친구, …의 친척, …의 목격자

캐서린은 종이를 펜으로 짚으며 낸시 브리그스토크를 만난 날을 떠올렸다. 1998년의 일이다. 두 사람의 처음이자 마지막 만남이었다. 캐서린에게 먼저 연락한 사람은 낸시였다. 그녀의 편지를 받고서 캐서린은 찌르는 듯한 죄책감을 느꼈다. 낸시는 캐서린이 연락하기를 기다렸을 것이다. 캐서린은 마음만 먹으면 낸시를 쉽게 찾을 수 있었겠지만 낸시가 그녀를 찾아내기도 어렵진 않았을 것이다. 그런 딱한 여인에게는 누구라도 선뜻 캐서린의 연락처를 알려줬을 테니까. 편지는 짙은 청색 만년필로 적혀 있었다. 글자의 기울기며 문장 처음에 쓰인 대문자의 곡선 형태가 지금도 눈에 선했다. 그 편지는 강렬한 인상을 남겼다. 캐서린은 반드시 그녀를 만나야 한다고 느꼈다. 캐서린 자신이 먼저 그녀를 찾아갔어야 했는지도 모른다.

10월의 어느 금요일 오후였다. 하늘은 희뿌옇고 공기는 후텁지근했다. 10월에 후텁지근한 날씨라니? 그럴 리는 없었겠지만 캐서린은 그렇게 느꼈다. 숨이 막힐 지경이었다. 모자를 벗어서 호주머니에 찔러 넣었던 기억이 난다. 밖이 추울 줄 알고 사무실을 나설 때 모자를 썼지만 몹시 덥게 느껴졌다. 머릿속에 열기가 쌓여 뇌가 서서히 익어가고 생각이 죽처럼 흐물거리는 느낌이었다. 그녀는 모자를 벗고 코트 단추를 풀었다. 낸시는 외투 단추를 꼭꼭 여미고 있었다. 외투에 폭 파묻힌 모양새였다. 그녀는 체구가 작았다. 장갑을 끼고 있었지만 모자는 쓰지 않았다. 그녀의 정수리를 내려다보니 듬성듬성한 흰 머리 사이로 분홍빛 두피가 보였다. 당시에 낸시는 예순도 채 안 되는 나이였을 테지만 그보다 훨씬 늙어 보였다. 그녀는 암에 걸렸다고 했다. 편지에 그렇게 적혀 있었고 실제로도 죽어가는 사람의 모습이었다. 낸시는 그녀의 남편도 얼마 전에 죽었다고 했다. 그것도 캐서린이 그녀를 만나기로 결심한 이유 가운데 하나였다. 암환자인데다 최근에 남편을 여읜 가련한 사람. 그런데 만약 낸시가 죽지 않았다면? 암에 걸린 채로 살아남았을지도 모른다. 캐서린은 종이에 그녀의 이름을 적고 '살아있다?'를 덧붙였다.

낸시와의 만남은 무척 어색했다. 하고 싶은 말이 많았지만 입밖으로 나오지 않았고, 주로 낸시의 말을 듣기만 했다. 그녀의 목소리에는 어떤 갈망이 느껴졌다. 캐서린을 떠보고 입을 열도록 유도한다는 느낌을 받았지만 캐서린은 그럴 생각이 없었다. 그럴 수 없었다. "뭐라고 드릴 말씀이 없네요." 캐서린이 말했다. 그러자 낸시는 니콜라스를 한 번 만나고 싶다고 했고 캐서린은 거절했다. 너무 매정하게 보이고 싶지는 않았지만 그것만은 허락할 수 없었다. 니콜라스는 너무 어렸다. 캐서린은 이 연약한 여인의 손을 잡았다. 살아 있는 사람인데도 죽음의 감촉이 느껴졌다. 캐서린을 바라보는 눈에서도 죽음의 그림자가 느껴져, 캐서린은 고개를 돌려 시선을 피했다. 낸시의 내면에는 이미 죽음이 편안히 자리 잡은 듯했다. 작별 인사를 하고 돌아설 때 캐서린에게 남은 그녀의 인상은 바로 그랬다. 캐서린은 뒤를 돌아보지 않고 계속 걸어갔다. 낸시에게 우는 모습을 보이고 싶지 않았다. 그 눈물의 의미를 오해하게 만들고 싶지 않았다. 캐서린은 입 밖으로 꺼내지 못한 모든 말들과 말쑥한 헤링본 트위드 코트 안에 몸을 웅크린 이 자그마한 여인을 위해 눈물을 흘렸다. 그녀의 가죽 장갑, 빗자국이 남은 듬성듬성한 머리, 노인용 구두가 모두 서글펐다. 나름대로 한껏 치장했을 그녀의 모습에 가슴이 미어졌다. 본래의 자신보다 의연해 보이려고 애쓰는 그 모습이 안쓰러웠다. 그러나 캐서린이 그녀의 의지를 과소평가했는지도 모른다. 죽음을 이겨낸 낸시가 지금 캐서린을 공격하고 있는지도 모른다. 어쩌면 그녀의 눈에서 본 것은 죽음이 아니라 다른 어떤 것, 죽음만큼 냉정한 의지였는지도 모른다. 그 책에 증오를 담은 사람이 과연 낸시일까?

"뭐 도와드릴 일 있나요?" 킴이 어깨 뒤에서 들여다본다. 캐서린은 황급히 노트를 덮었다.

"아니야. 생각나는 게 있어서 몇 가지 적어봤어. 아이디어가 있으면 정리해서 내일 아침에 같이 얘기해볼까?" 킴이 고개를 끄덕였다. 킴은 캐서린을 위해서라면 무엇이든 할 것이다. 그녀의 승진이 캐서린의 손에 달렸기 때문이다. 캐서린은 유능한 조수에 불과한 그녀를 그 이상의 위치로 끌어 줄 수 있는 유일한 사람이다.

"실은 안 계신 동안 몇 가지 아이디어가 떠올랐어요. 후딱 정리해서 보여드릴게요."

"멋진데." 캐서린이 미소를 지었다. 킴의 이런 점이 마음에 든다. 의욕적이고 적극적이다. 두 번 말할 필요가 없다. 캐서린은 킴이 〈낯선 사람〉을 읽는다면 어떻게 생각할지 궁금했다.

캐서린은 일찍 사무실을 나섰다. 그 편지는 틀림없이 지금까지 보관되어 있을 것이다. 그녀의 침실에는 아직 상자 몇 개가 남아 있다. 갖고 있어야 할지 버려야 할지 난감한 물건들이다. 친구와 가족들이 준 특별한 선물은 차마 버릴 수가 없다. 그녀는 보물을 찾듯 신문지를 열심히 풀기 시작했다. 그 편지가 이런 물건들 틈에 숨겨져 있을 리는 없지만 그녀는 전부 열어봐야겠다고 생각했다. 그녀는 첫 상자가 밑바닥을 드러낼 때까지 작업을 계속했다. 엄마와 옛 친구가 보낸 잡다한 사진과 편지를 모아둔 폴더를 찾았다. 그 안에 낸시의 편지도 섞여 있을 터였다. 빛바랜 분홍빛 폴

더를 꺼내 획획 넘기다보니 역시나 그 편지가 눈에 들어왔다. 하늘색 편지지에 짙은 파랑색 글씨. 오른쪽 위에는 주소도 적혀 있었다. 전화번호는 없었다. 그녀가 아직 살아남아 같은 주소지에 살고 있을 확률은 희박했지만 일단 알아볼 필요는 있다. 심장이 고동치고 아드레날린이 용솟음쳤다. 달아나지 말고 맞서야 한다. 정면으로. 그것이 캐서린의 방식이다. 누구에게 맞서게 될지는 분명치 않았지만 그 사람으로부터 그녀가 왜 이런 일들을 겪어야 하는지에 대해 해명을 들어야 한다. 그녀는 시간을 확인했다. 오후 4시였다. 로버트가 집에 오기 전에 그곳에 다녀와야 한다.

캐서린은 마지막 계단을 오르며, 암으로 죽어가는 여인이 이곳을 어떻게 오르내렸을지 상상했다. 낸시 브리그스토크가 살아 있다면 70대에 접어들었을 텐데 과연 이 계단을 오를 수 있을까? 계단 끝에 이른 다음 전등을 켰지만 불이 들어오지 않았다. 다시 시도해도 소용없었다. 누군가 전구 바꾸는 것을 잊었나보다. 대문 앞에 놓인 식물도 누군가 물주는 것을 잊었는지 바싹 말라죽어 있었다. 지붕에 난 작고 지저분한 창으로 희미한 빛 한줄기가 들어왔다. 두 개의 대문 위에 쓰인 숫자는 그럭저럭 알아볼 만했다. 그녀는 낸시의 마지막 주소지 앞에 서서 초인종을 눌렀지만 소리가 나지 않았다. 손가락 관절로 문을 두 번 두드린 다음 가방을 고쳐 맨 채 기다렸다. 반응이 없었다. 아무도 없는 모양이었다. 그녀는 몸을 웅크려 현관 아래쪽에 달린 우편함을 통해 안을 들여다보았다. 녹색 카펫과 짙은 색 목재 가구의 다리가 보일 뿐 아무런 움직임도 없었다.

캐서린은 계단 맨 위 칸에 걸터앉은 채 가방을 뒤져 수첩과 펜을 꺼냈다. 신중하게 한 자 한 자 적었다. '브리그스토크 부인'이라는 말로 편지를 시작했다. 적대적이어서도 비굴해서도 안 된다. 분노를 표출해서도 안 된다. 설득력 있고 조리 있게 쓴 것 같았다. 수첩 페이지를 찢은 다음 반으로 접어 문틈으로 밀어 넣었다. 부질없는 짓이다. 낸시 브리그스토크가 아직 살아서 이 쪽지를 발견할 가능성은 희박하다. 잠시 문에 머리를 기대고 있으니 뒤에서 인기척이 느껴졌다. 계단을 오르느라 힘들었는지 숨을 거칠게 헐떡이는 소리가 들렸다. 캐서린은 뒤를 돌아보았다. 긴 백발을 늘어뜨린 여자가 그녀를 보고 있었다. 장바구니를 팔에 걸친 채 가쁜 숨을 내쉬고 있었다.

"브리그스토크 부인이세요?" 캐서린이 물었다. 이 사람이 정말 오랜 투병 생활을 견딘 낸시일까? 감지 않은 머리는 지나치게 길고, 닳아빠진 샌들 사이로 두꺼운 양말이 비어져 나와 있었다. 하지만 낸시라기엔 너무 키가 컸다. 캐서린은 한 걸음 다가가 노파의 얼굴을 자세히 살폈지만 아리송했다. 노파는 그녀를 밀치고 옆집 쪽으로 갔다. 장바구니를 내려놓고 문에 열쇠를 끼워 넣었다.

"낸시 브리그스토크 부인을 뵈러 왔는데요. 아직 여기 사시나요?" 노파는 알아듣기 힘든 소리로 대답했다. "여기 안 산지 오래됐어요."

"혹시… 지금은 어디 사는지 아시나요?" 목소리가 떨렸다. "연락을 안 한지 오래 돼서… 지난번에 뵀을 땐 많이 편찮으셨는데…."

노파는 집으로 들어가더니 문을 빼꼼이 열어둔 채 캐서린을 위 아래로 훑어봤다. 무례하게 쏘아보는 노파의 눈초리에 의심이 가득했다.

"그 가족과 친구처럼 지내다가 연락이 끊겨서요…." 캐서린은 태연한 척했지만 꿰뚫어보는 듯한 노파의 눈길은 이미 그녀의 거짓말을 간파하고 있었다. 친구는 무슨.

"복지기관에서 나왔어요?" 노파가 물었다.

"그건 아니고요…. 낸시의 주소를 잃었다가 다시 찾았는데…. 직접 할 얘기가 있어서요…."

"누가 그 여자의 연금을 타고 있나요?"

"복지기관에서 나온 게 아니라니까요…. 그냥 한 번 만나고 싶어서…."

"너무 늦었어요. 다 죽어가는 낸시를 사람들이 와서 데려갔다고요. 벌써 오래전 일이예요. 가엾은 사람 같으니. 떠나면서도 쓸모없는 잡동사니에 왜 그리 집착을 하던지. 지금은 틀림없이 세상을 떠났을 거예요."

"유감이네요…." 캐서린은 말을 얼버무리며 돌아섰다. 그 정도는 짐작했어야 한다. 낸시는 당연히 죽었을 것이다. 캐서린은 층계 쪽으로 발길을 옮겼다.

"그 사람이 가져갈 거예요. 당신이 편지함에 넣은 거요." 캐서린은 귓가에 피가 솟구치는 느낌을 받았다. 그녀는 노파 쪽으로 몸을 돌렸다.

"그 사람이라뇨? 누가 편지를 가져간다고요?"

노파는 대답을 할지 말지 망설이는 듯했다.

"그 사람이 누구죠?" 캐서린이 다시 물었다. 목소리에 치명적인 공포가 서려 있었다. 노파는 이맛살을 찌푸렸다. 진짜 친구라면 그런 질문을 할 리 없을 테니까. 노파가 문을 닫으려 하자 캐서린은 잽싸게 달려가 손으로 막았다. 위협이 아닌 절박한 몸짓이었다.

"제발요…."

집안에서 고양이 우는 소리가 들렸다. 배가 고파선지 노파의 주의를 캐서린으로부터 돌리려 하고 있었다.

"부탁드려요…." 캐서린은 애원했다.

"브리그스토크 씨요. 이따금씩 들러요."

"브리그스토크 씨요?"

"낸시의 남편이죠."

"그분은 돌아가셨잖아요."

"그들과 친구라면서요." 노파가 이제야 캐서린의 정체를 알았다는 듯 눈을 가늘게 떴다. 거짓말쟁이.

"낸시의 친구죠. 낸시 브리그스토크 부인을 잘 알아요. 낸시가 제게 남편이 돌아가셨다고 했어요."

"당신을 믿지 않았나보군…."

캐서린은 화들짝 놀랐다. 맞는 말 같아 그녀는 눈길을 피했다.

"우리는 친구였어요." 그녀는 다시 한 번 반복했다. 하지만 그들은 친구가 아니었다. 한 번도 친구였던 적이 없었다. 서로를 잘 알지도 못했다. 그녀의 거짓말이 허공에 맴돌았다.

"서로 연락이 끊겼을 뿐이에요…. 전 그 이유가 궁금하다고요…." 캐서린은 눈물이 글썽거릴 지경이었다. 그 때문인지 노파의 태도가 조금 누그러졌다.

"한동안 못 보긴 했지만 가끔씩 여기 들르곤 해요. 마지막 모습이 얼마나 딱하던지. 집안에서 악취가 진동하는데 그 여자는 문을 열려고 하지 않았고 집에 있는 기척도 내지 않았죠. 주민자치회에서 남편에게 연락해야 했어요. 열쇠를 가져 오라고요. 집안 상태가 말이 아니었을 거예요. 구급차가 와서 그 여자를 실어갔어요. 그때 이후로 보지 못했어요."

"남편과 여기서 함께 살지 않았나요?"

"아니에요. 여긴 아들 집이에요. 아들이 여행을 떠난 사이에 낸시가 여기 들어왔죠. 그 여자 말로는 아들이 항상 여기저기 돌아다녔다는군요. 여자의 남편은 여기서 산 적이 없지만 마지막에는 아내를 돌봤죠. 여자가 실려 가는 내내 손을 꼭 붙들고 있더군요. 여자를 집에 데려가서 돌보겠다면서요. 그렇게 말하는 걸 들었어요. 나도 그때 그 광경을 지켜봤죠. 필요하면 도움을 주려고요. 결국 두 사람이 화해했으면 좋았을 텐데요."

"그 분 연락처는 아세요? 주소나?" 노파는 혀를 끌끌 찼다. 질문이 너무 많다는 뜻이었다. 노파는 고개를 젓더니 문을 닫았다. 캐서린은 필사적으로 문을 두드렸다.

"그 분 이름이 뭐죠? 그것만이라도 알려주세요." 캐서린은 잠시 기다리다가 다시 문을 두드렸다. "제발요." 하지만 문은 끝내 열리지 않았다. 캐서린은 땀이 미끈거리는 손으로 차가운 금속 난간을 잡고 계단을 내려갔다. 아무것도 몰랐다는 사실에 충격을 받은 채 문 안쪽에 던져 넣은, 오래전에 죽은 여자에게 남긴 편지를 생각했다. 거기에 휴대전화 번호를 남겼는데. 이런. 언제쯤 전화를 할까? 무슨 말을 할까? 그 '죽은' 남편이 진짜 원하는 게 뭘까? 낸시는 그 집을 순순히 떠났을까? 저항할 기력이 없어서 끌려갔을까? 그 사람이 억지로 데려간 것 아닐까? 그 사람은 낸시를 집으로 데려갔을까? 낸시는 분명 캐서린에게 남편이 죽었다고 했었다. 왜 그랬을까? 그가 무슨 짓을 할지 두려웠던 걸까?

"스티븐이요." 그 이름이 복도에 울려 퍼졌다. 위를 올려다보니 난간에 기대 선 검은 형체가 보였다. "그 사람 이름은 스티븐이에요."

캐서린은 층계를 내려가면서 책 속의 이미지를 머릿속에서 획획 넘겨보았다. 그 사람은 정확히 알고 있다. 캐서린이 어떤 옷을 입고 있었는지. 그가 어떻게 아는 걸까? 그 순간 그녀의 귀에 먼 과거의 소리가 어렴풋이 들려왔다. 찰칵, 찰칵, 찰칵.

스티븐

2013년 늦은 봄

그랬다. 그 여자는 낸시를 만났다. 나 모르게 은밀히. 원고를 갖다놓으려고 아파트에 들렀다가 그 여자가 남긴 쪽지를 발견했다. 상황을 제대로 파악할 때까지 몇 번이나 다시 읽었다. 나는 약이 올랐다. 속이 상해서 숨이 가쁠 지경이었다. 두 사람이 만났다는 사실도 내겐 상처였지만 낸시가 나를 죽은 사람 취급했다는 것이 더 충격이었다. 그 문장을 보니 몸에서 기운이 쫙 빠졌다. '우리가 만났을 때 얼마 전에 남편 분을 여의셨다고 하셨죠.' 그 여자는 낸시의 '품위'가 '인상적'이었다고 했다. 낸시에게 품위가 깃들어 있었다고 했다. '우리 집에 배달된 책을 당신이 쓰셨는지는 잘 모르겠지만'이라는 말도 있었다. 여자는 낸시가 그 책의 존재를 아는지조차 확신이 없다. 낸시가 그것을 알 리가 없다. 이미 죽었으니까, 멍청한 년 같으니.

그렇게 잘난 척하는 바보라니. 하지만 그 여자의 어조는 공손했다. 그것만은 인정해야겠다. 그 여자는 내 아내를 '진실한' 여성, '깊은 이해심을 지닌' 여성으로 표현했다. 옳은 말이다. 낸시는 정말로 이해심이 깊었다. 그 여자는 낸시와 '직접 만나서 이야기를 나누고 싶다'며 고맙게도 전화번호를 남겼다.

이런 식으로 뒤통수를 맞은 것도 어찌 보면 내 잘못이다. 낸시의 노트를 쓸모없는 낙서쯤으로 치부하지 않고 원고와 함께 가져왔더라면 두 사람이 만났다는 사실을 진작 알았을 텐데. 그 안에 모든 게 기록되어 있었으니까. 노트에는 소설 아이디어 외에도 많은 정보가 담겨 있었다. 노트를 읽고 나서 나는 두 사람이 만난 날짜, 시간, 장소, 심지어 그날 날씨까지 상세히 알게 되었다. 그 여자에 대한 낸시의 묘사도 흥미로웠다. '아무런 흔적이 남지 않도록 모든 것을 씻어낸 듯 냉정한 사람이었다. 마치 방수 처리라도 되어 있는 것처럼 아무것도 들러붙을 수 없는 사람 같았다. 먼지 한 톨도 남기지 않고 자신을 깨끗하게 닦아낸 것 같았다…' 낸시는 그 여자를 정확하게 파악했다. 틀림없이 그 여자가 마음에 들지 않았던 것 같다.

나는 노트를 집에 가져와 읽고 또 읽으며 위안을 얻었다. 낸시가 그것들을 보관해두어서 다행이라고 생각했다. 사진처럼 그것들도 퍼즐 조각 같았다. 나는 그 안의 모든 단어를 흡수했다. 잉크에 혀를 대보기도 했다. 베개 밑에 놓고 잠이 들면, 꿈속에서 노트 속의 문장들이 종이에서 흘러나와 내 머릿속으로 들어왔다. 낸시의 가장 은밀한 생각들이 내게 스며드는 것이었다. 나는 노트의 한 페이지를 잘근잘근 씹어 삼켰다. 나의 사랑하는 그녀는 이제 내 안에 있다. 이제 우리는 하나가 되었다. 그녀는 내게 힘을 주었다. 세상은 나를 건드릴 수 없지만 나는 내 뜻대로 세상을 건드릴 수 있다.

날씨가 놀랄 만큼 더웠다. 4월도 힘들었지만 5월은 푹푹 쪘다. 바깥 공기가 들어오면 좀 시원해지겠지만 창문을 열고 싶지는 않았다. 창은 닫고 커튼을 내린 상태가 좋았다. 내 주위로 단단한 방어막을 치고 싶었다. 한낮의 열기를 식히기 위해 내가 한 일이라고는 양말을 벗고 발이 눈에 보이지 않도록 책상 밑에 숨긴 것뿐이다. 흉측한 맨발이 보기 싫었다. 한동안 몸 관리에 소홀했더니 발톱이 형편없이 자라 있었다. 끝부분이 구부러져 어느 방향으로 자랄지 알 수 없었고 뼈만큼이나 단단했다. 손톱은 이빨로 물어뜯어 아무데나 뱉었더니 책상 주위 여기저기에 짧고 날카로운 손톱 조각이 붙어있다. 하지만 곡예사도 아닌 내가 발톱을 이빨로 자를 수는 없었다. 이가 그만큼 튼튼할 것 같지도 않았다.

누가 문을 두드렸다. 올 사람이 없는데. 나는 책상에서 일어나 창문을 내다봤다. 인쇄공 친구 제프였다. 하지만 커튼을 걷지 않았다. 그를 안으로 들여야 할까? 집안이 이렇게 엉망인데. 나는 갈 테면 가라는 식으로 느릿느릿 문가로 향했지만 그는 문이 열릴 때까지 그 자리에 서 있었다.

"어찌 지내시는지 궁금해서요." 그가 말했다.

"잘 지내고 있어요." 나는 대답했다.

그는 내 책을 손에 들고 있었다.

"책을 다 읽었어요. 솔직히 끝까지 읽게 될 줄은 몰랐지만요."

나는 눈썹을 치켜 올렸지만 그가 미소를 짓고 있어 바로 표정을 바꿨다. 나는 옆으로 물러서며 그를 집안으로 들였다. 그는 놀랍다는 듯 집안을 둘러봤다.

"도둑이 들었어요." 내가 말했다.

"이런, 스티븐, 그런 일이 생기다니요."

나는 어깨를 으쓱했다.

"집안을 잔뜩 어질러놨지만 귀중품에는 손을 대지 않았더군요." 나는 책상 위에 멀쩡하게 놓여 있는 노트북을 향해 고갯짓을 했다. 차를 마시겠냐고 묻자 그는 그러겠다며 나를 따라 주방으로 들어왔다. 걷다보니 마루에 흩어진 손톱 조각이 발바닥에 느껴졌다. 제프도 눈치챘을까? 나는 주전자가 있는 쪽으로 가다가 식탁 밑에 있는 슬리퍼에 발을 끼워 넣었다.

"그동안 어떻게 지내셨나요?" 그가 재차 물었다.

그는 조금 긴장한 듯 억지로 명랑한 목소리를 내고 있었다. 나는 주전자에 물을 다 채우고 나서 그 질문에 대답했다.

"잘 지냈어요." 나는 어깨 너머로 그를 돌아보며 말했다.

"책은 어때요? 잘 팔리나요?"

"많이는 아니지만 꾸준히 팔리나 봐요." 그건 아무래도 좋지만 그는 모른다. 나는 주전자의 물이 끓기를 기다렸다가 티포트를 뜨거운 물로 데웠다. 내가 책을 단 두 권만 배포했다는 걸 그가 알 리는 없었다.

"온라인에서 판매하시려면 프로필을 만들어야 해요. 블로그를 시작하든지요…. 그런 걸 하실 생각이 있으신지 모르겠네요. 원하시면 도와드릴 수…."

"어땠어요?" 내가 말을 잘랐다. 나는 어린 학생처럼 긴장이 되어 그를 등지고 섰다. "책을 읽어보니까 어땠나요?"

"정말 재미있게 읽었습니다." 나는 자세한 얘기를 듣고 싶은 마음에 몸을 돌렸다.

"솔직히 평소에 즐겨 읽는 장르는 아니었지만 완전히 빠져들었어요. 원하시면 진짜 출판업자를 구하셔도 좋을 거 같아요."

"말씀은 감사합니다만 출판업자가 그런 변변찮은 책에 관심을 가질 리는 없죠." 나는 티포트의 물을 따라버린 다음 티백 세 개를 넣고 끓는 물을 부었다. 그런 다음 티포트에 덮개를 씌워 테이블로 가져왔다.

"출판해도 될 것 같은데요. 제가 보기엔 시중에 나와 있는 책들과 비교해도 손색이 없었어요."

나는 찬장에서 깨끗한 찻잔을 찾아 행주로 공들여 닦았다. 그런 다음 그의 맞은편에 앉았다.

"우유랑 설탕은요?"

"우유랑 설탕 두 스푼이요." 그가 말했다. 나는 제프가 마음에 든다. 자기 얘기를 잘 하지 않고 나에 대해서도 꼬치꼬치 묻는 법이 없다. 만나면 책이나 음악 얘기를 하는 게 전부다. 그의 털털한 외모도 편안함을 준다. 차에 입김을 불 때면 정리되지 않은 코털이 거미 다리처럼 가늘게 떨렸다. 나는 꾸미지 않은 수수한 외모가 건강한 정신을 드러낸다고 생각한다. 하지만 그는 예의가 발랐고 일부러 단정치 못하게 하고 다니는 것도 아니었다. 수염을 밀긴 했지만 무딘 면도날을 쓴 것 같았다. 티셔츠가 아닌 와이셔츠를 입었지만 배 부위가 꽉 끼였고 가슴 주위의 여밈이 벌어져 그 틈으로 털이 비어져 나와 있었다. 셔츠 맨 위 단추는 풀린 것이 아니라 아예 떨어져 나가고 없었다. 나는 그런 모습에 호감을 느꼈고 그도 나를 좋아한다고 생각했다. 자기 아버지 생각이 나선지, 나처럼 노년을 보내게 될까 두려워서인지는 몰라도 그는 내게 친절을 베풀면서도 전혀 생색을 내지 않았다. 더구나 내 책을 진심으로 좋아하다니.

"스티븐, 알아서 잘 하시겠지만 책을 읽고 나니 제가 꼭 도움을 드리고 싶었어요. 그래서 몇 권을 들고 동네 서점을 찾아갔더니 기꺼이 진열해 놓겠다고 하더군요. 얼마나 팔리는지 두고 보죠. 지역 작가라니까 다들 적극적으로 홍보하겠대요. 당신 얘기를 했더니 무척 관심을 보이던데요."

나는 깜짝 놀랐다.

"서점이라고요? 중심가에 있는?"

"네. 제가 괜한 짓을 했나요?"

내 표정이 떨떠름해 보였나? 그저 좀 의외였을 뿐이다. "아니, 아니 전혀요. 그런 생각은 전혀 못했는데…. 고마워요." 나는 감동했다.

"얼마나 잘 된 소설인지 모르시나 봐요."

아니, 실은 잘 알고 있다.

"아시잖아요. 자기 홍보를 직접 하기가 어디 쉽나요." 제프의 말에 나는 가슴이 뛰었다. 그 여자가 이 근처에 왔다가 내 책이 진열된 동네 서점에 우연히 들른다면? 순간 저자 사인회를 열면 어떨까 하는 생각이 머릿속을 스쳤다. 그 여자가 줄을 서서 내 사인을 받는 장면을 떠올렸다. 그는 내게 미소를 지었고 나도 이런 상상을 하며 빙그레 웃었다.

"몇 장면은 꽤 놀랍던데요." 그가 눈썹을 치켜 올렸다. "노골적인 장면들 말이에요."

나는 미소를 거두었다. 그는 뭔가 실수라도 했나 싶은지 내 눈치를 살폈다. 나는 턱을 들어 올리며 다시 웃는 얼굴을 했다. 그가 안도하는 것 같았다.

"아직 쓸 만한가요…." 나는 차를 홀짝이며 찻잔 너머로 그를 바라봤다. 그게 실화라고 말하고 싶었다. 책을 논픽션 코너에 진열해야 한다고 말하고 싶었지만 그러면 그가 겁을 집어먹을 게 분명했다. 결말만큼은 희망사항일 뿐이니 역시 논픽션은 아닐지도 모른다. 하지만 그가 그런 사정까지 알 필요는 없다.

"그 여자에 대해 어떻게 생각해요?" 대신 이렇게 물었다. "자업자득이라고 생각해요?"

그는 한참을 고민했다.

"글쎄요. 쉬운 문제가 아니네요. 남을 조종하는 솜씨가 보통이 아니더군요. 책임은 교묘히 회피하고요."

갑자기 속이 쓰렸다. 그렇게 쉽게 말하다니. 여자의 행동이 가져온 결과에 대해 전혀 분개하지 않는 것이다.

"대답해 봐요." 나는 재촉했다. "그 여자가 그런 일을 당해도 싸다고 생각해요?"

"그렇게 죽는 게 가엾다는 생각은 들지 않았어요." 그가 말했다. "그 장면의 묘사가 특히 생생하더군요."

훨씬 마음에 들었다. 나는 고개를 끄덕였다. 차를 한 모금 마시며 내 손에 들어온 기회를 어떻게 활용할지 궁리했다. 오후에는 여자가 사는 곳 인근의 서점을 탐색해야겠다. 안 될 것 없지 않나? 나로선 손해 볼 게 없다. 몸단장은 좀 해야겠지만. 차라리 제프를 내세우는 게 나을지도 모른다는 생각이 들었다. 순진한 제프를 공모자로 끌어들이는 것이다.

"그렇다면 희망이 있다는 말이죠? 다른 서점에서도 관심을 가질까요?"

"그럴 거예요. 우선 힐사이드 서점의 반응부터 본 다음에요."

"이번에 결과가 좋으면 입소문 내는 데 도움을 주시겠어요?"

"기꺼이 도와드리지요, 스티븐."

눈물이 날 지경이었다.

"도와주신다니 얼마나 기쁜지 모르겠네요. 혼자서 막막했는데, 나를 이렇게까지 믿어주는 친구가 있다니…." 나는 말을 잇지 못했다.

그의 얼굴이 환해졌다. 내 덕에 그가 행복해졌다.

15

캐서린

2013년 늦은 봄

출근한 지 이틀째가 되자 캐서린은 다시 평소의 패턴을 회복했다. 동료들의 눈에는 그렇게 보였다. 곧은 자세로 앉아 컴퓨터를 두드리고, 뭔가를 읽거나 기록을 할 때는 손가락으로 뒷머리를 꼬는 캐서린의 모습은 평소와 다름없었다. 자료를 취합해 스토리를 만들어내고 있었다. 캐서린은 일에 완전히 빠져서 킴이 옆에서 서성대는 것도 눈치채지 못했다. 그럴 때는 방해하지 않는 게 최선이었다. 킴은 캐서린의 책상에 커피 한 잔을 올려놓고 자리를 피했다.

캐서린은 낸시 브리그스토크가 죽었다는 사실을 확인했다. 암으로 사망한 것이다. 이미 10년 전의 일이다. 그러나 그녀의 남편은 살아있다. 스티븐 브리그스토크. 그는 더 이상 베일 속에 가려진 죽은 남편이 아니다. 그는 퇴직한 교사다. 왜 그런 사실을 확인조차 하지 않았을까? 왜 그녀 자신의 일에는 다른 일을 할 때만큼 철저하지 못했을까? 남편이 죽었다는 낸시의 말이 거짓일 줄은 꿈에도 몰랐다. 하지만 이제는 안다. 그의 생김새가 어떤지도 알게 됐다.

캐서린은 그녀의 옛 집에 살고 있는 여자로부터 전화를 받았다. 여자는 잔뜩 화가 나 있었다. 소름끼치는 늙은이가 나타날 거라고 왜 미리 귀띔해주지 않았냐며 캐서린을 나무랐다. 캐서린은 그 노인이 진짜 대부는 맞지만 그렇게 갑자기 찾아갈 줄은 몰랐다며 사과했다. 캐서린은 무슨 문제가 있는 것은 아니니 더 이상 불청객은 찾아오지 않을 거라며 그녀를 안심시켰다. 그 집에는 다시 찾아갈 리가 없겠지, 라고 캐서린은 생각했다.

캐서린은 오싹함을 느꼈다. 소문이 퍼지고 있다. 연못에 파문이 일듯이 번져나가고 있다. 그 사람이 진짜 해코지를 하기 전에 손을 써야 한다. 아직은 캐서린을 해치지 않았다. 겁을 주었을 뿐이다. 그는 길고 섬뜩한 편지로 적대감을 드러냈고 그것을 캐서린의 아들에게 보내 그녀 외의 다른 사람에게도 손을 뻗치겠다는 뜻을 확실히 밝혔다. 지금 당장 위험에 처한 것은 그녀의 평판과 명성이다. 그녀는 주위 사람들에게 신뢰와 존경, 사랑을 받고 있다. 하지만 그 사람이 그것을 위협하고 있다. 일단 말이 밖으로 새기 시작하면 돌이킬 여지가 없다. 그리되면 다시는 남들이 생각하는 그런 사람으로 돌아올 수 없다. 그가 사람들의 시각을 왜곡할 테니까. 니콜라스는 그 책을 읽었지만 그 안에 엄마가 있음을 눈치 채지 못했다. 그가 아는 사실과 일치하는 것이 없기 때문이다. 당연한 일이다. 책 속의 여자는 그가 아는 엄마가 아닐 테니까. 더구나 낸시는 죽었다. 그러니 누가 과연 이런 식의 왜곡된 설명을 진실이라고 하겠는가? 정신 나간 사람이 꾸며낸 헛소리일 뿐이다. 고약한 노인의 머릿속에서 나온 망상일 뿐이다. 그 노인이 그녀를 죽이려 들까? 그건 아닐 것이다. 그녀가 가장 걱정하는 것은 그녀의 목숨이 아닌 평판이다.

"킴? 잠깐 시간 좀 내줄래? 이것 좀 봐줬으면 해서." 킴은 손에 펜과 노트를 쥐고 의자 바퀴를 밀며 다가왔다.

"스티븐 브리그스토크. 퇴직 교사. 70대 초반. 런던 거주. 노스 런던에서 교직 생활을 한 것으로 추정. 이 사람 마지막 근무지가 어딘지 조사 좀 해 줄래? 직접 연락은 하지 말고 말이야. 이 사람의 지난 몇 년간 행적을 알고 싶어. 가능하다면 집주소와 전화번호도 부탁해. 교사 협회부터 알아보면 될 거야." 캐서린은 킴이 '스티븐 브리그스토크'라 적은 다음 잠시 망설이다 괄호 안에 '소아성애자'라 쓰고 물음표를 덧붙이는 모습을 보았다. 캐서린은 굳이 바로잡으려 하지 않았다. 그럴 필요가 어디 있겠는가? 킴은 의자를 타고 제자리로 돌아가 전화기를 집어 들고 아동 성추행 용의자를 추적하기 시작했다.

킴은 채 30분도 지나지 않아 스티븐이 마지막으로 근무했던 학교를 알아냈다. 래스본 학교였다. 캐서린에게 익숙한 이름이었다. 노스 런던에 소재한 사립학교. 니콜라스를 그곳에 보낼 생각도 했었다. 캐서린의 친구 자녀 몇몇도 그 학교를 나왔다. 그 전에 그 사람은 서니미드 공립학교에서 일했다. 오랫동안. 공립에서 사립으로 옮긴 이유가 뭘까? 캐서린은 그것이 무엇을 뜻하는지 곰곰 생각했다. 소신을 버린 걸까? 돈 때문일까? 그는 2007년에 퇴직해 연금을 전액 수령하고 있다.

"꽤 늦은 나이까지 교사 생활을 했죠?" 킴이 캐서린의 어깨너머에서 서류를 보며 말했다. 캐서린은 페이지 윗부분으로 눈길을 돌렸다. '1938년 출생'

"그러네. 사립학교는 규정이 저마다 다르지만 말이야." 캐서린이 말했다. "이 사람 연락처는 없었어?"

"아직요. 연락을 기다리고 있어요. 계속 알아볼게요."

"좋아. 고마워."

"무슨 일이에요?" 당연한 질문이다. 캐서린은 잠시 망설였다.

"아직 잘 몰라. 아무 일 아닐 수도 있지만. 알잖아···." 캐서린은 미소를 지으며 그녀의 조수에게 구체적인 사실을 알게 되면 가장 먼저 공유하겠다는 믿음을 주었다. 사실 킴에게 너무 많은 것을 알리고 싶지는 않았지만 어쨌든 그녀의 도움은 고마웠다.

"커피 마실래?" 캐서린이 물었다. 그녀가 두 사람 사이의 역할을 바꿔 컵을 탕비실로 가져가는 바람에 대화는 저절로 끝이 났다.

한 시간 뒤, 커피 두 잔이 책상 위에 놓여 있다. 래스본 학교의 현직 교장은 캐서린이 스티븐 브리그스토크의 얘기를 꺼내자 눈에 띄게 불편한 기색을 드러냈다. 영어 교사 스티븐이 퇴직한 직후 전임 교장도 은퇴했고, 현직 교장은 그에 대해 말하기를 꺼린다니. 캐서린은 스티븐이 학교를 떠난 이유가 석연치 않다고 느꼈다.

몇몇 친구에게 전화를 해 보았다. 오래 연락하지 않은 친구에게 전화할 때는 전략이 필요하다. 기분이 상하지 않도록 잡담을 요령껏 차단해야 전화를 건 목적을 달성할 수 있다. 결국 캐서린은 스티븐 얘기를 하고 싶어 입이 근질근질한 사람을 찾아냈다. 다름 아닌 그 사람이 가르친 학생의 엄마다. 그 엄마는 그를 앞장서서 학교에서 퇴출시킨 데 대해 자부심을 느끼는 듯했다.

형편없는 인간이다. 교사라는 사람이 아이들을 싫어한다. 학교 측에서는 그것을 알면서도 그의 허물을 덮으려고만 했다. 가장 사고를 덜 칠만한 곳으로 그를 피신시켰다. 중등교육자격시험을 앞둔 학생들로부터 떼어 내더니, 결국 그에게 학교에서 가장 어린 아이들을 맡겼다. 이 엄마는 말을 멈추지 않았다. 그때 일을 생각하면 지금도 화가 나는 모양이다. 학교 측은 잘못을 숨기기에 급급했을 뿐 일곱 살 남자 아이들이 입었을 마음의 상처에는 관심이 없었다. 정말 모든 게 실망스러웠다.

이 학부모는 스티븐을 처음 만난 날을 기억하고 있었다. 학부모 모임에서 테이블 건너편에 앉아 있었다고 했다. 그녀가 아들 얘기를 꺼내자 대놓고 지루한 기색을 드러냈다고 한다. 조금도 관심이 없더라는 것이다. 그래서 예감이 안 좋았다고 한다. 그럴 만도 하지 않은가? 그냥 예의가 없다고 할 정도가 아니었다. 상대가 말을 하면 대부분의 사람들은 듣는 척이라도 하지 않는가? 하지만 그 사람은 아니었다. 캐서린은 정말 불쾌했겠다며 맞장구를 쳤다. 더구나 그 사람은 술을 마시고 온 것 같았다고 한다. 그녀와 남편 모두 그 사람이 풍기는 술 냄새를 감지했다. 그냥 포도주 한 잔 정도가 아니라 훨씬 독한 술이었다. 한 눈에 봐도 엄청난 술꾼 같왔다. 그는 뭔가 음험한 분위기를 풍겼다. 물론 학교는 그 작자를 싸고돌았다. 그의 수업 방식에 처음 불만이 제기되자 학교는 그에게 긴 병가를 내주었다. 사별을 이유로. 그의 아내가 세상을 떠났다니 다들 이해하려고 했다. 얼마 후에 그는 학교에 돌아왔다. 전임 교장과 특별한 사이가 틀림없다. 그런 사람은 학교 측에서 진즉에 잘랐어야 했지만 아무 일 없는 듯 다시 복귀했다. 그 후 그녀는 그 작자가 아들의 작문 숙제에 써 놓은 비열한 평가를 보고 큰 충격을 받았다. 그녀의 아들만이 아니었다. 다른 아이들도 그에게 유린당했다.

"유린이라고요?" 캐서린이 말을 끊었다. 그랬다. 이 엄마는 아들이 스티븐에게 당한 수모는 유린이나 다름없다고 확신하고 있었다.

"아이와 단 둘이 내버려두어서는 절대 안 될 사람이에요."

"그렇다면 아이들 중 누구에게라도 신체적 피해를 준 적이 있나요?" 캐서린이 그녀를 재촉했다. 상대방은 잠시 망설이는 듯했다.

"글쎄요…. 그 사람이 예전 학교를 떠난 이유가 남자 아이 하나에게 너무 집착해서라고 들었어요. 말하자면요."

"그게 무슨 뜻이죠?" 캐서린은 '집착'이라는 점잖은 단어로는 만족할 수 없었다.

"옛날 제자였다는데요. 학생이 학교를 졸업한 이후에도 그 사람은 그 학생에게 계속 불순한 관심을 품었다고 해요. 접근금지명령을 받을 뻔했다네요. 그 사람이 학교를 그만두고 나서야 알게 됐죠. 솔직히 별로 놀라운 사실은 아니지만요."

"그러니까 그 피해자가 전에 다니던 학교의 학생이라는 거죠? 서니미드 공립학교요?"

"네, 맞아요."

"그 말을 어디서 들었어요?" 그 엄마는 기억을 떠올리려 애썼다.

"제 친구요. 그 친구 아이들이 서니미드를 다녔거든요."

"그 피해 학생의 이름은 아세요? 직접 얘기를 들어보고 싶네요."

"몰라요, 하지만 알아낼 수 있을 거예요."

"그러면 정말 큰 도움이 될 거예요. 고마워요. 시간 내 주신 것도 감사하고요." 그 엄마는 기꺼이 시간을 내 주었다. 캐서린은 사회 문제를 다룬 작품들로 이미 명성을 쌓았다. 옳은 일을 하리라고 누구나 신뢰할 수 있는 사람이었다. 캐서린은 수치심으로 어수선하던 머리가 몇 주 만에 처음으로 맑아지는 것을 느꼈다. 정보를 수집하여 정리해보니 적의 실체가 분명히 드러나고 있었다.

스티븐

2013년 늦은 봄

나는 여자의 전화번호와 주소를 손에 넣었고 여자의 실제 모습
도 확인했다. 여자는 더 이상 내 컴퓨터 속에만 존재하는 가상의
인물이 아니다. 나는 지금도 그 여자를 보고 있다. 그 여자가 출
근길에 환승하는 지하철역에도 가 보았다. 지금 나는 여자의 뒤
에 서 있다. 여자와 나 사이에는 사람들이 서 있고 여자는 나보다
키가 크지만 나는 사람들의 어깨와 목 틈으로 여자의 모습을 볼
수 있다. 조금만 앞으로 나가면 손으로 건드릴 수도 있다. 여자가
옷깃에 낀 머리카락을 손으로 빼내더니 가방을 다른 어깨에 바
꾸어 멨다. 불안한 모습을 보니 마음이 흡족했다.

그런데 여자의 손톱에 매니큐어가 칠해져있다. 눈에 거슬린다.
눈물이 쏟아질 것 같다. 저 여자가 별로 고통 받고 있지 않다는
뜻이다. 아무 일도 없었다는 듯 손톱에 색칠이나 하다니. 그런 꼴

은 도저히 봐줄 수 없다. 저 여자가 모든 걸 잊고 아무렇지 않은 듯 살고 있다니 참을 수 없다. 저런 여자는 절대 마음 편히 살아서는 안 된다. 그런 일이 있어서는 안 된다. 손톱에 색칠을 하거나 머리를 손질해서는 안 된다. 아직도 몸치장에 신경을 쓰다니. 자기가 한 짓을 잘 알면서도 여전히 몸을 꾸미고 다니다니. 나는 저 여자가 피가 날 때까지 손톱을 잘근잘근 물어 씹는 꼴을 보고 싶다. 저 여자의 심경에 변화가 있어났다는 징후를 내 눈으로 똑똑히 확인하고 싶다.

열차가 들어와 사람들이 앞으로 몰려가자, 나는 여자의 바로 뒤에 설 수 있었다. 기분이 날아갈 것 같았다. 손도 대지 않은 채 저 여자를 밀어 떨어뜨릴 수도 있다. 여자는 주위를 두리번거렸지만 나를 보지는 못했다. 나보다 머리 하나쯤 크기 때문에 여자의 시선은 내게 미치지 못한다. 낸시와 나는 아직 마음의 준비를 하지 못했다. 나는 낸시와 함께 이곳에 왔다. 낸시의 팔과 나의 팔, 나의 가슴과 낸시의 가슴이 겹쳐 있다. 나는 이제 하루 종일 그녀의 가디건을 입고 있다. 문이 열리고 여자가 열차에 오른다. 승강장 틈새에 아랑곳없이 열차 안으로 들어간다. 내가 기회를 놓쳐버린 건가? 바로 그때 문이 닫히고 여자의 모습도 사라졌다. 저 여자는 안도의 한숨을 내쉬었을까? 장담할 수는 없지만 그랬어야 마땅하다. 하지만 아직 때가 되지 않았다. 이제 여자의 동선을 파악했다. 언제 어디에 여자가 나타날지 알게 됐다.

나는 무척 끈질긴 사람이다. 한때 나는 낚시꾼이었다. 물론 아마추어였지만. 마텔로 타워 인근의 바위에서 낚시를 했었다. 이

일도 낚시질과 비슷하다. 미끼를 던졌으니 진득하게 기다려야 한다. 그냥 기다리고 있으면 걸려들 것이다. 제프도 대기하고 있다. 내가 명령만 내리면 즉시 행동을 개시할 것이다. 여자의 집 근처에는 두 개의 서점이 있다. 내 명령이 떨어지면 제프는 그곳에 갈 것이다. 나의 충직한 제프. 그 다음에는 틀림없이 입질이 올 것이다. 나는 잡힌 물고기를 끌어올리기만 하면 된다. 그물 가득한 물고기가 아니라 단 한 마리만 잡으면 된다. 내가 원하는 건 그게 전부다. 미끼에 걸린 한 마리의 미끈한 물고기. 낚시 줄을 당길 때의 손맛이 얼마나 짜릿할지. 낚시 바늘이 목구멍에 꽂힌 모습을 어서 보고 싶다. 내 낚시감이 숨을 헐떡이는 모습을. 그것의 운명이 내 손아귀에 들어오면 둔기로 머리를 한방에 깨 버릴 것이다. 아니면 그것을 물 밖으로 꺼내 공포에 질린 눈을 동그랗게 뜬 채 가쁜 숨을 몰아쉬는 모습을 지켜보거나. 상상만 해도 마음이 벅차다. 물 밖으로 나온 물고기라니. 고통스러운 환경으로 끌려 나온 물고기라니. 과연 살아남을 수 있을까? 어려울 것이다. 갑자기 그런 환경에 노출된다면 결코 오래 버티지 못할 것이다. 물고기를 물 밖에 오래 두면 죽을 수밖에 없다. 물 밖으로 끌어내 서서히 목숨을 빼앗으리라.

17

캐서린

2013년 늦은 봄

캐서린과 통화한 사람은 그 '남자아이'가 아니라 그의 엄마였다. 전에 통화한 엄마와 달리 무척 말을 아꼈다. 하지만 캐서린은 그녀를 설득하여 결국 입을 열게 했다. 그녀는 그 일로 속을 많이 태웠고, 지금은 서른일곱이 된 그녀의 아들 제이미도 한때 무척 힘들어했다고 한다. 캐서린은 그녀의 심정을 끈기 있게 이해하려 노력했다. 정말로 그녀를 재촉하고 싶지 않았다. 다음번에 얘기하거나 캐서린이 그녀를 직접 찾아갈 수도 있다고 했다. 하지만 그 엄마는 지금 전화로 이야기하는 쪽을 택했다.

제이미는 중등교육자격시험과 대학입시를 준비하는 내내 스티븐 브리그스토크의 지도를 받았다. 그는 훌륭한 교사였고 제이미도 그를 무척 따랐다. 그 사람은 제이미를 특별히 예뻐해서 필요할 때마다 특별한 도움을 주었고 그들도 그 점을 감사히 여겼다. 브리그스토크 선생이 없었다면 아들이 그렇게 우수한 성적으로 브리스톨 대학에 들어갈 수 없었을 거라고 했다. 그들에게는 대단한 경사였다. 제이미가 가족 중 처음으로 대학에 들어간 사람이었으니. 그녀는 어느 일요일 밤에 아들을 대학교까지 실어다주고 돌아왔다고 한다. 아들을 그곳에 두고 돌아서려니 눈물이 났다. 아이가 하룻밤 이상 집을 떠나기는 그때가 처음이었다. 그녀의 남편은 괜찮을 테니 어리석게 굴지 말라고 했다. 두 사람 모두 대학에서라면 아들이 안전하게 혼자만의 삶을 시작할 수 있으리라 생각했다.

"어쨌든 그 첫 주에 제이미는 캠퍼스에서 스티븐 브리그스토크 선생을 봤대요. 그 사람이 어슬렁거리는 모습을 보고 제이미는 그냥 우연이라고 생각했대요. 그곳에 볼일이 있거나 아는 사람을 만나러 왔겠거니 하고요. 그런데 다음번에도 또 나타났다는 거예요. 강의실 밖에 서 있는 그 사람을 보고 제이미가 다가가서 말을 걸려고 했더니 못 본 척하고 급히 그곳을 뜨더라는 거예요. 제이미를 모르는 척하더래요. 그때부터 제이미를 따라다니기 시작했대요. 술집에 앉아 있거나 캠퍼스를 배회하거나 강의실 밖에 서 있거나 하는 식으로요. 제이미에게 말을 걸거나 다가오지는 않고 멀리서 바라보기만 했대요. 제이미는 미칠 지경이 됐죠. 스티븐 선생은 제이미의 눈에 자신이 보이지 않는 듯이 행동했대요. 투명 인간처럼요. 우리는 제이미에게 다른 사람에게 도움을 청하라고 했지만 그 앤 일을 크게 만들고 싶지 않았대요. 그런데 어느 날 제이미가 자기 방에 갔더니 스티븐이 자기 침대에 앉아 있더래요. 그 애 룸메이트에게 자신을 제이미 삼촌이라고 소개했다더군요. 그 자리에서 그 사람은 제이미에게 같은 말을 수없이 반복했대요. 대학 생활을 보람 있게 하라는 둥 시간을 허투루 보내지 말라는 둥 하면서요. 제이미는 질겁을 했죠. 완전히 제정신이 아닌 사람 같았대요. 결국 제이미는 약속이 있어서 나가봐야 한다고 했죠. 그래야만 그 사람을 보낼 수 있을 것 같았대요. 나중에 제이미 말고 그 애 친구들한테 듣기로는 그 일 말고도 사건이 많았대요. 제이미는 우리에게 그런 말을 잘 하지 않았어요. 그 애 친구들 얘기로는 스티븐이 제이미의 방에 들어와서 물건을 뒤지는 것 같다더군요. 그 애의 개인 소지품이 위치가 바뀌어 있더래요. 그 얘기는 한참 지나서야 들었지만요. 그때 알았더라면 남편이 곧장 그곳으로 달려가 손을 봐줬을 텐데요."

"그래서 어떻게 하셨나요?"

"경찰에 신고하고 싶었지만 제이미가 말렸어요. 남편이 대학에 알렸더니 그 사람이 또 나타나는지 눈여겨보겠다고 했고 그 후 한 동안은 아무 일도 없었어요. 그런데 어느 날 제이미가 침대에 잠들어 있을 때 스티븐이 나타났대요. 문을 쾅쾅 치면서 들여보내 달라고 했대요. 집에 가는 막차를 놓쳤다면서요. 제이미네 방 바닥에서 재워 달라고 했다는군요. 완전한 미치광이죠. 제이미 룸메이트의 도움으로 그 사람을 끌어냈다고 해요."

"그때 경찰을 불렀나요?"

"아니요, 제이미가 원하지 않았고 우리가 뒤늦게 그 사실을 알았을 때도 제발 경찰에 알리지 말라고 당부하더군요. 하지만 그 애 룸메이트 말이 자기가 스티븐을 두들겨 팬 이후로는 다시 나타나지 않았대요. 소식을 듣자마자 우리는 아들에게 달려갔죠. 룸메이트는 스티븐이 제이미의 방문을 붙잡고 울면서 들여보내 달라고 쾅쾅 두드려대는 바람에 그를 억지로 끌어냈다고 해요. 제이미가 어쩔 줄 모르는 것 같아 룸메이트가 스티븐을 끌어내면서 몇 대 후려쳤대요. 그럴 수밖에 없었다는군요. 어린애처럼 악을 쓰며 우는 모습이 영락없는 정신병자였대요. 제이미는 그 일을 우리한테 전혀 알리지 않았어요. 한때 제이미는 스티븐 선생을 정말 좋아하고 존경했었거든요."

"로시 부인, 고맙습니다. 정말 감사해요. 제이미가 저한테 그때 일을 말해줄까요?"

"그럴 리 없어요. 제가 당신에게 이런 말을 한 걸 알면 펄쩍 뛸걸요. 지금도 그 사람 얘기만 나오면 입을 아예 닫아버려요. 가끔씩 그 애가 대학에 가기 전에 무슨 일이 있었던 게 아닌지 의심스럽기도 해요. 제 말은 스티븐이 제이미에게 완전히 빠졌던 게 아닌지."

"무슨 말씀이세요? 스티븐이 제이미를 가르칠 때 불미스러운 일이 있었다고 의심하시는 건가요?"

"몰라요. 그건 잘 모르겠어요. 정말이지…. 알 수가 없죠. 제이미가 그 사람을 믿었으니까요. 그 선생 덕에 제이미는 시험에 합격할 수 있었죠. 둘이 함께 보내는 시간도 많았고요."

"제 전화번호를 남길 테니 제이미에게 이야기할 생각이 있는 것 같으면 연락 주세요. 스티븐이 제이미에게만 집착하진 않았을 거예요."

일이 생각대로 풀리고 있다. 수확이 많았다. 스티븐 브리그스토크라는 사람의 윤곽이 구체적으로 드러나기 시작했다. 그의 추한 모습이. 그렇게 생각하니 기분이 좀 풀리고 안심이 됐다. 비밀을 안고 사는 사람은 그녀만이 아니다. 사무실을 막 나서려고 할 때 킴이 그녀가 고대하던 주소와 전화번호를 건네주었다.

귀가를 서두를 필요가 없었다. 로버트는 퇴근이 늦는다고 미리 얘기했으니 캐서린은 한 정거장 앞에서 내려 남은 거리를 여유 있게 걸어가기로 했다. 멋진 저녁이었다. 동네 서점을 지나던 그녀는 멈춰 서서 창문 안을 들여다봤다. 그녀의 눈길을 끄는 책들이 가득했다. 서점 입구에 들어서는 순간 거리 건너편에서 그녀의 이름을 부르는 소리가 들렸다. 캐서린은 그 소리를 무시하고 싶었다. 마치 서점이 그녀를 서가로 끌어당기는 것 같았다. 하지만 이제 그 목소리는 그녀의 어깨 너머로 다가왔다.

"캐서린."

뒤를 돌아보니 한동안 만나지 못했던 친구가 웃는 얼굴로 서 있었다.

"잘 지냈니?"

"그럼, 잘 지내지. 너는 어때?" 캐서린은 서점에 가면 그녀가 누릴 수 있을 즐거움과 그녀를 붙잡은 이 친구 사이에서 잠시 갈등했다.

"좋아. 잘 지내. 지금 뭐하고 있었어?"

"들어가서 책이나 한 권 살까 하고. 생일 선물을 사야 해서." 왜 이런 거짓말을 하고 있을까?

"가서 뭐라도 마시자. 와인이나 한 잔 하자고." 친구가 유혹했다. 아직 날이 밝다. 로버트는 늦을 것이다. 실외에 앉아 와인을 들면서 담배를 피우는 것도 나쁘지 않을 것이다. 캐서린은 결국 친구를 따라가기로 했다.

집에 도착했을 때도 여전히 날이 환했지만 캐서린은 블라인드를 내리고 전등을 켰다. 로버트는 한 시간은 지나야 도착할 것이다. 고요한 집 안에 있으니 스티븐 브리그스톡가 다시 머릿속으로 들어왔다. 아까 만난 친구, 와인 한 잔이 잠시나마 그의 접근을 차단했지만 어느새 그는 다시 돌아와 있었다. 전화번호가 적힌 쪽지가 그녀의 지갑 속에 들어있다. 그녀는 쪽지를 꺼내 잠시 들여다보다가 전화번호를 눌렀다. '통화' 버튼 위에서 손가락을 머뭇거렸다. 뭐라고 말해야 할까? 입안이 바싹 탔다. 전화를 해서 상황이 더 나빠진다면 어쩌지? 대체 무슨 말을 어떻게 해야 하지? 대체 그 사람이 원하는 게 뭘까? 그 사람은 왜 그녀에게 전화를 하지 않았을까? 캐서린이 우편함에 쪽지를 넣어둔 이후로 아직 그 아파트에 들르지 않았는지도 모른다. 그래서 그녀의 번호를 모를지도. 아니면 벌써 손에 넣었지만 사용할 생각이 없는지도 모른다. 그녀와 말하기 싫을 수도 있다.

그렇다면 그가 원하는 건 대체 무엇일까? 그는 자기가 쓴 책을 보냈고 캐서린은 그것을 읽었다. 그 사실을 그에게 알려야 한다. 하지만 그는 니콜라스에게도 책을 보냈다. 역시 그녀에게 접근하기 위해서였을까? 그 애에게 아무런 메시지도 남기지 않은 이유는 뭘까? 그런 식으로 니콜라스에게 모든 것을 폭로할 수도 있었겠지만 그렇게 하지 않았다. 그것은 캐서린을 향한 경고였다. 그녀의 아들이 누군지, 어디에 있는지 알고 있다는 일종의 협박이었다. 그는 캐서린이 책을 읽었는지 궁금할 것이다. 그것을 전화로 알려줄 수도 있다.

혹시 그는 캐서린의 사과를 원할까? 그녀가 잘못했다고 말하기를, 잘못을 인정하기를 바랄까? 하지만 캐서린이 사과를 한다면 그 사건에 대한 그의 해석을 그대로 인정한다는 뜻이니, 그게 옳은 일인지 확신이 없었다. 묻고 싶은 말이 너무 많았다. 하지만 캐서린도 그에게 알려줄 것이 있다. 그에게 먼저 손을 내밀 용의가 있다. 그렇게 하여 그의 마음을 돌릴 수 있다면. 캐서린은 어떻게든 그를 만나야겠다고 결심했다. 하지만 말보다는 글이 나을 것이다. 전화 통화로는 신뢰감을 줄 수 없다. 어쨌든 그는 캐서린을 믿지 않을 테니 아무래도 문장을 만들어 보내는 편이 나을 것이다. 캐서린은 그의 번호를 휴대전화에서 삭제하고 쪽지를 다시 지갑에 넣었다.

캐서린은 노트북을 펼쳐 〈낯선 사람〉사이트를 찾았다. 그곳을 몇 번이나 확인했는지 셀 수도 없을 지경이다. 달라진 내용이 전혀 없는데도 말이다. 그녀는 '서평'을 클릭했다. 조심해야 한다. 그 사람의 아내는 그가 죽었다고 했었다. 다른 사람도 아닌 그의 아내가 그 사람의 존재를 부인했다. 그를 믿지 못한 것이었다. 캐서린은 신중해야 했다. 이 사람은 정상이 아니다. 비뚤어진 마음은 이미 충분히 확인했다. 캐서린은 방금 쓴 문장을 곱씹어 보았다. '이 책에는 뚜렷한 아픔이 깃들어 있다. 독자에게 이렇게도 강렬한 감정을 불러일으키는 픽션은 흔치 않다.' 이름을 밝혀야 할까? 아니, 너무 위험하다. 아무도 그녀를 이 책과 연결 지어서는 안 된다. 누군가 구글에서 그녀의 이름을 검색하면 이 글이 나타날 수도 있다. 그래도 그 사람에게 누가 올린 글인지 알릴 필요는 있을 것이다. 캐서린은 그 사람이 책 속 인물에게 붙인 샬롯이라는 이름으로 '올리기' 버튼을 눌렀다.

18

스티븐

2013년 초여름

요즘 나는 낮에 잠들고 밤에 잠을 깬다. 나는 어둠이 좋다. 나는 혼자가 아니다. 낸시가 내 곁에 있고 내게는 노트북도 있다. 그것은 내 애완견이다. 나는 그것을 이용해 쇼핑을 하고 집으로 식료품을 배달시킨다. 개에게 신문을 물어오게 하듯이. 영리한 녀석이다. 내가 사는 식품은 주로 통조림이다. 전쟁이라도 날 것처럼 캔에 담긴 육류, 두툼한 닭고기를 주문한다. 그러나 무엇을 먹는지는 별로 중요하지 않다. 한 가지 맛이 나머지 맛을 덮어버리기 때문에 모두 같은 맛처럼 느껴진다. 잇몸에서 피가 날 때까지 이를 닦아도 입맛을 되찾을 수 없다. 오로지 신맛만 느껴질 뿐이다. 오늘밤엔 특히 심한 것 같다.

방금 서평을 읽었다. 입질이 시작된 건가? 이제 여자는 낸시가 죽었다는 사실을 알았을 테니 모두 나더러 하는 얘기다. 내 얼굴에 경련이 느껴졌다. '이 책에는 뚜렷한 아픔이 깃들어 있다. 독자에게 이렇게도 강렬한 감정을 불러일으키는 픽션은 흔치 않다.' 여자는 자신을 샬롯이라 칭했다. 잘못을 인정한다는 뜻일까? 하지만 서평을 반복하여 읽을수록 여자의 진짜 의도가 무엇인지 알 수 있었다.

'…이렇게도 강렬한 감정….' 이 '감정'이 무엇인지는 밝히지 않았다. 강렬한 혐오란 말인가, 역겨움이란 말인가? 나는 모호한 감정이 아닌 정확한 감정을 원한다. 수치심, 두려움, 공포, 후회 등으로 구체적으로 밝혀 주기를 바란다. 그게 과연 지나친 요구일까?

이 짧은 서평만 내 코앞에 던져놓다니. 아주 영악한 문장이다. 사과와 책임을 교묘히 회피하고 있다. 그런 식으로 스르르 빠져나가려 들 줄은 몰랐다. 어찌 그런 교활하게 꾸며낸 공허한 말로 충분하다고 생각할 수 있을까?

두루뭉술한 짧은 메시지만으로 나를 달랠 수 있으리라 생각했다면 큰 오산이다. 그것은 오히려 나를 자극하고 모욕했다. 여자가 내 고통을 알아주길 바라는 것은 아니다. 그러기엔 이미 너무 늦었다. 그 여자는 직접 느껴야 한다. 그것이 어떤 느낌인지 알아야 한다. 그래야 비로소 내 목적을 달성할 수 있다. 내가 느낀 고통을 똑같이 느끼게 해 주리라.

오랜 세월이 지난 지금도 유명한 다큐멘터리 제작자이자, 진공청소기 판매원 니콜라스의 어머니 캐서린 레이븐스크로프트는 색칠한 손톱과 교활한 서평으로 나를 비참하게 만들고 있다. 우리 집 문간에 더러운 오물을 쏟아 부어 나를 미끄러져 넘어지게 만들고 있다. 자기 오물을 치울 책임을 내게 떠밀었다. 여자는 그것을 숨기려 했고, 자기 손으로 파묻었다고 생각했지만 그것은 다시 땅위로 드러났다.

나는 그것을 퍼 올려 처음 만들어진 곳으로 되돌려 줄 것이다. 조금씩 조금씩 그 여자에게 돌려줄 것이다. 번지르르한 겉모습과 달리 여자의 속은 역겹기 그지없다.

19

캐서린

2013년 초여름

캐서린은 잠을 깼다. 언제 잠이 들었는지 기억도 없지만 꽤 오래 잔 것 같다. 눈이 잘 떠지지 않는다. 침대 옆자리는 비었고 블라인드 아래로 빛이 스며들어오고 있다. 베개에 얹힌 머리의 묵직한 느낌이 좋았다. 마음이 한결 편해졌다는 뜻이다. 머리를 들어 올리지 않고 그대로 누워 있어도 된다. 햇볕이 들어와 방 안에 온기가 감돌았다. 바깥 날씨는 화창하다. 평온한 기분이 온몸에 가득했다. 10시가 지났다. 로버트는 이미 몇 시간 전에 집을 나섰을 테고 간만에 깊은 잠에 빠진 그녀를 보고 기뻐했을 것이다. 캐서린은 일어나 앉아 베개에 몸을 기댔다.

서평을 쓴지 거의 한 주가 지났다. 잘 한 일 같다. 스티븐은 그녀가 인정하길 원했을 것이다. 이제 캐서린은 그가 그동안 겪어왔을 고통을 인정한다. 그녀 자신을 위해서도 잘 한 일이라고 생각한다.

몇 주 만에 처음으로 숙면을 취할 수 있었던 이유도 그 때문이다. 그 문장을 쓰면서 그녀는 자신의 고통뿐 아니라 그의 고통에 대해서도 생각해야 했다. 그 일에 대한 책임은 인정할 수 없었지만, 왜 그것이 그를 증오의 행동으로 내몰았는지 조금이나마 이해할 수 있었다. 그 일에 대해 다시 생각해본 것은 그녀에게도 좋은 경험이었다. 두 사람 모두 각자의 균형을 회복하게 되었는지도 모른다.

캐서린은 침대에서 나와 블라인드를 올렸다. 눈부시게 화사한 날이었다. 출근을 하고 싶지 않았다. 오늘은 집에서 일하겠다고 회사에 연락할 것이다. 그녀는 아래층으로 내려가 차를 만든 다음 노트북을 갖고 식탁에 앉았다. 〈낯선 사람〉의 사이트를 열었다. 그녀의 서평만 있을 뿐 다른 글은 없었다. 책 표지의 이미지가 스크린 모퉁이에 맴돌고 있었다. 그것이 그녀의 삶으로 어떻게 난입했는지, 그녀를 얼마나 파렴치한 사람으로 몰아붙였는지를 떠올리자 속이 분노로 부글부글 끓었다. 그녀는 그 페이지를 닫았다. 다시는 그것을 열지 않으리라.

스티븐

2013년 초여름

아침이다. 밤새 한숨도 못 잤다. 아침식사 따위는 전혀 생각이 없다. 노트북이 10시를 표시하고 있었다. 의자에 너무 오래 앉아 있었는지 몸이 뻐근했다. 몸을 풀어야 한다. 스크린 앞에서 이렇게 오랜 시간을 보내다니 조금 미친 짓 같기도 하다. 내 나이대의 사람에게는 흔치 않은 행동이다. 창문 쪽으로 세 발짝 다가가 커튼을 열어젖혔다. 아름다운 날이었다. 나는 한밤중에 자동차 앞으로 뛰어든 사람처럼 눈을 깜박였다. 외출하기에 더없이 좋은 날이다.

나는 그 사진의 복사본을 만들었다. 필름을 우편으로 보내 현상을 의뢰했다. 사진을 현상할 사람들과 직접 마주치고 싶지 않았다. 나는 원판에 음탕한 쪽지가 동봉되어 오지나 않을까 걱정했지만 갓 현상된 반짝이는 사진만 돌아왔다. 나는 그것들을 봉투에 넣었다. 가벼운 여름 재킷을 걸친 다음 봉투를 주머니에 찔러 넣고 집을 나섰다.

런던에서 가장 아름다운 광장에 들어설 때마다 이곳을 좀 더 자주 찾지 않은 것을 후회하게 된다. 그곳은 늘 활기가 넘친다. 버클리 광장은 보석과 같다. 아무것도 숨기지 않으며, 자신의 가치를 잘 아는 데다, 그것을 당당하게 과시한다. 이 광장은 롤스로이스 구입에 관심이 있는 사람들이 찾는 곳이기도 하다*. 물론 나는 그런 데 관심이 없다. 점심시간에 광장에 나와 있는 다른 사람들도 마찬가지인 것 같다. 나는 눈을 감은 채 태양을 마주하며 짧은 순간이나마 살아있음에 감사했다. 나는 여전히 살아남아 일을 꾸미고 있다. 하지만 일단은 야외에서 점심을 즐기는 사람들의 무리에 섞여 샌드위치부터 먹을 생각이었다. 나는 함께 식사를 하는 사람들에 대해 동지애를 느꼈다. 몇몇 사람은 벤치에 앉아 있고 풀밭에 눕거나 외투를 깔고 앉은 사람도 있었다. 서로 모르는 사람들끼리 함께 어울려 느긋한 여유를 즐기고 있다. 나도 이 광장에서 유일하게 나보다 늙은 생명체인 플라타너스 고목과 함께 상쾌한 녹지를 공유하는 특권을 누렸다. 나는 샌드위치 포장지를 뭉쳐 휴지통에 던졌다. 휴지통이 아직 그 자리에 있다는 사실에 감사하며. 누군가 폭탄을 설치할 위험이 있다는 이유로 휴지통을 제거할 법도 한데 말이다. 이곳은 안전한 장소다. 광장을 가로지르면서 나는 주머니에서 봉투를 꺼내 주소를 다시 확인했다. 버클리 광장 54번 건물.

---

* 버클리 광장 인근에 대규모 롤스로이스 전시장이 있다

54번 건물의 부서진 앞면은 거대한 유리판으로 교체되어 있었다. 억지로 건물의 입을 벌리고는 다시 닫지 못하도록 반짝이는 묘석을 밀어 넣은 것 같다. 이제 영원히 입을 닫지 못할 것이다. 한때 우아한 자태를 뽐내던 이 건물로서는 굴욕적인 모습이다. 나는 뻥 뚫린 입구를 지나 안내데스크 뒤에 앉아 있는 젊은 여성에게 나를 소개하고는 미소 띤 얼굴로 그녀에게 봉투를 건넸다.

21

캐서린

2013년 초여름

캐서린은 하루 종일 집 안에서 행복을 만끽하기로 했다. 로버트에게 문자메시지로 하루 휴가를 냈다고 알리면서 언제 집에 돌아올지 물었다. '일찍 가려고. 7시쯤?' 이런 답장이 왔다. 키스마크세 개를 답장으로 보냈다. 한동안 로버트에게 소홀했다. 그를 밀어내고 자신의 내면에만 몰두한 것 같아 이제 그에게 보상을 하고싶었다. 오늘은 괜찮은 저녁식사를 준비할 생각이다. 신선한 허브로 맛을 낸 요리와 상쾌한 화이트와인을 즐기며 함께 시간을 보낼 것이다. 캐서린은 여전히 다른 누구보다 로버트와 함께 있는것이 좋았다. 같이 저녁 시간을 보내고 싶은 사람도 로버트 외에는 아무도 없다. 그녀가 가장 존중하는 것도 로버트의 의견이다.

한동안 쇼핑을 할 여유도 없었지만 오늘은 슈퍼마켓을 둘러보기로 했다. 평범한 일상에 몰입해본지 꽤 오랜만이다. 지금, 그리고 다음 주에 필요한 물건이 무엇인지 고민하면서 슈퍼마켓을 직접 둘러보는 것이 얼마만인지. 그녀는 그런 경험을 한껏 즐겼다. 파슬리 한 다발을 들고 손으로 긴 줄기를 쓸어보다가 카트에 담았다. 그녀는 신선한 식재료를 골랐다. 그것들은 제때 먹지 않으면 상한 냄새를 풍겨 그녀의 생활이 다시 엉망이 되고 있다는 신호를 줄 것이다.

사온 물건을 정리하는 단순한 작업조차 캐서린에게 큰 기쁨을 안겨 주었다. 그 이유도 잘 알고 있다. 모든 게 상황의 문제다. 한동안 깊은 두려움과 수치심, 역겨움에 시달린 사람에게는 이 평범하고 사소한 일상마저 사치로 느껴질 수 있다. 캐서린은 쇼핑백에서 식품을 꺼내 정리하는 소박한 기쁨을 즐겼다. 애매모호할 것 없는 순수한 기쁨이었다. 모든 물건은 자기 자리가 있고 그것들을 제자리에 보낼 책임은 그녀에게 있다.

캐서린은 어떤 요리를 할지 궁리했다. 대충 생각해뒀지만 조리법을 온라인에서 확인해야 했다. 캐서린은 분량을 맞추는 데 서툴렀다. 재료가 제대로 준비되었다 해도 분량 조절에 자신이 없었다. 그녀는 노트북을 조리대에 놓고 화면을 스크롤했다. 야호. 재료는 네 가지, 조리 과정은 세 줄밖에 없는 조리법을 발견했다. 완벽하다. 하지만 아직 4시밖에 안 됐으니 벌써부터 서두를 필요는 없다.

그녀는 거실로 들어가 소파에 드러누웠다. 방 안에 들어오는 한 점 햇살을 맞으며 나른하게 누워 있는 고양이처럼. 눈을 감았지만 피곤해서가 아니라 그저 여유를 느끼고 싶어서였다. 그러다 그녀는 한동안 하지 않던 행동을 했다. 책 한 권을 골라 읽기 시작했다. 예전에 읽은 적이 있는 안전한 책이다. 캐서린은 다시 소파에 기댄 채 책에 빠져들었다.

여섯 시가 되자 그녀는 와인 한 잔을 따라놓고 파슬리를 다지기 시작했다. 그녀는 7시에 로버트에게 연락해 저녁이 7시 15분에 준비될 거라고 알렸다. 음악도 틀어놓았다. 볼륨을 높이고 와인을 한 잔 더 마시면서 느긋한 기분을 즐겼다. 그러나 9시가 되어도 로버트는 집에 오지 않았다. 슬슬 걱정이 됐다. 전화나 문자에도 답이 없었다. 전혀 그답지 않은 행동이었다. 아무 말 없이 나타나지 않다니. 불안이 밀려왔다. 그녀는 니콜라스에게도 아빠에게 연락이 오면 전화해달라는 메시지를 남겼다. 그러나 니콜라스도 연락이 없었다. 경찰에 신고해야 하나 고민하고 있을 때 로버트에게서 문자메시지가 왔다. 일이 너무 바쁘다는 것이었다. 사과도 키스도 없었다. 제길. 그녀는 상처를 받았다. 나쁜 자식. 내 생각은 조금도 하지 않다니.

22

로버트

2013년 초여름

하지만 캐서린이 틀렸다. 로버트는 오직 그녀 생각만 하고 있었다. 몇 시간째 움직이지도 않은 채. 다른 직원들이 모두 퇴근한 후에도 책상 앞에 앉아 아내 생각에 몰두했다. 오후 내내 그의 책상에는 뜯지 않은 소포가 놓여 있었다. 그는 퇴근하기 직전에 그것을 집어 들었다. 재킷을 반쯤 입으며 캐서린이 기다리는 집으로 갈 준비를 하던 그는 무심코 소포를 찢어서 열었다. 코닥이라는 상표가 인쇄된 노란 봉투를 꺼내는 순간에도 캐서린과 함께할 저녁을 기대하고 있었다. 오랜만에 보는 구식 사진 꾸러미가 나왔다. 오래된 사진 같았다. 그는 얼굴을 찌푸린 채 여전히 별 생각 없이 사진묶음을 꺼냈다. 무엇을 보고 있는지 인식하지 못한 채 대충 넘겨보았다. 그러던 그는 갑자기 자리에 주저앉았다. 여전히 재킷을 반쯤 걸친 채로. 그는 잠시 멍하니 앉아 있다가 사진을 하나하나 뜯어보기 시작했다. 모두 34장이었다. 사진이 담겨 있던 누런 봉투도 꼼꼼히 살폈다. 앞면에 손글씨가 쓰여 있었지만 알아볼 수 없었다. 누가 직접 배달했는지 봉투 한 구석에 만년필로 로버트의 이름이 쓰여 있었다. 볼펜이 아니라 감청색 잉크의 만년필로 쓴 것이었다. 로버트는 자리에서 일어나 퇴근하려는 조수를 붙잡았다.

"누가 이걸 두고 가는지 봤어요?" 로버트가 물었다. 조수는 그의 말투에 놀라 하던 일을 멈췄다. 그녀는 그 질문의 의도를 살피며 할 말을 찾고 있었다.

"저는 모르겠어요. 안내데스크에 물어볼게요." 그녀는 자리에 앉아 전화를 집어 들었다. 로버트는 그녀의 책상 앞에서 기다렸다.

"남자래요. 노인이었대요. 루시에게 봉투를 건네면서 전해 달라고 했대요. 다른 말 없어요. 조금 난폭해 보이는 사람이었대요. 부랑자라고 생각했는데 예의가 바르고 딱히 수상한 행동은 없이 봉투만 놓고 갔다고 해요."

"고마워요. 내일 아침에 봐요." 로버트는 그녀를 내보냈다. 봉투 안에는 다른 물건도 담겨 있었다. 책이었다. 캐서린이 불태운 바로 그 책. 〈낯선 사람〉 E. J. 프레스턴 저. 로버트는 첫 페이지를 폈다.

'등장인물 중 살아있거나 세상을 떠난 특정 인물과 닮은 사람이 있다면 모두 우연일 뿐이며…'

로버트는 여전히 책상 앞에 앉아 있다. 앞에 놓인 사진은 작은 이미지 조각들이 모여 큰 그림을 이루는 호크니의 콜라주* 같았

---

* 영국의 현대미술가 데이비드 호크니David Hokcney는 한 장면의 공간을 분할해 여러 장의 폴라로이드 사진으로 찍은 다음 다시 이어붙인 작품을 다수 발표했다

다. 하지만 로버트는 그 큰 그림이 무엇인지는 알 수 없었다. 그의 눈에 보이는 것은 캐서린, 그리고 니콜라스가 전부였다. 캐서린은 빨간 비키니를 입은 채 해변에 누워 있고 니콜라스는 그녀의 발치에서 카메라를 향해 웃고 있다. 캐서린은 평화롭게 잠들어 있었다. 캐서린이 한 팔로 몸을 받치고 있는 사진도 있다. 가슴이 가운데로 모인 채 비키니 위로 밀려 올라가 있었다. 활짝 웃는 얼굴을 손으로 받치고 있다. 무엇을 보고 웃는 걸까? 캐서린과 니콜라스가 얕은 물가에 앉아 있는 사진도 있다. 니콜라스는 바다 쪽을, 캐서린은 카메라 쪽을 똑바로 응시하고 있다. 그녀는 섹시해보였다. 색기가 넘쳤다. 아내가 그런 모습으로 다섯 살배기 어린 아들과 함께 있었다니 충격이었다. 그것도 같은 공간에서. 단 하루가 아니라 여러 날에 걸쳐 찍은 사진들이었다.

며칠이었더라? 로버트는 기억을 더듬었다. 해변 장면에는 대부분 니콜라스가 등장했다. 하지만 니콜라스가 없는 사진도 있었다. 그때도 그 애는 캐서린 곁에 있었을까? 어쨌든 가까운 장소에 있었겠지만 같은 공간이었을까, 다른 방이었을까? 혼자 있었을까? 잠들어 있었을까? 무엇을 보았을까? 무엇을 들었을까? 캐서린이 비키니가 아닌 속옷을 입은 사진들도 있다. 속바지와 브라였다. 분명 비키니가 아닌 레이스 재질이다. 끈이 어깨 위로 흘러내린 상태다. 레이스 위로 젖꼭지가 선명하게 보인다. 비키니 하의가 아닌 속바지 차림이다. 누가 봐도 틀림없다. 섬세하고 찢어지기 쉬운 속옷. 저런 옷은 물속에서 절대 버티지 못한다. 로버트가 휴가 전에 그녀에게 선물한 속옷이다. 그녀의 손은 속바지 안에 들어가 있고 머리는 천장을 바라보는 듯 뒤로 젖혀져 있지만 아무것도 보고 있지 않다. 그 자리에 있지만 이미 다른 곳으로 떠났다. 저절로 입술이 벌어지고 눈이 감기는 그곳. 자기만의 황홀경에 빠져 있다. 그러나 혼자는 아니다. 누군가 다른 사람이 그곳에 있었다. 말없이 그 모습을 감상하는 관찰자. 그가 누군지는 전혀 알 수 없다. 사진 어디에도 그의 모습이 보이지 않는다. 단 한 장만은 예외다. 사진 한 구석에 누군가의 그림자가 얼핏 보인다.

로버트는 떨리는 손가락으로 캐서린에게 일 때문에 바쁘다는 문자를 보냈다. 당장이라도 그녀에게 전화를 하고 싶었지만 마음의 준비가 되어 있지 않았다. 조만간 대화를 해야 하겠지만 아직은 아니었다. 눈으로 확인한 것들을 소화할 시간이 필요했다. 처음 보는 이미지였지만 낯설지 않았다. 그 속옷. 그가 골라준 것이다. 빨간 비키니도. 그녀의 얼굴도 똑같다. 훨씬 젊지만 같은 얼굴이다. 하지만 그녀의 표정은 낯설기만 했다. 그래서 너무나 고통스러웠다. 캐서린의 얼굴에 나타난 완벽한 방종이 너무 낯설었다. 캐서린이 분명했지만 그의 아내가 아니었다. 장소도 어딘지 알 것 같았다. 91년 또는 92년의 스페인이다. 스페인의 작은 해변 마을. 세 사람이 함께 떠난 여름 휴가였다. 하지만 끝까지 함께하지는 못했다. 로버트는 캐서린과 니콜라스를 남겨 둔 채 먼저 돌아와야 했다. 직장에 뭐가 중요한 일이 생겼던 것 같지만 구체적인 이유는 기억나지 않았다. 중요한 건 그가 그곳에 없었다는 사실 뿐이다.

사진 속의 캐서린은 그의 아내처럼 보이지 않았지만 니콜라스는 틀림없는 그의 아들이었다. 웃는 모습이며 젖살이 빠진 호리호리한 몸이며. 더 이상 유아가 아닌 소년의 모습이었다. 울퉁불퉁한 무릎, 튀어나온 팔꿈치가 여러 각도에서 잡혀 있다. 호기심이 왕성하고 움직임이 날랜 소년이었다. 니콜라스는 무엇을 보았을까? 얼마나 보았을까? 그 상황을 얼마나 이해했을까? 가엾은 니콜라스 녀석에게는 선택권이 없었다. 집으로 오는 비행기를 탈 수도 없고 아빠에게 와서 데려가 달라고 할 수도 없었다. 로버트는 휴가가 끝나고 캐서린과 니콜라스가 집에 돌아왔을 때의 기억을 더듬어보았다. 니콜라스에게 딱히 눈에 띄는 변화는 없었고 그는 여전히 직장일 때문에 정신이 없었다. 그러나 그 휴가 직후에 캐서린은 직장으로 복귀하겠다고 선언했다. 그는 그것을 원치 않았다. 그녀의 선택이 못마땅했지만 내색하지 않았다. 언짢은 감정은 혼자서 삭였다.

당시의 캐서린은 우울했다. 로버트는 그것이 엄마 노릇에 만족하지 못하고 일이 그리워서라고 생각했다. 하지만 정말 그 때문이었을까? 결혼생활 자체에 불만을 품은 건 아니었을까? 뭔가 더욱 자극적인 것을 원했던 걸까? 이렇게 어리석었다니. 책을 태우던 그날 바로 캐서린을 다그쳤어야 했다. 그때 캐물었다면 캐서린은 모든 걸 털어놓았을 것이다. 어리석게도 그는 여태껏 그녀의 손에 놀아났다. 니콜라스가 집을 나간 건 이 일과 아무 관계가 없다. 모두 그녀 자신의 과거, 오래전의 불륜 행각 탓에 벌어진 일이다. 아들의 코앞에서 그런 짓을 하다니. 맙소사.

가엾은 니콜라스가 엄마와 스페인에 있을 때 옆에 있던 다른 사람은 누구일까? 엄마가 낯선 사람과 함께 있을 때 다섯 살배기 아이는 무엇을 보았을지. 그는 니콜라스가 전혀 모르는 사람이었을까? 그는 단서를 얻기 위해 기억을 샅샅이 더듬었다. 캐서린이 집에 돌아와서 했던 말을 떠올려 보았지만 별 의미 없는 말들밖에 생각나지 않았다. "보고 싶었어.", "당신이 있을 때랑은 너무 달랐어." 당연히 그랬겠지. 니콜라스는 어땠나? 인상적인 말을 했었나? 로버트가 놓쳐버린 말은 없었나? 행동에 변화가 있었나? 위축된 구석은 없었나? 그러나 로버트는 니콜라스가 했던 말이 전혀 떠오르지 않았다. '엄마 친구가 이렇게 했어.', '좋은 아저씨를 만났어.', '엄마가 친구를 사귀었어.' 같은 말을 했을 법도 하지만 엄마와 함께 있었던 시간에 대해 아들이 한 말은 아무것도 기억할 수 없었다. 그 의문의 남자는 정말 낯선 사람이었을까? 아니면 니콜라스가 아는 사람이었을까? 니콜라스가 아무 말도 하지 않은 것이 더 마음에 걸렸다. 그건 정상이 아니다. 어린 아이가 아무 말도 하지 않다니. 어린 아이가 말을 하지 않을 때는 뭔가를 숨길 때나 말로 표현할 수 없을 때뿐이다.

그의 휴대전화가 울렸다. 캐서린의 문자메시지다. '미리 알려주지 그랬어.' 이번에는 키스 표시가 없다. 그는 답장을 하지 않았다. 그녀에게 아무 말도 하기 싫었고 메시지는 더욱 내키지 않았다. 하지만 아들과는 얘기를 해야 했다. 당장 아들을 만나야 한다. 사진 속의 니콜라스를 보다가 지금의 장성한 모습을 떠올려보니 그 차이가 무척 새삼스러웠다. 지금의 게으르고 야망 없는 스물다섯의 니콜라스에게 천방지축이던 꼬마의 모습은 조금도 남아 있지 않다. 사춘기가 되자 그 꼬마의 모습은 몸에서 증발하기라도 한 듯 온데간데없이 사라졌다. 두 사람은 항상 그 점이 의문이었다.

니콜라스는 어쩌다 또래들보다 뒤처지게 되었을까? 어쩌다 그렇게 아무 열정이 없는 아이가 되었을까? 캐서린이 말은 안했어도 어쩌면 이 일 때문인지도 모른다. 어린 니콜라스가 보고 듣지 말아야 할 일을 겪었기 때문이리라. 어쩌면 아들을 그렇게 만든 비밀의 열쇠가 로버트 자신의 손에 들어왔는지도 모른다.

"니콜라스? 아빠란다."

"여보세요." 무미건조한 목소리였다.

"얘, 저녁은 먹었니?" 로버트는 짐짓 명랑한 목소리를 냈다.

"어, 아니요…."

"내가 그리로 갈 테니 같이 저녁이나 먹자. 늦게까지 일을 했더니 배가 고프구나…." 니콜라스는 망설였지만 로버트는 이미 마음을 정했다. "잠깐이면 될 거야. 네 집 근처에 있는 술집에서 요기나 하자고. 지금 가고 있단다."

"엄마가 아빠랑 연락이 안 된다던데요."

"엄마한테 얘기했으니 걱정 안 해도 돼." 로버트는 거짓말을 했다. "15분 뒤에 도착할 거야."

니콜라스네 대문에는 초인종이 네 개였다. 그 중 두 개에는 이름이 적혀 있고 나머지 두 개에는 아무 표시가 없었다. 로버트는 맨 위의 이름 없는 벨을 눌렀다. 석 달 전에 캐서린과 함께 니콜라스의 이사를 도와주러 온 이후로 이곳은 처음이었다. 니콜라스가 4단의 층계를 내려오는 모습을 그려보았다. 문을 열고 모습을 드러낸 니콜라스는 무척 지쳐보였다.

"나갈까?" 아들의 무기력한 태도를 벌충하려는 듯 로버트가 환하게 웃었다.

"아직 준비가 안 돼서요."

"괜찮아. 올라가서 기다리지 뭐." 로버트는 아들의 뒤를 따라갔다. 느릿느릿한 니콜라스의 움직임에 맞추느라 속도를 줄였다. 니콜라스의 맨발, 더러운 발바닥, 복도에 널려 있는 우편물, 얼룩과 담배 자국이 가득한 카펫. 로버트는 거실에서 기다렸다. 주방을 들여다보니 싱크대 안에 더러운 접시가 잔뜩 쌓여 있었다. 가스레인지에 놓인 프라이팬에는 검댕이 눌러 붙어 있고 휴지통을 제때 비우지 않아 주스 포장지, 우유팩, 음식물 찌꺼기가 검은 봉지에서 흘러넘치고 있었다. 학생들이 득실거리는 아파트에서 대체 뭘 기대하는 거냐며 로버트는 혼잣말을 했다. 학생이 아닌 사람은 니콜라스뿐이다. 같이 사는 친구들은 모두 외출하고, 집 안에는 정체를 알 수 없는 매캐한 연기로 가득했다.

"준비됐니?" 침실 문을 열어젖히자 역시 기막힌 광경이 펼쳐졌다. 속옷, 접시, 청바지, 컵 등이 엉망으로 널브러져 있었다. 니콜라스의 얼굴이 닿았을 이불보 가장자리는 누렇게 찌들어 있었다. 니콜라스는 침대에 앉아 양말을 신더니 출근할 때 신는 검은 단화에 발을 집어넣었다. 그 모습을 보니 캐서린에 대한 분노가 치밀었다. 모두 캐서린의 잘못이다. 니콜라스를 내보낸 사람은 다름 아닌 캐서린이다. 독립을 하는 것이 니콜라스에게도 좋을 거라며 로버트를 설득했다. 천장 조명에는 전등갓도 없었다. 목이 메어왔다. 니콜라스가 어릴 때 갖고 놀던 모빌이 후크에 걸려 있었다. 자유롭게 떠다닐 공간이 부족한 탓에 비행기의 연약한 종이 날개가 벽에 부딪히고 있었다.

"다 됐으면 이제 가 볼까." 로버트는 아들을 격려하는 듯 미소를 지었다.

아버지와 아들은 레드와인 한 병과 스테이크, 칩스를 주문했다. 로버트는 늦게까지 서비스를 부탁한다고 주방에 말해두었다. 그동안 아들을 자주 찾아오지 않은 것이 후회스러웠다. 종종 이렇게 아들을 만나야겠다고 생각했다. 그는 니콜라스에게 직장일이 어떠냐고 물었지만 대답은 듣는 둥 마는 둥 했다. 고작 존 루이스 백화점의 수습판매원이란 것이 그와 캐서린이 아들에게 기대한 직업은 아니었지만, 니콜라스는 아버지를 안심시키려는 듯 이런 저런 이야기를 늘어놓았다. 식사를 하니 기분도 나아지는 모양이었다. 음식을 정신없이 먹어치우더니 로버트에게 회사생활이며 직원 복지에 대한 이야기를 하기 시작했다. 하지만 이 일이 정말 아들에게 맞는 걸까? 정말 평생 동안 하고 싶은 일일까? 그리고 허름한 집에서 사는 것이 정말 만족스러울까?

"사는 곳은 어때?" 로버트가 물었다. 니콜라스는 어깨를 으쓱하더니 입가에 미소를 지었다.

"사실 최근에는 집에 잘 들어가지 않았어요." 로버트의 칩에 포크를 찔러 넣으며 니콜라스가 말했다.

"그래?"

"만나는 여자애가 있거든요. 그 애 집에서 시간을 많이 보내요."

"어떤 앤지 말해줄래?" 좋은 소식이다.

"별로 말씀드릴 게 없어요. 엄마 취향은 아닌 거 같아서…."

"엄마랑은 상관없는 일이야." 그의 말투에 놀란 니콜라스가 눈을 동그랗게 떴다.

"그래, 어떤 친구야?" 로버트가 다시 물었다.

"착해요. 여름에 함께 여행을 떠나려고요. 같이 돈을 모아서요."

"그래? 어디로?"

"저렴한 곳으로요. 스페인 마갈루프 같은 곳이요." 니콜라스는 씩 웃었다.

"스페인이라." 완벽하다. "너 어릴 때 우리 휴가 갔었던 거 기억나? 스페인으로?" 니콜라스는 화제가 바뀌어서 언짢은 것 같았다.

"아뇨."

"네가 다섯 살 때였지, 아마. 아빠는 일 때문에 일찍 돌아왔잖아. 너랑 엄마만 남겨 두고 말이야." 그는 니콜라스는 얼굴에서 어떤 변화를 감지하려 애썼지만 소용없었다. 어떤 기억이 완전히 지워졌다는 뜻이다.

"잘 기억이 안나요."

"겨우 며칠이었으니까." 아들을 놀라게 하지 않고 슬쩍 떠보고 싶었다.

"그때 널 두고 와야 해서 마음이 아팠단다. 엄마랑 단둘이 있게 하는 게 아니었는데."

니콜라스는 그를 올려다보며 어깨를 으쓱했다.

"전 기억도 안 나는데요. 그렇게 생각하실 거 없어요."

로버트는 니콜라스의 얼굴에서 고통의 흔적을 살폈지만 아무것도 감지할 수 없었다. 당시의 모든 경험이 기억 저편에 묻혀버린 듯했다.

"여자 친구를 멋진 곳으로 데려가야지. 내가 도와줄게. 숙박비며, 여비며 네 봉급으로는 어려울 거다."

니콜라스는 이미 독립했다. 엄마의 규칙에는 위반되지만 아빠가 도움을 주겠다는데 마다할 이유가 없다.

"고맙습니다." 그가 말했다.

니콜라스를 집에 데려다주고 나서도 로버트는 캐서린이 확실히 잠들 시간까지 차를 몰고 돌아다녔다. 그러다 집 밖에 차를 대고 침실 창문을 올려다봤다. 불이 꺼져 있었다. 그는 봉투에서 책을 꺼내 첫 페이지를 휴대폰 불빛으로 비추며 읽기 시작했다.

'어둡고 축축한 목요일 오후, 빅토리아 역. 사랑의 도피를 하기에 더없이 좋은 날….'

책 내용을 받아들이기에는 너무 피곤했다. 그 사진들 때문에 이미 속을 까맣게 태웠으니. 책은 내일 읽어볼 것이다. 그는 휴대폰에서 〈낯선 사람〉을 검색해 책 사이트를 찾았다. 그러나 캐서린이 그랬듯 저자가 남성인지, 여성인지, 젊은이인지 늙은이인지조차 알 수 없었다. 하지만 남성이고 젊은 사람일 거라고 추측했다. 서평도 읽어봤다. 누가 쓴 글인지 의문이었다. 그는 차에서 나와 문을 닫고 집안으로 들어갔다. 그는 아무 소리도 내지 않고 손님용 침실로 들어갔다.

23

캐서린

2013년 초여름

캐서린은 이틀째 홀로 잠자리에 들었다. 어젯밤에는 로버트가 돌아오기를 기다리며 깨어 있으려 했지만 결국 잠들고 말았다. 다음날 아침에 일어나보니 로버트가 침대에 든 흔적이 전혀 없었다. 현관문이 닫히는 소리에 아래층으로 달려갔다가 비로소 로버트가 집에 들어왔지만 그녀를 깨우지 않고 조용히 나갔음을 알게 됐다.

직장에 뭔가 큰 일이 생긴 게 틀림없다고 생각했다. 그렇게 늦게 퇴근하고 일찍 출근하는 것을 보면 진짜 위기가 닥친 게 분명했다. 왜 전화를 하지 않았는지, 왜 무슨 일인지 말해주지 않는지, 왜 저녁을 먹으러 오지 않았는지 묻고 싶었다. 그는 자상한 사람이다. 그녀가 깰까봐 손님용 침실에서 잘 정도로. 그녀가 간만에 깊이 잠든 것을 알고, 잠을 방해하고 싶지 않았을 것이다. 아침에도 그녀의 잠을 깨우지 않으려 배려해준 데 대해 감사해야 마땅하지만 별로 그런 마음이 생기지 않았다. 그녀는 불안했다. 그날 낮에 로버트에게 문자메시지를 보냈다가 뒤늦게 짤막한 답장을 받자 그녀의 불안은 한층 깊어졌다.

두 번째 밤에도 그녀는 혼자 침대에 누워 로버트가 오는지 귀를 기울였다. 조금 있으면 자정이었다. 열차가 덜컥거리는 소리, 자동차가 젖은 길 위를 구르는 소리, 택시가 툴툴거리는 소리가 들려왔다. 차문이 닫히는 소리에 그녀는 벌떡 일어나 앉았다. 로버트가 온 것 같았다. 현관문에 열쇠 꽂는 소리를 기다렸지만 자정을 알리는 희미한 교회 종소리 외에는 아무것도 들리지 않았다. 자리에서 일어나 층계 앞으로 갔다. 열쇠를 복도 테이블에 놓는 소리가 들렸다. 하지만 너무 작아서 귀를 기울이지 않았다면 놓쳐버렸을 소리였다. 침대에 누워 있었다면 그가 아래층에 있다는 사실을 몰랐을 것이다. 그만큼 로버트는 집에 들어온 사실을 숨기려고 애를 쓰고 있다. 캐서린은 로버트가 위층으로 올라오기를 기다렸지만 그는 오지 않았다. 그녀는 잠옷을 여미고는 가슴속에 요동치는 불안감을 잠재우려 애쓰면서 아래층으로 내려갔다.

로버트는 캐서린을 보았지만 아무 말도 하지 않았다. 그가 앉아 있는 식탁에 캐서린이 다가와서 의자를 빼고 앉을 때까지 줄곧 그녀를 응시했다. 직접 따른 위스키를 마시면서도 시선을 그녀에게서 떼지 않았다.

"로버트." 가만히 그의 이름을 불렀지만 할 말이 떠오르지 않았다. 그는 술잔을 내려놓고 재킷 주머니에 손을 집어넣어 노란 봉투를 꺼냈다. 검은 글씨로 '코닥'이라고 적혀 있었다. 로버트는 사진을 테이블 위에 쏟아낸 다음 카드 마술을 하듯이 손가락으로 대충 펼쳤다. 그녀는 사진을 보았다. 로버트가 그랬듯 순간적으로 어리둥절했으나 이내 상황을 파악했다. 그 이미지를 보자 귓가에 소리가 들리는 듯했다. 찰칵, 찰칵, 찰칵.

"맙소사." 그녀는 억지로 타임머신에 태워져 과거로 돌아가야 했다. 캐서린은 사진을 건드리지 않고 눈으로만 훑었다. 그러자 로버트가 그녀의 손목을 잡고 그것들을 집어 들게 했다.

"어서 봐. 자세히 보라고. 당신 사진이잖아." 그녀는 시킨 대로 했다. 눈에 눈물이 흐르고 목이 메어 숨이 막힐 지경이었다. 그녀는 소매로 눈물을 닦았다. 차마 울 수도 없었다. 일단 울기 시작하면 눈물이 끝없이 흘러 두 사람을 덮칠 것만 같았다. 이 순간이 곧 지나갈 것인가? 그렇지 않다는 건 그녀가 더 잘 알았다.

"자세히 보라고." 로버트가 그렇게 분노한 모습은 처음이었다. 그의 목소리에 담긴 냉기가 그녀에게도 전해지는 느낌이었다. 그는 큰 소리를 내지 않았지만 그의 말투에 사랑의 감정은 흔적조차 없고 증오만이 가득했다.

"다 보라니까." 캐서린은 억지로 하나하나 자세히 보아야 했다. 그녀가 자위행위를 하는 사진에 이르자 로버트는 그녀의 손을 멈췄다. 그녀가 사진을 대충 넘기는 건 용납하지 않을 것이다. 캐서린은 모든 사진을 찬찬히 봐야 한다. 그는 그것들을 그녀의 손에서 낚아채더니 세 장을 나란히 놓았다. 음란한 아내가 담긴 삼부작 사진은 화려한 색감의 식탁 위에 펼쳐졌다. 그녀는 몸에 끈적이는 손가락을 밀어 넣고 있다. 가볍고 섬세하게 움직이는 손가락을. 로버트는 갑자기 울음을 터뜨렸다. 캐서린은 가슴이 찢어질 것 같았다.

"아, 로버트, 미안해…. 내가 말했어야 했는데…." 그에게 다가가 그를 껴안고 가까이 끌어당기고 싶었지만 그는 의자를 뒤로 밀었다. 그녀가 몸에 손을 대는 것조차 싫은 모양이었다. 그는 해변에서 니콜라스가 그녀와 함께 있는 사진을 집었다.

"대체 무슨 일이 있었던 거야?"

"내가 진작 말했어야 했는데…. 하지만…. 니콜라스는 아무것도 몰랐어. 정말이야. 아무것도 몰랐다고…. 오래전 일이고…. 나는…."

"정확히 언제인지 알고 있어." 그가 말을 끊었다. "오래전 일이라는 건 중요하지 않아. 그런 일이 있었다는 게 중요하지. 당신이 한 일이잖아." 그는 사진을 움켜쥐더니 캐서린의 얼굴에 던졌다. 그녀는 충격에 할 말을 잃었다. 사진은 대부분 바닥에 흩어지고 몇 장은 그녀의 무릎에 내려앉았다. 그녀는 그것들을 손으로 쓸어 바닥에 떨어뜨렸다.

"니콜라스는? 그 애한테 무슨 꼴을 보인 거야? 나한테는 그렇다 치고 그 애한텐 대체 무슨 짓을 했냐고? 어떻게 그럴 수가 있어? 당신이 그런 짓을 하리라곤…." 그는 말을 잇지 못했고 캐서린은 그가 생각을 정리할 때까지 기다렸다. 하지만 기다리고만 있기에는 위험했다. 그가 말을 마구 쏟아내기 전에 끼어들었어야 했지만 옛날 생각에 빠져 있느라 타이밍을 놓치고 말았다.

"어떤 작자야? 어느 놈이랑 놀아났냐고? 유부남이었냐? 아니면 망할 스페인 웨이터 놈이었냐? 날라리 십대 애들처럼 휴가 때 불장난이나 하다니. 헤픈 년 같으니. 영국 창녀들은 날씨만 좋고 상그리아만 있으면 아무하고나 붙어먹는다더니. 아무리 그래도 애까지 끼고 그런 짓을 하다니. 그렇게 따분했냐? 남자들의 관심이 그렇게 그리웠냐?"

"아니, 그런 게 아냐…."

"그럼 뭔데? 빌어먹을 네 애인이 우리 아들 사진까지 찍다니. 말해 봐. 재미 좋았냐?"

"소리 좀 그만 질러." 그가 악을 써대는 바람에 캐서린은 생각을 할 수가 없었다. 그는 완전히 이성을 잃은 채 분노로 씩씩대고 있었다.

"제발. 그만 좀 해. 다 말할 테니 제발 좀 들어줘. 그냥 들어 달라고…." 그녀는 그가 마시던 위스키 잔을 모두 비웠다. 그녀는 왜 그 일을 그에게 말할 수 없었는지 모조리 털어놓겠다고 마음먹었다. "당신이 우리를 남겨 두고 가버리는 게 싫었어. 기억해? 내가 가지 말고 함께 있어 달라고 애원했던 거…." 그녀는 잠시 시간을 끌며 할 말을 정리하려 했지만 그가 그럴 틈을 주지 않았다. 그는 분노를 조금도 주체하지 못했다.

"정말 구제불능이군. 그게 다 내 탓이라는 거지? 내가 일찍 가 버렸으니 아들 코앞에서 낯선 놈이랑 놀아난 게 아무 잘못이 아니란 거지? 아이한테 그런 꼴을 보여준 게? 그런 짓을 하고도 네 잘못은 하나도 없다는 거네. 네 행동은 항상 옳다 이거지. 네가 망할 성녀라도 되는 줄 알아."

캐서린은 정신이 아뜩했다. 로버트는 지금 그녀를 증오하고 있다. 이렇게 짧은 순간에 사랑이 증오로 바뀌다니. 단순히 그가 상처 받았다고만 생각했는데 그게 아니었다. 그는 입에서 끈적끈적하고 음침한 분노를 내뿜었다. 그가 다시 입을 열더니 악담을 쏟아냈다.

"나 없이 나흘을 못 참겠더란 말이지? 단 4일도 섹스를 안 하고는 못 견디겠더란 거지? 당시에 나랑은 시들했던 걸로 기억하는데. 내가 저 망할 속옷을 산 것도 그 때문이잖아." 그는 사진 한 장을 걷어찼다. "그 자식이랑은 언제까지 놀아났지? 가끔씩 다시 만났겠지? 영국에 돌아와서도 만나서 리오하를 마셨겠지? 오호라, 출장 때마다 불러들였겠군. 그 작자를 데리고 갔나?"

대체 무엇을 기대했던가? 이건 아니다. 그녀는 바닥에 흩어진 사진을 집으려고 몸을 숙였다.

"이것들은 도대체 어디서 난 거야?"

로버트는 들은 척도 않고 봉투를 열어 〈낯선 사람〉을 식탁 위에 던졌다.

"그래, 이게 당신 얘기란 거지."

그녀의 잠옷에 땀이 배었다.

"맞아, 하지만 사실과 달라. 이 책 내용과는 다르다고…." 로버트가 주먹으로 그녀의 목구멍을 틀어막기라도 한 듯 말이 한 마디도 나오지 않았다.

"그래? 그럼 그렇게 안절부절 못한 이유가 뭐야? 왜 책을 태우고 난리였냐고? 니콜라스는 아무것도 모른다며. 하지만 그 애한테도 책이 배달됐다니 틀림없이 뭔가 관련이 있겠군…."

"그렇긴 하지만…." 그녀는 말을 하려다가 그만두었다. "다 읽은 거야?"

"아니. 별로 그러고 싶지 않네…. 왜 그래야 하지? 이것만으로도 충분하지 않나?" 그는 사진을 다시 걷어찼다. "이 책도 당신 애인이 썼겠군."

"아니야." 그녀가 웅얼거렸다.

"뭐라고? 알아듣게 말해." 경멸과 냉소가 가득한 말투였다. "네 애인이 썼지?"

"아니야."

"그럼 누구야? 그놈 마누라야? 결국 들켰나보네?"

그녀는 고개를 저었다.

"그 사람 아버지야. 아마도."

"아버지라고? 정말 웃기는군. 젊은 놈이야? 얼마나 젊은 놈이지? 설마, 미성년자였냐?"

갑자기 캐서린은 목소리를 높였다. 거의 발악에 가까운 절망적인 쇳소리였다.

"그 사람은 죽었어. 죽었다고…." 로버트의 얼굴에 충격의 빛이 스쳤다. 충격파가 그녀에게서 그에게로 전해지는 데 무려 20년이 걸렸다. 캐서린이 그들의 삶을 지키기 위해 쳐 두었던 방어막은 일순간에 무너졌다.

24

스티븐

1993년 여름

한밤중도, 새벽 세 시도 아니었다. 맑고 화창한 오후였다. 낸시
와 나는 안마당에 앉아 신문을 읽으며 차를 마시고 있었다. 우리
는 북쪽을 바라보는 정원이 완전히 그늘로 들어가기 전 마지막
한 조각 햇볕을 즐기기 위해 의자를 테라스 한 구석으로 옮겼다.
처음에는 아무 소리도 듣지 못했지만 찻잔에 차를 더 채우려 주
방으로 들어가다가 현관문 유리에 비친 두 사람의 형체를 보았
다. 그들이 내는 소리도 들었다. 이미 문을 한참 두드렸는지, 노크
라기보다 주먹으로 쿵쿵 쳐대는 소리에 가까웠다. 위협적인 기색
은 없었지만 다급함이 느껴졌다. 나는 차를 따르려고 손에 든 티
포트를 내려놓고 열린 주방 문을 통해 낸시를 흘끗 보았다. 햇빛
을 가리려고 모자를 푹 눌러쓴 채 신문에 몰두하고 있었다. 무엇
을 읽고 있었을까? 모르긴 해도 아까 리뷰 섹션을 펼쳐놓고 있었
으니 볼만한 연극이나 영화, 콘서트에 연필로 표시를 하고 있었으

리라. 하지만 그날 이후 우리는 티켓을 산 적도, 극장이나 음악회에 간 적도 없다.

낸시를 내버려두고 현관으로 갔다. 나쁜 예감은 좀처럼 틀리지 않는 법이다. 일요 신문을 읽으며 우리의 불행이 아닌 다른 남의 불행을 동정하는 익숙한 세계에 그녀를 언제까지나 남겨두고 싶었다.

"브리그스토크 씨?" 남자가 말했다. 나는 문간에서 비키지도 않고 그들을 안으로 들이지도 않은 채 고개를 끄덕였다.
"잠깐 들어가도 되겠습니까?" 내 눈을 똑바로 마주보며 여자가 말했다. 나는 잠시 주저하다가 한쪽으로 비켜서며 문을 활짝 열었다.
"부인께서는 집에 계신가요?" 여자가 물었다. 나는 고개를 끄덕였다.
"무슨 일이신지요? 어쩐 일로 오셨습니까?"
"안타깝게도 나쁜 소식을 전해드리게 됐습니다. 부인을 불러주십시오."
나는 그 말에 따랐다. 그들을 거실로 데려가 거기서 기다리게 한 다음, 주방 뒷문을 나가 그늘에 선 채 낸시를 바라봤다. 낸시의 모자 언저리에 여전히 한줄기 햇빛이 남아 있었다. 낸시가 고개를 들었다.
"무슨 일이에요?" 눈을 찡그리며 그늘에 서 있는 나를 보았다.
"스티븐?"
"경찰이야. 거실에 있어." 낸시는 내게서 눈을 떼지 않았다. 그녀의 입이 조금 벌어졌다. 우리 두 사람 모두 감당하기 벅찬 무게에 짓눌려 순식간에 늙어버리게 될 것을 직감하고 있었다. 접이식 의자에 파묻혀 있던 낸시는 몸을 일으켰다. 이미 그녀에게서 생기가 모두 사라지고 없었다. 나는 그녀의 손을 잡고 거실로 데려갔다. 우리는 각자 일인용 의자에 앉았다. 소파에는 경찰들이 앉아 있었다.

"조나단이라는 아드님이 있으시죠, 나이는 19세고요? 스페인으로 여행을 떠났고요."

우리 둘은 고개를 끄덕였다. 그렇다면 죽은 건 아니겠구나. 현재 시제를 썼으니. 낸시도 같은 생각을 했었나 보다. "어제 그 애가 보낸 엽서를 받았어요. 세빌에서 보냈더군요." 그러면서 낸시는 그것이 조나단이 무사하다는 증거라는 듯 미소를 지었다. 부모에게 걱정을 끼치지 않는 착한 아들이라는 걸 증명한다는 듯.

"정말 유감입니다. 조나단이 사고로 사망했습니다. 어제요. 죄송하게 됐습니다." 나는 고개를 끄덕였고 낸시는 미동도 하지 않았다. 그녀와 따로 앉아 있었기 때문에 나는 일어서서 낸시에게 다가갔다. 그녀의 손을 잡았다. 축축하고 아무 반응이 없었다.

"어떤 사곱니까?" 교통사고가 떠올랐다. 도로에서 일어나는 흔한 사고. 차에 치였다거나, 오토바이로 속도를 내다가 넘어졌다거나, 트럭과 충돌했다거나. 회복될 가망 없이 순식간에 목숨을 잃는 사고.

"익사였습니다." 남자가 말했다. 여자 경찰관은 자리에서 일어서더니 차를 만들어오겠다고 했다. 나는 주방을 가리켰다.

"사고였습니다. 스페인 경찰도 그렇게 확신하고 있어요. 타리파의 바다가 여간 거친 게 아니니까요. 전혀 예측할 수 없는 곳이죠." 그는 우리 얼굴을 살폈다. 하지만 우리가 무슨 말을 할 수 있었을까? 무엇을 할 수 있었을까? 그들이 알려주어야 했다. 그들도 알고 있었다.

"스페인에 가서 아들이 맞는지 확인해 주셔야 합니다. 스페인 당국은 신원이 정식으로 확인돼야만 시신을 내 줄 겁니다. 아니면 다른 사람을 대신 보내셔도 됩니다만…."

"그러면 그 시신이 조나단이라는 게 아직 확실치 않다는 말이죠?" 낸시는 여전히 한 가닥 희망을 품고 있었다.

"네, 그렇긴 합니다만. 소지품을 확인했는데…. 그의 가방이 해변에서 발견되었거든요…."

"그 애가 도둑맞았을 수도 있잖아요?" 그녀는 절박했다.

"여권을 확인했어요. 조나단이 틀림없습니다."

여자 경찰관이 차를 가지고 왔다. 우유와 설탕 맛만 났다.

"신원확인을 해 주셔야 시신을 인수받을 수 있습니다. 그래야 집으로 데려오실 수 있어요." 쟁반을 내려놓으며 여자가 말했다. "다른 분이 대신 가실 수 있으면…."

"그럴 사람 없어요." 내가 말했다.

"영사관에서 전부 도와줄 겁니다."

시신. 우리 아들이 시신이라니. 낸시가 내게 잡힌 손을 빼더니 찻잔을 감쌌다.

"이 번호로 연락하시면 됩니다. 전부 알아서 처리해줄 거예요." 나는 고개를 끄덕이며 종이쪽지를 건네받았다. 두 사람은 자리에서 일어서더니 눈짓을 교환하고는 문 쪽으로 걸어갔다. 궁금한 점이 한 둘이 아니었지만 물어볼 수 없었다. 정확히 어떻게 일어난 일인지? 어떤 사고였는지? 다른 관련자는 없는지? 며칠 뒤에 그 젊은 여경에게 전화해 자세한 내용을 알아낸 사람은 낸시였다. 두 사람은 한동안 연락을 주고받았다. 낸시는 그 경찰관과 이야기를 나누면서 많은 위로를 받았다고 했다. 낸시는 그렇게 캐서린 레이븐스크로프트의 존재를 알게 된 것 같다. 그 여자의 이름을 한 번도 언급한 적은 없지만.

그들이 나가고 문이 닫혔다. 낸시는 몸을 부르르 떨고 있었다. 나는 소파 등받이에 걸쳐진 담요를 낸시의 어깨에 둘렀다. 그녀는 여전히 내 시선을 피하고 있었다.

"낸시, 낸시." 가만히 그녀를 불렀다. 무릎을 꿇고 그녀를 내 앞으로 끌어당겼지만 순순히 끌려오지 않았다. 너무 큰 충격에 몸이 얼어붙은 것 같았다. 물론 충격을 받은 것은 나도 마찬가지였지만 낸시 때문에라도 정신을 놓아서는 안 되겠다 싶었다. 그녀를 보살피느라 내 감정 따위는 돌아볼 여유가 없었다. 나는 어린아이에게 하듯 낸시의 머리를 쓰다듬었다. 낸시를 잠에서 깨우듯 그녀의 이름을 몇 번이나 불렀다. 갑자기 정신이 들었는지 낸시는 나를 바라보았다. 어깨에 걸친 담요를 떨치고 일어서더니 나를 거칠게 밀었다.

"당장 그 번호로 전화해야 돼요. 비행기를 타야 해요." 낸시는 위층으로 올라갔다. 침대 밑에 있던 여행 가방을 끌어내는 소리가 들렸다.

로버트

2013년 여름

캐서린의 애인이 죽었다. 세상에. 그래서 로버트에게 말할 필요가 없었단다. 그 남자가 그들의 집에 들이닥칠 일은 절대 없을 테니까. 캐서린은 그대로 끝난 일이라고 생각했다. 물론 그녀는 크게 상심했다. 한동안 큰 슬픔에 빠졌다. 사랑에 빠졌던 걸까? 그러기엔 너무 짧은 시간이었다. 하지만 그 경험으로 캐서린은 자신의 삶에서 허전함을 느끼게 된 것 아닐까? 로버트는 목이 뻐근하고 눈이 뻑뻑했다. 그는 위스키 병을 들고 집을 뛰쳐나와 차 안에서 밤을 지새웠다. 캐서린은 제발 이야기를 들어 달라고 애원했다. 그를 뒤쫓아 밖으로 나왔다. 길 한가운데 서 있는 캐서린의 모습을 보았지만 그는 멈추지 않고 차를 달렸다. 하지만 멀리 가지 않고 다음 거리에서 정지했다. 어디로 가야 할지 몰라 그곳에 차를 댔다. 캐서린이 그를 따라와 길 끝에 모습을 드러내길 바라면서. 백미러를 계속 확인했지만 그녀는 나타나지 않았다. 그는 좌석을 뒤로 밀고는 위스키를 들이켰다.

그렇게 술을 마셨지만 속은 아무렇지도 않았다. 역겨운 것은 그의 아내였다. 그녀의 거짓말이었다. 더 이상 아무 말도 듣고 싶지 않아 그녀의 전화를 모두 무시했고 결국 휴대폰을 꺼버렸다. 마음을 꽉 채운 분노에 매달리지 않으면 무너져 내릴 것 같았다. 지금껏 아내에게 실컷 기만당했다. 캐서린이 자신을 조종해왔다고 생각하니 분통이 터져 참을 수 없었다. 진작 눈치챘어야 했다. 로버트는 사람들을 구슬려 원치 않는 일을 하게 만드는 캐서린의 능력에 늘 감탄했었다. 하지만 자신에게도 같은 수법을 쓸 줄은 꿈에도 생각지 못했다.

그는 어젯밤에 위스키를 들이키며 그 책을 읽기 시작했다. 하지만 많이 읽지는 못했다. 앞부분은 전개가 느린 데다 이 일과 무관해 보였지만 중요한 사실을 놓칠까 두려워 어느 부분도 건너뛰고 싶지 않았다. 어젯밤에는 책에 집중할 정신이 없었지만 오늘 아침에는 꼭 읽을 생각이다. 그는 차 뒷좌석에서 아기처럼 무릎을 가슴에 대고 웅크린 채 잠을 잤다. 지금도 뒷좌석에 앉아 있다. 운전기사를 기다리는 사람처럼. 머리가 깨질 듯 아팠고 입안은 물을 내리기 전 변기 속 오물을 마신 것처럼 찝찝했다. 앞쪽으로 손을 뻗어 껌을 세 개나 입안에 욱여넣었다. 아침 식사와 커피 생각이 간절했다. 책을 읽을 시간도 필요했다. 하지만 운전은 할 수 없었다. 그건 위험한 짓이다. 아직 알코올 기운이 가시지 않았다. 그는 차문을 잠그고 옷매무새를 가다듬은 다음 버스정류장으로 향했다.

5시 30분이었다. 사무실에서 그날의 첫 회의를 시작하기까지 몇 시간이나 남아 있다. 그는 버스를 기다렸다. 아름답고 따사롭고 고요한 날이었다. 정류장에서는 혼자였지만 도착한 버스 안에는 이미 여러 명의 승객이 타고 있었다. 평소에 출근할 때는 마주칠 일이 없는 사람들이었다. 버스 안의 젊은 흑인 여성은 야간 근무를 마치고 귀가하는 중인 듯했다. 방한 점퍼 밑으로 비어져 나온 작업복 자락이 눈에 들어왔다. 피로에 지친 듯 눈 밑이 퀭해 보였다. 병원 근무자의 복장이지만 의료진이 아니라 허드렛일을 하는 사람 같았다. 틀림없이 좋은 여자일 거라 생각했다. 자신과 가족의 생계를 위해 야간 근무를 하고, 허영심이 없으며, 바람을 피우거나 딴 짓을 할 시간이 없는 여자. 자신이 인종차별적인 생각을 하고 있는 게 아닌가 싶기도 했다. 그녀의 존재 가치를 이토록 단순하게 판단하다니.

동유럽 출신으로 보이는 노인도 눈에 띄었다. 이런 여름 날씨에 털모자를 쓰고 점심도시락이 담긴 배낭을 메고 있다. 두 자리나 떨어진 로버트에게도 그 냄새가 풍겨왔다. 부유한 런던 사람의 집을 수리하러 가는 인부 같았다. 로버트의 집 같은 곳. 은퇴할 나이를 훌쩍 넘긴 이런 노인이 커피 잔을 빌리거나 화장실을 사용하는 것조차 인색하게 굴 그런 집. 자신을 고용한 사람들의 삶을 아무런 판단 없이 묵묵히 지켜볼 그 노인에게 로버트는 존경심을 느꼈다. 버스에서 내리려고 자리에서 일어서던 로버트는 처음에는 그 여자를 향해, 다음에는 노인을 향해 미소를 지었지만 둘 중 누구도 그것을 알아채지 못했다. 로버트 자신이 고상한 척하는 위선자처럼 느껴졌다.

이른 아침부터 영업을 시작한 작은 카페가 눈에 띄었다. 평소 같으면 절대 가지 않을 곳이었지만 버클리 광장 주변에서 여섯 시에 문을 연 가게는 그곳이 유일했다. 그는 토마토를 얹은 토스트를 주문했다. 흰 빵이 아닌 갈색 빵. 튀기지 않고 구운 빵. 그리고 홍차 한 잔. 너무 진하게 우린 홍차였다. 그는 가게 구석에 자리를 잡고 책을 읽기 시작했다.

그는 책의 마지막 문장에 동의했다. 정말 안타깝기 짝이 없다. 그의 아내가 아무것도 하지 않은 것, 그에게 아무 말도 하지 않은 것이. 궁지에 몰린 지금에서야 그에게 말하려 하고 있다. 그는 문장에 담긴 절제된 감정을 높이 평가했지만, 그냥 안타깝다고만 하기엔 뭔가 부족해보였다. 그들이 캐서린을 해칠까? 아니, 이것은 말뿐인 협박이다. 캐서린을 보호해야 한다는 생각은 들지 않았다. 아직 아니다. 그는 마지막 줄만 읽었을 뿐이다.

어젯밤 캐서린은 책 내용이 사실과 다르다고 그를 납득시키려 했다. 실제로 그런 일이 있었던 건 아니라고. 하지만 그는 말을 꺼내지 못하게 했고 들으려고도 하지 않았다. 캐서린으로서는 당연히 그렇게 말할 수밖에 없었을 것이다. 캐서린은 이미 자기 얘기를 할 시기를 놓쳤으니 그는 책 내용을 믿을 수밖에 없다. 그동안 캐서린에게는 말할 기회가 충분히 있었음에도 말하지 않은 것을 보면 이제는 자기 멋대로 이야기를 각색할 테니 그녀가 하는 말은 아무것도 믿을 수 없다. 그녀는 절대 용서받을 수 없는 행동에 대해 온갖 변명을 늘어놓을 것이다. 그는 절대 용서하지 않겠다고 결심했다. 니콜라스 때문이었다. 그 애가 그곳에 있었기 때문에.

한 주 전이었다면 카페에 앉아 책을 읽는 여유를 마음껏 즐겼겠지만 지금 그는 눈앞의 책 때문에 입안이 바싹 마르고 손끝이 떨려왔다. 책은 이렇게 시작되었다.

'어둡고 축축한 목요일 오후, 빅토리아 역. 사랑의 도피를 하기에 더없이 좋은 날이었다. 매표소 앞에 줄을 서 있던 한 쌍의 젊은 남녀가 서로의 손을 꼭 잡고 있다가 잠시 놓았다. 그들은 단 몇 분간의 이별도 참을 수 없다…'

로버트가 평소에 읽는 유형의 책은 아니었지만 지금 같은 상황에서는 꽤 흥미진진했다. 왜 니콜라스가 이 책에 빠져서 끝까지 읽었는지 알 것 같았다. 쉽고 매끄럽고 가벼운 글이었다. 니콜라스보다도 젊은 청년이 여자 친구와 함께 유럽 전역을 여행하는 내용이었다. 로버트는 등장인물의 기대감과 모험심을 느낄 수 있었다. 그들은 젊음을 만끽하기 위해 직장을 때려치우고 여행을 떠난다. 두 사람은 청소년 할인 요금으로 기차 여행을 할 수 있을 만큼 어린 나이다. 밤기차의 정취, 이른 아침에 낯선 도시에서 눈을 떴을 때의 설렘. 자유의 풍경을 거쳐 가는 동안 그들은 창문을 내리고 지중해의 하늘을 들이마신다. 둘은 사랑하는 사이다. 앞으로도 오래 함께할 것이다.

캐서린이 처음 몇 장을 읽고 나서도 책읽기를 그만두지 못한 이유는 그 무심한 문장 속에 암울한 비극의 조짐이 서서히 배어

나오고 있었기 때문일 것이다. 이 행복은 오래가지 못하리라. 모든 냄새, 맛, 열기에는 그것이 조만간 끝나리라는 암시가 담겨 있었다. 로버트가 홍차를 다 비우고 커피를 주문할 무렵 이 커플은 니스에 도착하지만 여자 친구 사라의 집에서 나쁜 소식이 전해지는 바람에 그녀는 영국으로 돌아가게 되었다. 남자 친구 존이 함께 가겠다고 해도 사라가 극구 반대한다. 이 여행이 존에게 얼마나 의미가 있는지 알기 때문이다. 얼마나 오랫동안 여행을 기대하며 계획을 세우고, 돈을 모았는지. 사라는 모든 부모가 아들의 여자 친구로 환영할 만한 여자였다. 니스 역에서 그들은 눈물의 이별을 한다. 존은 카페에 앉아 부모님께 엽서를 쓴다. 담배 한 갑을 사서 한 개비를 입에 문다. 사라는 그가 담배 피우는 것을 좋아하지 않는다. 존의 부모도 그가 흡연자라는 사실을 모른다. 존은 우표를 사서 엽서를 부친 다음 홀로 여행을 계속한다. '이제 시작이군.' 로버트는 이렇게 생각하며 블랙커피를 주문했다.

26

스티븐

1993년 여름

우리는 공항에 어울리지 않는 사람들이었다. 눈썰미가 있는 여행자라면, 휴가가 절실히 필요해 보이지만 비행기에 오르기를 두려워하는 듯한 충혈된 눈의 중년 부부를 목격했으리라. 비행을 두려워하는 사람들로 보였을지 몰라도 낸시와 내가 진짜 두려워한 것은 그곳에 도착하는 것이었다. 모든 게 현실이 될까 봐 두려웠다. 지금까지는 상상밖에 할 수 없었지만 이제 우리는 먼저 간 아들의 시신을 직접 확인해야 했다. 우리를 떠나보낸 뒤에 그 애가 해야 할 일을 우리가 먼저 해야 했다.

공항으로 떠나기 전에 나는 옷장에서 조나단이 보낸 엽서 세 장을 꺼냈다. 파리, 니스, 세빌의 직인이 찍혀 있었다. 광택이 있는 밝은 색의 엽서에 휘갈겨 쓴 글씨였다. 처음에는 무심코 읽었지만 그것이 조나단이 남긴 마지막 말이라는 생각에 몇 번이고 다시 뜯어보았다. 세빌에서 보낸 엽서가 가장 큰 울림을 남겼다. 햇볕이 내리쬐는 성당을 배경으로 관광객들이 마차를 타고 있는 장면이었다. 이 관광객들은 그들의 모습이 우리 머릿속에 영원히 각인될 거라고 생각이나 했을까? 이 엽서가 우리 집 문간에 내려앉을 때만 해도 조만간 그 애를 다시 볼 줄 알았는데. 그것을 뒤집어 아들이 전한 마지막 말을 읽었다. '어머니, 아버지. 여기서 이틀을 보냈어요. 내일은 해변으로 갈 거예요. 탕헤르까지는 연락선을 타고요. 사랑하는 J'

우리 두 사람 모두 스페인어를 몰랐지만 헤레스 영사관에서 행정 수속을 도와주었다. 물론 만만찮은 절차였다. 아들을 집에 데려가기까지 우리 수많은 서류에 서명을 하고 다양한 정부 기관에 도장을 건네야 했다.

조나단의 벗은 몸을 본 지 꽤 오래됐지만, 그곳에 누운 조나단은 몸에 거의 아무것도 걸치지 않은 상태였다. 성기 위에 작은 천이 덮여 있을 뿐이었다. 그 아이가 틀림없었다. 죽음으로 모든 것이 정지된 채 눈을 감고 있었지만 영락없는 우리 아들이었다. 영사는 그 애를 방부처리할 거라고 알려주었다. 스페인 법에 따르면 시신을 옮기기 전에 반드시 거쳐야 할 절차라고 했다. 우리 두 사람 모두 방부처리의 절차는 충분히 이해했지만 그것에 대해 너무 깊이 생각하고 싶지 않았다. 조나단은 익사했지만 걱정과 달리 퉁퉁 불은 얼굴은 아니었다. 왼팔 안쪽에 상처가 있었다. 나는 그 상처를 손가락으로 따라가 보았다. 서로 교차된 검붉은 줄을 따라 싸늘한 피부를 쓰다듬었다. 사고 때문에 생긴 상처라고 했다. 나는 최대한 소리를 낮춰 흐느꼈다. 가엾은 낸시는 몸을 떨고 있었다. 어깨뿐만 아니라 몸 전체가 심하게 들썩였다. 흐느낄 때의 떨림이 아니라 기나긴 진동이었다. 내면의 무언가가 갈가리 찢어진 듯 그녀는 끝없이 전율했다. 영원히 꺼지지 않을 기계처럼. 나는 양팔로 그녀를 감싸 안았지만 진정시킬 수는 없었다. 낸시가 아무 말도 하지 않아서 더욱 참기 어려웠다. 완전한 침묵이었다. 나는 낸시를 밖으로 끌어내려 했지만 꼼짝도 하지 않았다. 그녀는 앞으로 몸을 숙여 조나단의 손을 잡았다. 뻣뻣했다. 이제는 낸시의 손을 감싸 줄 수 없는 손이다. 그 애의 손바닥에는 검붉은 상처가 있었다. 뭔가를 쥐고 있었던 듯 피부가 갈라지고 벗겨져 있었다. 그 애는 목숨을 부지하기 위해 뭔가를 꽉 붙잡았으리라. 낸시는 무릎을 꿇은 채 그 애처로운 손에 입을 맞추었고 나는 양손을 그녀의 어깨에 놓았다. 옆에서 영사관 직원이 서성댔다. 우리 아들이 틀림없지만 우리가 서명을 해야만 그 사실이 확정될 터였다. 그는 우리가 조나단에게서 떨어질 기미를 보이지 않자 가까이 다가오더니 이렇게 말했다.

"브리그스토크 씨, 브리그스토크 부인, 이제 가셔도 좋습니다."

낸시가 그 말을 들은 척도 하지 않아서 내가 먼저 움직여야 했다. 나는 낸시의 손을 조나단에게서 떼어냈다.

"낸시, 어서." 마침내 낸시는 나를 따라 방을 나왔다. 영사관 직원은 우리를 차에 태워 조나단이 죽은 바닷가 마을로 데려갔다. 우리가 그 모든 비용을 부담해야 한다고는 생각지 못했지만 조나단의 여행보험에 그것이 포함되지 않은 탓에 결국 비용은 우리에게 청구되었다.

타리파에는 딱 하루만 머물렀다. 아들이 죽은 현장을 보고 싶긴 했지만 그곳에 오래 머무를 생각은 없었다. 아들의 소지품은 여전히 호텔 방에 있었다. 호텔 측에서 호의를 베풀어주길 기대했지만 별로 도움을 받지 못했다. 호텔 측에서는 조나단이 묵는 동안 그 아이를 본 적이 거의 없다고 했다. 실은 그 애를 알지도 못했다. 그 애는 투숙하는 동안 우연히 죽은 이름 모를 손님일 뿐이었다. 그들은 우리가 태도를 바꿔 아들의 죽음을 탓하기라도 할까 봐 어물쩍대며 말을 피했다. 하지만 그들의 잘못이 아니었다. 누구의 잘못도 아니라는 얘기를 우리는 수차례 들었다. 그저 사고였을 뿐이다. 그날 갑자기 파도가 거칠어지고 바람이 세게 불어왔을 뿐이다. 그날 위험을 알리는 붉은 기가 세워져 있었나? 아무도 기억하지 못했다.

조나단이 묵던 방의 의자에 그 애의 배낭이 놓여 있었다. 아늑한 맛이 없는 방이었다. 싱글 침대에는 시트와 담요 한 장 뿐이었고 낡은 서랍장에는 아직 그 애의 옷이 들어 있었다. 경찰이 해변에서 발견했다는 가방도 그곳에 있었다. 그 가방 안에서 이 호텔의 열쇠를 찾아냈고, 가방 속의 여권을 보고 우리를 찾아온 것이었다.

낸시가 모든 정리를 도맡았다. 서랍장에서 조나단의 옷을 꺼내 반듯하게 개어서 침대에 놓았다. 내 도움은 바라지 않았다. 모두 그녀의 영역이었다. 낸시가 조나단의 물건을 정리하는 동안 나는 창가 의자에 앉아 조나단의 눈으로 보았을 풍경을 내다보았다. 그곳에서는 바다가 보이지 않았다. 싸구려 호텔의 뒤편에 위치한 방이었으니까. 오후 두 시 무렵에 아래를 내다보니 노랑과 분홍 돌로 덮인 안뜰의 흰 플라스틱 테이블 앞에 북유럽 배낭여행객들이 앉아 있었다. 그때 낸시는 조나단의 카메라를 발견했을 것이다. 그것을 조나단의 배낭에 넣었을까? 잘 모르겠다. 아니면 자기 가방에 숨겼나? 그건 알 수 없지만 낸시가 언제 필름을 현상하기로 마음먹었는지 궁금하다. 그날 그 방에서였을까, 아니면 집에 돌아온 다음이었을까? 그 애의 카메라는 다시 본 적이 없다. 어딘가에서 잃어버렸거나 조나단이 다시 찾으러 올 수 없음을 알고 호텔 직원이 훔쳐갔다고 생각했었다. 슈퍼 줌 렌즈를 갖춘 최고급 사양의 니콘 카메라는 우리가 그 애에게 사준 가장 비싼 물건이었다. 그 애의 열여덟 번째 생일 선물이었다. 만약 잃어버렸다면 우리에게 알리고 싶지 않았을 것이다.

낸시가 있는 쪽을 돌아보니 낸시는 스위스 군용 칼을 손에 들고 있었다. 역시 우리가 조나단에게 준 생일 선물이다. 그 애가 열세 살 때였나, 열네 살 때였나? 하여간 칼을 맡겨도 괜찮겠다 싶은 나이였다. 낸시는 조나단의 화장수를 허공에 뿌리고는 냄새를 맡았다. 우리 아들의 마지막 향기였다. 왜 그런 짓을 하고 있을까? 짐이나 서둘러 정리할 것이지. 나는 빨리 그곳을 벗어나고 싶었다. 다음에 낸시는 담뱃갑을 집어 들었다. 우리 둘 다 조나단이 흡연을 한다는 사실을 몰랐다. 그 애의 여자 친구 사샤도 허락하지 않았을 것이다. 그럴만한 여자였다. 사샤가 떠난 후에 어쩌다 담배를 피우게 됐는지도 모른다. 사샤는 지금 어디 있을까? 이미 중년의 나이일 테고 결혼도 했을 것이다. 더없이 괜찮은 여자애였지만 나는 조나단이 그 애와 맺어지는 것은 원치 않았었다. 하지만 사샤가 먼저 돌아오지 않았다면, 조나단과 함께 유럽에 머물렀더라면 조나단은 지금도 살아있을지 모른다. 조나단이 아직 살아있을 수 있다면 나는 뭐든지 양보할 수 있다. 조나단이 성실하지만 조금은 매력 없는 여자와 결혼한다고 해도 받아들일 수 있다.

로버트

2013년 여름

로버트는 그 책에서 캐서린을 찾아냈다. 비록 캐서린이 아닌 샬롯이라는 이름이었지만. 로버트는 시계를 봤다. 첫 회의 시간을 맞추려면 30분 내로 그곳을 떠야 했지만 책을 손에서 놓을 수 없었다.

〈낯선 사람〉에서 발췌

'존은 타리파에 단 하루만 머물 생각이었다. 싸구려 호텔에서 하룻밤을 묵은 뒤 다음날 아침 일찍 탕헤르로 가는 배를 탈 계획이었다. 그는 오웰, 볼스, 케루악*을 추구했다. 사랑이 아니라. 하지만 여자의 노랫소리를 듣고 혼이 빠지고 말았다. 노련한 여자의

---

* 조지 오웰, 폴 볼스, 잭 케루악. 모두 소설가의 이름이다

손쉬운 먹잇감이 된 것이다. 여자는 조금 무료했다. 남편이 기다리는 집으로 돌아가기 전, 며칠 동안 가볍게 즐길 상대를 물색하는 중이었다. 곁에 있는 아이는 여자에게 성가신 존재일 뿐이었다. 하지만 여자는 이 아이를 본색을 감추는 도구로 이용했다. 아이 덕분에 여자는 헌신적인 엄마, 선량한 여자로 위장할 수 있었다. 그렇게 교활한 위장이라니. 여자는 바위 위에서 나를 좀 봐 달라고 소리쳤다. 일에만 빠진 남편에게 내팽겨진 채 홀로 아이를 돌보고 있다고. 내가 엄마 역할을 얼마나 잘 하고 있는지. 어린 아들에게 속삭이는 내 목소리가 얼마나 부드러운지. 나는 아이에게 늘 미소를 짓는다. 내 어린 아들은 늘 에너지가 넘친다. 그 앤 행복하다. 내가 엄마 노릇을 잘 하고 있으니까. 하지만 아이가 나를 얼마나 힘들게 하는지 모른다. 나는 항상 아이에게 온 관심을 쏟아야 한다. 그게 얼마나 피곤한 일인지. 잠시도 시선을 뗄 수 없다. 그 애는 끊임없이 나를 불러댄다. 엄마 이것 봐. 엄마, 엄마, 엄마. 나 좀 봐봐. 나를 보라구. 아들이 부를 때마다 여자는 아들을 바라본다. 미소를 지으며 온화한 목소리를 내지만 그것은 연기일 뿐이다. 그녀는 달콤한 목소리를 내며 카페 안의 사람들에게 자신이 얼마나 다정한 엄마인지 과시한다. 이따금씩 여자는 주위를 둘러보며 청중들이 자신에게 관심을 보이는지 확인한다. 여자는 어린 아들만큼이나 소란스런 목소리로 자신을 봐 달라고 호소하고 있다. 아들보다 훨씬 교활한 방식으로. 존은 여자의 목소리에 정신이 혼미해진다. 여자가 걸어 놓은 주문에서 헤어날 수 없었다.

존의 눈길이 의자 밑에 끌리는 그녀의 하늘하늘한 면 원피스로 향했다. 햇볕에 그을린 황금빛 다리가 갈라진 옷자락 사이로 허벅지부터 길게 뻗어 있다. 기다란 겉옷 속에서 다리를 자유롭게 움직이기 위해 일부러 찢은 것이다. 그 옷은 정숙함을 표방하면서도 얇은 천 밑에서는 꿈틀거리는 열정을 속삭이고 있었다.'

이 이미지가 로버트의 얼굴을 강타했다. 사진에서 그런 장면을 본 적이 있다. 캐서린이 원피스 밖으로 다리를 뻗고 있는 사진이었다. 카페에 니콜라스와 함께 앉아서. 너무 자연스러워서 사진을 찍히는지도 모르는 듯 보였지만 틀림없이 알았을 것이다. 그녀는 모든 사진에 대해 알고 있을 것이다. 그녀는 미움을 받고 있다. 이 책의 저자는 캐서린을 증오한다. 로버트는 문장 속에 질투가 서려 있다는 느낌마저 받았다. 마치 애인이 쓴 글처럼. 하지만 캐서린은 애인의 아버지가 책을 쓴 것 같다고 하지 않았나? 로버트는 글을 계속 읽었다.

'샬롯은 어린 아들을 구슬려 저녁을 먹게 해 주어서 고맙다며 그에게 맥주를 샀다. 그는 모자를 호텔로 바래다주었다. 날이 어두워지고 있었지만 그는 달리 할 일이 없었다. 엄마 손을 잡은 어린 아이는 졸려서인지 잠잠해졌다. 여자와 존은 이야기를 나누었다. 존은 다음 날 연락선을 타러 간다고 했다. 여자는 그런 자유가 부럽다고 했지만 그냥 가볍게 한 말이었다. 아직 초저녁이었기에 여자는 존에게 로비에서 잠시 기다려 달라고 했다. 아이를 침대에 재우고 온다며. 아이가 잠자리에 들 시간이었다. 여자는 아니었지만. 여자는 존에게 감사의 표시로 술을 사겠다고 했다. 간만에 성인 친구와 함께 시간을 보내고 싶다고 했다. 열아홉의 존은 우쭐해졌다….'

로버트의 손이 부들부들 떨렸다. 그는 처음 보는 생물체를 대하 듯 놀란 눈으로 떨리는 손가락을 내려다보았다. 앞으로 이 책에 등장할 사건은 모두 실제로 일어났다. 이제 와서 그가 할 수 있는 일은 아무것도 없다. 그는 책에 지배당할 것이다. 책 속의 장면들 이 그의 눈앞에서 똑같이 반복되고 있는 듯 생생히 떠오를 것이 다. 그는 외설적인 장면을 필사적으로 찾는 십대 아이처럼 책에 빠져들었다.

'…그는 벗은 몸을 선뜻 보여주려 하지 않는 여자의 수줍음에 매료되었다. 여자는 아이를 낳은 후 몸에 자신이 없어졌다고 했 다. 훨씬 젊고 탄탄한 육체에 익숙할 존이 그녀의 배에서 아들을 꺼낸 수술 자국을 보고 흠칫 놀라지나 않을지 걱정이라고 했다. 물론 사라는 여자보다 훨씬 젊었지만 존은 그녀에게 지금까지 만 난 여자가 사라밖에 없었다는 말은 하지 않았다. 여자가 조바심 을 내자 존은 한층 대담해져 잠시 동안 두 사람의 역할이 뒤바뀌 었다. 여자는 존에게 리드를 한다는 느낌을 안겨주었다.

여자의 아들은 옆방에서 자고 있었다. 여자는 그 문을 닫아두 었다. 두 사람은 여자가 남편과 함께 지내던 방에 있다. 존이 여 자의 머리 위로 하늘하늘한 면 원피스를 들어 올리자 여자는 잠 자리에 들기 전에 옷을 벗는 어린 여자애처럼 눈을 감은 채 팔 을 들었다. 여자는 해변에서 하루를 보내고 여태 모래가 묻은 비 키니를 입고 있었다. 그는 비키니 팬티의 양쪽 매듭을 잡아당기 고는 그것이 바닥에 흘러내리는 모습을 보았다. 그런 다음 비키니

탑을 벗겼다. 목 부분과 등을 가로지르는 매듭을 풀었더니 스르 르 벗겨졌다. 여자는 알몸이 되었지만 존은 여전히 옷을 입은 상태다. 여자는 그가 옷을 벗는 것을 돕지 않았다. 그의 몸에 손대지 않은 채 그를 지켜보기만 했다. 존은 여자의 눈에 깃든 욕망을 눈치채지 못했다. 존은 잘생긴 낯선 남자였고 그녀의 손아귀에 들어왔다. 그는 결국 탕헤르에 가지 못했다….'

'좋은 책이라고?' 로버트는 경악했다. 마치 포르노를 보는 느낌이다. "차 한 잔 더 하시겠어요?" 여자 종업원이 물었다. 로버트는 고개를 끄덕였다가 이내 괜찮다고 했다. 자신이 무엇을 원하는지 알 수 없었다. 결정을 내릴 수가 없었다.
"괜찮아요." 그는 계속 책을 읽었다.

'…존은 여자가 사실 게임을 즐기고 있다고는 생각지 못했다. 아무도 모르게 그를 방으로 끌어들였기 때문에 호텔 직원들은 여전히 그녀를 웃는 얼굴로 깍듯이 대했다. 해변에서 그를 마주칠 때면 모르는 사이인 척 행동했다. 여자의 아들조차 몇 미터 떨어진 타월 위에 누운 젊은 남자가 엄마와 가까운 사이라는 걸 눈치채지 못했다. 존은 자신의 열정을 기록으로 남겼다. 이 세이렌*을 카메라에 담아, 현실 세계로 돌아간 뒤에 소중히 추억할 생각이었다. 결국 다시는 그 사진을 보며 그때를 회상할 수 없게 되리라는 건 꿈에도 몰랐다.'

---

* 바다 한가운데에 솟아 있는 바위에 앉아 아름다운 노랫소리로 뱃사람을 홀려 배를 난파시켰다는 그리스 신화 속 요정. 상반신은 인간, 허리 이하는 새 또는 물고기의 형상으로 묘사된다

28

캐서린

2013년 여름

캐서린은 로버트의 뒤를 따라 달렸다. 그가 멈추기를 바라며. 그녀는 잠옷 차림으로 길 한가운데로 뛰어나갔다가 로버트의 차에서 나온 불빛이 모퉁이를 돌아 사라지는 모습을 망연히 바라보았다. 캐서린은 잠시 그 자리에 서서 그가 다시 모습을 드러내기를 기다렸다. 그가 마음을 바꾸어 차를 몰고 집으로 돌아오리라 믿었다. 하지만 그는 돌아오지 않았다.

그녀는 뜬 눈으로 밤을 새우며 로버트의 전화를 기다렸지만 역시나 소식이 없었다. 그에게 전화를 걸고 메시지를 남겼지만 모두 무시당했다. 로버트가 어디에 있을지 생각해봐도 떠오르는 곳이 없었다. 있는 곳은 몰라도 그가 책을 읽고 있는 모습은 그려볼 수 있었다. 그가 어느 부분을 읽고 있으며 그 대목에서 어떤 감정을 느낄지 상상하자 이 잔인한 공격에 대해 격렬한 분노가 치밀었다. 침대에 누울 수도 없고 앉아 있을 수도 없었다. 초조해서 도저히 가만있을 수 없었다. 왔다 갔다 하다가 주전자에 물을 끓여 차를 만들고 벌컥벌컥 마시기를 반복하며 로버트를 기다렸다. 왜 그에게 말할 수 없었는지 이해시키고 싶었다. 그녀 자신을 위해서가 아니라 로버트, 무엇보다 니콜라스를 위해서였다. 그녀는 아들을 지키기 위해 침묵을 지켰고 조나단의 죽음으로 그 일은 봉인되었다. 그 외의 다른 사람이 고통을 받을 이유는 없다고 생각했다. 그러나 로버트는 끝내 집에 돌아오지 않았다.

어느덧 날이 밝았다. 캐서린은 몹시 피곤했다. 마신 차가 모두 팔다리로 흘러 들어가기라도 한 듯 팔다리가 돌덩이처럼 무겁기만 했다. 온 몸이 물컹하게 부어올랐다. 움직일 때마다 몸 안에서 액체가 이리저리 출렁이는 소리가 들렸다. 머릿속마저 통제할 수 없는 이미지와 밀어낼 수 없는 기억으로 뒤흔들리고 있다.

다시는 떠지지 않았으면 좋겠다고 생각하며 눈을 감았다. 죽고 싶다기보다 아주 오래 잠을 자고 싶었다. 몸을 질질 끌며 위층으로 올라가 침대에 누워 눈을 감았다. 어쨌든 로버트가 그의 죽음에 대해 알게 됐으니 차라리 잘됐다는 생각마저 들었다. 적어도 그 정도는 알 권리가 있으니까. 오래전에 모두 털어놓았어야 했다. 하지만 지금은 너무 피곤해서 생각할 기력도 없었다. 잠을 못잔 탓도 있지만 주로 충격 때문이었다. 그녀를 향한 로버트의 분노와 증오가 준 충격이었다. 그런 반응은 상상조차 하지 못했고 생각할수록 두렵기만 했다. 그녀는 차라리 충격을 고스란히 받아들여 감각을 무디게 만들고 싶었다. 이럴 때는 모든 감각이 없어지는 것도 나쁘지 않을 것이다.

깊은 잠에 빠져 있을 때 전화벨이 울렸다. 눈을 감은 채 휴대폰을 손에 쥐는 순간 대번에 정신이 들었다.

"여보세요?" 번호를 확인하려고 눈을 떴다. 번호 표시는 없고 '통화' 표시만 떴다. 상대편에서 아무 목소리도 들리지 않았다.

"여보세요?" 다시 대답을 기다리며 귀를 기울였다. 양쪽 모두 한 마디 말이 없었다. 그 사람이 먼저 말을 꺼낼 이유는 없겠지. 캐서린은 그가 누구인지 알았다. 그 사람은 캐서린이 말하기를 기다리고 있다. 말은 없어도 캐서린은 그것을 느낄 수 있었다.

29

〈낯선 사람〉에서 발췌

'… 방심했다가는 햇볕에 호되게 그을릴 수 있을 날이었다. 태양은 강렬했지만 얇은 구름막이 따가운 햇볕을 조금이나마 막아주었다. 잘 모르는 사람들은 시원한 바람에 속아 피부를 태양에 무방비로 노출시켰지만 샬롯은 그들과 달랐다. 피부 보호용 오일을 온몸에 바른 다음 어린 아들에게도 크림을 발라주고 있었다. 존은 그 모습을 보며 애를 태웠다. 샬롯은 자신이 얼마나 자상한 엄마인지 과시하려 했지만 아들 노아는 크림 때문에 눈이 따갑다며 엄마의 손길을 거부하고 있었다.

숙취에 시달리던 샬롯의 귀에 아이가 칭얼대는 소리는 유난히 거슬렸다. 그녀는 떼쓰는 아들이 얄미워 크림을 필요 이상으로 세게 문지르고 있었다. 아이의 온몸에 모래가 붙어 있어 그것은 사포로 피부를 벗기는 것과 다름없었다. 아이의 얼굴도 대충 문질렀는지 한쪽 속눈썹에 크림이 잔뜩 맺혀 있었다. 여자가 타월로 두드려 닦자 아이는 울음을 터뜨렸고 여자도 울고 싶은 기분이었다. 아들이 어딘가로 꺼져버렸으면 좋겠다고 생각했다. 마지막 남은 하루라도 태양 아래서 애인과 단둘이 있고 싶었다.

존은 여전히 싸구려 호텔방에 잠들어 있다. 5성급 고급 호텔에서 샬롯과 함께 있다가 새벽 다섯 시가 되어서야 돌아왔다. 잠든 아이를 옆방에 두고 두 사람은 밤새도록 정사를 나눴다. 그 아이는 엄마가 젊은 애인의 손길에 반응하며 내는 신음소리를 듣지 못했고, 두 사람이 술잔을 부딪치는 소리나 몇 번이고 사랑을 나누는 소리도 듣지 못했다.

샬롯이 해변에서 선크림 때문에 신경이 곤두서 있을 때 존은 깊은 잠에 빠져 있었다. 그는 한참 잠이 많은 청소년이었다. 아직 성장이 멈추지 않은 열아홉이었기에 자기 몸의 요구에 응하기도 벅찼지만, 전날 밤 몸을 혹사한 탓에 완전히 녹초가 되었다. 샬롯이 그를 놓아주지 않고 계속 괴롭혔던 것이다. 다음날에는 남편이 있는 집으로 돌아가야 하니 시간이 얼마 남지 않았다. 그녀는 그날 밤 그를 최대한 쥐어짰고 둘이 함께하는 마지막 날인 다음 밤에는 더 많은 것을 기대했다.

존이 자는 동안에도 샬롯은 엄마 노릇을 했지만 그날 아침의 연기는 형편없었다. 노아가 삽으로 모래를 푸는 동안 그녀는 엎드려 누운 채 잠을 청했다. 아이가 바닷가에서 땅을 파자 모래가 바람을 타고 샬롯의 얼굴에 날아들었다. 도저히 못 참겠네. 그녀는 아이에게 물었다.

"아이스크림 먹을래?" 노아는 땅파기를 멈추었다.

"먹을래. 먹을래." 노아가 재촉하자 샬롯은 비키니 위에 면 드레스를 걸치고 노아에게 티셔츠를 입혔다. 그녀는 아이의 손을 잡고 해변을 떠났다.

두 사람이 가게로 향하는 계단을 오를 때 존이 그들을 향해 걸어왔다. 두 사람은 생판 모르는 사람들처럼 서로를 지나쳤다.

그의 몸은 다시 흥분에 사로잡혔고 그녀도 존의 게슴츠레한 눈과 헝클어진 머리를 보는 순간 욕망으로 들끓기 시작했다. 닿을 듯 말 듯 스치고 지나가며 서로의 체취를 느꼈다. 그녀는 그의 향기를 한껏 들이마시며 미소를 지었다. 하지만 존을 바라보며 미소를 던질 만큼 순진한 여자는 아니었다. 그녀는 존에게 보낼 미소를 노아에게 던졌다. 하지만 존은 그것이 자신을 위한 미소임을 알았고 순진한 노아는 엄마의 행복한 모습을 보고 환히 웃었다. 아이는 자신을 위한 것도 아닌 선물에 고마워서 어쩔 줄 몰랐다.

존은 샬롯의 타월을 발견하고 몇 미터 떨어진 곳에 자기 것을 펼쳤다. 늘 그랬듯이 그들 사이에 다른 사람들이 자리 잡을 수 있도록. 노아가 그의 낯을 익히지 못하도록 어느 정도 거리를 두었지만 그와 샬롯은 서로 충분히 눈을 맞출 수 있었다. 카페에서의 첫날 이후로 두 사람은 노아를 무척 의식했다. 그녀는 노아가 존을 알아보거나 그와 가까워지지 않도록 경계했다. 아이가 그에게 다가가는 것을 용납하지 않을 것이다. 노아가 휴가지에서 만난 엄마의 새 친구에 대해 아빠에게 떠벌려서는 안 된다.

존은 눈을 감은 채 머리를 숙이고 있었지만 소리만으로도 그들이 해변에 돌아왔음을 알았다. 노아는 뭐가 신났는지 목청껏 떠들어대고 있었다. 존은 궁금한 마음에 그들을 돌아보았다. 노아는 등 뒤에 작은 고무보트를 끌고 있었다. 밧줄에 연결된 보트가 모래 위로 끌려오고 있었다. 며칠째 엄마에게 공기를 불어넣는 장난감을 사 달라고 졸랐고 마침내 해변에서의 마지막 날 엄마는 아이의 소원을 들어주었다. 물에 뜨는 장난감이라면 뭐라도 상관없었겠지만 그녀는 노랑과 빨강이 섞인 보트를 골랐다. 가게 점원에게 매력을 발산하여 보트에 힘껏 바람을 불어넣게 했다. 여자는 자기 입김으로는 도저히 공기를 채울 수 없다며 눈웃음을 쳤다. '입김'을 간밤에 너무 많이 써버린 탓이리라.

그 보트는 노아는 물론 샬롯 자신을 위한 선물이기도 했다. 아들이 보트에 정신 팔려 혼자 노는 동안 책을 읽거나 생각을 하며 쉬고 싶었다. 노아는 혼자 노는 데 익숙하지 않은 아이였지만 이 알록달록한 고무보트라면 아이를 구슬릴 수 있을 것이다. 휴가 이후 처음으로 노아는 자기만의 작은 세계에 빠져들었다. 모래밭에서 보트 안에 앉아 혼잣말을 하며 놀고 있을 때 노아의 엄마는 몸을 엎드린 채 애인이 있는 쪽으로 머리를 돌렸다. 존도 머리를 그쪽으로 돌리자 두 사람의 시선은 서로에게 고정되었다. 둘 사이에는 다른 사람들이 있었지만 둘은 서로를 탐구하는 데 빠져 그들을 조금도 의식하지 않았다. 존과 샬롯은 서로에게서 눈을 떼지 않았다. 그녀의 빨간 비키니가 가리고 있는 부위를 그는 이미 잘 알고 있다. 굳이 애쓰지 않아도 그녀의 몸 구석구석을 생생히 떠올릴 수 있었다. 마치 그녀가 그곳에 나체로 누워 있는 듯. 그녀의 가슴이며, 엉덩이, 두덩뼈까지. 그 자리에 엎드린 채 그녀의 체취를 떠올리자 그의 성기가 모래 속으로 파고들었다.

그는 그녀를 만지고 싶어 미칠 지경이었다. 그녀의 몸 속으로 미끄러져 들어가고 싶어서 참을 수 없었다. 그녀는 그의 얼굴과 눈빛에서 그 욕망을 읽었다. 그녀가 옆으로 돌아눕자 비키니 안에서 가슴이 꿈틀대며 머리를 받치고 있던 팔을 눌렀다. 그녀는 입술을 벌리고 미소를 지었다. 책을 읽는 척했지만 실은 애인에게 보여주려고 포즈를 취하고 있는 것이다. 그의 애를 태우려고.

팔이 아팠는지 그녀는 일어나 앉았다. 따분해서 좀이 쑤실 지경이었다. 아들이 있는 쪽을 돌아보았지만 여전히 신나게 놀고 있었다. 선장 놀이를 하고 있는 지금은 엄마가 필요 없는 것 같았다. 그녀는 옆 자리에 있던 가족의 엄마와 눈을 맞췄다. 그 집 아이들은 다 큰 청소년이었다. 그 엄마가 노아를 흐뭇하게 바라보고 있어 샬롯은 그녀를 향해 미소를 지었다.
"영어 하세요?" 샬롯이 물었다.
그 여자는 어깨를 으쓱하며 대답했다. "조금요." 그러자 샬롯은 화장실에 다녀올 테니 노아를 잠깐 봐 달라고 부탁했다. 두 청소년의 엄마는 귀여운 영국 아이를 흔쾌히 봐주기로 했다. 샬롯은 고마워서 어쩔 줄 모르겠다는 듯 환히 웃더니 노아에게 다가가 잠깐 화장실에 다녀오겠다고 했다. 아이가 따라가겠다고 나서거나 가지 말라고 떼를 쓸까봐 걱정이었지만 그런 일은 생기지 않았다. 지금은 더할 나위 없이 착한 아이다. 심지어 그녀가 납작한 샌들의 가느다란 은빛 줄 사이로 우아한 발가락을 집어넣고 화장실로 걸어가는 모습에 눈길도 주지 않았다. 하지만 존은 그 모습을 지켜보고 있었다. 그녀가 바닷가 뒤편에 있는 화장실 쪽으로 엉덩이를 흔들며 걸어가는 모습에서 눈을 떼지 못했다. 당장 따라가고 싶었지만 그럴 상황이 될 때까지 기다려야 했다. 그는 발기가 가라앉을 때까지 상의를 벗은 채 끈 팬티 밖으로 축 처진 엉덩이를 드러낸 쭈글쭈글한 여자에게 정신을 집중했다.

샬롯은 샤워장으로 들어가 얼굴에 물을 맞으며 머리카락을 뒤로 쓸어 넘겼다. 주위에 아무도 없다는 듯 자유분방한 모습이었다. 존이 자신을 지켜보고 있다는 걸 잘 알고 있었다. 그녀는 샤워기를 잠그고 화장실로 들어갔다. 존이 뒤를 따랐다. 그곳엔 그들 말고는 아무도 없었고 존은 어디로 가면 샬롯이 있을지 잘 알았다. 줄지어 늘어선 화장실 칸막이 끝의 탈의실이었다. 그가 문을 두드리자 그녀가 문을 열었다. 그는 곧장 그녀의 비키니 팬티에 손을 집어넣었다. 그녀는 옷을 입은 채로 하는 걸 좋아한다. 몸을 감싸는 팽팽한 느낌이 좋다고 했었다. 그의 손가락은 그녀가 전날 밤에 보여주었던 부드럽고 축축한 부위를 탐색했다. 그는 그녀를 들어 올려 널빤지 의자에 앉힌 다음 엉덩이를 한 쪽으로 밀치고 손가락으로 그녀를 살며시 열었다. 그런 다음 그녀가 그에게 보여주었던 그곳에 혀를 밀어 넣고 이리저리 움직였다. 그녀가 좋아하는 방식이었다. 그녀는 그에게 많은 것을 가르쳐주었다. 그녀는 탈의실 벽면을 팔로 밀면서 쓰러지지 않도록 몸을 지탱했다. 그녀가 너무 축축하게 젖어 있어 그는 그 액체가 그녀의 것인지 자신의 침인지 분간할 수 없었다. 이 가엾은 젊은이는 사랑에 완전히 취하고 말았다. 사랑에 빠져 정신을 잃고 말았다. 누군가 들어오는 소리가 들렸지만 그는 멈출 수 없었고 그녀도 그를 말리지 않았다. 빗장이 닫히고 누군가가 오줌을 쏟아내는 소리가 들렸지만 그녀는 그의 팬티를 내리고 몸을 그에게 밀착한 다음 다리로 그를 감았다. 그의 입술을 빨면서 그의 입에서 원래 그녀의 것이었던 액체를 받아들여 삼켰다. 그는 그녀에게 매달린 채 그녀를 강하게 끌어안았다. 일이 끝나자 그녀는 환한 표정으로 어린 아이에게 하듯 그의 얼굴을 손으로 감쌌다. 그의 입술에, 그의 목에, 마지막으로 그의 이마에 입을 맞췄다. 마무리를 위한 마침표였다.

샬롯은 불청객이 떠나길 기다렸다가 문을 열고 밖을 내다봤다. 그녀가 먼저 나가고 몇 분 뒤에 그가 밖으로 나갔다. 그녀는 한 번 더 샤워를 했지만 존은 멈추지 않고 걸어갔다. 그는 자신의 타월이 놓인 곳을 지나 곧장 파도 속으로 뛰어들었다.

어린 노아는 여전히 보트 안에서 혼잣말을 하며 놀고 있었다. 샬롯은 생각보다 오래 자리를 비웠다. 옆 가족의 엄마는 가족과 함께 그곳을 떠나려고 물건을 모두 챙겨 둔 채 기다리고 있었다. 그 여자는 노아에게 작별 인사를 했고 샬롯은 아들의 머리를 쓰다듬으며 그 여자에게 감사 인사를 했다. 노아가 고무보트를 바다 쪽으로 끌고 가는 모습이 보였다. 물속에 들어가지는 않고 모래 위에 자리를 잡았다. 더없이 행복해보였다. 샬롯은 무릎을 끌어안은 채 아이가 노는 모습을 흐뭇하게 바라보았다. 그녀는 지쳐서 자리에 누웠다. 머리를 조금만 돌리면 노아를 볼 수 있었다. 존은 자기 타월이 놓인 자리로 돌아가 몸을 닦으며 샬롯을 바라보았다. 하지만 그녀가 고개를 반대편으로 돌리고 있어 그도 똑바로 누워 눈을 감았다. 졸음이 밀려왔다. 다가올 밤에 그들을 기다리고 있을 쾌락을 생각하니 얼굴에 절로 미소가 번졌다.

존은 거센 바람에 잠에서 깨어 티셔츠를 입었다. 샬롯은 잠이 들어 있었다. 그때 존은 노아를 보았다. 여전히 보트 안이었지만 이제는 보트가 얕은 물에 떠다니고 있었다. 노아는 바다 위를 이리저리 떠다니는 것이 신나는 모양이었다. 보트는 위아래로 흔들렸다. 샬롯도 잠을 깨 존이 무엇을 보고 있는지 돌아보았다. 그가 그녀 외의 다른 대상에 집중하고 있다는 것이 의외였다. 보트는 앞뒤로 출렁이면서 조금씩 바다 쪽으로 밀려갔다. 바다는 거칠어졌고 강한 저류가 고무보트를 잡아당기고 있었다. 일렁이는 파도에 실려 노아는 사람들이 헤엄치며 놀고 있는 해안에서 조금씩 멀어져갔다. 하지만 아무도 바다로 떠밀려가는 어린 영국 아이에게 눈길을 주지 않았다.

존은 일어서서 샬롯을 돌아봤다. 그녀도 서 있었지만 두 사람 모두 움직일 생각은 하지 않았다. 타월에 발이 붙어버린 듯 꼼짝하지 않았다. 그녀는 두려운 얼굴로 존을 바라보다가 다시 노아 쪽으로 시선을 돌리면서도 여전히 그 자리에서 움직이지 않았다. 그녀는 노아를 큰 소리로 부르다가 존을 향해 소리쳤다. "도와줘요." "도와주세요." 샬롯을 위해서라면 존은 무엇이든 할 것이다. 그가 물가로 달려가자 그제야 그녀도 움직이기 시작했다. 존이 앞

서고 그녀가 뒤를 따랐다. 다시 노아를 부르니 노아는 전혀 두려운 기색 없이 고개를 들어 엄마에게 손을 흔들었다. 아직 그 누구도 아무런 조치를 취하지 않았고 해변에는 안전요원도 없었다. 하지만 존은 노아의 배가 바다 쪽으로 흘러가는 모습을 보았다. 머지않아 노아는 멀리 있는 한 조각 점으로 보일 것이다.

존은 일광욕하는 사람들에게 모래를 튀기며 달렸다. 바다로 뛰어들어 곧바로 노아를 향해 헤엄쳤다. 그는 건장한 젊은이였다. 그를 끌어당기는 파도의 힘을 빌려 아이 쪽으로 다가갔다. 그렇게 헤엄쳐서 돌아갈 에너지를 아끼는 것이 그의 전략이었다. 그는 자신이 무엇을 하려는지 잘 알고, 깔끔하고 강력한 손놀림에 집중했다. 노아에게 다가가보니 아이는 완전히 겁에 질려 엄마를 부르고 있었다. 그 소리가 그녀에게는 들리지 않을 것이었다. 그는 왜 그녀가 바다에 들어와 아이를 데려가지 않는지 의문이었다. 왜 그녀는 아이를 구하러 들어오지 않았을까? 그는 계속 몸을 세우려 했지만 뜻대로 되지 않았다. 파도가 보트 옆구리에 부딪치며 안으로 물을 튀기고 있었다. 고무 부분은 너무 미끄러웠고 보트는 심하게 흔들렸다. 아이는 걷잡을 수 없는 공포에 휩싸였다. 존은 아이를 진정시키려 애썼다. 가만히 앉아서 보트 손잡이를 꼭 붙잡게 했다. 하지만 아이는 완전히 겁에 질려 있었고 엄마가 와서 구해주기를 바라는지 해변 쪽만 보았다. 존은 밧줄을 꼭 잡고 주먹에 감은 다음 해변을 향해 헤엄치기 시작했다.

사람들이 일렬로 늘어서 그들을 지켜보고 있었다. 그 가운데 빨간 비키니 차림의 샬롯이 보였다. 그는 몸의 모든 근육을 동원해 그 어느 때보다 힘차게 움직였다. 붉게 번쩍이는 힘줄이 수축과 이완을 거듭하며 온몸에 피를 공급했다. 바다는 어느새 그의 적이 되어 그를 실어 나르지 않고 뒤로 밀어냈다. 바람도 가세해 파도를 채찍질하며 노아를 물에 빠뜨리고 말겠다는 듯 보트를 뒤흔들고 있었다. 존은 아이에게 꼭 잡으라고 소리쳤다. 뒤를 돌아보자 노아는 핸들에 꼭 매달려 있었지만 여전히 눈길은 엄마 쪽을 향해 있었다. 보트가 저절로 해변 쪽으로 돌아가고 있다고 생각하는 것 같았다.

존의 눈은 소금기 때문에 쓰라렸고 몸은 감각을 잃어가고 있었다. 이제 기계처럼 팔다리를 휘저을 뿐이었다. 더 이상 전략 따위는 없었다. 그는 귓가에 들리는 맥박 소리에 맞추어 헤엄을 쳤다. 그때 용감한 남자 두 명이 무리를 벗어나 바다에 뛰어들더니 젊은이와 아이를 향해 헤엄쳤다. 둘 중 더 건장한 사람이 앞장을 섰다. 그는 재빨랐고 파도도 그를 존과 노아 쪽으로 밀어 주었다. 그는 존에게서 밧줄을 넘겨받아 해변 쪽으로 끌어당겼다. 다른 데 신경 쓸 겨를도 없이 남자는 곧바로 방향을 틀어 헤엄치기 시작했다. 존은 보트의 뒷부분을 잡으려고 손을 뻗쳤다.

그 남자가 해안에 가까워지자 다른 사람들도 그를 도우려 몰려들었다. 그들은 보트를 잡고 아이를 살폈다. 존도 그들의 모습을 보며 노아의 안전을 확인했다. 그들은 해변에 도착했다. 하지만 그는 아직 해변과 한참 떨어진 바다 속에 있다. 그가 보트를 손에서 놓쳐버렸다는 사실을 아무도 알아채지 못했다. 두 번째 남자마저 방향을 돌려 다른 사람들과 함께 아이를 끌어당기고 있었다. 존의 양손은 추위로 새하얗게 질렸고 밧줄을 잡았던 손에는 붉은 줄이 새겨졌다. 손에 아무런 감각을 느낄 수 없었고 오직 그의 폐에만 감각이 남아 있었다. 그것은 더 이상 갈비뼈 속에 갇혀 있지 못할 정도로 비대해졌다. 숨을 쉬려고 헐떡였으나 입안 가득 물이 들어왔다. 그는 헤엄치지 않은 채 시간을 낭비했다. 자신의 손을 들여다보고 폐를 떠올리는 동안 바다는 그를 점점 밀어냈다. 이제는 아무리 팔을 저어도 노아를 놓아준 위치로 돌아갈 수 있을 뿐이었다.

그는 죽을힘을 다해 버텼다. 누군가 자신을 구하러 오리라는 희망을 갖고서. 그가 바다에 있었다는 사실을 누군가 기억해주길 바라며. 존도 엄마 생각이 났다. 엄마가 와서 물 밖으로 데려가줬으면. 노아처럼 그도 안전한 엄마 품이 그리웠다. 해변에 있는 사람들을 향해 팔을 흔들려고 해도 기운이 완전히 빠져 움직이지 않았다. 더 이상 헤엄도 칠 수 없었다. 그는 팔로 바다를 내리눌렀다. 그리하면 바다가 가라앉아 물이 얕아지기라도 하는 듯. 그는 공포에 사로잡혔다. 익사가 죽는 방법으로서는 그다지 나쁘지 않다고들 하지만 이제 아무도 그를 구하러 오지 않으리라는 걸 알고 겁에 질렸다. 존은 샬롯의 아이를 위해 남은 힘을 모두 써버리고 말았다.

그의 앞에 보트 한 척이 나타났다. 그는 잠시나마 이제 살았다고 생각했다. 그러나 배가 그에게 다가왔을 때 그는 이미 두세 번 가라앉았다 떠오른 뒤였다. 사람들이 밧줄을 던졌지만 그는 잡지 못했다. 이미 숨이 끊어졌기 때문이다. 사람들이 도착했을 때 그는 이미 죽어 있었다. 사람들은 그를 끌어당겨 배 위에 눕혔다. 누군가가 그에게 인공호흡을 시도했다. 가슴을 압박하기도 했다. 그들은 젊은이의 시신을 실은 보트를 해변 쪽으로 몰고 갔다. 사람들은 해변에 다다르고 나서도 다시 인공호흡을 하며 그를 살리려 애를 썼다. 가슴을 절박하게 압박했지만 그는 이미 이 세상 사람이 아니었다.

해변 저편에는 어린 남자아이와 엄마가 사람들에게 에워싸여 있었다. 그들은 아이가 자신을 구해 준 젊은 남자를 보지 못하도록 막았다. 그의 시신은 해변 저편에 누워 있었다. 샬롯은 죽은 애인을 등진 채 무릎을 꿇고 노아의 몸을 타월로 감쌌다.'

30

로버트

2013년 여름

녹청색의 피아트 500이 광장을 쌩 하고 지나갔다. 로버트는 창밖으로 그 차를 보았다. 캐서린이 가장 좋아하는 색이다. 그녀의 생일 선물로 저 차를 사줄까 생각도 했었다. 그는 회의실에 15분이나 늦게 도착했지만 그곳에서 사람들에 둘러싸인 채 그들의 말을 듣는 것이 좋았다. 발표나 발언을 할 필요 없이 그들을 지켜보기만 하는 것도 괜찮았다. 그의 눈에 들기 위해 앞 다투어 발언하는 그들의 목소리가 고마웠다. 그가 쓰러지지 않도록 지탱하는 것은 그에 대한 사람들의 신뢰였다. 그가 무기력해지려 할 때마다 다른 목소리가 날아와 그를 일으켜 세웠다.

그것은 책일 뿐이다. 아무런 해를 끼칠 수 없다. 모두 헛소리일 뿐이다. 이런 책에 그토록 상심하다니. 캐서린을 증오하는 사람이 사건을 제멋대로 해석하여 쓴 책일 뿐이다. 그렇다고 로버트가 그들을 비난할 수 있을까? 캐서린이 이 책을 없애버리려 한 걸 보면 그 안에 어느 정도 진실이 담겨 있을 것이다. 책 속 인물은 캐서린인 동시에 그녀가 아니기도 하다. 샬롯을 자신의 아내로 볼 단서는 충분했다. 캐서린은 항상 엄마 노릇을 힘들어했다. 누구나 저절로 엄마가 될 수는 없는 모양이다. 그러나 로버트는 그 때문에 캐서린을 나무라거나 원망한 적이 없다. 로버트는 캐서린이 엄마가 되기 전에 만나서 사랑에 빠졌으니 그녀가 바뀌기를 요구할 권리가 없다고 생각했다. 그래도 그는 내심 그녀의 변화를 기대했다. 캐서린이 직장에 다시 나가겠다고 선언했을 때 크게 실망한 이유도 그 때문이었다. 캐서린은 자기가 낳은 아이를 일주일에 단 하루도 돌볼 생각이 없었던 것이다. 로버트는 캐서린이 그 때문에 죄책감을 느끼지 않도록 최선을 다했다. 그녀가 죄책감을 느낄 리는 없었겠지만 말이다. 캐서린 본인도 인정했듯이 직장에 나가려는 이유는 돈 때문이 아니었다.

로버트는 캐서린을 사랑했다. 그 당시에 그 일을 솔직히 털어놓았더라면 그녀를 용서했을 것이다. 로버트는 울음을 참으려고 볼을 깨물었다. 캐서린을 위해서라면 뭐든지 했을 것이다. 둘째 아이를 갖는 문제도 고집을 부리지 않고 순순히 양보했다. 캐서린은 단번에 거절하지는 않았지만 늘 그랬듯 이런저런 핑계를 대며 너무 늦어버릴 때까지 질질 끌었다. 로버트는 니콜라스의 부담을 덜어 줄 형제자매를 만들어주고 싶었다. 캐서린이 항상 니콜라스에게 모질게 대한 것이 그 때문이었나? 애인의 죽음이 니콜라스의 탓이라고 여겼을까? 무의식중에 그런 마음을 가졌을지도 모른다. 니콜라스와 단 둘이 집에 있기가 힘들다고 한 것이 그 때문이었을까? 맙소사, 그녀는 모든 걸 망쳐버렸다. 다시는 그녀를 믿을 수 없을 것 같았다. 로버트가 그 사실을 알게 될까봐 전전긍긍한 것도 무리가 아니다. 아무리 좋게 봐줘도 알지도 못하는 놈과 붙어먹은 데다, 그가 그들의 아들을 구하느라 목숨을 잃었으니 말이다.

니콜라스가 보트나 물에 뜨는 커다란 장난감을 갖고 싶어했던 기억이 희미하게 떠올랐다. 별로 좋은 생각은 아니라고 여겼었다. 누군가의 아들이 로버트 자신의 아들을 구하다가 죽었다. 누구의 아들이었을까? 이 책을 쓴 사람은 누구일까? 그의 여자 친구일까? 부모일까? 사진을 두고 간 영감일까? 가엾은 늙은이. 그의 행동은 비열하기 짝이 없었지만 누가 그를 비난할 수 있을까? 왜 하필 지금인가? 그의 아들이 한 행동에 대해 노인에게 감사해야 하나? 그래야 마땅하겠지만 아직 준비가 되지 않았다. 만약 '존', 아니면 진짜 이름이 무엇이든 '살아 있거나 세상을 떠난 특정 인물과 닮은 사람'이 그곳에 있지 않았다면 '샬롯'은 그렇게 정신을 엉뚱한 곳에 쏟는 일도 없었을 것이고 아이가 바다에 들어가는 것도 막았을 것이다. 로버트가 그 자리에 있기만 했어도 어떤 일도 일어나지 않았을 것이다.

로버트는 머리가 지끈거렸다. 뱃속에도 통증이 느껴졌다. 오랜만에 불쾌한 감각이 찾아왔다. 질투심. 불타는 질투가 아니라 음침하고 깊숙한 질투였다. 그는 아내를 유혹하고 아들을 구한 남자에게 질투를 느꼈다. 오래전에 세상을 떠난 사람이 생각도 못한 사이에 자신을 엿 먹이다니. 캐서린이 로버트 자신과 함께 있을 때 몇 번이나 이 청년을 생각했을지 궁금했다. 로버트와 섹스를 하면서도 그 청년과 비교하지 않았을까? 그 청년과 섹스하는 상상을 하지 않았을까? 가끔씩? 항상? 니콜라스도 마찬가지다. 자기 목숨을 구해준 사람을 기억하지도 못하지만 그 때문에 '존'이 더욱 영웅처럼 느껴졌다. 무명의 순교자. '닮은 사람이 있다면 모두 우연일 뿐이며…'. 설마 그 말을 믿기를 바라는 건 아니겠지? 그러면서 로버트는 머릿속으로 페이지를 넘겼다. 그 책에 로버트는 거의 언급되지 않았다. 그는 이름도 없는 단역에 불과했다. 그저 여자의 남편일 뿐이었다.

그는 지지대도 없는 식물처럼 축 늘어진 채로 자기만의 생각에 빠져 있었다. 발언이 끝났다. 회의실 안에 정적이 감돌았다. 그는 고개를 들었다. 모든 시선이 그에게 쏠렸지만 그는 상황을 파악하지 못했다. 내 대답을 기다리고 있나? 나를 이상한 눈으로 보고 있나? 그들의 눈에는 대체 무엇이 보일까? 남성성을 잃은 남자? 노래를 부르며 사무실로 돌아가야 하나? 높고 맑은 목소리로?*

"생각해 보겠습니다." 그는 이렇게 말하면서 낮고 굵직한 자신의 목소리에 안도했다. 그들에게 로버트는 여전히 최종 결정권을 지닌 사람이다. 그는 일어섰다.

"결정이 나면 알려드리겠습니다." 그가 미소를 짓자 사람들은 그 말을 그대로 받아들였다. 로버트는 그들의 상사이며, 결정권자다. 그들 역시 미소를 지으며 파일을 집어 들고 회의실을 천천히 빠져나갔다.

---

* 로버트는 아내와 아들을 지키지 못한 무기력한 자신을 카스트라토Castrato에 비유하고 있다. 카스트라토는 16~18세기 유럽에서 변성기 이전에 거세하여 평생 소년의 목소리로 교회음악의 여성 역할을 맡았던 남자 가수를 말한다

로버트는 그 가족에게 연락할 생각이었다. 어떤 사람들인지 알아보고 대화도 나눠볼 생각이었다. 최소한 그들의 아들이 보여준 용기에 감사하고 아내의 파렴치한 행동에 대해 사과해야 한다. 하지만 지금은 무엇보다 니콜라스를 챙기는 게 우선이다. 집에 다시 데려와 그의 보호 아래 두어야 한다. 그는 전화를 집어 들었다. "니콜라스? 지난번에 만나서 즐거웠다…. 그래서 오늘도 만나고 싶구나. 오늘 밤에 시간 있니? 네게 할 말이 있어서 말이야." 아직 그가 통제할 수 있는 일은 얼마든지 있다.

스티븐

2013년 여름

조나단이 죽은 후 낸시는 충격에서 헤어나지 못했다. 그녀의 마음은 한없이 작고 어둡게 움츠러들어 아들의 빈자리 외에는 아무것도 느끼지 못했다. 한 번에 한 발짝씩, 하루에 한 번씩 나는 낸시에게 줄기차게 다가갔다. 하지만 그녀가 있는 곳에 이를 수는 없었다. 그녀에게 나는 아무런 쓸모가 없었다. 조나단이 죽은 지 두 달이 지났을 무렵이었다. 나는 아래층에서 낸시를 기다리고 있었다. 함께 산책을 가자고 그녀를 간신히 설득했다. 그녀가 동의한 것만으로도 큰 발전이었다. 늦은 오후였지만 낸시는 여전히 잠옷을 입고 있었다. 낸시는 느릿느릿 움직였다. 당시에는 모든 행동이 굼떴다. 재촉할 생각은 없었다. 위층에 올라가서 낸시를 다그쳤다간 산책을 나가기로 한 생각마저 바꿀까 두려웠다. 어쨌든 낸시가 왔다 갔다 하는 소리가 들렸다. 서랍장이 열리고 옷장 문이 닫히는 소리도 들렸다. 옷을 갈아입고 있다는 뜻이었다. 제대로 준비를 하고 있는 모양이었다. 하지만 갑자기 아무런 소리가 들리지 않아 위층으로 올라가 보았다.

침대에 누워 있을 줄 알았던 낸시는 욕실에 있었다. 옷을 완전히 갖춰 입은 채 욕조에 들어가 있었다. 알고 보니 낸시는 이미 몇 시간 전에 물을 받아놓았다. 그녀는 나와 산책 나가려던 복장으로 차디찬 물속에 누워 있었다. 눈과 입을 연 채 머리를 물속에 담그고 있었다. 나는 낸시를 끌어냈다. 물에 흠뻑 젖어서 몸이 무거웠다. 목숨을 끊으려 한 것이 아니라 조나단이 어떤 기분이었을지 느껴보고 싶었다고 했다. 물에 빠지는 것이 얼마나 고통스러운지 알고 싶었다는 것이다. 사람들이 흔히 얘기하듯 먼저 의식을 잃은 상태로 고통 없이 죽을 수 있는지 궁금했다고 한다. 낸시는 거의 다 된 실험을 망쳤다며 나를 원망했지만 그 실험에 결함이 있었음은 인정했다. 드넓은 대양에 집어삼켜지는 두려움과 외로움을 안전한 집의 연녹색 도자기 욕조 안에 가라앉는 것만으로 재현할 수는 없었다.

낸시는 감정이입의 극한을 시험하려 한 것 같다. 낸시는 공감 능력이 아주 뛰어난 사람이었다. 그런 낸시조차 자신이 불가능한 일을 바란다는 걸 알고 있었다. 낸시는 보기 드물게 남들의 감정을 깊이 헤아릴 수 있는 사람이었다. 보통 사람들과 달리 그녀와 세상 사이에는 두터운 막이 없었다. 그녀에게는 정말 다른 사람의 입장에서 그 사람의 마음속에 들어갈 수 있는 비범한 능력이 있었다. 조나단이 죽기 전부터 내가 남들의 행동을 이해할 수 있도록 도우려 했다. 내가 화를 내거나 속상해하면 낸시는 '상대방의 입장에서 생각해보라'거나 '그들의 감정이 어떨지 상상해보라'고 했다. 그녀의 말대로 해보았지만 나는 잘 되지 않았다. 사실 낸시는 감정이 너무 풍부한 게 문제였다.

낸시는 더 이상 아이들을 상대하지 못하겠다며 일을 그만두었다. 그래서 나는 생계를 유지하기 위해 더 힘들게 일했다. 우리는 집을 팔고 런던을 떠나야 했는지 모른다. 내가 좀 더 단호하게 결단을 내렸어야 했지만 낸시에게 원하지 않는 일을 하게 만들 수는 없었다. 조나단의 침대를 치우도록 설득하는 것마저 나의 능력 밖이었다. 어느 날 퇴근해서 집에 돌아왔더니 낸시가 조나단의 침대에 누워 있었다. 그 애의 옷을 침대에 꺼내놓은 채. 그 모습을 보니 스페인의 호텔방이 떠올랐다.

"버리려는 게 아니에요." 나를 보자 낸시는 날카롭게 쏘아붙였다. 나는 아무 말도 하지 못했다.

"그냥 살펴보기만 할 거예요." 어느새 낸시는 조나단의 옷을 평평하게 개어 몇 무더기로 분류하고 있었다. 드디어 조나단의 물건을 정리하려나보다 싶었다.

"차를 만들어 올게. 그러고 나서 좀 도와줄게." 낸시는 나를 보며 고개를 끄덕인 다음 계속 조나단의 서랍을 살폈다. 돌아와 보니 작은 여행 가방을 채우고 있었다. 나는 차를 내려놓고 침대에 앉아 주위를 둘러보았다. 방에는 조나단이 어린 시절에 쓰던 물건들이 가득했다. 털이 빠지고 납작해진 강아지 인형이 책장 위 칸에 놓여 있고, 언젠가 우리가 크리스마스 때 선물한 화려한 나무 퍼즐 상자도 눈에 띄었다. 조나단은 그 안에 비밀스러운 물건을 숨겨두곤 했었다. 그때 나는 낸시가 회복될 조짐을 보이고 있다는 생각에 슬픔과 기쁨을 동시에 느꼈다. 그 전에는 조나단의 방에서 아무것도 손대지 못하게 했었다. 원래 상태 그대로 남겨두기를 바랐다.

"버릴 물건은 모두 여기 모으고 있어요." 그러면서 낸시는 검은 봉투를 내 앞에 흔들어보였다. 나는 차를 홀짝이다가 찻잔을 침대 옆 탁자에 내려놓고 서랍을 열었다. 그 안에 배터리와 동전이 굴러다니는 걸 보니 절로 웃음이 나왔다. 내 서랍 속과 똑같았기 때문이다. 개봉하지 않은 콘돔 상자만 빼면. 나는 검은 봉지에 대고 상자를 흔들어 내용물을 비웠다. 그것을 낸시가 보는 게 싫었다. 그것이 사용되지 않고 남아 있다는 게 너무 가슴 아팠다.

낸시가 조나단의 옷장과 서랍장을 도맡아 정리하고 있었기 때문에 나는 침대 끝에 놓인 나무 상자를 맡기로 했다. 뚜껑을 열어보니 둘 곳이 마땅찮은 물건들이 가득했다. 낡은 장난감이며 먹다 남긴 사탕, 크리스마스 양말에 들어 있던 동전 모양 초콜릿, 양철 접시와 머그, 헤드 토치 등 잡다한 캠핑 용품, 심지어 지저분한 운동화 한 켤레도 들어있었다. 상자 바닥에 만화책도 보였다. 어릴 때 구독해준 만화 잡지를 그 애가 몇 권 간직하고 있었다니 반가웠다. 나는 그것들을 집어 들었다. 그 밑에 뭔가가 숨겨져 있었다. 포르노 잡지와 비디오였다. 그 제목과 표지를 보니 간담이 서늘해졌다. 낸시를 흘긋 돌아보니 조나단의 스크랩북을 살피는 데 정신이 팔려 있었다. 나는 침대 다른 쪽으로 자리를 옮겨 잡지 한 권을 펼쳤다.

"맙소사." 나도 모르게 탄식이 새어나왔다.

"왜요? 무슨 일이에요?" 낸시가 물었다.

"아냐, 아무것도." 나는 대답했다. "갑자기 배가 아파서." 나는 잠시 앉아 있다가 검은 봉투를 가져와 그것들을 모조리 담았다. 낸시가 미심쩍다는 듯이 쳐다봤다.

"버릴 것들이야. 이 안에 썩은 간식들이 들어 있더라고. 귀중한 물건이 아니야." 나는 묵직해진 봉투를 곧장 쓰레기통으로 가져갔다. 낸시가 아니라 내가 그것들을 발견했다니 얼마나 다행인지. 침실로 돌아가 보니 낸시는 여전히 무릎에 스크랩북을 펼쳐 놓고 있었다. 나는 만화책 더미를 집어 들었다.

"이거 기억나?" 그 말에 낸시는 눈물이 그렁그렁한 눈으로 나를 향해 미소지었다.

낸시가 나아지고 있다는 건 내 착각이었다. 그녀는 조금도 회복되지 않았고 그 일 이후로 오히려 더 나빠졌다. 절대 밖으로 나가려 하지 않았다. 누구와도 만나기를 거부하다 보니 머지않아 친구들과 모두 연락이 끊기고 말았다. 그들이 결국 연락을 포기한 것이다. 우리에겐 서로가 있으니 괜찮다고 생각한 것 같다. 하지만 조나단이 죽고 5년쯤 지났을 무렵 낸시는 더 이상 나를 보고 싶지 않다고 선언했다. 낸시는 당분간이라도 혼자만의 시간이 필요하다고 했고 나도 그녀의 의견을 존중하기로 했다. 다만 조나단의 아파트에서 지내겠다고 한 것이 마음에 걸렸다.

고모가 돌아가시면서 남긴 약간의 돈으로 우리는 풀럼에 있는 아파트를 샀다. 조나단이 여행을 떠나기 전 해에 그 애의 몫으로 사둔 것이다. 부모 집에서 가까운 곳이라면 처음 독립을 시작할 공간으로 나쁘지 않겠다 싶었다. 그 애는 영국을 떠나기 전 잠시 그곳에 들어가 살았다. 낸시는 새 프라이팬이며, 침대보 등 필요한 모든 것을 갖춰주었다. 우리가 쓰던 물건을 물려주기도 했다. 낸시의 책상처럼 우리에게 더 이상 필요하지 않은 물건들이었다. 낸시는 종종 그곳에 들러 아들에게 요리 수업을 했다. 자립에 필요한 기술을 가르치려는 것이었다. 조나단이 여행을 마치고 돌아올 무렵에는 모든 준비가 완료되었다. 우리는 조나단이 그 집에서 자신의 미래에 대해 깊이 생각해 볼 거라고 기대했다. 우리는 그 애가 대학에 진학하길 바랐다.

그 애가 죽은 뒤에도 낸시는 이따금씩 그 집에 가서 청소를 했다. 그 건물에 사는 누구에게도 무슨 일이 생겼는지 말하지 않았다. 아마도 그곳 사람들이 모른다면 적어도 그곳에서나마 아들이 살아있다는 듯이 행동할 수 있다고 생각한 모양이다. 낸시는 조나단의 물건에 둘러싸인 채 그곳을 마치 사당처럼 꾸미기 시작했다. 방마다 싱싱한 꽃으로 장식했다. 처음에는 내가 찾아가는 것을 허락하더니 어느 날부터 다시는 오지 말라고 딱 잘라 말했다. 내가 찾아가봤자 그녀의 회복에 전혀 도움이 안 된다고 했다. 그래도 나는 한 주에 한 번씩 전화를 걸었지만 어느 순간 그마저 끊기고 말았다. 낸시는 집에 돌아올 준비가 되면 내게 전화로 알리겠다고 했지만 그런 일은 생기지 않았다. 결국 그녀와 마지막으로 통화한 사람은 입주자 협회의 대표였다. 낸시가 그 집에 들어가고 1년 뒤의 일이었다. 당시에 낸시에게 내가 아무런 쓸모없는 사람이었다는 생각에 가슴이 찢어질 듯 아팠다. 우리의 마지막 통화에서 내가 다시는 전화를 하지 말라는 낸시의 요구를 받아들이기로 하자, 낸시는 절대 스스로를 해치는 행동은 하지 않겠다는 말로 나를 안심시켰다. 나는 그녀의 내면에 변화가 일어나 평화를 되찾고 있는 줄로만 알았다.

입주자 협회의 연락을 받은 나는 낸시가 약속을 어겼다는 사실에 무척 실망했다. 그들은 공용 부분의 관리가 엉망이고 집에서 악취가 난다고 하소연했다. 나는 낸시를 억지로라도 집에 데려오지 않은 내 자신을 책망했다. 거의 사용한 적 없는 열쇠를 갖고 그곳에 들어갈 때 나는 거기서 낸시의 시신을 발견하게 되지나 않을까 두려웠다. 낸시는 눈을 감은 채 소파에 누워 있었지만 여전히 숨을 쉬고 있었다. 퀴퀴한 냄새가 집안에 가득했다. 화장실도 청소를 하지 않은지 오래였지만 주로 대문 안쪽에 놓인 가득 찬 쓰레기봉투에서 풍겨져 나오는 악취였다. 낸시는 그것을 밖에 내다 놓을 기운이 없었는지 몇 주간 그 자리에 방치했고, 거기서 썩은 내용물이 새어 나와 살아있는 생물체처럼 층계를 따라 흘러내린 것이다. 낸시는 암에 걸렸다고 했다. 대수롭지 않은 듯 말했지만 오랫동안 고통을 묵묵히 참고 견뎠을 것이다. 어쩌면 그 고통을 기꺼이 받아들이고 즐겼는지도 모른다. 조나단이 떠나고 생긴 빈 자리에 암이라는 고통이 파고들었다. 낸시는 조나단의 아파트에 자신을 산채로 묻었다. 조나단의 죽음이 낸시를 내면부터 갉아먹은 것이다.

낸시가 캐서린 레이븐스크로프트에게 '남편을 잃었다'고 말한 시기는 틀림없이 그 무렵이었을 것이다. 한동안 우리는 서로를 잃은 상태였다. 하지만 나는 항상 내가 낸시를 잃은 것이지 낸시가 나를 잃은 것은 아니라고 믿었다. 나 혼자만 외로웠다고 생각했는데 낸시의 노트를 보고 그녀도 나와 같은 생각을 했다는 사실에 안도했다. 내가 낸시를 그리워하는 만큼 낸시도 나를 그리워했다.

낸시를 집으로 데려가 돌보았더니 조금이나마 기운을 차리는 듯했다. 낸시는 우리 집에 돌아와 1년을 더 살았다. 당시에 나는 여전히 사립학교에서 일하고 있었고 나의 고통을 아이들에게 쏟아냈다는 점도 인정한다. 맥밀란*의 간호사들이 많은 도움을 주었다. 내가 일하는 동안 그들은 우리 집을 찾아와 낸시를 보살펴 주었다.

낸시는 절대 불평하는 법이 없었다. 고통을 묵묵히 받아들였다고 할까. 그것이야말로 그녀가 바라던 종류의 고통이었을 것이다. 손끝으로 찔러볼 수 있을 만큼 구체적인 고통. 그러나 이제 그녀는 다시 살아났다. 언제나 내 곁에 있는 동반자로서. 나는 그녀의 목소리를 들을 수 있고 그녀에게 말을 걸 수도 있다. 나는 낸시에게 그 창녀에게 전화를 했더니 목소리에 두려움이 묻어나더라는 얘기를 했다. 우리 둘 사이에는 더 이상 비밀이 없지만 낸시와 나는 점점 인내심을 잃어가고 있다. 우리는 그 여자의 두려움을 단지 귀로만 듣는 것이 아니라 눈으로 직접 확인하고 싶었다.

---

* Macmillan Cancer Support, 암환자와 그 가족에게 진단과 치료, 관련 정보를 제공하고 재정적, 정서적 도움을 주는 것을 목적으로 하는 영국의 비영리 재단

32

캐서린

2013년 여름

캐서린은 사무실에 앉아 컴퓨터 화면에 눈을 고정하고 있지만 아무것도 눈에 들어오지 않았다. 머릿속이 너무 혼란스러워 도저히 생각을 정리할 수 없었다. 오래된 생각과 새로운 생각이 모두 그녀에게 고통을 주고 있다. 가장 최근의 기억이 가장 큰 아픔을 준다. 로버트가 집을 나갔다. 호텔에서 지내고 있을 거라 짐작하지만 확실치 않다. 로버트는 알려주지 않을 것이다. 그녀를 더 이상 보고 싶지 않다는 것이 그의 마지막 말이었다. 그 말에 캐서린은 숨이 턱 막혔다. 지금껏 무엇을 기대했던가? 적어도 그런 반응은 아니었다. 캐서린 역시 자신의 일부를 로버트에게 숨겨왔지만 여태껏 자신이 모르는 로버트의 모습이 그렇게 많다는 사실은 알지 못했다. 책에 대한 로버트의 반응을 상상해 봐도 그것을 읽고 로버트가 얼마나 큰 증오를 느낄지는 헤아릴 수 없었다. 캐서린은 로버트의 빈자리를 느끼고 싶지 않아 손님방에서 지내고 있다.

일에 열중하는 척하며 스크린을 클릭하고 있지만 로버트가 사진을 들이밀었을 때의 충격이 다시 그녀의 마음을 헤집었다. 로버트는 그녀가 고통 받기를 바랐다. 그래야 마땅하다고 생각했다. 캐서린은 사진을 외면하고, 내팽개치고, 조각조각 부숴 버리려 했지만 그것들은 그녀의 머릿속을 파고들어 그녀를 지배하고 있다. 그 이미지들은 이제 그녀의 머릿속을 절대 떠나지 않을 것이다. 그 사진들은 저속하고 비열한 책의 소재가 되어 진짜 이야기의 가짜 그림자 속으로 파고들었다. 어쨌든 로버트는 가짜 이야기를 믿어버렸다. 더구나 그녀가 오랜 세월 비밀을 숨겨왔다는 이유로 그녀의 잘못에 확신을 갖게 되었다. 침묵을 지킬 권리가 있다는 그릇된 믿음이 그녀를 궁지로 내몬 것이다.

"브리그스토크가 '은퇴'한 직후에 래스본 학교를 떠난 교장 있잖아요? 알고 보니 두 사람이 캠브리지 동창이더군요. 그 사람 연락처를 알아냈는데 한 번 전화해볼까요?"

"그만둬, 킴. 별 것도 아닌 일을 갖고. 그만하자고." 캐서린은 킴이 말을 끝내기도 전해 잘라버렸다. 제길. 사무실에서마저 자제력을 잃다니. "미안해, 하지만 특별한 얘깃거리가 없더라고. 그냥 잊어버려. 스티븐 브리그스토크 건은 없었던 일로 하자고." 캐서린은 킴의 팔에 손을 얹었지만 아무 소용이 없었다. 킴은 여전히 야단맞은 강아지처럼 풀이 죽었다. 그런 식으로 말해서는 안 되는 거였다. 그런 말은 자제했어야 옳았다. 유일한 안식처인 직장에서마저 그녀는 독기를 내뿜고 있다. 캐서린은 킴이 며칠 전에 준 스티븐 브리그스토크의 전화번호와 주소가 적힌 쪽지를 만지작거리다가 호주머니에 넣었다.

"차 마실래?" 캐서린은 어색한 미소를 지으며 킴에게 물었다. 그러고는 책상에서 일어나 탕비실로 향했다.

"차 좋지요. 당신이 끓이게?" 사이먼이 컵을 들고 따라 들어오더니 표백한 치아를 번뜩이며 웃었다. "괜찮은 거죠, 캐서린?" 걱정하는 척하는 말투였다. 어서 꺼져버렸으면. 캐서린은 이유 없이 이 남자가 싫었다.

"그럼요, 걱정해줘서 고맙네요."

"이사라는 게 여간 힘든 일이 아니죠. 이혼 원인 중 1위라잖아요. 누구라도 스트레스를 받을 거예요." 캐서린은 화를 참느라 그에게 등을 돌리고 있었다. 그녀가 킴에게 면박을 주는 모습을 본 것이 틀림없다. 캐서린은 티포트에 티백을 세 개 넣고 물을 부은 다음 제대로 우리지도 않고 사이먼의 컵에 따랐다. 기다리라는 그의 손짓을 무시한 채. 그리고는 그의 찻잔에 찰랑대는 밍밍한 액체를 통쾌하다는 듯 바라보았다. 사이먼에게 차를 건네는 순간 그녀의 전화기가 울렸다.

로버트가 보낸 메시지인가? 그녀는 떨리는 손을 감추려 애썼다. 스팸문자였다. 젠장.

"괜찮아요?"

"네, 괜찮아요." 하지만 사이먼이 옆에 있으니 신경이 쓰여 도저히 생각에 집중할 수 없었다. 캐서린은 그곳에서 성큼성큼 걸어나와 전화기를 들고 화장실로 갔다. 혼자 생각에 잠길 수 있는 은밀한 공간이 필요했다. 로버트는 그녀에게 전화를 하지 않을 것이다. 처음의 충격이 진정되고 나면 로버트가 그녀의 말에 귀를 기울일 거라 기대했다. 그녀가 직접 그에게 모든 것을 털어놓을 수 있으리라고. 하지만 로버트는 그녀를 괴저에 걸린 수족처럼 절단해버렸다. 캐서린은 갈수록 부아가 치밀어서 참을 수가 없었다. 내 말을 들을 가치도 없다는 걸까? 로버트는 캐서린이 끊임없이 보내는 문자와 음성메시지를 깡그리 무시하며 그녀를 스토커처럼 취급하고 있다. 캐서린은 로버트의 비서에게 전화를 했다.

"케이티 씨, 로버트 지금 자리에 있나요? 전화 연결은 필요 없어요. 그이한테 갖다 줄게 있어서…." 바람피우는 남편을 의심하는 여자의 말투였다. 로버트가 사무실에 있다면 직접 가서 만날 생각이었다. 그리하면 그녀를 피하지 못하리라. 소란을 피우는 건 원치 않을 테니 캐서린의 말을 잠자코 들을 수밖에 없을 것이다.

"아뇨, 일찍 퇴근하셨어요. 오후에는 집에서 일하겠다고 하셨어요."

"참 그랬지. 내 정신 좀 봐." 거짓말을 입에 달고 살아야 하다니.

캐서린은 현관문으로 들어가다가 여행용 가방에 걸려 넘어졌다. 가슴이 두방망이질 쳤다. 로버트가 집에 있다. 고맙게도 집으로 돌아온 것이다. 하지만 가방은 로버트의 것이 아닌 니콜라스의 가방이었다. 집에 들어온 것은 니콜라스였다. 주방 밖에는 이미 더러운 세탁물이 무더기로 쌓여 있었다. 하지만 로버트도 집에 와 있었다. 니콜라스와 함께 식탁에 앉아 맥주를 마시고 있다. 로버트는 미소 띤 얼굴이었고 니콜라스 앞에는 신문 스포츠 면이 펼쳐져 있었다. 그녀가 들어가도 아무도 눈길을 주지 않았다. 짧은 순간 캐서린에게 이런 생각이 스쳤다. '니콜라스가 손님방을 쓰면 다시 로버트와 한 침대를 쓰게 되나?' 그러나 로버트가 그녀를 돌아보는 순간 캐서린은 그것이 착각임을 깨달았다. 그의 말이 그것을 확인해주었다.

"택시를 예약해줄게. 당신이 없는 동안 니콜라스가 와 있기로 했어. 짐도 미리 싸 뒀지. 당신이 워낙 꾸물대니까 말이야."

무슨 소리인지? 니콜라스가 그녀 쪽을 돌아봤다. 이 애도 알고 있나? 캐서린은 입을 열었지만 로버트가 말을 막았다. 모든 게 로버트 멋대로 돌아가고 있다.

"당신이 몇 주간 집을 비울 거라고 니콜라스한테 얘기했어. 대단한 사건 같더라? 당신이 전화로 얘기한 일 말이야." 그의 한마디 한마디가 뺨을 후려치는 느낌이었다. 로버트는 니콜라스에게 엄마가 일 때문에 집을 잠시 떠나게 됐다고 얘기했다. 그녀가 따질 수 있는 상황이 아니었다. 로버트는 전화기를 들고 택시 회사에 전화를 걸었다.

"무슨 사건인데요, 엄마?" 니콜라스가 그녀를 보며 대답을 기다렸지만 캐서린은 할 말이 없었다. 로버트가 다시 냉정하고 잔인한 말로 끼어들었다.

"엄마가 나한테도 말을 안 해주더구나. 15분 뒤에 택시가 도착할 거야." 니콜라스는 어차피 엄마가 하는 일에 별로 관심이 없었던 터라 다시 축구 소식으로 눈을 돌렸다.

"내가 당신 짐을 제대로 챙겼는지 가서 확인하지 그래." 로버트가 말했다. 이 말만큼은 진심이었다. 캐서린은 그 자리에서 이게 무슨 짓이냐고 로버트에게 따지고 싶었지만 한 발 물러섰다. 니콜라스 앞에서 그럴 수는 없었다. 니콜라스 때문에 간신히 충돌을 피한 셈이다.

캐서린은 위층으로 올라가 침대에 앉았다. 로버트는 일주일 치나 될까 말까한 짐을 싸놓았다. 캐서린은 개어져 있는 옷들을 보았다. 한쪽에 속바지가 쑤셔 넣어져 있었다. 지퍼로 채워진 세면도구 주머니가 맨 위에 놓여 있다. 캐서린은 가방 속을 여기저기 뒤져 보았다. 로버트가 생각할 시간이 필요하다는 쪽지 같은 걸 숨겨놓지 않았을까 하고. 그렇다면 조금이나마 대화를 틀 여지가 있는 것이다. 하지만 쪽지 따위는 없었다. 로버트는 아무런 설명도 원하지 않았던 것이다.

"택시가 왔어." 로버트가 소리를 지르자 캐서린은 가방을 끌고 아래층으로 내려갔다. 로버트가 돌아보고 눈이라도 맞춰주길 바랐지만 그런 일은 없었다. 그는 아주 유쾌해 보였다. 저녁식사를 준비해야 할 텐데. 그녀가 없어도 두 사람은 얼마든지 잘 해낼 것이다. 니콜라스가 자리에서 일어나 그녀에게 다가오다가 더러운 빨랫감 무더기에서 흘러내린 양말을 걷어찼다.

"잘 다녀와요, 엄마." 캐서린은 그를 껴안았다. 아무 말 없이. 그의 어깨 너머로 로버트가 보였지만 여전히 그녀와 눈을 마주치려 하지 않았다. 비열한 인간. 니콜라스가 그녀의 품에서 슬그머니 빠져나갔다. 택시가 기다리고 있었다.

캐서린은 현관문을 닫고 시동이 켜져 있는 택시를 향해 걸어갔다. 운전수는 그녀가 가방을 뒷좌석에 싣고 그 옆에 앉는 모습을 지켜보았다.

"어디로 모실까요?" 그가 물었다. 로버트가 그녀의 행선지는 정해놓지 않았다는 뜻이다. 어디로 가야 할까? 캐서린은 기사에게 주소를 건넸다.

33

니콜라스

2013년 여름

니콜라스는 여행 가방을 손님방으로 가져가 쿵 소리가 나도록 바닥에 내려놓고는 바로 침대에 드러누웠다. 신을 신은 채 다리를 뻗고 베개에 머리를 뉘었다. 눈을 감고 있으니 엄마의 체취가 느껴졌다. 그는 눈을 번쩍 떴다. 정말 엄마 냄새다. 코를 쿵쿵대며 베개에 배인 냄새를 확인했다. 엄마가 틀림없다. 엄마가 손님방에서 자다니. 대체 무슨 상황이지? 엄마가 나갈 때 아빠는 작별 인사도 하지 않았다. 문까지도 배웅하지 않았다. 전혀 아빠답지 않은 행동이다. 그래서 니콜라스는 자기라도 나서야 한다고 생각했다. 니콜라스는 엄마에게 연민을 느꼈다. 엄마에게 그런 감정은 처음이다. 하지만 아빠가 계속 이런 식이라면 미쳐버릴 것 같다. 아빠는 너무 빡빡하다. 아빠가 끊임없이 던지는 농담도, 어떤 음식을 먹을지 묻는 것도 지긋지긋하다. 아빠가 2인분 식사에 씌워진 비닐을 벗기는 모습만 봐도 닭살이 돋을 지경이다. 그래도 거지소굴 같은 아파트를 벗어날 수 있어서 기쁘다. 하지만 아빠가 늘 이런 식이라도 계속 여기서 지낼 수 있을까? 그럴지도 모른다. 돈이 필요하니까. 방은 아빠 모르게 세를 놓으면 된다. 어쨌든 남는 장사다.

니콜라스는 침대 가장자리에 걸터앉은 채 가방을 앞으로 끌어당겨 세면도구 주머니를 꺼냈다. 마리화나 냄새가 밴 칫솔 하나만 달랑 들어있었다. 집에 오면서 비누나 샴푸 따위를 챙겨올 필요는 없었다. 엄마, 아빠가 이 세면도구 주머니를 본다면 무척 속이 상할 것이다. 니콜라스도 그것은 바라지 않았다. 그는 부모에게 들키지 않으려고 최대한 조심했다. 모르는 게 약이니까. 엄마와 아빠는 걱정이 너무 많다. 니콜라스가 다시 잘못된 길로 빠지지 않을까 늘 조바심을 냈다. 이제 그럴 일은 없다. 안정된 직장, 번듯한 정장. 더 이상 바랄 게 어디 있겠는가?

집에 돌아오니 옛날로 돌아온 기분이다. 엄마, 아빠가 그에 대한 모든 것을 알려고 하던 시절로. 그건 그렇고 엄마와 아빠 사이에는 대체 무슨 일이 일어나고 있을까? 궁금하지만 굳이 알아볼 생각은 없다. 누구나 비밀을 가질 수 있으니까. 그도 부모도 자기만의 비밀이 있을 수 있다. 그래도 아빠가 휴가 여행에 도움을 준다니 고마운 일이다. 여자 친구와 함께 떠나는 여행에 말이다. 어쩌다 그런 거짓말이 튀어나왔을까. 그 앤 여자 친구가 아니다. 그냥 친구일 뿐. 어쨌든 모든 것을 뒤로 하고 함께 여행을 떠날 생각이다. 하지만 주말 동안만 떠났다가 월요일에는 돌아올 것이다. 그냥 잠시 사라졌다가 나타날 것이다. 니콜라스는 마리화나를 말아 불을 붙이지 않은 채 입에 물고 다시 침대에 누웠다. 아빠한테 들켰다간 괜한 걱정만 사게 된다.

"저녁 먹으렴."

니콜라스는 눈만 깜박일 뿐 대답을 하지 않는다. 그런 버릇은 엄마 아빠를 미치게 했다. 저녁이 다 되었다는데 아무 대답이 없다. 그러면 둘 중 한 사람이 그를 데리러 올라와야 했다. '안 들리니?' 두 사람은 한참을 소리치곤 했다. 음식이 식고 있다며. 니콜라스는 한쪽으로 돌아누워 베개에 얼굴을 파묻고는 엄마의 체취를 한 숨 가득 들이마셨다. 두 사람 사이에 대체 무슨 일이 있었던 걸까?

34

캐서린

2013년 여름

캐서린은 냄새에 질색했다. 노인 특유의 냄새였다. 소변 냄새도 아니고, 뭔가 말로 표현하기 어려운 요상한 냄새다. 쓰레기를 오래 방치한 탓일까? 애완동물 냄새가 찌들어서일까? 러그에 털 냄새가 배서? 누군가 냄새를 덮으려 한 흔적도 느껴진다. 무언가가 플러그에 꽂힌 채 가짜 꽃향기를 내뿜고 있었다. 캐서린은 그것이 엄마를 돌보러 한 주에 한 번씩 찾아오는 부인의 흔적이라고 추측했다.

"애야, 어서 오렴." 엄마가 말라빠진 다리로 위태롭게 일어선 채 그녀를 반갑게 맞았다. 캐서린은 가방을 내려놓고 엄마의 품으로 달려갔다. 연약한 뼈가 다치지 않도록 주의하면서 엄마의 등에 팔을 둘렀다. 그러곤 가볍게 토닥였다. 마치 자신이 엄마처럼. 보살핌을 받고 싶지만 그럴 나이가 지났음을 잘 아는 딸의 토닥임이었다.

"여기 있게 해줘서 고마워. 수리 중이라 집도 엉망이고 로버트도 멀리 가 있어서 말이야…." 캐서린은 집수리가 이미 몇 주 전에 끝났고 로버트도 수년간 한 번도 출장을 떠나지 않았다는 사실을 엄마가 기억하지 못할 거라 믿었다.

"또 미국 간 거냐?" 캐서린은 필요 이상으로 거짓말을 하고 싶지 않아 고개를 끄덕였다.

"뭐 좀 먹을래?" 저녁 일곱 시에 아직 아무것도 먹지 못한 상태였지만 캐서린은 그저 컴컴한 방에 들어가 눕고 싶다는 생각뿐이었다. 속이 메스껍고 머리가 지끈지끈 아팠다.

"엄마, 사실 나 편두통이 있어서. 좀 누워 있고 싶어. 그러면 괜찮아질 거 같아."

엄마가 고개를 갸웃했다. 하지만 그녀는 이내 공감의 미소를 지었다.

"나도 네 나이 땐 머리가 자주 아팠었지." 엄마가 말했다.

캐서린은 그 집에 있는 유일한 침실에 들어가 한때 아버지가 쓰던 침대 옆에 가방을 놓았다. 두 개의 싱글 침대가 나란히 붙어 있다. 캐서린은 엄마가 지금은 방문과 화장실에 가까운 아버지의 침대를 쓴다는 걸 떠올리고 엄마의 낡은 침대에 들어갔다. 고양이가 와서 잠을 자곤 했던 누비이불 끝자락에 거무스름한 얼룩이 남아 있었다. 캐서린은 겉옷을 벗고 속옷 차림으로 침대로 기어들어가 눈을 감았다. 그저 잠을 좀 자고 싶었다. 잠을 잘 수만 있다면 생각도 좀 더 명확히 정리되고 그녀의 삶에 일어나는 일들을 뚜렷이 이해할 수 있을 것 같았다.

엄마의 슬리퍼 끄는 소리가 점점 다가오고 있었다. 침대 옆 탁자에 물 잔을 놓는 소리가 들렸다. 비닐과 은박지가 부스럭대는 소리도 들렸다. 눈을 떠보니 엄마가 옆에 서 있다가 캐서린의 손에 알약 두 개를 떨어뜨렸다. 오늘이 무슨 요일인지도 모를 만큼 정신이 없는 엄마지만 아픈 아이를 돌보려는 마음만큼은 옛날과 다르지 않다.

"고마워, 엄마." 캐서린은 이렇게 중얼거리며 알약을 삼켰다. 그리고 다시 눈을 감았다.

캐서린은 몇 시간이나 컴컴한 방에 누워 엄마의 외로운 일상에 귀를 기울였다. 간단한 음식을 쟁반에 담아 혼자 지껄여대는 TV 앞에서 식사를 하는 것 같았다. 전화 받는 소리가 들리더니 갑자기 엄마의 목소리가 밝고 명랑해졌다.

"나야 잘 지내지. 캐서린이 여기 와 있어. 그럼, 반갑지. 로버트가 출장을 갔대. 그래, 또 미국에 갔나봐…." 여기까진 그럴듯했다. 그런데 엄마가 상대방에게 니콜라스는 집에 유모와 함께 있으니 괜찮다고 말하는 소리가 들렸다. "정말 착한 애지 뭐야…."

우리 모두는 아픔을 숨기는 데 능하다. 삶의 모든 것이 완벽하게 아름답고 만족스러운 듯 행동한다. 하지만 엄마는 더 이상 그렇게 할 수 없다. 시간을 늘 혼동하여 당신의 상태를 드러낸다.

캐서린은 어느새 잠에 빠져들었다. 옆방에서 텔레비전이 재잘대는 소리가 들렸다. 고요한 어둠 속에서 잠을 깬 그녀가 옆을 돌아보니 옆 침대에 엄마가 보였다. 입을 벌린 채 똑바로 누운 엄마는 뼈에 붙은 피부가 아래로 늘어져 있었다. 죽은 사람의 모습과 다르지 않을 것이다. 캐서린은 엄마를 자세히 들여다보았다. 캐서린 자신의 어린 시절과, 니콜라스의 어린 시절을 떠올리며 사라져 가는 것들에 대한 슬픔에 사로잡힌 채. 엄마의 힘과, 한때 그녀에게 무엇이든 극복할 수 있는 힘을 준다고 믿었던 엄마의 사랑을 느끼면서. 엄마의 힘을 뼛속 깊이 받아들이면 갑옷처럼 그녀를 지켜줄 거라 생각했다. 캐서린은 누군가에게 털어놓고 싶었다. 더 이상 혼자서만 비밀을 간직하기에는 너무 힘겨웠다.

"엄마…." 엄마는 조금 움찔하더니 눈꺼풀을 떨었다.

"엄마, 문제가 생겼어요…." 엄마는 계속 눈을 감고 있었지만 캐서린은 로버트에게 할 수 없었던 말을 엄마에게 모두 털어놓았다. 남김없이 밖으로 쏟아냈다. 그녀의 수치심, 죄책감까지 모두. 하지만 엄마는 말이 없었다. 모두 들었을까? 아니면 캐서린의 이야기는 엄마의 꿈속으로 흘러들어간 걸까? 어쩌면 엄마는 캐서린의 이야기를 꿈꾸고 있을지도 모른다. 그 중 일부를 기억하더라도 꿈이라 여길지도 모른다. 어쨌든 그 이야기를 처음으로 밖으로 쏟아내고 나니 속이 후련했다. 적어도 다시 잠들 수 있을 것 같았다. 캐서린은 깊이 잠든 나머지 한밤중에 엄마가 손을 뻗어 그녀의 손을 한참 동안 꼭 잡아 주었다는 사실도 알지 못했다.

35

스티븐

2013년 여름

지금 내가 하는 모든 일에는 낸시의 축복이 함께한다. 그녀의 가디건을 입자 더욱 확신이 생겼다. 낸시와 함께한 오랜 세월이 옷 속에 모두 깃들어 있다. 내 몸에 맞게 늘어나는 바람에 형태가 조금 변형되긴 했지만 그것은 옛날 그대로였다. 나는 낸시의 뜨개질 모자도 썼다. 안쪽에는 여전히 그녀의 머리카락 몇 가닥이 붙어있었다. 그녀의 DNA를 내 몸에 밀착시키자 우리 사이에 바늘 하나 들어갈 틈도 없던 시절이 떠올랐다. 조나단이 태어나기 전, 낸시가 엄마가 되기 전, 우리가 처음 만났을 때였다.

한 가지 사실을 털어놓아야겠다. 그동안 내가 진실만을 말한 것은 아니다. 〈낯선 사람〉은 순수한 내 작품이 아니다. '저절로 써졌다'고 표현했었지만 사실이 아니다. 나는 그것을 베껴 썼다. 모든 단어를 손으로 베꼈다. 낸시의 원고를 베낀 다음 타이핑했다.

나는 그 문장들을 쓸 때 낸시가 어떤 기분이었을지 알고 싶었다. 낸시가 그 책을 쓰면서 느꼈을 감정에 최대한 가까이 다가가고 싶었다. 우리 아들의 어이없는 죽음을 이해하기 위해. 낸시는 내게 진실을 보여주었고 나는 그 진실에 매달렸다. 낸시는 아들의 죽음에 얽힌 석연치 못한 공백을 채웠다. 조나단이 무엇 때문에 그 아이를 구하려 했는지를 밝혔다.

낸시는 조나단의 아파트에서 혼자 지내는 동안 그 책을 썼다. 그 책은 그녀가 삶을 지속하는 이유였을 것이다. 내가 그랬듯이 낸시도 그 책을 쓰기 위해 매일 아침 눈을 떴을 것이다. 그 기간 동안 나를 멀리한 이유도 그 때문일 것이다. 그 책 하나로 충분했을 테니까. 하지만 나도 그 책의 완성에 기여했다. 〈낯선 사람〉이라는 제목은 내가 붙인 것이다. 결말도 마찬가지다. 나는 낸시가 쓴 본래의 결말을 바꿨다. 그 여자를 죽인 사람은 낸시가 아닌 나다. 낸시의 결말이 훨씬 치밀하긴 했지만, 어쨌든 이 책은 우리의 공동작품으로 거듭났다.

동네 서점에서 이 책은 꽤 많이 팔렸다. 착한 제프는 캐서린의 동네 서점에 가서도 판매량을 확인했다. 거기서도 몇 권이 팔렸다고 한다. 많지는 않지만 몇 권이 팔렸다. 그 여자를 싫어하는 낯선 사람이 세상에 몇 명 있다는 사실에 나는 작은 쾌감을 느꼈다. 나의 영향력과 그물이 점점 넓어지고 있다. 우리는 그 여자를 향해 서서히 손을 뻗치고 있다. 점점 많은 사람들이 우리 편에 가세하고 있다.

36

캐서린

2013년 여름

캐서린은 번지를 확인하지 않고도 그의 집이 어딘지 알 수 있었다. 누구나 빨리 지나치고 싶어 할 집이었지만, 캐서린이 다가오자 그 집은 그녀의 눈을 맞추며 주정뱅이 노숙자의 가래 끓는 목소리로 캐서린의 이름을 불러댔다.

창문은 두터운 먼지로 덮여 있었다. 군데군데 칠이 벗겨진 외관이 산뜻하게 페인트칠된 양옆의 집들과 대조를 이루고 있었다. 정원에는 덩굴식물이 마구 뒤엉켜 있었지만 장미 덤불 하나가 홀로 눈길을 끌었다. 담홍색 꽃은 주위의 어수선함에 아랑곳없이 집밖까지 달콤한 향기를 내뿜고 있었다. 캐서린이 문을 두드리는 소리가 온 거리에 울려 퍼졌다. 대답도 없었고 초인종도 없어서 캐서린은 문을 쾅쾅 쳤다. 그녀는 쭈그리고 앉아 문에 달린 우편함 뚜껑을 밀고 안을 들여다봤다. 안쪽에 우편물을 받는 철 바구니가 없어 편지가 집 안쪽 바닥으로 바로 떨어지는 구조였다. 문간에 흠집투성이의 지저분한 구두 한 켤레가 놓여 있고 의자 등받이에 코트가 걸려 있었다.

"스티븐 브리그스토크씨, 문 좀 열어주세요. 캐서린 레이븐스크 로프트예요." 마음을 굳게 먹었지만 그녀의 목소리는 여전히 떨리고 있었다. 그녀는 다시 소리쳤다.

"제발요. 안에 계시는 거 알아요. 문 좀 열어주세요. 저랑 얘기 좀 하자고요." 집에는 아무런 움직임이 없었고 캐서린도 그 자리에서 꼼짝하지 않았다. 그 사람은 로버트를 꼬드겨 캐서린으로부터 등을 돌리게 하고 그녀를 집에서 쫓아내게 만든 장본인이다. 마음을 열고 그녀의 말을 들어 줄 리 없다.

"스티븐 씨. 제발 문을 열어 주세요. 그러신다고 조나단이 살아 돌아오진 않잖아요. 제발요. 제 말을 들으셔야 해요." 문은 여전히 꿈쩍도 하지 않았다. 캐서린은 킴이 준 번호로 전화를 걸었다. 집안에서 전화벨 울리는 소리가 들렸다. 누군가의 목소리도 들렸다. '안녕하세요. 지금은 집에 없으니…' 여자 목소리였다. 낸시 브리그스토크가 분명했다. 죽은 여자에게 메시지를 남길 수는 없는 노릇이다. 반드시 그 사람을 만나야 한다. 그를 설득하여 하던 짓을 멈추게 해야 한다. 캐서린은 그가 집안에 있다고 확신했다. 그녀는 쭈그리고 앉아 문에 달린 우편함 속으로 힘껏 팔을 뻗었다. 폭이 좁아서 팔꿈치까지밖에 들어가지 않았다. 팔을 비틀어 걸쇠를 더듬어 찾았지만 손에 잡히지 않아서 팔을 뺐다. 다시 얼굴을 우편함으로 들이밀었다.

"제 번호를 아시죠. 제게 전화를 해주세요. 조나단 얘기를 하고 싶어요. 제 얘기를 꼭 들으셔야 해요, 스티븐 씨." 캐서린은 팔다리로 바닥을 짚고 문에 이마를 바짝 붙였다.

  거리 저편에서 라디오 잡음 소리가 어렴풋이 들렸다. 주위를 둘러보니 승합차가 한 대 주차되어 있었다. 인부 두 명이 창문을 내린 채 차 안에서 점심을 먹고 있었다. 캐서린은 다시 문 쪽으로 몸을 돌렸다. 그가 집에 없을지도 모른다는 생각에 다시 전화를 걸어 메시지를 남겼다.

37

스티븐

2013년 여름

그 여자가 우리 집 문에 달린 우편함으로 눈먼 독사를 집어넣었다. 우리는 독사의 머리가 쿵쿵대며 우리 냄새를 탐색하다가 걸쇠를 열고 침입하려는 모습을 지켜봤다. 그 여자를 도끼로 내려쳤어야 했는데. 하지만 그 여자를 괴물에 비유한다면 메두사보다는 세이렌에 가깝다. 그 여자는 사악한 목소리로 우리를 대문 쪽으로 유혹하고, 전화에 대고 노래를 불렀다. 우리가 들어주길 바란다고? 대화를 원한다고? 뭔가 할 말이 있는 모양이다. 하지만 이미 너무 늦었다. 우리는 여자의 가식적인 동정심 따위는 받아들일 생각이 없다. 여자의 남편이 보이는 관심도 거추장스럽긴 마찬가지다.

여자의 남편이 성가시게 굴고 있다. 〈낯선 사람〉사이트에 메시지도 남겼다. 우리를 꼭 만나서 지난 일을 사죄하고 싶다나. 그는 아직도 우리 부부가 함께인 줄 안다. 안 됐지만 그는 더 이상 이

용가치가 없다. 그는 이 이야기의 단역일 뿐이다. 그가 마땅히 알아야 할 사실을 모두 알렸으니 우리는 더 이상 그를 만날 이유가 없다. 어쨌든 그의 메시지는 마음에 들었다. '용서받을 수 없는', '수치스러운 잔인함' 같은 표현으로 추측건대 아내를 역겹게 생각하며 아내로부터 거리를 두고 있는 것 같다. 그는 결국 '진실을 알게 되어' 다행이라며 '어떤 방식으로든 화해하기를' 바라고 있다. 그가 선택한 용어는 마치 사악한 독재자의 만행을 성토하는 심판위원의 말투 같다. 여자가 그 글을 읽었는지 궁금하다.

낸시가 등 뒤로 다가와 내 귀에 속삭였다. 낸시는 그의 하소연 따위는 듣고 싶지 않다며 차라리 조나단의 모습을 다시 보자고 했다. 나는 그 애를 다시 스크린에 띄웠다. 조나단은 여전히 미완성작품이지만 거의 완성에 가까워지고 있다. 사진을 고르는 작업은 즐거웠다. 열여덟 생일에 우리가 선물한 카메라를 목에 걸고 있는 조나단, 유럽 여행을 떠나기 직전에 새 배낭을 멘 조나단, 해변에서 웃고 있는 잘생긴 조나단. 어느 해변인지 확실치 않으니 그 애의 첫 번째 여행지였던 프랑스라고 해 두겠다. 그 애가 좋아하던 책들. 지금도 우리 집 책장에 꽂혀 있다. 그리고 음악. 역시 중요하다. 그 애는 철 지난 음악을 좋아했지만 최근에 그것들은 다시 '멋진' 음악으로 통한다. 그 애에게는 자기만의 확고한 취향이 있었던 것이다. 우리에게 그 애는 여전히 십대 소년이다. 그 애가 중년이 되는 건 받아들일 수 없다. 그 애는 언제까지나 대학에 들어가기 전 갭이어*에 머물러 있을 것이다. 어느 대학을 갈지도 결

---

* gap year: 고등학교 졸업 후 대학 입학 전, 약 1년간 일이나 여행 등을 하며 다양한 경험을 쌓는 시기

정하지 않은 상태였다. 브리스톨? 맨체스터? 지금 그 애에게 필요한 것은 또래 친구다. 우리가 절친한 친구를 만들어줄 것이다. 친구가 있다면 그 아이는 더욱 구체적이고 생생한 존재가 될 것이다.

제프는 우리의 계획을 실행하는 데 큰 도움을 주었다. 나는 그를 몇 주 전에 다시 만났다. 제프는 동네 서점에서 열린 나의 책 낭독회에 동행해주었다. 제프에 따르면 서점 측은 지역 작가 홍보에 매우 적극적이라고 했다. 그런데 행사는 한심하기 짝이 없었다. 나는 내 책 몇 권이 진열된 가판대 옆에 서서 기다렸지만 첫 책을 낸 노인의 낭독을 들으러 나타난 사람은 얼마 되지 않았다. 싸구려 와인에 오래된 베이컨에, 행사가 어서 끝났으면 하는 생각밖에 들지 않았다. 내겐 하나의 시련이었다. 목소리가 갈라져서 문장이 입 밖으로 잘 나오지 않았다. 나는 실수를 연발했고, 책에서 눈을 떼어 청중과 눈을 마주칠 용기도 나지 않았다. 사람들의 시선이 불편하기만 했다. 스포트라이트를 받는 것이 싫었다.

제프와 나는 도망치듯 술집으로 향했다. 제프는 내게 그런 일을 겪게 한 것을 몹시 미안해했다. 어쨌든 그의 아이디어였으니. 낯가림이 심한 노인네가 그런 자리에 나선다는 게 얼마나 곤란한 일인지 잘 몰랐나보다.

"제프, 다 잊어버려요. 나는 다 잊었으니까." 나는 제프의 빈 잔을 들고 바에 가서 잔을 채워다 주었다. 나는 아버지처럼 그의 어깨에 손을 얹었다. "좋은 친구가 돼줘서 고마워요. 제프가 아니었다면 내 책이 서점에서 팔리지 못했을 거예요. 당신의 응원이 없었다면 다른 소설을 시작할 용기도 못 냈을 테고요." 이 말에 제프는 흥분했다.

"대단한데요, 스티븐. 어떤 책이죠?"

"아직 줄거리는 완성하지 못했고 머릿속에 등장인물만 생각해뒀어요. 내 눈에만 보이고 내 귀에만 들리는 인물이죠." 옆머리를 두드리며 나는 껄껄 웃었다. 그는 내 머릿속에 안전하게 들어 있다. "아직 구상하는 단계라 제프가 나를 좀 도와줬으면 해요. 이미 시간을 많이 빼앗은 마당에 염치없긴 하지만…"

"아니에요. 괜찮으니 편하게 말씀해 보세요."

나는 그에게 말해주었다. 내가 생각한 인물은 십대 소년이다. 교사 생활을 오래 한 덕분에 성격 묘사에는 자신이 있지만 역시 기술적인 부분이 문제라고 했다.

"그 애를 위해 페이스북 페이지를 만들어주고 싶어요."

"가상의 인물을 위한 가짜 페이지 말씀이죠?"

"음." 나는 고개를 끄덕이며 맥주를 한 모금 마셨다.

그는 아무 말도 하지 않았다. 톱니바퀴가 돌아가는 소리가 들렸다. 노인과 십대 소년, 가짜 페이스북 페이지. 그가 나를 미심쩍게 여기는 것 같아 잽싸게 해명했다.

"그 애가 주인공은 아니고, 그 애 할아버지를 중심으로 손자와의 관계를 다룰 생각이에요. 그래도 요즘 아이들이 열중하는 온라인 세계에 대해 이해할 필요는 있을 것 같네요. 저것 봐요." 그러면서 나는 젊은 아이들이 모여 있는 테이블을 가리켰다. 앞에 술이 놓여 있고, 담배를 갖고 다니고, 언제라도 웃음을 터뜨릴 것 같은 얼굴이다. 특별할 건 없다. 어느 시대에나 볼 수 있을 법한 모습이다. 다만 저 아이들은 말이 없다. 서로 대화를 하지 않는다. 모두들 눈을 내리깔고 스마트폰을 보고 있다. 빙 둘러 앉아 빙고

카드를 확인하는 노부인들처럼.

"저 애들이 무엇을 보고 있냐는 얘기죠." 나는 의아하다는 표정을 지었다.

제프는 고개를 끄덕였다. "무슨 말씀이신지 알겠네요." 톱니바퀴가 척척 돌아갔다.

"늙은이가 주책을 부리나 싶기도 하지만 나는 저런 쪽에 영 무지해서 말이에요. 그냥 나를 저 세계로 좀 안내해줬으면 좋겠어요. 이 무식한 노인네를 페이스북처럼 젊은 사람들이 '의사소통'하는 곳으로 안내해 줬으면." 나는 의사소통이라는 단어를 강조했다. "나한테는 별세계나 다름없으니까."

"저한테도 마찬가지예요." 제프가 말했다.

"어쨌든, 그냥 해본 생각이에요." 제길.

"하지만 제 아들은 온종일 거기 빠져 있죠."

"아들이 있다는 얘기는 처음인데?"

"그렇죠. 열여덟이에요. 제 엄마랑 같이 살고 2주에 한 번씩 찾아와요. 그 애가 도와줄 거예요."

그렇게 시작되었다. 일요일마다 제프의 아들과 함께 인터넷에 접속했다. 도움을 받는 대가로 나는 그 애의 작문 숙제를 도와주었다. 아들이 과제에서 'A'를 받아오기 시작하자 제프는 무척 기뻐했다. 비록 내가 그 애보다 열정적인 학생이라는 데는 두 사람 모두 같은 생각이었지만 말이다. 그래도 이 아이의 수업은 훌륭했다. 매우 철저한 아이였다. 최소 50명의 친구. 그 많은 친구를 어떻게 얻는지도 내게 보여주었다. 그 애도 훌륭한 선생이었지만 나도 완벽한 학생이었다. 엄청난 정보를 새로 받아들이느라 머리가 터질 지경이었지만 나는 무엇이든 기꺼이 배우고 싶었다. 1990년대에 찍은 사진을 노트북에 가져오려면 어떻게 해야 하나? 이제는 나도 할 수 있다. 일단 스캔해서 올리기만 하면 널리 퍼뜨릴 수 있다. 페이스북에만 머무르지 않고 구글에도 떠돌게 된다.

"소설 속 남자 아이는 어떤 음악을 좋아하죠?"

나는 어깨를 으쓱했다. 이런 걸 왜 물어보나 싶어 갑자기 열등생이 된 느낌이었다. 그날 오후 그 애는 내 노트북에 음악 트랙 몇 개를 넣어주었다. 제프도 항상 그 자리에 있었다. 절대 우리 두 사람만 남겨두는 법이 없었다. 제프가 차를 끓여주면 나는 쿠키에 곁들일 낸시의 잼을 가져왔다. 잘 어울리는 조합이었다. 그렇게 몇 주가 유쾌하게 흘러갔다.

나는 훌륭한 결과물을 얻었다. 조나단을 되살리는 데 필요한 모든 기술을 손에 넣었다. 이제 우리 아들도 미래를 갖게 됐고 그것이 내 손에 달렸다는 생각에 뿌듯했다. 조나단의 다음번 여행은 우리가 확실히 통제할 수 있게 되었다. 그 애와 동행할 친구도 이미 점찍어 두었다. 너무 많은 친구는 필요 없고, 마음을 터놓을 수 있는 특별한 친구 한 명만 있으면 충분할 것이다.

38

캐서린

2013년 여름

캐서린은 출근을 하기 위해 버스를 탔다. 엄마의 집에서 가장 편한 교통수단이었다. 두려움보다는 실용적인 이유였다. 스티븐 브리그스토크는 비겁한 인물이다. 밤새 전화기를 켜두었지만 그는 전화하지 않았다. 캐서린은 버스에 앉아 머릿속으로 지난밤 엄마에게 털어놓은 말을 되돌려보았다. 그 말이 실제로 전해졌을지 의문이었다. 엄마는 아무 대꾸도 하지 않았다. 캐서린의 말을 알아들었을까? 그녀가 한 말을 기억할까? 엄마가 다 알면서도 자신을 재단하지 않았다는 생각에 캐서린은 눈물이 쏟아졌다. 캐서린은 눈을 깜박여 눈물을 떨어뜨렸다. 하루하루를 버티기 위해 꼭 써야만 했던 가면을 벗으려는 것이었다. 아무도 그 존재를 눈치채지 못할 정도로 그녀의 얼굴에 꼭 맞는 가면이었다. 그녀는 가면으로 숨이 막히는 것에도 익숙해졌다.

버스에서 내린 캐서린은 또다시 바쁜 하루를 보내기 위해 지나가는 사람에게 눈길도 주지 않은 채 사무실로 성큼성큼 걸어갔다. 뜨개질 모자를 쓴 노인이 가던 길을 멈추고 그녀를 주시하고 있다는 사실은 전혀 눈치채지 못했다. 두 사람의 몸이 거의 스칠 뻔했다. 노인은 지나가는 그녀의 냄새를 맡았다. 그리고 그녀가 시야에서 사라질 때까지 눈을 떼지 않았다.

캐서린은 사무실로 들어가 목에 감고 있던 실크스카프를 풀었다. 그녀가 움직일 때마다 가슴에서 아름다운 무늬가 살랑거렸다. 가방을 바닥에 털썩 내려놓고 의자에 앉은 다음 한 바퀴 둘러보며 출근한 사람이 있는지 확인했다. 하지만 그녀 외에는 아무도 없었다. 이런 게으름뱅이들. 벌써 10시나 됐는데. 그녀는 의자를 돌려 컴퓨터 스위치로 손을 뻗었다. 그녀의 손이 공중에서 얼어붙었다. 책상에 단정하게 쌓여 있는 책들 때문이었다. 〈낯선 사람〉 무더기가 그녀를 비난하듯 쏘아보고 있었다. 이럴 수가. 그녀는 떨리는 손으로 그것들을 책상 밑에 놓인 휴지통에 던져 넣었다. 우라질. 그 사람이 여기 왔었다니. 그나마 가장 먼저 출근한 게 다행이라고 생각했지만 의자에 앉아 위를 올려다보니 그게 아니었다.

킴과 사이먼이 그녀를 보고 있었다. 두 사람은 나란히 서 있었다. 킴의 손에 그 책이 들려 있었다. 그녀는 캐서린의 눈길을 피했다. 사이먼은 겁에 질린 동물을 대하듯 손바닥을 내민 채 캐서린 쪽으로 다가왔다.

"캐서린." 그녀를 부르는 목소리에 우월감이 묻어났다. 그가 가까이 오자 캐서린은 책상 밑의 휴지통에 발을 올렸다. 심장이 쿵

쾅거렸다.

"잠깐 얘기 좀 할까요?" 사이먼은 옆에 놓인 의자에 앉았다. 그녀에게 칼을 겨누고 싶어 안달 난 모양이었다. 오랫동안 그녀의 약점을 잡으려고 별러 왔을 테니. 킴은 그의 바로 뒤에 서 있었다.

"킴이 어찌해야 될지 모르겠다며 나를 찾아와서요."

킴이 불안에 떠는 어린애 같은 목소리로 말했다. "스티븐 브리그스토크가 왔었어요. 책을 갖고요…. 그 사람 책이요." 킴의 손이 덜덜 떨렸다. 캐서린은 피 맛이 느껴질 정도로 볼을 세게 깨물었다.

"문제는 말이에요," 사이먼이 끼어들었다. "킴한테 듣기로는 당신이 브리그스토크 씨의 조사를 그만두라고 했다는데 갑자기 왜 그러는지 궁금해서요."

"그랬군요. 당신과는 상관없는 일일 텐데요." 캐서린의 목소리가 떨려서 말에 힘이 빠지고 있었다.

"그렇겠죠…. 그랬으면 좋겠는데…. 내 부하 직원이 와서 도움을 청했으니 내 일이기도 하잖아요."

"당신 부하 직원? 맙소사. 누구 맘대로?"

사이먼은 킴이 들고 있던 책을 건네받아 흔들어댔다.

"킴한테 그 사람이 소아성애자라면서 뒷조사를 시켰다가 킴이 도와주려니까 그만뒀다면서요." 사이먼은 의자에 기대 앉아 다리를 벌렸다. "대체 왜 그랬죠?"

"당신한테 설명할 이유가 없잖아요. 킴한테도 마찬가지고." 캐서린은 킴을 쏘아보았다. "이건 개인적인 문제야. 일이랑 아무 상관없다고."

"그렇다면 왜 주소와 전화번호를 조사하라고 하셨죠?" 킴은 거의 울음을 터뜨릴 지경이었다.

"괜찮아, 킴. 이 일은 내가 알아서 할게." 사이먼은 어깨 뒤를 돌아보며 씨익 웃었다. "이게 문제예요. 아직 읽어볼 틈이 없어서 어떤 책인지는 모르지만 말이죠. 당신이 소아성애자라며 뒤를 캐던 사람이 자기가 쓴 책을 갖고 나타났더군요. 킴한테 당신 이야기라고 했다죠. 당신이 이 책 등장인물이라고요. 그게 대체 무슨 뜻이죠? 일종의 참회록인가?" 사이먼은 책이 그의 질문에 답변이라도 해줄 듯 페이지를 휙휙 넘겼다.

"그 사람을 소아성애자라고 한 적 없어요."

"하지만⋯." 킴이 말을 더듬었다.

"자기한테 그 사람 연락처와 배경을 조사해 달라고 부탁한 건 말이야⋯. 자기를 믿었기 때문이야." 캐서린도 곧 울음을 터뜨릴 것 같았다.

"킴을 몰아세울 이유는 없잖아요. 아무 잘못도 없는데." 그러면서 그는 의자를 돌려 캐서린에게 다가왔다. 그가 몸을 가까이 기울이자 향수 냄새가 훅 풍겼다. 결국 그는 캐서린을 겁에 질린 동물처럼 느끼게 만드는 데 성공했다. 그녀의 온몸에 공포가 밀려들었다. 사무실을 둘러보니 텅 비어 있었다. 다들 어디로 간 걸까?

"모두 구내식당으로 보냈어요. 여기서 회의가 있다고 했죠."

"이런 비열한 인간. 이러니까 재밌어요? 이런 얘기는 회의실에서 해도 될 텐데, 동네방네 소문내려고 이런 짓을 꾸민 거죠?"

"캐서린, 캐서린. 이런 상황을 만든 건 당신이라고요. 우리한테 솔직하지 못하니까 내가 걱정을 할 수밖에 없잖아요. 팀 전체의 평판이 달린 문제니까요."

"뭐라고? 대체 무슨 소리를 하는 거야?"

"브리그스토크 씨는 두려워서 여기 찾아온 거예요. 킴을 시켜 그 사람 주소와 전화번호를 알아내 집까지 찾아갔다면서요. 집에 무단침입하려다 안 되니까 자동응답기에 협박 메시지를 남겼다던데." 그는 몸을 더 앞으로 숙였다. 그녀는 궁지에 몰렸다. 여길 빠져나가야 한다. 캐서린은 가방을 집어 들었지만 사이먼은 그녀의 팔을 손으로 잡았다.

"캐서린, 이러지 말아요. 얘기를 해야죠."

"이 손 당장 치우지 못해요." 사이먼은 알아들었다는 듯 양손을 쳐들며 뒤로 물러났다. 한 손에는 여전히 책을 쥐고 있었다.

"그 사람이 나를 스토킹했어요. 그래서 그 집에 찾아간 거라고요. 알아듣게 얘기하려고요. 나를 협박하는 것도 그 사람이에요…."

"알았어, 알았다고요. 그 사람이 왜 그런 짓을 할까요? 당신을 왜 협박하죠?"

캐서린은 심장이 쿵쾅대는 소리에 귀가 먹먹할 지경이었다.

"그건 개인적인 일이에요. 당신 머리로는 그게 이해가 안 되나 보죠?"

"이봐요, 좀 침착하자고요."

"나한테 그런 소리 하지 말아요. 이 일에 대해 당신은 아무것도 요구할 자격이 없으니까…." 캐서린은 터지려는 울음을 가까스로 참았다.

"너무 흥분한 것 같은데. 대체 뭘 숨기려는지 모르겠지만 터놓고 말하면 좋잖아요." 그는 그녀를 다시 잡았다. 캐서린은 그의 손에서 책을 낚아채 그에게 던졌다. 책은 그의 얼굴에 정통으로 맞았다. 캐서린은 그의 뺨에 생긴 선명한 붉은 상처와 코에서 떨어지는 핏방울을 홀린 듯이 바라보았다. 내가 대체 무슨 짓을 한 거지. 두 사람 모두 충격에 할 말을 잃었다. 킴 혼자 가까스로 움직이더니 티슈 몇 장을 뽑아 사이먼에게 내밀었다.

"이게 대체 무슨 짓이에요." 티슈로 코를 두드리며 사이먼이 말했다. 위협적인 목소리였다. 그는 캐서린의 어깨 너머로 눈짓을 했다. 그녀가 뒤를 돌아보니 사람들이 모여 있었다. 그들은 유리 칸막이 너머에서 여태 두 사람을 지켜보고 있었다. 캐서린이 벌이는 일인극을 관람한 셈이다. 모두 충격을 받은 듯했지만 커피를 홀짝이며 캐서린에게 연민을 표시하기도 했다. 그녀는 창피해서 미칠 지경이었다. 떨리는 손으로 들고 있던 책을 사이먼이 받아들었다. 무기를 뺏은 셈이다. 그는 캐서린의 사과를 기다렸다.

"바랄 걸 바라야지." 이렇게 말하며 캐서린은 그곳을 벗어났다. 사람들의 시선이 따가웠지만 애써 외면했다. 그녀는 내려가는 엘리베이터를 타면서 사람들이 모두 사이먼에게 달려가는 모습을 상상했다. 틀림없이 정신 나간 여자로 보였을 것이다. 실제로 그녀는 이성을 잃었다. 경비실을 지나 유리문 밖으로 나갔다. 빌딩이 시야에서 사라질 때까지 계속 걸었다.

캐서린의 유일한 안식처는 엄마의 집이었다. 집에 들어서자 매주 한 번씩 청소를 해 주러 방문하는 도우미가 와 있었다. 엄마는 TV를 보고 있었다. 진공청소기 소음에도 묻히지 않을 정도로 볼륨이 높았다. 캐서린은 곧바로 방향을 틀어 집을 나가고 싶었지만 달리 갈 곳이 없었다. 이곳만은 안전했지만 이 안전마저도 언제 깨질지 알 수 없었다.

사이먼의 음성메시지가 들어와 있었지만 확인하고 싶은 생각은 없었다. 휴대폰이 다시 울렸다. 모르는 번호였다. 역시 무시하고 휴대폰을 무음 모드로 바꿨다. 아무 생각 없이 쉬고 싶었다. 엄마에게 입을 맞추고 도우미 에일린에게 인사했다. 차를 만들어 자리에 앉았다. 눈을 감고서 집안의 소음에 귀를 기울였다. 다시 눈을 떠 보니 에일린은 코트를 입은 채 실외용 구두를 신고 있었다. 집안은 조용했고 TV 소리도 들리지 않았다.

"안녕히 계세요." 에일린이 말했다. "다음 주에 뵐게요." 캐서린이 대꾸할 새도 없이 그녀는 문 밖으로 나갔다. 엄마는 곤히 잠들어 있었다. 캐서린은 자신과 엄마가 나란히 누워 함께 잠드는 모습을 그려보았다. 하지만 그녀가 어머니 나이까지 살 수 있을지는 의문이다. 캐서린은 자리에서 일어나 침실로 들어갔다.

휴대폰을 확인해보았다. 메시지 두 개가 더 들어와 있었다. 모두 들어보았다. 하나는 사이먼, 다른 하나는 인사과 여직원의 메시지였다. 캐서린은 침대에 앉아 그녀에게 전화했다.

"여보세요, 캐서린 레이븐스크로프트입니다. 사라 핀첨과 통화하고 싶은데요." 캐서린은 잠시 기다렸다. 그녀가 '회의 중'이라 전화를 받을 수 없길 바라며.

"캐서린이군요. 전화해줘서 고마워요."

캐서린은 아무 말도 하지 않았다.

"오늘 사무실에서 소동이 있었다고 들었어요."

이번에도 대꾸를 하지 않았다.

"사이먼이 고소할 생각은 없다고 했지만 당신이 그를 폭행한 일을 그냥 넘길 수는 없어서요. 인사관리카드에 기록될 거고요, 말씀드렸듯이 사이먼은 더 이상 어떤 조치도 취하지 않겠다고 합니다."

"알겠어요." 엄마가 부스럭대는 소리와 TV 켜지는 소리가 들렸다.

"아울러 스티븐 브리그스토크 씨의 주장에 대해서도 조사할 예정이에요. 그건 심각한 문제니까요. 이해하시리라 믿습니다. 하실 말 있으신지요?"

"아니요."

"네. 그렇다면 한 주 정도 쉬고 계세요. 일단 한 주만요." 그녀는 대답을 기다렸다. 하지만 캐서린의 대답이 없자 다시 물었다. "캐서린? 듣고 있어요?"

"네, 말씀하세요."

"그동안 힘드셨을 거예요. 일 때문에 부담을 많이 느끼셨겠지요…."

"일 때문이 아니에요. 사무실 일에 시달린 건 아니고요. 잠시 휴가를 내고 싶은데…."

"아니, 그러실 필요 없어요. 휴가는 아껴 두세요. 병가처리를 해드리죠."

'인사과에서 나를 미치광이 취급하는군.' 캐서린은 생각했다.

"한 주 동안 안정을 되찾으시고 나서 다시 얘기하시죠. 다음 절차에 대해서도요."

역시 침묵을 지켰다.

"분노 조절에 대해 전문가 상담을 받으신다면 도움이 되지 않을까 싶네요. 전문가들이 해결책을 알려줄 거예요. 저희가 지원해드릴 수도 있고요. 비밀을 철저히 보장해줄 상담사를 찾아봐 드릴게요. 어떻게 생각하세요?"

"좋네요, 좋은 생각 같네요." 목이 메어 말이 잘 나오지 않았다.

"우선 네 차례 상담을 지원해드리고 추가 상담을 원하시면 자비로 부담하시면 됩니다. 캐서린?"

"네, 네. 알겠어요." 달리 대답할 말이 없었다.

"그럼 안녕히 계세요." 그녀는 전화를 끊었다. 캐서린은 침대에 드러누웠다. 상황이 제멋대로 흘러가고 있다. 모든 게 캐서린의 통제를 벗어나 그녀를 멋대로 뒤흔들고 있다. 캐서린은 눈을 감고 그 흐름에 몸을 맡겼다.

1993년 여름

캐서린이 조나단을 처음 본 때가 언제였나? 로버트가 있을 때였나, 가고 난 다음이었나? 로버트, 니콜라스와 함께 있을 때 조나단이 눈에 들어왔었나? 그렇지 않았다. 로버트가 있을 때는 조나단의 존재를 몰랐다. 조나단을 보고 느낀 첫인상은 어땠었나? 젊고 가벼워 보였다. 그녀와 달리 아무 걱정이 없는 사람 같았다. 조나단의 짙은 색 머리, 검게 그을린 피부, 늘씬한 팔다리. 그는 그녀와 니콜라스를 지켜보고 있었다. 두 사람이 해변 근처의 카페에 있을 때였다. 로버트가 떠난 바로 그날. 캐서린은 니콜라스에게 차를 먹이고 있었다. 한 모금만 마시면 아이스크림을 사준다고 달래며. 밥을 한 입만 더 먹으면 아이스크림을 먹으러 갈 수 있다고 했다. 캐서린은 당장이라도 눈물이 쏟아질 것 같았다. 남편 없이 단 하루도 버티지 못하는 자신이 미웠다.

"실컷 즐기다 와." 로버트는 이렇게 말했다. "런던엔 폭우가 쏟아진대." 그의 미소에 화답하려 했지만 그럴 수 없었다. 울고 싶었지만 울 수도 없었다. 소란을 피우거나 로버트에게 '일이 중요해, 내가 중요해?'라며 억지로 선택을 강요하고 싶지도 않았다. 그랬다면 로버트를 붙잡을 수 있었겠지만.

"당신이랑 집에 돌아갈래." 대신 이렇게 말했다.

"그러지마. 아름다운 곳이잖아. 호텔비도 이미 냈으니 재미있게 놀다 와. 요리나 빨래에 신경 쓰지 않고 아름다운 해변만 즐길 수 있잖아." 그랬다. 해변도 있고, 바다도 있고, 태양도 빛나고 있었지만 그곳에 혼자 있기는 싫었다. 산후우울증이었다. 하지만 그게 5년씩이나 계속되다니? 인정하고 싶지 않았다. 그녀는 운이 좋은 사람이었다. 다들 그렇게 말했다. 그녀는 행운아라고. 하지만 니콜라스만은 엄마의 심정을 간파하고 있었다. 그 애가 늘 엄마에게 집착한 이유는 그 때문이다. 그녀의 애정을 충분히 받지 못해서.

그녀가 조나단을 유혹했던가? 조나단의 시선을 즐기며 그에게 추파를 던졌나? 눈빛으로 신호를 보낸 적 있었나? 캐서린은 니콜라스의 고집에 못 이겨 밥을 다 먹기 전에 아이스크림을 사 주었다. 그녀는 맥주를 마셨다. 그때 이름도 모르는 젊은 청년이 미소를 보냈고 그녀 역시 웃어주었던 것 같다. 그런 사소한 교감만으로도 기분이 조금 나아졌다. 그녀와 니콜라스는 호텔로 돌아갔다. 아이가 안아 달라고 하자 술 한 잔에 기분이 누그러진 그녀는 젖은 타월과 장난감, 물병, 책 등이 담긴 비치백을 손에 든 채로 무거운 아이를 안아 올렸다. 그녀는 카페를 걸어 나오면서 매력적인 젊은 남자가 자신의 뒷모습에서 눈을 떼지 못하는 모습을 상상했다. 그 남자가 호텔까지 따라왔을까? 어쨌든 나중에 그 남자는 그녀의 뒤를 밟았었다고 털어놓았다.

저녁 여덟 시. 니콜라스는 침대에 파묻혀 깊이 잠들어 있었지만 캐서린은 잘 생각이 없었다. 니콜라스의 방에는 깜깜해 보이도록 덧문을 내렸지만 그녀의 방 창문 밖은 아직 훤했다. 스페인 사람들에게는 아직 초저녁이었다. 맞은 편 술집에는 북유럽 사람이 몇 명 앉아 있었다. 그녀는 데님 스커트와 조끼를 입고 머리를 묶었다. 만족스러웠다. 피부는 햇볕에 살짝 그을렸다. 로버트가 이런 평화를 함께 즐기지 못해서 아쉬웠다. 캐서린은 책과 담배, 열쇠를 챙겨 아래로 내려갔다. 프런트의 여직원이 니콜라스가 밖으로 나오는지 봐주기로 했지만 캐서린은 그럴 일이 없을 거라 생각했다. 한 번 잠들면 중간에 깨는 법이 없는 아이였으니까.

캐서린은 해변이 내려다보이는 테라스 쪽 테이블에 자리를 잡았다. 웨이터가 구운 아몬드와 신선한 안초비를 가져오자 캐서린은 화이트와인 작은 병을 주문했다. 와인이 도착하자 그녀는 담배에 불을 붙여 깊이 빨아들였다. 그제야 마음이 푸근해졌다. 모든 게 괜찮을 것이다. 그녀는 바다를 보았다. 잔잔한 파도가 모래를 쓰다듬고 있었다. 몇 사람이 아직 해변에 머물러 있다. 스페인 가족 같았다. 몇몇 커플은 일몰을 기다리고 있었다. 그 순간 그의 모습이 눈에 들어왔다.

그는 맥주잔을 앞에 놓고 담배를 피우고 있었다. 연녹색의 티셔츠 차림이었다. 몸을 돌리던 그와 눈이 마주치자 캐서린은 그를 보고 있었다는 사실을 들킨 것 같아 낯이 뜨거웠다. 그녀는 왜 그를 지켜봤을까? 그가 유독 눈에 띄었기 때문이다. 해지는 풍경에 관심이 없는 듯 그곳에서 유일하게 바다를 등지고 앉은 모습이 그녀의 관심을 끌었다. 그에게 끌렸다기보다는 본능적인 관심이었다. 어쨌든 휴가 중이었으니 뚱한 사람으로 보이고 싶지는 않았다. 그래서 캐서린은 그를 향해 미소를 지었다. 그는 웃지 않았고 그래서 실제보다 나이가 들어 보였다. 그녀가 혼자라는 걸 그가 눈치챘을 거라 생각하니 조금 무안했다.

캐서린은 무심한 척 책으로 눈을 돌리며 아몬드에 손을 뻗었다. 하지만 손이 닿은 곳은 기름진 안초비 접시였다. 그녀는 책과 와인 잔에 온통 기름얼룩이 생기기 전에 냅킨을 찾으려고 위를 올려다보았다. 그 남자가 여전히 그녀를 보고 있었다. 그는 맥주병을 들며 엷은 미소를 지었지만 그녀는 못 본 척했다. 냅킨으로 손가락을 닦은 뒤 이쑤시개로 안초비를 찍었다. 시계를 보니 8시 45분이었다. 15분만 더 있다가 일어날 작정이었다.

번쩍이는 불빛에 눈이 부셨다. 그의 카메라 플래시였다. 아름다운 연어 빛 석양을 찍은 것이 아니었다. 카메라는 그녀를 향하고 있었다. 하지만 캐서린은 대번에 민망해졌다. 그가 자신을 찍는다고 착각하다니. 그가 카메라에 담고 싶었던 것은 분홍빛 태양이 반사된 건물 옆 산책로였을 것이다. 아래쪽에 있는 사람이 그렇게 이상한 각도로 그녀를 찍을 리는 없을 터였다. 저렇게 성능 좋은 줌렌즈로 말이다. 젊은 사람이 갖기에는 비싼 카메라였다. 그녀는 치마를 무릎까지 끌어내리고는 다리를 꼬았다. 영화의 한 장면이 연상되어 꼬인 다리를 풀려다가 마음을 바꿨다. 그게 그녀와 무슨 상관이란 말인가?

캐서린은 그때의 불편한 기분이 떠올랐다. 혼자서 밖에 나와 있다는 게 어색했다. 자신을 그런 식으로 바라보는 시선도 부담스러웠다. 어떻게 처신해야 할지 알 수 없었다. 그 남자가 방금 찍은 사진이 오랜 세월 후에 그녀의 집에 들어와 남편의 손에 내동댕이쳐지리라고는 상상조차 할 수 없었다. 당시에는 잘 몰랐지만 그 남자가 그녀에게 그런 식의 관심을 보일 때의 기분이 어땠는지 기억이 난다. 불안했지만 설레는 마음도 없지 않았다. 내심 들뜨기도 했다. 와인 한 잔과 안초비 꼬치를 앞에 놓고 테라스에 앉아 있는 동안 그녀는 나중에 혼자 침대에 들어 그 청년을 떠올리며 자신의 몸을 어루만지는 상상을 했다. 그녀는 그런 기억을 자책했다. 하지만 낯선 사람과 섹스를 하는 상상은 로버트의 전화 한 통으로 산산이 깨졌다. 웨이터가 다가와 남편에게 전화가 왔다고 전해주었다. 프런트로 걸려온 전화였다. 캐서린은 와인 잔을 다 비우지도 못한 채 소지품을 주섬주섬 챙겨 웨이터를 따라 들어갔다.

로버트와의 통화 중에 그 청년이 호텔 입구로 걸어오는 모습을 보았다. 그녀의 가슴은 흥분이 아닌 불안으로 요동쳤다. 그는 프런트 쪽으로 걸어오더니 그녀를 휙 지나갔다. 사람들이 그를 저지할지도 모른다고 생각했지만 그런 일은 일어나지 않았다. 그는 목에 값비싼 카메라를 걸고 있었고 외모도 멀끔했다. 그녀는 전화에 집중하기 위해 등을 돌렸다. 로버트에게 보고 싶다고 말했다. 로버트도 그녀에게 사랑한다고 했다. 그녀도 로버트를 사랑했다. 지금도 그를 사랑하는가? 아직 생각해보지 않았다. 당장은 생각할 수 없다. 지금 그것은 별로 중요한 문제가 아니다. 전화를 끊기 전에 수화기에 키스를 날렸던 기억이 난다. 주위를 둘러보니 그 남자가 바에 있는 의자에 앉아 그녀를 빤히 보고 있었다. 그의 앞에는 술잔이 두 개였다. 가방은 옆 의자에 놓여 있었다. 그는 그녀를 계속 바라보다가 가방을 바닥으로 치웠다. 그리고는 캐서린을 향해 웃었다.

"집에 언제 왔니?"

눈을 뜨니 엄마가 캐서린을 내려다보고 있었다.

"조금 전에 왔어."

"오늘은 일찍 보내주더냐?" 엄마의 웃는 모습을 보며 캐서린은 잠시 딸이 학교에서 일찍 돌아왔다고 착각하는 게 아닌가 싶었지만 그럴 리는 없었다. 아직 그 정도로 심각한 상태는 아니다.

"할 일을 다 끝냈거든."

"또 골치 아픈 일이 생겼니?" 캐서린의 눈에 눈물이 고였다. 엄마가 아는지 모르는지는 중요하지 않았다. 엄마는 캐서린에게 필요한 것이 무엇인지 알고 있었으니까. 캐서린에게는 꼬치꼬치 캐묻지 않고 묵묵히 보살펴줄 사람이 필요했다. 그녀가 형편없는 인간이 아니라는 사실을 믿어주고 무언가를 털어놓거나 설명하기를 강요하지 않는 사람이 필요했다.

39

니콜라스

2013년 여름

니콜라스는 오후 내내 침실에서 마리화나를 폈다. 아빠가 집에 일찍 오면 오전 근무였다고 둘러댈 생각이었지만 그럴 필요는 없었다. 밤 10시에 니콜라스는 다시 침실에 들어가 문을 닫고 창문을 열었다. 한 대를 더 말아 불을 붙였다. 아빠가 저녁을 먹고 뒤처리를 하는지 주방에서 달그락거리는 소리가 들렸다. 마땅히 아빠를 도와야 했지만 아빠는 주방을 나가는 니콜라스를 말리지 않았다. 그는 아빠와 함께 저녁을 먹어주고 따분한 일 얘기를 들어준 것만으로도 충분하다고 생각했다. 아빠가 무슨 말을 했었는지 생각은 나지 않지만. 축구 중계 덕분에 나머지 식사시간 동안 그날 있었던 일에 대해 거짓말을 할 필요도 없었다.

니콜라스는 침대에 털썩 주저앉으며 거울에 비친 자신의 모습을 보았다. 생기라고는 없는 죽은 사람의 얼굴이었다. 그는 노트북을 펼쳐 가슴 위에 놓았다. 화면에서 나오는 빛이 얼굴에 반사되면 피부색은 더욱 섬뜩해 보일 것이다. 그는 생명의 책을 품에 안고 석관에 누워 있는 자신의 모습을 상상했다. 그가 관에서 일어나 세상에 돌아왔음을 선포하자 환영인사의 물결이 그를 맞이한다. 물론 그의 환상 속 친구들이다. 그는 군중에게 다가가 답례로 악수를 나누고, 그를 만지고 그의 관심을 끌기 위해 필사적으로 손을 뻗는 군중들 사이를 유유히 지나간다. 그의 존재 자체를 영광으로 여기는 산 자들의 세계에 돌아온 것을 기뻐하며.

아빠가 '잘 자'라고 소리치자 니콜라스도 같은 말로 인사했다. 하지만 개 짖는 소리만큼이나 의미 없는 인사였다. 니콜라스는 대화 도중에 방해를 받고 싶지 않았다. 그는 손가락을 움직여 온라인 저편의 사람들에게 자신이 무슨 생각을 하는지, 무엇을 하며 지내는지 밝히고는 잠시 뒤의 계획을 의논했다. 누가, 어디서, 언제 모일 것인가? 그는 아빠가 잠든 후에 집을 빠져 나가 그들과 어울리다가, 아침 식사 시간에 맞춰 돌아올 작정이었다. 아침 일찍 출근복장으로 식탁에 앉아 있으면 그만이다. 말할 기력도 없을 만큼 피곤하겠지만 아침에는 늘 그랬다. 아빠도 그건 알고 있다.

손가락이 움직이는 속도가 점점 느려지더니 마침내 마지막까지 남겨둔 개인 메시지를 열었다. 그를 우러러보는 새 친구였다. 그가 하는 말을 모두 곧이곧대로 받아들이는 어린 녀석. 니콜라스는 눈을 감고 마지막 한 모금을 깊이 빨아들였다. 연기로 목이 화끈거렸다. 식어버린 커피 잔에 꽁초를 담갔다. 니콜라스는 그 아이와의 일대일 대화에 전념할 생각이었다. '잘 지내?' 니콜라스가 말을 걸자 이 친구는 어젯밤의 채팅 이후 있었던 일을 모조리 털어놓기 시작했다.

　두 사람은 공통점이 많았다. 나이 차를 생각하면 놀랄 만큼 비슷했다. 책 취향도 같았다. 그 아이는 니콜라스가 수년 만에 처음 읽은 단 한 권의 책을 읽었다. 니콜라스는 중간을 건너뛰고 결말로 넘어갔다고 털어놓았다. 왜 전부 읽지 않았을까? 일부 챕터만 골라서 읽었다. 야한 부분. 그래도 좀 시시했다. 이걸 봐봐. 그러면서 니콜라스는 시시한 책보다 훨씬 화끈한 것을 전송했다. 니콜라스가 연장자이니 세상 경험도 더 풍부하다. 나처럼 살면 된다. 브리스톨이든 맨체스터든 대학 따위는 다 소용없다. 차라리 스페인으로 가라. 태양의 나라 스페인. 그 애는 니콜라스의 충고를 간절히 원했고 니콜라스는 선심 쓰듯 조언을 나누어주었다. 짧은 인생을 낭비하지 말라는 것이 조언의 요지였다. 그는 말뿐만 아니라 행동으로도 그것을 보여주었다. 니콜라스가 과거에 한 번도 입 밖에 꺼내 본 적이 없는 말들을 마구 쏟아내면 조나단은 그의 손가락에서 떨어지는 모든 말에 귀를 기울였다. 한 마디 한 마디에 집중하며 니콜라스와 관계한 여자들에 대해 더 알고 싶다는 듯 질문을 퍼부었다. 그의 사업 계획과 미국 여행 경험에 대해서도. 조나단은 그의 모든 말을 유심히 듣고 받아들였다.

40

스티븐

2013년 여름

그 집 사정이 어떻게 돌아가고 있는지 모두 알아냈다. 여자는 집을 나갔고 아들이 들어와 아빠와 함께 지내고 있다. 내가 여자의 직장에 배달한 물건 역시 한바탕 소동을 일으킨 것 같다. 여자가 병가를 냈지만 언제 복귀할지는 알 수 없다고 했다. 나는 '심각한 병은 아니었으면 좋겠네요.'라며 전화를 끊었다.

내 마음은 내 발톱만큼이나 단단하게 굳었다. 한때나마 그 애에게 연민을 품기도 했었다. 그 애를 돕고 싶다는 생각도 했었다. 나에게 그렇게까지 마음을 열다니 감격스러울 지경이다. 아이들을 오래 상대하다 보니 그 또래 애들은 척 보기만 하면 알 수 있다. 마음 한가운데 뻥 뚫린 구멍이 있는 아이들은 금방 티가 난다. 애써 태연한 척하며 구멍을 감추려 하고 어느 것에도 개의치 않는 듯 행동한다. 특히 자기 인생을 포기한 결과에 대해서는. 하지만 이건 청소년기 아이들에게 해당하는 말이다. 그 애는 스물다섯이니 소년은 아니다. 하지만 아무리 음침한 환상으로 열아홉의 어린 친구에게 허풍을 떨어도 나처럼 예리한 사람에게까지 불안하고 소심한 영혼을 숨길 수는 없다.

그 애는 필사적이다. 밤늦게까지 대화에 목을 맨다. 물론 그 애도 다른 친구가 있지만 모두 본인만큼 형편없는 녀석들이다. 그 애들의 얼빠진 헛소리도 읽어보았다. 그 친구들도 나만큼 그 애를 잘 알지는 못한다. 내가 오프라인 상태일 때 그 애는 그 친구들을 만나러 현실세계로 간다. 약에 찌든 질 나쁜 친구들과 어울리다가, 밤에는 기를 쓰고 다시 돌아온다. 나를 만날 기대에 들뜬 채. 내게 한심한 자아도취성 모험담을 펼쳐놓으려고. 이제 그 애가 나를 기다릴 차례가 되었다. 단 10분이라도 나를 기다리며 안달하게 만들 작정이다.

그 애는 금방 내가 원하는 반응을 내놓았다. 제 엄마의 사진에 호기심이 동했으리라. 나는 사진이 우리 집에서 발견됐다고 했다. 뒷면에 여자의 이름이 적혀 있었다고. 내가 형의 취향을 조사해봤더니 그런 것을 좋아할 것 같다고 하면서. 누군가의 조사 대상이 되었다는 사실이 그의 관심을 자극한 모양이다. 그 애 엄마혼자 해변에 있는 별로 특별할 것 없는 사진이었지만 그를 혼란에 빠뜨리기엔 충분했으리라. 자기와 내가 어떤 관계인지 어리둥절했을 것이다. 엄마가 바람을 피웠나? 엄마에게 다른 자식이 있나? 자신에게 아버지가 다른 동생이 있는 건가? 그게 나, 조나단인가? 물론 아직 보여줄 사진이 많이 남았지만 그 애가 아직 준비가 안 된 것 같다. 수위가 워낙 높은 것들이니까. 그 애가 내게 보냈던 추잡스런 사진과는 종류가 다르다. 나 같은 늙은이도 그런 식으로 충격을 줄 수 있다니. 나는 여전히 그 애를 우러러보는 척하고 있다. 요즘 열아홉 살 소년에게는 그런 헛소리가 통할 리 없지만 나의 조나단은 온실 속의 화초로 자랐다. 그 애의 허풍을 받아줄 상대로는 더없이 좋은 조건이다.

그 애는 내가 자기가 하는 모든 말을 곧이곧대로 받아들이는 줄 안다. 어떤 면에서는 그렇다고 볼 수도 있지만. 한심하기 짝이 없는 녀석이다. 거의 20년 전에 죽은 여섯 살이나 어린 소년에게 보잘 것 없는 환상을 찔름대다니. 조나단에게 마음을 열었는지 몰라도 그 마음속으로 쳐들어간 사람은 바로 나다. 내 곁에 있는 낸시의 목소리가 귓가에 울렸다. 낸시가 내 귀에 대본을 속삭여준다. 그녀를 곁에 두면 이 연약한 실험 대상을 벼랑 끝으로 내모는 것도 어렵지 않으리라. 내면에 이미 존재하는 어두운 구멍이 당장이라도 그 애를 삼켜버릴 것이다. 나는 그 어둠을 끌어내기만 하면 된다. 마음 깊은 곳의 두려움을 자극하고, 자기증오의 불길에 부채질을 하면 된다. 나는 그 아이를 다시는 돌아올 수 없는 곳으로 데려가 나락으로 떨어뜨릴 것이다.

41

낸시 브리그스토크의 노트에서 발췌

1998년 10월

'…그 여자에게서 아무 감정을 느낄 수 없었다. 동정심이라고는 조금도 없는 사람 같다. 그러나 나는 다른 사람의 고통을 똑같이 느끼는 것이 가능한지도 의문이다. 내가 너무 많은 걸 바라는지도 모른다. 그래도 나는 여자에게 약간의 희망을 품었었다. 그 여자가 한 말 중에는 내 심정을 이해하는 듯한 말도 있었다. "죄송합니다. 그 사람이 그러지 않기를 바랐었는데요." 이 말이 무슨 뜻일까? 조나단 대신 다른 사람이 목숨을 걸어야 했다는 뜻일까? 조나단이 살아 있었으면 좋겠다는 뜻일까? 그런 의미는 아닐 것이다.

나는 그 여자의 말을 여러 번 곱씹어보았다. 내면의 은밀한 생각이 반영된 말 같기도 했다. 혹시 아들이 그대로 물에 빠져 죽는 편이 나았을 것이란 고백은 아니었을까? 그런 생각이 가능할까? 나는 엄마가 과연 자기 아이가 죽기를 바랄 수 있을지 생각해보았다. 실제로 그런 일이 일어나고 있지 않나? 아이를 돌보지 않고 방치하여 죽이는 엄마도 있다. 아이는 안중에 없고 자기 생각만 하는 사람들이다. 부모로서의 책임을 나 몰라라 하는 것이다. 신문에도 그런 사건이 간혹 등장한다. 여자가 아이를 방치하지 않았다면 다섯 살배기 아들이 바다에 혼자 떠내려갈 리 없지 않은가? 그 여자는 왜 달려가서 아들을 구하지 않았을까?

그 여자를 만날 때 나는 이미 조나단과의 사이를 알고 있었지만 그 여자는 그날 이전에는 한 번도 그 애를 만난 적이 없다고 했다. 같은 휴양지에 있었는데도? "그날 이전에는 본 적도 없어요." 모두 거짓말이다. 사진을 봤다는 얘기를 하려다 그만두었다. 그 여자와 다툴 힘도 없었을 뿐더러 그래봤자 조나단이 살아 돌아올 리도 없으니까. 아들의 무덤가에서 그 여자 옆에 똑바로 서 있기조차 힘에 부쳤다. 날씨는 추웠고 나는 고달팠다. 나는 그 여자에게 부탁할 것이 있었다. 그 여자의 아들이 보고 싶었지만 그런 요구를 할 기운도 없었다. 다음에 다시 만날 때는 어린 아들을 데려왔으면 좋겠다고 했지만 그 여자는 거절했다. 이날 이후로 다시 만날 일은 없었다. 여자를 다시 본 적도 없고 내 아들 덕에 목숨을 구한 그 아이도 볼 수 없었다.

그런 추위 속에서도 여자의 얼굴에는 화사한 광채가 났다. 건강미가 넘쳤고 열기가 느껴졌다. 입술 위에 맺힌 땀방울과 윤기 흐르는 피부가 부러웠다. 하지만 그것은 열기일 뿐 따뜻함은 아니었다. 그렇게 냉정한 여자는 낯선 이로부터 아들의 느닷없는 사망

소식을 듣는 것이 어떤 기분인지 절대 이해하지 못할 것이다. 아들이 나를 가장 필요로 할 때, 나를 목 놓아 부르는 순간에 옆에 있어주지 못한 것이 어떤 심정인지. 그럴 때 그 애를 도울 수도, 안아줄 수도, 괜찮을 거라고 말해줄 수 없었다는 게 얼마나 고통스러운지. 나는 그곳에서 조나단을 안아주고, 머리를 쓰다듬어주고, 입을 맞추며 사랑한다고 말해주지 못했다. 직접 겪어봐야만 그 심정을 이해할 수 있다.

내 아들은 땅속에서 썩어가고 있는데 저 여자의 어린 아들은 땅 위에서 뛰놀고 있다. 여자는 조나단의 비석에 눈길도 주지 않았다. '우리의 천사'라고 새겨진 비석에 묵념을 하지도 않았고 꽃을 가져오지도 않았다. 대체 왜 나타난 걸까? 그 여자의 아들은 내 아들에게 목숨을 빚졌다는 사실을 알았으면 한다. 조나단이 아니었다면 자신이 세상에 없었으리라는 걸 알았으면 한다.'

42

캐서린

1993년 여름

캐서린은 니콜라스의 이름을 소리쳐 부르던 순간을 떠올렸다. 그녀는 타월 위에서 다리를 바다 쪽으로 두고 엎드린 자세로 잠이 들었었다. 몸에 기운이 조금도 없었다. 니콜라스가 잘 놀고 있어서 머리를 손으로 받치고 잠시 누워 있으려다 깜박 잠이 들었다.

그녀는 아들의 등쌀에 못 이겨 알록달록한 고무보트를 사주고 말았다. 첫날 로버트와 함께 아이의 손을 잡고 산책로를 걷다가 보았던 장난감이었다. 그날 오후에 그녀와 로버트는 니콜라스가 물에 뜨는 돌고래와 상어, 보트 장난감에서 관심을 돌리도록 모래밭에서 갖고 놀 수 있는 양동이와 삽, 작은 트럭을 사주었다. 하지만 그 후에도 계속 보트를 사 달라고 떼를 쓰는 통에 결국 마지막 날 항복하고 말았다. 니콜라스가 기분이 좋아지면 좀 쉴 수 있을 테니까.

캐서린은 이따금씩 고개를 들고 아이를 확인했다. 아이는 모래 위에 놓인 보트 안에서 신나게 선장 놀이를 하고 있었다. 하지만 다음번에 그쪽을 돌아보니 보트가 파도 사이를 이리저리 떠다니고 있었다. 잠들지 말았어야 했는데. 그녀는 일어서서 아이의 이름을 외쳐 불렀다. 이제는 거칠어진 파도가 보트를 앞뒤로 흔들고 있었지만 아이는 여전히 신나는 모양이었다. 물속에는 파도 사이를 헤엄치는 다른 사람들도 있었다. 아무도 파도에 크게 신경쓰지 않는 것 같았다. 그녀는 바다 가까이 다가가 니콜라스에게서 눈을 떼지 않은 채 아이의 이름을 소리쳐 불렀다. 그녀의 목소리가 점점 커졌지만 아이는 고개를 들지 않았다. 자기만의 작은 세계에 푹 빠져 있었다. 파도가 더욱 난폭해지더니 보트를 세차게 뒤흔들었다. 그러자 아이는 얼굴을 들고 엄마를 향해 손을 흔들었다. 엄마가 자신을 봐줘서 기쁜 모양이었다.

아이가 탄 보트는 점점 더 바다 쪽으로 휩쓸려가고 있었다. 어두컴컴한 깊은 바다로. 태양은 어느새 모습을 감추고 바람만 세차게 불고 있었다.

"도와주세요." 그녀가 달리며 소리쳤다. "제발 저를 좀 도와주세요." 겁에 질린 목소리가 떨리고 있었다. 그녀는 '제 아이를 도와주세요.'가 아니라 '저를 도와주세요.'라고 했다. 바다로 뛰어들어 허리 깊이까지 들어갔지만 아이가 있는 곳까지 헤엄쳐 갈 수는 없었다. 수영을 잘 하는 편이 아니어서 두려웠다. 물에 빠져 죽을까 겁이 났다. 그것만은 인정해야 한다. 그녀는 자신의 안전이 걱정이었다.

캐서린은 아이를 구하기 위해 목숨을 걸지 않았다. 섣불리 바다에 들어갔다가는 둘 다 물에 빠져 죽을 것 같았다. 그녀의 수영 실력으로 파도를 거슬러 나아가 아이를 데려오려 했다가는 둘 다 죽을 게 뻔하다고 생각했다. 그녀는 물속에 머리를 담그는 것이 늘 두려웠다. 어린 아이나 개를 구하다가 익사하는 것은 여자가 아닌 남자들이다. 엄마가 아닌 아빠다. 이상하게도 그녀는 여자가 물속에 뛰어들어 물에 빠진 아이를 구했다는 말은 들어본 적이 없었다. 하지만 맹목적인 용기에 이끌려 몸을 사리지 않고 사나운 강물이나 더러운 수로에 뛰어든 남자들의 사례는 여럿 떠올릴 수 있었다. 그런 행동을 한 여자들도 분명히 있겠지만 캐서린은 그런 사람들의 이야기는 들어본 적이 없다. 그래서 아들을 위해 기꺼이 자신을 희생하지 못한 부끄러운 엄마가 그녀 혼자만은 아니라고 생각했다. 불타는 건물이나 고층빌딩 꼭대기의 창틀, 총을 겨누고 있는 미치광이였다면 얘기가 달랐을 것이다. 니콜라스를 위해 불 속으로 뛰어들고, 추락할 위험을 무릅쓰고, 총알을 온몸으로 막았을 것이다. 하지만 바다에는 목숨을 걸고 뛰어들 수 없었다.

바로 그 순간 그가 앞으로 달려 나갔다. 캐서린을 스치고 지나가더니 인명구조대원처럼 전속력으로 달리기 시작했다. 이 해변에는 대체 왜 구조대원이 없었을까? 심지어 안전 깃발조차 보이지 않았다. 도와달라는 캐서린의 외침에 반응한 것은 바로 그 사람이었다. 생각할 새도 없이 캐서린의 입에서 '안 돼'라는 말이 튀어나왔다. 아무도 이해하지 못한 그녀만의 절규였다. 캐서린은 그 사람이 가는 것을 원하지 않았다. 제발 그는 아니었으면. 그는 보트를 향해 헤엄쳤다. 보트는 앞뒤로 심하게 기우뚱거렸다. 니콜라스는 그 위에서 일어서려 하고 있다. 아 제발, 일어서면 안 돼. 물에 빠질 거야. 캐서린은 니콜라스에게 앉으라고 손짓했지만 아이는 너무 먼 곳에 있어 엄마를 볼 수 없었다.

어느새 해변의 다른 사람들도 그녀 옆에 서 있었다. 아기를 데려온 부부와 영국에서 온 친절한 가족도 옆에 있었다. 가족의 엄마가 캐서린의 어깨를 감쌌다. 스페인 가족도 바다를 위태롭게 떠다니는 어린 아이와 온 힘을 다해 아이에게 다가가는 청년에게서 눈을 떼지 못했다. 건장한 청년이니 니콜라스를 구할 수 있으리라고 캐서린은 생각했다. 그는 거침없이 앞으로 나아가 니콜라스가 있는 곳에 도착했다. 캐서린의 주위에 서 있던 사람들의 얼굴이 환해졌다. 영국인 엄마는 캐서린의 어깨를 꼭 끌어안으며 미소를 지었지만 캐서린은 웃을 수 없었다. 지켜보는 내내 너무 속을 태운 탓이다.

그는 니콜라스가 탄 보트를 끌고 돌아오고 있었다. 한 팔, 한 손으로 헤엄쳐오는 모습이 매혹적이었다. 영웅처럼 용감한 행동이었다. 이런 생각에 빠져 있던 그녀의 귀에 주위 사람들의 걱정스런 목소리가 들렸다. 웅성대는 스페인어가 들리더니 영국인 아빠가 이렇게 말했다. "저들이 위험해요. 도와줘야 해요." 그가 달려 나가려는 찰나에 젊은 스페인 남자가 먼저 나섰다. 조나단만큼 어리진 않았지만 젊은 청년이었다. 20대 후반쯤? 그녀 또래? 그는 헤엄쳐 나가 밧줄을 잡더니 니콜라스를 끌고 무사히 해변으로 돌아왔다. 한동안 파도에 밀려 제자리에 머무르는 듯 보였지만 이 스페인 남자는 해안으로부터 밀려드는 파도를 힘겹게 헤치며 앞으로 조금씩 다가왔다. 그가 해변에 가까워지자 그와 니콜라스에게 모든 이의 시선이 쏠렸다. 조나단은 관심 밖이었다. 모두 조나단은 괜찮을 거라 생각한 모양이다.

캐서린은 해변에 도착한 니콜라스를 고무보트에서 안아 올렸
다. 아이를 타월로 감싼 채 꼭 끌어안았다. 아이는 몸을 오들오들
떨고 있었고 이가 딱딱 부딪치는 바람에 아무 말도 하지 못했다.
니콜라스가 엄마 품에 머리를 파묻자 캐서린은 아이를 안은 채
수건을 당겨 후드처럼 머리에 씌워주었다. 그때 캐서린은 몸을 돌
려 젊은 스페인 남자와 영국인 아빠가 바다에 뒤처져 있던 조나
단 쪽으로 헤엄쳐 가는 모습을 보았다. 그는 해변으로 돌아오려
는 노력을 전혀 하지 않는 것 같았다. 느린 동작으로 팔을 퍼덕이
며 허우적대고 있었다.

사람들이 그녀에게 미소를 띤 채 스페인어로 따뜻한 말을 건넸
다. 니콜라스가 구조된 것에 기뻐하며 아이의 머리를 쓰다듬었다.
그때 영국인 엄마가 캐서린의 귀에 대고 속삭였다.
"아이가 못 보게 해야 해요. 봐선 안돼요." 몇 사람이 니콜라스
주위를 에워쌌다. 캐서린은 조나단의 시신이 보트에서 내려지는
모습을 보았다. 뒤늦게 쾌속정이 도착했지만 아무런 소용이 없었
다. 조나단의 시신은 모래밭으로 옮겨지고 있었다. 그녀는 고개를
돌리며 니콜라스를 끌어안았다.
"엄마, 숨 막혀." 니콜라스가 처음으로 한 말이었다.
캐서린은 그제야 아들을 얼마나 꽉 누르고 있었는지 깨달았다.
다른 엄마들도 모여들어 아이가 자신을 구해준 사람의 시신을
보지 못하도록 막아섰다.
"아이를 호텔로 데려가는 게 좋겠네요." 영국인 가족의 엄마가

캐서린의 팔을 잡으며 말했다.

"짐은 어딨죠?"

캐서린이 타월과 가방을 가리키자 그 엄마가 그것들을 챙겨왔다. 캐서린은 니콜라스에게 티셔츠를 입히고 아이의 손을 잡았다.

"호텔에 가서 핫 초콜릿이 있는지 물어볼까?" 캐서린은 자신의 목소리가 너무 차분해서 놀랐다.

"좋아." 니콜라스는 명랑하게 대답하더니 고무보트를 끌고 가려고 줄을 집어 들었다.

"그건 여기 두고 가자. 내일이면 집에 가잖니. 비행기에 실을 수 없을 거야. 다른 아이가 갖고 놀지도 모르잖아." 캐서린은 이를 악물고 울음을 참았지만 니콜라스는 아무래도 좋은 모양이었다. 이미 모두 잊은 것이다. 장난감도 시들해졌다. 그 후 다시는 그때 얘기를 꺼내지 않았다. 단 한 번도. 그때 느꼈던 두려움이나 엄마 없이 혼자 먼 바다로 나갔던 일, 거센 파도에 휩쓸렸지만 구조되었던 일을 단 한 번도 입에 담지 않았다. 너무 추웠다는 말만 했을 뿐 물에 빠져 죽는 줄 알았다는 얘기는 단 한 번도 하지 않았다. 무서웠다는 말도 없었다. 어쩌면 무서웠던 적이 없었는지도 모른다. 너무 추워서 해변에 돌아가고 싶었는데 누가 와서 자신을 데려갔다. 그렇게 단순한 경험이었는지도 모른다. 두려움 따위는 전혀 느끼지 못했는지도 모른다.

모래사장이 끝나는 계단에 이르렀을 때 캐서린은 마지막으로 뒤를 돌아보았다. 조나단이 모래밭에 누워 있고 그의 몸 위에 두 장의 타월이 덮여 있었다. 죽은 것이다. 그가 죽었다. 그 때 캐서린은 어떤 기분이었나? 그녀는 감정을 간신히 억눌렀다.

43

스티븐

2013년 여름

뉴스에서 하루 종일 같은 이야기가 나왔다. 수치심 때문에 스스로 목숨을 끊은 아이들의 이야기였다. 친절을 가장하여 접근한 음흉한 어른들의 꾐에 빠져 인터넷에 자신의 부끄러운 사진을 올렸다는 말을 도저히 부모에게 할 수 없었던 아이들이다. 가장 어린 아이는 불과 여덟 살이었다. 내가 어린 조나단의 사진을 인터넷에 공개하고 있을 때 이 소식이 흘러나왔다. 아들이 가장 잘 나온 사진을 찾고 있을 때 이 뉴스가 내 머릿속을 파고들었다. 나는 내가 기억하고 싶은 조나단의 모습이 담긴 사진을 찾고 있었다. 조나단이 요즘 아이였다면 그런 괴물들의 희생양이 되지는 않았을 것이다. 절대 스스로 목숨을 끊을 아이가 아니다. 그 애는 항상 엄마에게 고민을 털어놓을 수 있었다. 엄마에게 어떤 말을 털어놓아도 엄마의 사랑은 줄지 않았을 테니까. 사실 두 사람만큼 허물없는 모자 사이도 드물었다.

조나단과 가장 가까운 사람은 낸시였다. 조나단의 성교육을 담당한 사람도 아빠가 아니라 엄마였다. 아빠가 그 역할을 하는 편이 더 쉬울 것 같지만 조나단이 유일하게 신뢰하는 사람도 마음을 터놓은 사람도 낸시였다. 내가 조나단에게 얘기를 꺼내볼라치면 그 애는 손가락으로 귀를 막은 채 큰 소리로 노래를 부르며 나를 밀어냈다. 낸시와 나는 그 모습을 보고 재밌는 애라며 웃어넘겼다. 그 애의 사춘기는 무척이나 어린 나이인 열한 살 때 찾아왔다. 하지만 그 애도 뭐가 뭔지 알아야 했고, 낸시가 그 역할을 자처했다. 나는 잘 해보라고, 엄마가 성에 대한 얘기를 꺼내면 더 당황할 거라고 대답했던 기억이 난다. 하지만 내 생각은 옳지 않았다.

낸시는 조나단을 앉혀놓고 눈을 똑바로 마주 보면서 전혀 겁내거나 부끄러워할 게 없다고 말해 주었다. 아주 자연스러운 현상이라고. 언젠가는 조나단도 어울리는 상대를 만날 것이고 그때는 왜 그렇게 꺼림칙한 충동이 생기는지도 이해하게 될 것이다. 낸시는 조나단에게 부끄럽게 생각하지 말고 자기 몸을 마음껏 탐구하라고 했다. 그러면서 조나단에게 무엇이든 걱정되는 점이 있으면 엄마에게 말하라고 일렀다. 조나단은 엄마를 믿었다. 그것만은 다행이었다. 자신이 어떤 일을 저질러도 엄마만은 이해해주리라는 걸 알게 됐을 테니. 조나단이었다면 나처럼 인터넷을 기웃거리는 음험한 사람들에게 걸려드는 일은 없었을 것이다.

나는 내 나이를 속인 채 젊은 사람을 꼬드겨 친구를 맺었다.

내가 아닌 다른 사람 시늉을 했다. 어젯밤에 나는 나머지 사진을 모두 게시했다. 아이가 절대 봐서는 안 될 엄마의 모습이다. 그런 식으로 적나라하게 까발려진 엄마를 보면 기분이 어떨까? 수치심을 느낄까, 역겨움을 느낄까? 그 애는 과연 그 이미지들을 머리에서 지울 수 있을까? 하지만 이제는 되돌릴 수 없다. 우리에겐 아직 할 일이 남았다.

가엾은 니콜라스. 그 애는 나를 기다리고 있다. 사진에 대해 자세히 알고 싶어한다. 누가 찍었냐고 묻길래 사실대로 알려주었다. 그런 다음 내가 고른 조나단의 사진을 게시했다. 할머니가 크리스마스 선물로 만들어 준 스웨터를 입고 있는 10살 때의 모습이다. 가슴을 내민 채 스웨터에 수놓아진 닌자 거북이 무늬를 보란 듯이 자랑하고 있다. 나는 다음 말도 덧붙였다.

조나단 브리그스토크
1974년 6월 26일 출생 ~ 1993년 8월 15일 사망
네 목숨을 구하다가 죽은 낯선 사람

그 애가 조나단의 죽음을 납득하려면 시간이 좀 걸릴 것이다. 내가 게시한 모든 자료를 이해하려면 머리를 좀 굴려야 할 것이다. 이럴 땐 책이 도움이 될지도 모른다. 나는 그 애가 상황을 확실히 파악할 수 있도록 책에서 참고할 페이지를 알려줬다. 낸시도 니콜라스에게 할 말이 있을 것이다. 낸시가 품었던 의문에 그 애가 대답을 해줄 수 있을지도 모른다.

'왜 엄마가 자기 아이를 구하려 하지 않았나? 어떻게 엄마라는 사람이 아이를 챙기지 않고 혼자 바다에 내버려둘 수 있나? 수영도 못하는 아이를. 구명조끼나 튜브도 없이. 제 정신이 박힌 엄마가 과연 그럴 수 있을까? 분명 아이가 물에 빠진 것을 보았을 텐데. 그 여자는 조나단이 아이를 구하러 가지 않기를 바랐다고 했다. 실제로 그런 말을 했다. 아이에 대한 사랑보다 조나단에 대한 욕망이 더 컸다는 뜻일까? 가엾은 니콜라스. 그 애는 자신의 엄마마저도 구할 가치가 없다고 여길 만큼 몹쓸 아이였을까?'

내가 페이스북에 마지막으로 올린 위 포스트는 모두 낸시의 노트에서 가져온 내용이다. 자루에 담긴 새끼고양이를 수로에 던져버린 기분이다. 애처로운 울음소리가 들려도 고양이를 구하기 위해 내가 할 수 있는 일은 아무것도 없다. 살아남느냐 죽느냐, 그것은 오로지 그 애에게 달렸다.

44

니콜라스

2013년 여름

누군가 그의 팔을 잡고 문으로 끌고 갔다. 이제 좀 그만해. 그만 하라고. 그를 길가로 밀어 내고 문에 빗장을 질러버렸다. 그는 걸 으려다 휘청거렸다. 떠밀려서가 아니라 약기운 때문이다. 차라리 앉아 있는 게 낫겠다. 여기 앉아야지. 그는 벽에 기댄 채 바닥에 주저앉았다. 손에는 여전히 책을 쥐고 있다. 끝까지 휙 넘겨본다. 엄마가 죽는 장면을 찾고 있다. 그는 웃음을 터뜨렸다. 상상이 도 가 지나치네. 기차로 떠밀어 죽인다니 어디 한 번 해 보시지. 페이 지를 앞으로 넘긴다. 섹스 장면을 찾는다. 엄마가 열아홉 살 남자 애의 성기를 빤다. 말이 되는 소리를 해야지. 제길. 더 이상 못 봐 주겠네. 그는 일어서서 바닥에 책을 내동댕이치더니 그 위에 오줌 을 갈겼다. 소변이 나오기 시작하자 땀구멍에서 번들번들하고 서 늘한 땀방울이 솟았다. 오줌 줄기가 그를 향해 튀었다. 벽을 손으 로 짚고 몸을 지탱하면서 책을 힘껏 걷어찼다. 책이 길 위로 굴러

갔다. 그는 벽을 따라 미끄러지며 주저앉았다. 눈을 감았다. 여전히 그 장면이 눈에 아른거린다. 아무리 떨치려 해도 뇌리를 떠나지 않는다. 가엾은 엄마. 애인을 잃다니. 그의 죽음을 지켜봐야 했다니. 동전던지기 게임에서 니콜라스가 승리했다. 져야 할 게임에서 이긴 것이다. 누군가 엄마를 도와야 한다. 열차 앞으로 몸을 던지지 않도록 막아야 한다. 눈을 감으면 빨갛고 노란 고무보트의 형상이 아른거린다. 저 멀리 보이는 작은 점 하나. 세상 밖으로 튕겨나간 작은 점.

그의 눈앞에서 숫자들이 춤을 췄다. 2인가 7인가. 아니, 2는 아니다. 2개의 2, 22다. 그의 손가락이 초인종 앞에서 망설였다. 귀를 문에 갖다 댔다. 몸에서 열이 나다가 오한이 들다 하더니 구역질이 났다. 여긴 어떻게 왔더라? 아무려면 어때? 어쨌든 그곳에 와 있다. 멀리서 희미하게 초인종 소리가 들렸다. 갑자기 문이 열리자 그는 쓰러지듯 안으로 들어섰다. 다들 여기 있다. 늘 모이던 이곳에. 친구들이 그를 안으로 들였다. 그는 양손에 구토를 했다. 손가락 틈으로 새 나갔다. 오므린 손 위로 토사물이 흘러넘치지만 아무도 개의치 않았다. "가서 씻고 와, 친구." 그는 실내로 들어가 층계를 올랐다. 잠시 눈을 감고 있으면 괜찮을 것이다. 그는 층계에서 거대한 태아처럼 몸을 웅크린 채 친구들의 소리에 귀를 기울였다. 낮게 웅성대는 소리가 좋았다. 무슨 말을 하는지 알고 싶진 않았지만 그 소리가 편안하게 느껴졌다. 그는 엄마가 주인공으로 등장하는 다른 이야기를 상상했다. 외아들을 바다에서 사고로 잃은 비운의 여주인공. 하지만 그녀는 머지않아 상실감을 완전히 극복한다. 그런 역할이라면 잘 소화할 것이다. 한심하고, 모자라고, 쓸모없는 놈의 엄마 노릇보다는 그런 역할이 더 어울릴 것이다.

그는 드러누운 채 바닥을 뒹굴다가 눈을 뜨고 천장을 바라봤다. 그를 내려다보며 웃음 짓는 얼굴이 보였다. "괜찮아?" 그도 웃었다. 기분이 조금 나아졌다. 화장실로 기어가 손에 묻은 토사물을 씻어낸 다음 세수를 하고 입을 꿀럭꿀럭 헹궜다. 주머니 속 휴대폰이 진동했다. 아빠다. 귀찮아 죽겠네. 대신 그는 엄마에게 전화했다. 지금 말을 하고 있는 건가? 메시지를 남기고 있는 건가? 뭐라고 소리를 낸 것 같긴 한데.

"니콜라스?" 문 밖에서 누군가 그를 불렀다. "괜찮아?"

"응." 그는 거울 속에서 달싹이는 자신의 입술을 보며 갈라진 목소리로 대답했다. 가까스로 일어나 문을 열었다. 한 여자애가 앞에 서 있었다. 착한 여자다.

"너 괜찮니?" 그녀는 그의 어깨너머로 화장실을 들여다봤다. "누구랑 같이 있었니?"

그가 한쪽으로 비켜서자 그녀는 안을 들여다봤다.

"누구한테 이야기했어?"

"아무도 없어."

"너 울었나 봐."

"속이 안 좋았어." 그는 그녀의 팔을 잡고 끌어당겼다. 그녀를 소파에 앉힌 다음 자신의 주머니 속을 뒤졌다. 뭔가를 탁자에 꺼내놓았다. 함께 즐기기 위해 가져온 선물이다. 할머니의 바느질 도구함처럼 생긴 낡은 나무 필통에서 주사기를 꺼냈다. 여기가 그의 집이다. 이곳 사람들이 그의 가족이다. 여기가 바로 그가 있고 싶은 곳이다. 이것이 그의 본래 모습이다.

45

캐서린

1993년 여름

스페인 경찰이 캐서린에게 물었다. '아는 사람이었나요?' '전에 만난 적이 있나요?' 그날 이전에는 만난 적 없는 사람이라고 하자 그들은 그렇게 알고 다음날 귀국하는 비행기를 타도록 허락했다. 경찰은 그의 가방을 갖고 있었다. 어디 묵었는지도 알고 있었다. 영국 경찰에 통보하고 청년의 가족에게도 소식을 알릴 예정이었다. 안타까운 사고였을 뿐이다. 그녀는 집에 가도 된다. 더 이상의 질문은 없었다.

그날 저녁에 짐을 싸두었다가 다음날 아침 니콜라스와 함께 택시로 공항에 가서 귀국하는 비행기를 탔다. 그날 저녁 퇴근하고 돌아온 로버트에게 그녀는 편안한 여행이었다고 했다. 두 사람은 잠자리에 들기 전에 그녀가 면세점에서 사 온 위스키를 몇 잔 마셨다. 그녀는 화장실 문을 잠그고 목에 생긴 자국을 거울에 비춰

보았다. 화장품을 그 위에 두드려 바른 뒤 불을 끄고 침대에 들어갔다. 그가 가까이 다가와 입술에 키스하더니 아래로 몸을 움직여 배에 입을 맞추었다. 그의 손길은 더없이 부드러웠다. 캐서린은 원치 않았지만 사랑을 나눴다. 그래야 한다고 생각했다. 지난 일을 지우려면 꼭 필요한 행위라고 느꼈다. 로버트는 그녀의 몸을 쓰다듬으며 그녀가 그리웠다고 했다. 그는 사려 깊고 다정한 남자다. 캐서린은 목에 생긴 상처가 희미해질 때까지 몇 주를 용케 감췄지만, 허벅지의 멍 자국은 로버트에게 들키고 말았다. 샤워를 하며 다리 안쪽을 보니 멍 자국은 누르스름한 녹색으로 색이 바래긴 했지만 여전히 선명한 흔적이 남아 있었다. '테이블에 부딪혀서'라고 하자 그는 안됐다는 눈짓을 했다. 캐서린은 비밀을 머릿속에 묻은 채 오랜 세월에 걸쳐 잘근잘근 씹었다. 목에 걸리지 않고 삼킬 수 있을 때까지.

로버트에게 털어놓고 싶은 생각이 간절했던 적도 있었지만 너무 이기적인 행동처럼 느껴지기도 했다. 조나단이 죽지 않았더라면 얘기가 달랐겠지만. 조나단이 니콜라스를 끌고 해변까지 헤엄쳐왔다면 모든 게 달라졌을 것이다. 그것은 그녀만의 비밀이었다. 오직 그녀만 알고 있어야 했다. 그녀는 결국 그 일을 발설하지 않기로 다짐했다. 조나단이 니콜라스를 구하고 죽은 것 때문에 남편으로부터 불필요한 오해를 사고 싶지 않았기 때문이다.

2013년 여름

침대 옆 테이블에 두었던 전화기가 울렸다. 화장실에 갔다가 다시 잠든 엄마를 깨우지 않으려고 재빨리 전화를 받았다. 새벽 네시였다. 심장이 쿵쿵 울렸다. 니콜라스였다. 침대를 빠져나와 엄마의 방 밖으로 나온 다음 방문을 살며시 닫았다.

"여보세요? 니콜라스?" 하지만 전화를 너무 늦게 받은 모양이었다. 이미 음성메시지 모드로 넘어가 있었다. 니콜라스가 메시지를 남기길 바랐다. 남기긴 했다. 그 소리에 귀를 기울이던 캐서린은 20년 전과 똑같은 느낌을 경험했다. 아랫배에 통증이 느껴질 만큼 아드레날린이 강하게 분출되었다. 아이가 위험에 처했을 때 엄마가 느끼는 본능적인 반응이었다. 니콜라스의 메시지를 듣는 순간 캐서린은 그 위험을 감지했다. 아무 말 없이 흐느끼는 소리만 들려와서 그녀는 전화기를 귀에 더 가까이 댔다.

캐서린은 절박한 심정으로 니콜라스의 전화번호를 몇 번이고 다시 눌렀다. 하지만 들리는 소리는 메시지를 남기라는 니콜라스의 음성뿐이었다. 밖에서 뜬금없는 새 소리가 들렸다. 동이 트려면 아직 한참 멀었으니 녀석은 둥지를 너무 일찍 나온 것 같다. 캐서린도 코트와 가방을 손에 들고 집을 나섰다. 차가 없어서 가까운 택시 회사로 달려갔다. 5분을 기다리자 잠이 덜 깬 듯한 운전수가 차를 세우더니 그녀를 집으로 데려다주었다. 교통 체증이 없는 이 시간에는 20분이면 충분하다. 기사에게 택시비를 지불하고 현관으로 달려가 집안에 들어섰다.

46

스티븐

2013년 여름

조나단과 그 창녀 사이에 있었던 일을 낸시가 어떻게 알았을까? 둘의 애정행각을 어쩌면 그리 생생히 묘사할 수 있었을까? 물론 그 혐오스런 사진들을 참고했겠지만 그녀의 상상력도 동원했을 것이다. 작가들은 흔히 그렇게 하니까. 사실을 바탕으로 살을 붙였을 것이다. 조나단이 오웰, 볼스, 케루악에 관심이 있었다는 설정은 매우 의아했다. 낸시 자신의 소망이 반영된 것 아닐까? 예술에 허용되는 자유라고 봐야 할 것이다. 물론 낸시는 등장인물의 이름을 바꿨다. 무고한 사람을 보호하려는 의도였을까? 내가 그것들을 원래 이름대로 되돌려 놓아야 했는지도 모른다. 허구의 작품이지만 실체적 진실을 표면으로 끌어냈다고 믿고 싶다. 결국 중요한 것은 이야기의 본질이다.

조나단은 여자 친구와 함께 유럽여행을 떠났다. 낸시는 그 사실을 소설에 그대로 가져왔지만 사샤가 집에 일찍 돌아온 이유는 바뀠다. 그 애는 아버지가 편찮다는 소식을 듣고 집에 일찍 온 것이 아니었다. 실은 조나단과 말다툼을 하고 잔뜩 화가 나서 혼자 돌아와 버렸다. 실제 상황은 그랬지만, 중요한 사실은 아니다. 중요한 건 조나단이 혼자서 여행을 계속했다는 점이다. 혼자 외국에 있는 열아홉 살 소년이라면 누군가의 표적이 되기 쉽다. 그 애가 혼자라며 낸시가 무척이나 걱정을 하던 생각이 난다. 나는 크게 걱정하지 않았다. 여자 친구가 떠난 후 더 즐거운 시간을 보내거나 더 재미있는 사람을 만날지도 모른다고 생각했다.

조나단의 시신을 확인하러 스페인에 다녀온 후, 낸시는 사샤에게 가장 먼저 전화했다. 조나단의 죽음을 다른 사람에게 전해 듣게 하고 싶지 않아서였다. 전화를 받은 사람은 사샤의 엄마였다. 사샤가 외출 중이니 돌아오면 전해주겠다고 했다. 그 여자가 정말로 그 말을 전달했는지는 알 수 없다. 그 후로 사샤에게서 한 번도 소식을 듣지 못했으니까. 낸시는 그 애의 생일과 크리스마스 때마다 카드를 보냈지만 단 한 번도 답장이 없었다. 나는 당연히 섭섭하고 화가 났지만 낸시는 훨씬 너그러웠다. 그 애를 이해할 수 있다고 했다. 어린 사샤에게 많은 걸 바랄 수는 없고 그 애 엄마가 연락을 끊으라고 종용했을지도 모른다고 했다. 사샤 엄마와의 관계는 늘 순탄치 않았다.

사샤가 유럽에서 돌아온 직후 그 애 엄마가 낸시에게 전화를 했었다. 나는 뒷부분의 대화를 조금 엿들었을 뿐이지만 그 여자는 악을 써대고 낸시는 화를 억누르며 잠자코 듣고 있던 모습이 기억에 선명하다. 낸시는 젊은 사람들 사이에 문제가 있으면 당사자끼리 해결해야지 부모가 끼어들 권리는 없다는 말을 침착하게 반복했다. 가까스로 예의를 지키며 통화를 끝냈지만 수화기를 내려놓는 낸시의 얼굴은 분노로 하얗게 질려 있었다. 그런데도 끝내 분통을 터뜨리지 않았다는 점이 존경스러울 지경이었다. 그녀의 노트에 나타난 어조 역시 매우 차분했다. 흥분하지 않고 담담하게 속삭일 뿐이다. 기대는 할지언정 요구는 하지 않는다.

'그 여자의 아들은 내 아들에게 목숨을 빚졌다는 사실을 알았으면 한다. 조나단이 아니었다면 자신이 세상에 없었으리라는 걸 알았으면 한다.'

47

캐서린

2013년 여름

캐서린은 문이 안 열릴지도 모른다고 생각하며 열쇠를 꽂았다. 다행히 문은 쉽게 열렸다. 그녀는 집안으로 들어갔다. 곧장 손님 방에 가 보니 방은 비어 있고 바닥은 속수무책으로 어지럽혀져 있었다. 그녀는 위층으로 올라가 깊이 잠들어 있는 로버트를 내려 다봤다. 침대 옆 탁자에 수면제 봉지가 놓여 있고 그 옆에는 손때 묻은 〈낯선 사람〉이 놓여 있었다. 얼마 전까지만 해도 그녀에게 충격을 주었을 광경이지만 이제는 그것을 침대 옆에 둔 로버트가 역겹기만 했다. 그런 책을 다시 침실에 들이다니.

"로버트, 일어나." 그는 깊이 잠들었는지 캐서린이 계단을 뛰어 오르는 소리를 듣지 못했다. 캐서린이 자신을 내려다보고 있다는 것도 몰랐고 그녀의 목소리도 들리지 않았다. 캐서린은 몸을 숙 여 그를 마구 흔들었다.

"일어나." 그는 신음 소리를 내며 돌아누웠다. 여전히 눈을 꼭 감고 있었다.

"로버트." 그녀는 화가 치밀어 소리를 질렀다. "일어나라고." 캐서린은 그의 휴대폰을 집어 들고 니콜라스에게 온 전화가 있는지 확인했지만 한 통도 없었다. 일부러 받지 않은 그녀의 전화뿐이었다. 이런 상황에서 속 편하게 자고 있다니. 그녀는 침대 옆의 물 잔을 그의 얼굴에 쏟아 부었다. 물벼락을 맞아도 싸지. 그가 투덜대며 몸을 움츠리는 모습이 한심해보였다. 캐서린은 그를 향한 자신의 분노와 증오에 새삼 놀랐다.

"로버트, 당장 일어나지 그래. 니콜라스는 어딨어?" 마침내 그가 눈을 뜨고 캐서린을 보았다. 무슨 영문인지 모르겠다는 표정이었다.

"무슨 일이야…?"

"니콜라스 어딨냐고?"

그는 여전히 멍한 얼굴로 잠을 쫓으려 애쓰고 있었다. 캐서린은 그의 얼굴 앞에 책을 흔들었다.

"당신이 그 애한테 얘기했어?"

"아니야." 로버트는 그녀의 분노로부터 몸을 피하려는 듯 침대 저편으로 물러났다. 캐서린의 자리로.

"그 애는 다 알고 있어." 캐서린이 말했다.

로버트는 깊은 한숨을 내쉬었다.

"니콜라스가 지금 어딨냐고?" 캐서린이 다시 물었다.

"모르겠어." 로버트는 침대에서 나와 화장실 쪽으로 걸어갔다. 그의 벌거벗은 몸이 드러나자 캐서린은 고개를 돌렸다. 그는 무릎 길이의 타월을 두르고 나타났다.

"어제 아침 이후로 못 봤어."

"연락도 없었어?" 그녀는 미칠 지경이었다.

"전화해도 받지 않더라." 그는 전화기를 보며 확인했다.

"새벽 네 시에 나한테 전화했다고. 하지만 지금은 연락이 되지 않아. 그 애가 메시지를 남겼는데 뭔가 큰일이 생긴 것 같단 말이야." 그러면서 캐서린은 울음을 터뜨렸다. 로버트는 꿈쩍도 않은 채 그녀를 보았다.

"난 그 애한테 아무 말도 안했어. 친구 집에 있겠지. 어제 아침에 출근하고서 저녁 때 안 들어왔을 뿐이야. 내가 전화도 하고 연락처도 남겼어. 아무 일 없을 거야." 하지만 로버트도 그 말에 확신이 없었다. "큰일이라니 무슨 뜻이야?"

"아무 말 없이 계속 울기만 하더라. 그 애가 다 알게 된 거 같아." 캐서린은 울음을 참느라 이를 악물었다.

"이런 빌어먹을. 내가 말해줬어야 하는데. 다른 사람한테 그런 말을 듣게 하다니." 로버트는 그녀를 휙 지나쳐 아래층으로 내려갔다. 캐서린이 뒤를 따랐다.

"짐작 가는 데도 없어? 걱정돼서 미칠 것 같단 말이야."

"대체 무슨 생각을 하는 거야?" 그는 달려들어 그녀를 노려보다가, 더 이상 꼴도 보기 싫다는 듯 얼굴을 돌렸다. "내가 그 애한테 말해줬어야 했는데…. 그 사람 부모한테서 얘기를 들었겠지."

"그 미친 노인네가 니콜라스한테 접근하다니…."

"뭐라고?" 로버트가 말을 잘랐다. "니콜라스의 목숨을 구하고 죽은 그 청년의 아버지 말이야? 네가 만난 적 없다고 잡아뗀 그 사람의 아버지? 우리 애를 구하고 죽었는데 미친 노인네라고? 어떻게 그런 말을 할 수 있지?" 그는 돌아섰다. 커피를 만들려나 보

272

네, 캐서린은 생각했다. 그는 서랍에서 캔을 꺼내 커피가루를 숟가락으로 커피메이커에 떠 넣고는 물이 끓기를 기다렸다.

"정말이지 로버트…. 그 애가 무슨 짓을 저질렀으면 어떡해? 경찰을 불러야 해. 병원에도 연락하고. 이것 좀 들어봐…." 캐서린은 니콜라스의 메시지를 재생했다. 흐느끼는 소리만 들리는 가슴 아픈 메시지였다. 로버트가 눈물을 글썽이더니 갑자기 분노를 터뜨렸다.

"당신 잘못이야. 다 당신 때문이라고…."

"로버트…."

"당신을 도무지 이해할 수가 없어. 더 이상 아무 말도 듣고 싶지 않고 당신 얼굴을 보고 싶지도 않아…. 어쩌면 그렇게 잔인할 수 있지? 한 가정을 깨 놓더니 이제 우리 가정까지 망쳐버렸군. 대체 무슨 일이 생기길 바라는 거야? 물론 그 애는 혼란스러울 거야. 누구라도 그렇겠지. 그렇게 오랫동안 거짓말을 해 왔으니. 하지만 결국 어떻게든 알게 될 일이었어. 내가 직접 말하지 못한 게 원통할 뿐이야. 어쨌든 그 애도 알아야지. 대체 그 애가 어쩌길 바라는 거지? 당신 같은 사람은 드물어. 누구나 감정이 있다고. 당신만큼 냉정한 사람은 흔치 않아. 언제부터 그 애한테 관심 있었다고 그래? 애인한테 푹 빠져 수영도 못하는 애를 바다에 내버려 둔 게 누군데? 그 애가 어떻게 했어야 하는데? 애인이 죽었다고 그 애를 원망하는 거야? 정말 그런 거야? 그 애가 언제 당신 마음에 든 적이 있었어? 그 앤 어린애였고 당신은 어른이었어. 그 애 엄마였다고. 그 애를 구해야 할 사람은 바로 당신이었지만 당신은 항상 아이보다 자기가 우선이었지. 늘 자기밖에 몰랐잖아. 니콜라스가 충격 받은 건 당연한 일이야. 이 집구석이 지긋지긋해졌겠지. 그 애가 가장 보기 싫은 사람이 당신과 나였을 거라고. 나도 당시에는 아무것도 몰랐다손 치더라도 그 일을 알게 되었을 때 곧바로 그 애한테 말해야 했겠지. 니콜라스는 알 권리가 있으니까. 이제 내가 당신의 역겨운 사기 행각의 공범이 된 거야. 잘했네. 나를 이 꼴로 만들다니…. 대체 이게 무슨 꼴인지."

"당신은 아무것도 몰라…." 캐서린은 그에게 소리를 지르고는 위층으로 올라갔다. 니콜라스의 물건을 뒤지기 시작했다. 그의 노트북을 열어봤지만 아무것도 알아낼 수 없었다. 노트북마저 니콜라스만큼이나 마음의 문을 닫고 있는 듯했다. 세면도구 주머니를 보니 아들이 약물에 빠져 있다는 흔적이 뚜렷했다. 제발 아니길. 그녀는 계단 쪽으로 달려가 아래층을 향해 악을 썼다.

"니콜라스가 다시 마약에 손대는 거 알았어? 알고 있었지?"

로버트는 계단 아래에서 위를 향해 소리쳤다.

"내 아들 교육에 이러쿵저러쿵 하지 마." 하지만 그는 이미 동요하고 있었다. 그녀는 손님방에 돌아가 무릎을 꿇은 채 손으로 바닥을 짚고 어수선하게 널린 니콜라스의 물건을 헤집기 시작했다. 존 루이스 백화점에서 온 편지가 눈에 띄었다. 2주 전에 받은 해고 통지였다. 캐서린은 의기양양하게 그것을 손에 들고 계단을 달려 내려갔다.

"회사도 잘렸네. 당신이 일하러 갔다고 생각한 동안 그 애는 매일 어디서 뭘 하고 있었을까?"

로버트는 아무 말도 할 수 없었다. 캐서린만큼이나 두렵고 당황스러운 모양이었다. 캐서린은 갑작스런 수치심을 느꼈다. 어떻게 이런 일에 의기양양할 수 있지? 두 사람 모두 비열하기 이를 데 없다.

캐서린은 로버트를 내려다보며 자포자기한 듯 말했다. "그 애가 갔을만한 데 없어? 지나가는 말이라도 기억나는 거 없냐고?"

로버트는 대답이 없었다. 그는 아무것도 모른다. 두 사람 모두 알지 못한다.

'부모라는 사람들이.' 그녀는 생각했다.

두 사람 모두 누구에게 연락을 해봐야 할지, 아들이 요즘 만나는 친구가 누구인지 모른다. 십대 시절에 어울리던 아이들과는 연락이 모두 끊겼을 거라고 캐서린은 확신했다. 로버트는 니콜라스의 번호를 다시 눌러 메시지를 남겼다. "이봐, 아들. 일어나면 전화 부탁해. 그냥 잘 있는지만 알려주면 돼…. 사랑한다…."

때마침 캐서린의 폰이 울렸다. 그녀는 로버트를 지나쳐 식탁에 놓여 있던 전화기를 집으러 달려갔다. 로버트가 뒤를 따라왔다.

"여보세요?"

48

스티븐

2013년 여름

정리를 시작할 때가 되었다. 이제 우리가 남긴 지문을 지워 없애야 한다. 나는 조나단의 페이스북 페이지를 폐쇄했다. 낸시는 그것을 남겨두길 바랐지만 나는 없애버리는 편이 낫다고 판단했다. 낸시는 크게 실망했을 것이다. 나의 조심스러운 접근법으로 그녀가 원하는 결과를 얻을 수 있을지 의심스러운 모양이었다. 하지만 나는 낸시에게 잠자코 지켜보라고 했다. 이것 봐. 니콜라스의 페이스북 페이지를 보라고. 손도 안 댔잖아. 그게 무슨 뜻이겠어. 무려 24시간이나 새로운 소식이 올라오지 않았다고. 예사롭지 않은 일이지. 손이 근질근질했을 텐데.

상태. 정말 거창한 단어다. 페이스북의 상태표시도 바뀌지 않았다. 요즘 젊은 사람들은 저마다 상태를 갖고 있다니. 조나단은 자신의 상태에 대해 조금도 불안해할 필요가 없었을 것이다. 자신을 드러내거나 과시할 페이스북도 필요치 않았을 것이다. 자신이 엄마의 삶에서 얼마나 소중한 존재인지 잘 알고 있었을 테니까.

이제는 말할 수 있을 것 같다. 나는 가끔씩 조나단을 향한 낸시의 헌신적인 애정에 질투를 느끼곤 했다. 당연하겠지만 그 애가 태어난 이후로 우리 사이에도 변화가 찾아왔다. 물론 처음부터 그렇지는 않았다. 처음에는 우리 두 사람과 새로 태어난 우리 아기였지만, 조나단이 점점 자라 그 애의 존재가 뚜렷해질수록 나와 그들이라는 느낌을 받을 때가 많았다. 나는 아들을 경쟁상대로 여기며 박탈감을 느꼈던 것 같다. 비겁하게도. 조나단은 엄마를 더 많이 찾았고 내가 낸시를 그 애로부터 빼앗으려 하는 것도 부당해보였다. 우리가 싸운 이유는 모두 조나단 때문이었다. 그 애를 통제하는 문제가 다툼의 주된 원인이었다. 하지만 조나단이 커갈수록 다투는 빈도는 줄었다. 그때부터 나는 그 애에 관한 결정에서 한 발씩 물러서기 시작했다. 낸시는 조나단에게 필요한 것이 조건 없는 사랑과 지원이라고 굳게 믿었다. 애들은 원래 다 그런 거야. 이렇게 말하는 그녀에게 반대하기는 쉽지 않았다.

낸시, 우리 아들은 정말 용감했어. 조나단이 아이를 구하다가 죽었다는 얘기를 들었을 때 나는 짐작조차 할 수 없었던 조나단의 새로운 모습을 알게 됐지. 그 아이에게 다른 생명을 구할 용기가 있었다는 걸 몰랐다니 얼마나 부끄러운지. 낸시, 당신은 그런 내가 서운했겠지? 그 애의 용기를 의심한다고 나를 원망한 적은 없지만 내가 그 애의 삶에서 목숨을 버릴 용기를 예측하지 못하리라는 건 알고 있었겠지. 이렇게 당신이 죽은 후에야 나의 잘못을 벌충하게 되다니.

나는 컴퓨터에 니콜라스 레이븐스크로프트의 페이스북 페이지를 띄워 놓은 채 정원으로 나갔다. 나는 이미 모닥불을 만들기 시작했다. 조나단이 어릴 때 함께하던 놀이였다. 그 애는 본파이어 나이트*마다 밤늦게까지 자러가지 않고 불 속에 뭔가를 던져 넣거나 불꽃을 손에 들고 이름을 쓰곤 했다. 날이 어둑어둑해진 지금 나는 노트를 넘겨보고 있다. 내 눈앞에 어른거리는 낸시의 손글씨를 보다가 그것을 나머지 노트와 함께 장작더미에 올려놓았다. 나는 양초에 불을 붙여 그것을 노트에 갖다 댔다. 불꽃이 화끈하게 옮겨 붙었다. 가죽이 독한 냄새를 풍기며 시커멓게 타들어가자 종이도 기다렸다는 듯 불꽃을 흡수하기 시작했다.

다시 실내로 들어가자 낸시가 그곳에 있었다. 그녀는 노트북 앞에 앉아 나를 돌아보며 미소 지었다. 모닥불이 타는 냄새에 조나단과 캠프파이어를 하던 날의 행복한 기억이 떠올랐나보다고 생각했지만 알고 보니 그 때문이 아니었다. 니콜라스의 페이스북 페이지에 그 애 아빠의 메시지가 떠 있었기 때문이었다.

---

* Bonfire Night, 1605년 제임스 1세의 가톨릭 탄압에 저항하여 국회의사당에 폭탄을 설치한 가이 포크스를 기리며 매년 11월 5일 밤에 개최하는 불꽃놀이 행사

49

캐서린

2013년 여름

니콜라스는 사우스런던의 세인트조지 병원 밖에 버려져 있었다. 통로 쪽에 내동댕이쳐진 상태로 발견되었다고 한다. 캐서린과 로버트는 의사에게서 그가 발작을 일으켰다는 말을 들었다. 코카인 중독이라고 한다. 상태가 얼마나 심각한지는 아직 검사 중이고 24시간 내에 자세한 결과를 알 수 있다고 했다. 캐서린과 로버트는 아들의 침대 곁에 나란히 섰다. 맞은편에는 니콜라스의 생명을 지탱하는 기계들이 즐비했다. 그것들은 호흡을 유지하고, 심장박동을 체크하고, 몸 속에 생명수를 떨어뜨리면서 그의 회복을 돕고 있었다. 중환자실에는 적막이 감돌았다. 눈을 감은 채 조금의 움직임도 없는 몸뚱어리들이 침대에 누워 다시 살아나거나 죽을 때를 기다리고 있었다.

캐서린은 자신이 끝내 지켜주지 못한 아들을 바라보았다. 의사의 말은 옳지 않았다. 24시간이 훌쩍 지나 거의 이틀이 되었지만 그들은 니콜라스의 상태가 어떤지 밝혀내지 못했다. 그녀와 로버트는 더 이상 함께 있을 수도 없는 사이인 듯 시간차를 두고 번갈아 아들 곁을 지켰다. 로버트가 캐서린과 같은 공간에 있는 것마저 거부했기 때문에 캐서린은 교대를 하기 전에 그가 먼저 병실을 떠나기를 기다려야 했다. 그녀는 로버트가 그곳에 얼쩡대며 아들과 함께 있는 시간을 빼앗는 것이 원망스러웠지만 그에게 따지지 않았다. 로버트의 요구를 받아들이긴 했어도 더 이상 그를 존중하는 마음은 없었다. 그녀는 오로지 니콜라스와 함께 있고 싶은 마음뿐이었다. 아들과 함께하는 일분일초가 소중하게 느껴졌다.

캐서린은 아들이 이른 나이에 죽을 운명인지도 모른다는 생각에 늘 걱정이었다. 다행히 한 번은 목숨을 건졌지만 이번에는 행운이 따라주지 않을까봐 두려웠다. 미숙아처럼 스스로 제 기능을 하지 못하는 연약한 니콜라스를 보자 그녀 역시 갓난아기가 된 기분이었다. 이상하게도 몸과 정신이 가뿐해졌고, 고대하던 외부 세계를 처음 만난 듯 감각이 다시 살아났다. 아들이 그들 부부에게 처음 찾아왔던 시절처럼 순수한 마음으로 그 애를 볼 수 있었다. 그녀의 혼란과 고통으로 아들의 존재마저 엉망이 되기 전의 시절로 돌아갈 수 있었다. 캐서린은 그들의 관계가 지금 같은 상태에 이르게 된 데는 자신의 책임이 크다는 사실을 인정해야 했다. 그 책임을 회피하지 않은 채 있는 대로 받아들이고, 깊이 반성해야 한다. 그녀의 책임이므로 그녀가 지고가야 한다. 그리고 니콜라스가 그것을 감당할 수 있을 만큼 충분히 회복된다면 캐서린은 오래전에 했어야 할 이야기를 해줄 것이다. 캐서린은 그의 뺨을 쓰다듬다가 무릎을 꿇고 그의 이마에 입을 맞춘 다음 침대 한쪽에 머리를 대고 엎드렸다.

니콜라스 곁을 지키지 않을 때는 엄마를 찾아갔다. 엄마에게도 니콜라스의 상태를 얘기했다. 엄마는 처음에는 무척 속상해했지만 그 말을 어떻게 받아들였는지 캐서린에게 요즘 세상에 홍역으로 죽는 아이가 드물다고 위로했다. 홍역은 어릴 때 앓는 편이 낫다며 캐서린의 어깨를 쓰다듬었다. 캐서린은 깜박 잠이 들었다. 엄마가 그녀를 깨운 줄 알았지만 알고 보니 간호사였다. 니콜라스 때문인가 하고 순간적으로 가슴이 철렁했지만 그의 상태는 변화가 없었다.

"그대로예요." 간호사가 말했다. "가서 뭐라도 좀 드시지 그러세요. 제가 잠시 여기 있을게요." 그녀의 말에 캐서린의 눈에는 눈물이 맺혔다. 그런 작은 배려마저 황송하게 느껴졌다. 그래도 니콜라스를 두고 갈 수는 없었다.

"정말 괜찮아요."

"어서요. 제가 여기 있을게요. 정말 피곤해 보이세요. 요기를 좀 하시고 잠깐 바람도 쐬고 오세요."

"네, 그렇다면 다녀올게요." 그녀는 바닥에서 일어섰다. 의자가 옆에 있었지만 거기에 앉으면 아들 가까이 머리를 댈 수 없었다. 그녀는 최대한 아들 가까이 있고 싶었다.

캐서린은 중환자실을 나섰다. 컴컴한 카페와 서점, 신문가판대를 지나 병원 입구 쪽으로 걸어갔다. 자판기에서 커피 한 잔과 초콜릿을 사서 밖으로 나갔다. 새벽 네 시였지만 담배를 피우러 나온 사람이 몇 명 있었다. 환자 한 명과 그녀 같은 보호자 몇 명이었다. 벤치에 앉았더니 청바지 속으로 냉기가 스며들었다. 여기가 바로 니콜라스가 죽어가던 상태로 버려졌던 병원 입구다. 누가 니콜라스를 그곳에 데려다 놓고 갔는지 알 수 없다. 어떤 행인이 니콜라스를 발견하고 병원까지만 데려다 놓기로 한 것 같았다.

캐서린은 초콜릿이 당기지 않아 호주머니에 넣고 대신 담배를 꺼냈다. 커피를 마시며 한 개비를 피웠다. 몇 분에 걸쳐 천천히 음미했다. 그녀는 휴대폰을 들여다봤다. 킴에게서 문자가 와 있었다. 그 메시지는 그동안 캐서린이 간간히 연락을 유지해 왔지만 직접 만나고 싶은 생각은 없는 친구들의 메시지 틈에 끼여 있었다. 그 친구들은 그녀 생각이 난다며 이따금씩 짧은 메시지를 보내왔었다. 시간나면 연락하라는 말과 함께. 하지만 캐서린은 연락을 하지 않았다. 그들 모두와 거리를 두고 싶었다. 그 친구들과 터놓고 이야기할 준비가 되어 있지 않았고 자신의 근황에 대해 알려줄 수도 없었다. 그녀는 킴의 메시지를 읽었다. '방금 아드님 소식을 들었어요. 그런 일이 생기다니 정말 안타깝네요. 제가 도와드릴 일이 있으면 말씀해주세요. 늘 걱정하고 있어요. 킴.' 캐서린은 담배를 비벼 끄고 커피를 한 모금 마셨다. 위로나 격려가 담기지 않은 무미건조한 내용이다. 하지만 킴의 메시지에는 적어도 비난은 담겨 있지 않다. 킴 역시 그 책을 읽었겠지만 아무래도 상관없다. 모두 한 번은 부딪쳐야만 끝날 일이니까. 니콜라스가 회복한다면, 더 이상 아무것도 숨기지 않을 것이다. 그 애에게 모든 것을 털어놓으리라. 그럼 로버트는? 그녀는 로버트를 마음 저편으로 밀어냈다.

캐서린은 일어나서 컵을 휴지통에 던지고 다시 병원 속 세계로 돌아갔다. 이 공간과 환자들을 관리하는 열, 빛, 모니터, 기계가 규칙적으로 낮게 웅웅대며 돌아가고 있었다. 그녀는 반질반질한 리놀륨 바닥의 무늬를 내려다보며 중환자실로 걸어갔다. 검게 긁힌 자국마저 윤이 났다. 그녀는 청소 기계에 앉아 복도를 이리저리 오가는 사람을 머릿속으로 그려보았다. 그런 이미지를 어디선가 본 듯도 하지만 실제로 봤는지 TV에서 봤는지는 분명치 않았다.

그녀가 버저를 누르자 간호사가 고개를 들고 그녀의 얼굴을 확인하더니 문을 열어주었다.

"아버님이 오셨어요." 그녀가 미소를 지으며 속삭였다. 피로에 지친 캐서린의 눈이 간호사의 눈과 마주쳤다. 깡마른 형체가 구부정한 자세로 니콜라스의 침대를 내려다보고 있었다. 캐서린의 아버지는 10년 전에 돌아가셨다. 그녀는 비명이 아닌 고함을 지르며 그에게 달려갔다. 그의 앙상한 어깨에 손가락을 파묻은 채 끌어냈다. 깃털같이 가벼운 몸이었다. 그녀는 그의 몸을 틀어 뒤로 나가떨어질 만큼 세게 떠밀었다. 그는 의자에 쿵 소리를 내며 부딪치더니 바닥에 넘어진 채로 그녀를 올려다보았다. 누군가가 등 뒤에서 그녀를 붙들었다. 캐서린을 걱정해주던 간호사가 이제는 바닥에 쓰러진 노인만을 걱정하고 있었다. 간호사는 몸을 숙인 채 노인에게 말을 건네며 일어설 수 있는지 확인했다. 간호사가 그를 부축하는 동안 다른 간호사가 와서 캐서린을 가로막았다. 이건 말이 안 된다. 캐서린은 몸부림을 쳤다.

"여기 오면 안 될 사람이에요. 당장 내보내야 해요." 캐서린이 소리쳤다. "내 아버지가 아니에요. 여기 들이면 안 된다고요. 어서 내보내요. 여기서 당장 내보내라고요." 캐서린이 발광하자 간호사가 그녀를 더욱 꽉 붙잡았다.

"진정하지 않으면 경비원을 부르겠어요."

"괜찮아요. 그냥 갈게요. 미안해요." 노인은 몸을 떨었다. 그의 목소리도 떨리고 있었다. "니콜라스가 어떤지 보러 왔을 뿐이에요. 미안해요." 노인은 침착했다. 캐서린은 그렇지 못했다. 노인의 이마에 작은 상처가 났지만 소란을 피울 생각은 없는 모양이었다. 그녀는 이 상처 입은 연약한 노인이 간호사의 부축을 받으며 문밖으로 나가는 모습을 지켜봤다. 더듬거리는 말로 연신 사과하는 시늉을 하고 있었다. 그저 니콜라스를 보고 싶었다는 말만 반복했다. 노인의 등 뒤로 문이 끽 소리를 내며 닫혔다. 캐서린도 니콜라스에게 혼자 둬서 미안하다고 사과했다. 그녀는 무릎을 꿇고 니콜라스의 침대에 머리를 기댔다.

그녀는 감시를 받고 있다. 두 번째 간호사가 가까이서 그녀를 주시하고 있다. 캐서린은 줄지에 위험인물이 되었다. 그녀는 눈물로 모든 걸 설명하려는 듯 울기 시작했다.

"그 사람을 들여보내지 말았어야 했어요. 여기 들어서는 안 되는 사람이었다고요. 내 아들을 해치려 한다니까요…."

"그러시면 다른 분들에게 방해가 돼요. 밖에서 얘기하죠. 할 말이 있으시면 사람을 불러드릴게요…."

캐서린은 고개를 저었다.

"아니, 안 돼요." 방을 나가고 싶지 않았다. 니콜라스를 혼자 내버려둘 수 없었다. 위험한 일이다. "미안해요." 그녀가 말했다. "하지만 남편과 나 외에는 누구도 들여보내서는 안 돼요."

간호사는 쌩하고 돌아서서 가 버렸다.

몇 시간 뒤에 로버트가 도착하자 캐서린은 그를 붙잡고 매달렸다.

"그 사람이 여기 왔었어. 그 아버지 말이야. 니콜라스에게 접근했어. 그 애를 해치러 온 거야."

로버트는 그녀를 뿌리쳤다.

"병원 관계자가 나를 부르더라. 무슨 일이 있었는지 다 들었어. 그 사람에게 와도 된다고 했어. 내가 초대했다고. 그 사람에겐 니콜라스를 볼 권리가 있잖아…."

"그 사람이 오는 걸 허락했다고? 당신 미쳤어?"

"미치다니, 무슨."

"그러면 대체 왜 그랬어?"

로버트는 그런 질문을 하는 그녀를 이해할 수 없다는 표정이었다.

"아들을 잃는 심정이 어떤지 아는 사람이잖아. 그런 사람이 니콜라스를 보고 싶다는데 거절할 이유가 없지."

"그 사람을 만났어?"

"아직 못 만났어. 하지만 만나볼 거야. 그 사람의 아들이 우리 아들을 위해 어떤 일을 했는지 진작 알았더라면 이미 오래전에 그들 부부에게 연락했겠지. 당연히 감사 인사를 해야지. 이제 조나단의 어머니에겐 인사고 뭐고 할 수 없게 됐지만 아버지에게는 할 수 있잖아."

로버트가 조나단의 이름을 입에 올린 건 처음이었다.

"로버트, 왜 그런 짓을 했어? 어쩌자고 그 사람을 여기 불렀냐고? 그 사람이 새벽 네 시에 나타난 이유가 뭐라고 생각해? 아무도 없을 시간을 노린 거 모르겠어?"

"당신이나 내가 있을 때 불쑥 찾아오고 싶지 않았겠지. 새벽 네 시든 언제든 무슨 상관이겠어."

"니콜라스를 빤히 들여다보고 있었다고. 그 사람은….."

"그가 뭘 어쨌다고? 간호사들도 보는 눈이 있잖아. 당신이 그 사람한테 한 짓을 모두 지켜봤다고. 일흔셋이나 된 노인이잖아. 그 사람은 니콜라스를 해칠 생각이 없어. 그냥 그 애를 보러 왔을 뿐이야. 이제 당신은 돌아가는 게 좋겠어."

50

스티븐

2013년 여름

이제 벼랑으로 미는 일만 남았다. 나는 간만에 몸을 씻고 말쑥하게 단장했다. 오늘 아침에는 평소보다 거울 앞에 오래 앉아 있었다. 나이에 비해 최대한 단정해 보이고 싶었다. 나는 이가 몇 개 빠졌지만 다행히 앞니가 아니라서 웃을 때 조금만 신경 쓰면 뻐끔한 구멍이 눈에 띄지 않는다. 나는 거울 앞에서 연습 삼아 미소를 지어 보았다. 하지만 내 눈이 문제다. 웃어도 웃는 것처럼 보이지 않을뿐더러 흰자위는 마치 담배를 피우다 뱉은 침 같은 색이다. 욕실 수납장 안에 안약병이 들어 있다. 워낙 오래돼서 찝찝하긴 했지만 눈에 조금 넣어보았다. 순간적으로 눈이 찌르는 듯 아파서 심각한 손상이 생기지나 않을까 두려웠지만 미친 듯이 깜박거리고 나니 곧 괜찮아졌다. 눈이 한결 건강해 보이는 것 같기도 했다.

옷 입기는 훨씬 간단했다. 늘 아끼던 번듯한 재킷과 셔츠가 한 벌씩 있다. 너무 요란하지 않은 디자인이다. 보들보들한 흰색 면 셔츠에는 자세히 보면 희미한 체크무늬가 있다. 예전만큼 몸에 잘 맞진 않지만 재킷 안에 낸시의 가디건을 껴입어 몸을 부풀리면 그럭저럭 봐줄 만하다. 내가 감각을 완전히 잃은 것은 아니다. 바깥 세계에서 어떻게 보여야 하는지는 웬만큼 알고 있다. 가족 외에 아무도 보는 이가 없는 집안에서는 낡고 편안한 옷이어도 상관없지만 모르는 사람들을 만날 때는 어느 정도 신경을 써야 한다.

그 애의 아빠가 그곳에 있다면 모든 일이 계획대로 진행될 것이다. 나를 반갑게 맞아주고 차를 대접하겠지. 하물며 두 시간이나 걸려 병원에 오느라 녹초가 된 늙은이라면. 그것도 대중교통을 이용해서….

"…네, 먼 거리지요. 하지만 니콜라스를 꼭 보고 싶었습니다. 아드님한테 들으셨는지 모르지만 우리는 온라인에서 얘기를 많이 나눴죠. 좋은 청년이더군요. 어쩌나 솔직하고 다정하던지. 아내가 아드님을 만나지 못하고 죽었다니 참 안타깝네요. 친해질 기회가 있었다면 무척 기뻐했을 텐데요. 아내는 젊은이들을 좋아했었죠. 니콜라스도 틀림없이 낸시를 좋아했을 거예요. 아내에게 의미 있는 만남이 되었을 텐데요…. 아니, 물론 이해합니다. 당신 잘못이 아니지요. 아이고, 고맙습니다. 네, 차 한 잔 주시면 감사하겠습니다." 그렇게 그가 자리를 비우면 나는 스위치를 내리고 튜브를 뽑은 다음 그곳에서 자취를 감출 것이다. 그러면 모든 게 끝난다. 그 애는 아무것도 모르는 채 편안히 세상을 떠난다. 아무 고통 없이, 물에 빠져 죽는 것보다 훨씬 신속하게. 그 애는 이미 절반쯤, 아니 그 이상 죽은 상태니 어쩌면 내 손가락 하나 대지 않고 그 애를 보낼 수 있을지도 모른다. 암시의 힘만으로 가능할지도 모른다. 그 다음에는 어떻게 될까? 내가 거기까지 신경 써야 하나? 그건 나와 상관없는 일이다. 하지만 일은 생각대로 흘러가지 않았다.

병실을 들여다보니 침대가 여러 개 놓여 있었다. 그 애를 찾지 못할까봐 걱정이었는데 간호사가 친절하게 위치를 알려주었다. 내가 제대로 짚었다. 내가 위험한 인물로 보이지 않는다는 뜻이다. 나는 '니콜라스 레이븐스크로프트'라고 웅얼거렸을 뿐인데 간호사는 내가 그 애 할아버지라고 멋대로 단정해버렸다. 그런 착각을 바로잡을 이유는 없었다. 그런데 바로 그때 그 애 엄마가 들이닥쳐 길길이 날뛰기 시작했다. 내가 어리석었다. 그 여자가 지금도 옛날처럼 아들에게 소홀할 줄 알았는데. 밤 시간에는 마음 놓고 자고 있을 줄 알았다.

그렇게 일이 꼬여버렸다. 몰래 들어갔다 나올 수 있었다면 단박에 끝나는 일이었는데 한 번 더 찾아가야 하게 생겼다. 다른 방법이 없을까? 운명이 그 애의 목숨을 앗아가길 기다려야 하나? 내가 손 쓸 필요도 없이 그냥 죽어버릴지도 모른다. 발작으로. 간호사가 그랬다. 그 애가 발작을 일으켰었다고. 살아날 수도 있지만 '심각한 손상'을 입을 수도 있단다. 그 정도면 될까, 낸시? 안 된다고? 심각한 손상으로는 부족하다고? 나는 완전히 지친 데다 바닥에 넘어진 충격으로 온 몸이 욱신거려 집으로 돌아오는 길이 여간 힘들지 않았다. 하지만 그 애 아빠에게서 반가운 메시지를 받았다. 온통 사과하는 말로 가득했다. '이러실 필요 없어요.' 나는 점잖은 답장을 보낼 것이다. 그는 나중에 다시 전화하겠다고 했지만 나는 당장 눈을 붙이고 싶은 생각만 간절하다. 생각을 정리해야 하는데 머리가 지끈거리고, 앉아 있기조차 고통스럽다. 나를 돌봐준 간호사가 내 척추 아랫부분에 타박상이 생긴 것 같다고 했지만 진통제 두 알을 먹고 누워 있으면 한결 나을 것이다.

나는 난간에 의지해 층계를 간신히 올랐다. 더 심하게 다칠 수도 있었고 실제로 뭔가가 부러졌을 수도 있었지만 다시 생각해보니 그쪽이 나았을지도 모르겠다. 병원에 입원해야 했을 테니까. 그 애의 병실에 가까운 곳에.

자기 힘으로 일어날 수 없는 뒤집힌 벌레처럼 병실 바닥에 쓰러져 있을 때 나를 내려다보던 여자의 눈에는 공포가 서려 있었다. 전에도 그런 눈을 본 적이 있기 때문에 대번에 알 수 있었다. 성인에게서 그런 모습을 보게 될 줄은 몰랐지만. 나는 나와 동등한 성인에게 두려움을 일으킬 수 있는 사람이 아니다. 여자의 두려움은 자신을 위한 두려움이 아니라 아들 때문에 느끼는 두려움이었다. 예상에 어긋나는 반응이어서 나는 조금 의아했다. 나는 분노와 정의감을 기대했을 뿐 자식에 대한 보호 본능은 예상하지 못했다. 하지만 나는 그 순간에 나를 부축해준 간호사에게 정신을 뺏기고 말았다. 여자에게 보살핌을 받은 건 아주 오랜만이었다. 나를 만지고, 보살피고, 아픈 곳을 치료해주는 손길에 흠뻑 취했다. 그녀는 목소리도 감미로웠다. 나에 대한 그녀의 관심과 나의 반응은 모두 진심이었다. 나는 그녀의 친절이 진심으로 고마웠다. 내가 캐서린의 아버지라고 내 입으로 말한 적은 없다.

그저 그 가족의 오랜 친구라고 했더니 그녀는 나를 믿어주었다. 로버트가 그 사실을 확인해줄 테고, 그가 나를 다시 초대한다면 나는 죽음의 문턱에 들어선 그 아이의 침대 곁에 그와 나란히 설 수 있다.

침대 옆 탁자에 놓인 물 컵에 손을 뻗었다. 반 잔밖에 없지만 약을 먹기엔 충분하다. 진통제 두 알, 수면제 두 알이다. 이것으로 불안을 잠재울 것이다. 물에서 퀴퀴한 냄새가 났다. 언제부터 그 자리에 있었는지 알 수 없을 만큼 먼지가 잔뜩 떠 있었다. 이제 곧 잠이 들겠지. 벌써 졸음이 쏟아지기 시작한다. 하지만 여자의 남편이 거는 전화를 놓칠 만큼 깊은 잠에 빠져서는 안 된다. 어쨌든 낸시가 전화를 받을 것이다. 그는 낸시의 가슴을 울리는 수줍은 목소리를 듣게 되리라. '지금은 집에 없으니 메시지를 남겨 주시면 전화 드리겠습니다.' 나는 스르르 잠이 들었지만 너무 빨리 깨고 말았다. 나를 깨운 것이 낸시의 목소리가 아니라는 것만은 확실하다.

집안은 고요했지만 꿈속을 헤매고 있는 나를 무언가가 의식으로 끌어냈다. 잠을 깨지 말았어야 했는데 깨고 말았다. 나는 거대한 유리창을 깨고 아래로 떨어지는 꿈을 꿨다. 유리 조각이 먼저 땅에 떨어져 날카로운 모서리를 세운 채 기다리고 있었다. 나를 얇은 햄처럼 저미겠다는 듯. 나를 깨운 건 바로 유리 깨지는 소리였다. 누군가 아래층에 있었다.

문이 닫히는 소리도 들렸다. 우리 현관문은 절대 조용히 닫을 수 없다. 잠금장치가 조금 어긋나 있어 여닫을 때 항상 삐걱대는 소리가 난다. 그렇다면 방금 누가 들어온 것일까, 나간 것일까? 도둑이 들었거나 경찰이 찾아온 건 아닐까 잠시 생각했지만 그럴 리 없었다. 찔리는 구석이 있어서였겠지만 역시 터무니없는 생각이었다. 경찰이라면 문을 두드렸을 테지 몰래 침입할 이유가 없다. 귀를 기울였지만 이제는 아무 소리도 들리지 않는다. 나는 바지를 입고 의자 등받이에 걸쳐둔 스웨터를 집어 들었다. 내 관절에서도, 마루 널에서도, 층계에서도 모두 삐걱삐걱 소리가 났다. 내가 내려가고 있다는 사실을 숨길 방법은 없었다.

나는 층계 맨 아래 칸에 서서 주위를 둘러보았다. 커튼 밑단으로 빛이 쏟아져 들어왔다. 현관문 유리창이 박살나있었다. 누가 등 뒤에서 갑자기 뒤통수를 내려치지나 않을지 마음을 졸이며 방 안을 둘러보았다. 하지만 아무 일도 일어나지 않았다. 아무도 보이지 않았다. 나는 쑤시고 결리는 몸을 주방 쪽으로 천천히 움직였다. 집 안에는 아무도 없었다. 하지만 바로 그때 내가 틀렸음을 깨달았다. 집 안에는 아무도 없었지만 나는 혼자가 아니었다. 그 여자가 정원에 서서 여전히 연기를 내고 있는 모닥불을 보고 있었다. 뒷문 쪽으로 걸어가자 여자는 몸을 돌려 나를 보았다. 두 사람 중 누구도 말을 하지 않았다. 여자가 내 쪽으로 걸어오자 나는 옆으로 비켜서서 여자를 집 안으로 들였다. 여자는 식탁에 앉아 손으로 머리를 감싸 쥐었다. 여자가 눈을 너무 세게 문지르는 바람에 나는 여자의 눈이 머리에서 튀어나오지나 않을지 더럭 겁이 났다. 고개를 든 여자의 두 눈이 벌겠다. 눈물은 없었다. 눈언저리가 붉었지만 물기는 없었다. 나는 여자가 말을 꺼내길 기다렸다.

"앉아요."

나는 시키는 대로 했다. 안 그럴 이유가 어디 있겠는가? 그러자 여자는 내게 다짜고짜 침을 뱉었다. 나는 침으로 뒤덮이기 시작했다. 여자는 침을 끝없이 쏟아냈고 나는 걸쭉하고 끈끈한 액체로 뒤범벅이 되었다. 나를 산 채로 집어삼키려는 포식자의 타액에 갇힌 곤충 신세가 되었다. 나는 살아있는 먹잇감이 되고 말았다.

51

캐서린

2013년 여름

캐서린의 손은 피범벅이었다. 땀과 뒤섞여 두 손바닥이 온통 붉은 색으로 물들었다. 그것은 캐서린의 피였다. 현관문 유리를 깨부술 때 생긴 손바닥의 상처에서 피가 흘렀다. 그녀는 스티븐 브리그스토크의 집 밖에 세워둔 차 안에서 피를 청바지에 문질러 닦았다.

그녀는 문을 두드리지 않았다. 무작정 집으로 뛰어들어 현관문을 닫았다. 커튼이 드리워져 있고 빛도 거의 들어오지 않아, 안에 아무도 없다는 사실을 확인하기까지 몇 분이 걸렸다. 서랍장 선반에서 떨어져 깨졌을 그릇 파편이 그녀의 발밑에서 으스러졌다. 서랍장 문은 부서져 있고 서랍은 어디로 갔는지 바닥에 내용물이 쏟아져 나와 있었다. 서랍장은 몸을 사리듯 벽에 비스듬히 기대 서 있었다. 다리가 빠진 탁자 세트도 산산이 부서진 채 제멋대로 흩어져 있었다. 이 난리통에 유일하게 무사한 것은 깔끔하게 정리된 책상이었다. 그 위에는 은색 액자에 끼워진 젊은 커플의 60년대 풍 사진과 절전 모드 상태로 펼쳐진 노트북이 놓여 있었다. 캐서린은 손가락을 움직여 노트북을 깨웠다가 화면에 뜬 니콜라스의 페이스북 페이지를 보고 화들짝 놀랐다.

주방 쪽으로 가보았더니 역시나 난장판이었다. 오물과 악취가 자포자기에 빠진 패배자의 흔적을 적나라하게 드러내고 있었다. 캐서린은 주방 창문가에 서서 열매가 주렁주렁 맺힌 사과나무를 보았다. 오래 방치되긴 했어도 여전히 아름다운 정원이었다. 관리되지 않은 잔디 사이로 들꽃들이 하늘거렸고 무성한 관목이 제 멋대로 우거진 잡초에 맞서 당당히 서 있었다. 모닥불에 피어오르는 연기를 보고 그녀는 밖으로 나가 보았다. 그 사람이 태워버리려 했던 물건들의 잔재를 자세히 살펴보았다.

캐서린은 그를 보기 전부터 느낄 수 있었다. 왜소하게 움츠러든 형체가 깡마른 맨몸에 여자 가디건을 껴안은 채 열린 뒷문 앞에 서 있었다. 그는 그녀가 침을 뱉어도 아무런 저항을 하지 않았고 눈조차 깜박이지 않았지만, 그녀의 말에는 위축되는 기색이 역력했다.

그에게 쏟아낸 말보다는 하지 못한 말이 더 많았다. 입 밖으로 꺼내지 못한 말들이 그녀의 머릿속을 떠돌고 있었지만 주절주절 하소연을 하고 싶지는 않았다. 캐서린은 꼭 전해야 할 말만 했다. 그녀가 말을 마쳤을 때도 그는 아무 말 없이 손으로 의자 가장자리를 잡은 채 자기 무릎만 내려다보고 있었다.

"미안해요." 이 말에 캐서린은 흠칫 놀랐다. 그 사람이 아닌 그녀의 입에서 이런 말이 나오다니. 그런 말을 할 생각은 조금도 없었는데 어쩌다 튀어나왔는지 모른다. 그 말을 남긴 채 그녀는 일어서서 밖으로 걸어 나왔다.

그녀는 울음을 터뜨렸다. 오랜 세월 참고 참았던 눈물이 한꺼번에 홍수처럼 쏟아졌다.

1993년 여름

술집 의자에 앉아 있던 조나단이 캐서린에게 미소를 던지자, 로버트와 통화를 끝낸 캐서린도 그를 향해 미소를 지었다. 반사적인 행동이었지만 그녀는 자신의 반응에 당황했다. 캐서린은 자신을 부르는 그의 손짓을 무시한 채 허둥지둥 방으로 올라갔다. 그녀는 방문을 잠그고 침대로 가서 니콜라스를 확인했다. 그녀의 침대에서 몸을 대자로 뻗은 채 곤히 잠들어 있었다. 캐서린은 옆방 문을 열고 니콜라스를 그 방 침대로 옮겼다. 그녀는 샤워를 하고 잠자리에 들었다. 그날은 아무 일도 없었다. 아무 일도.

다음날 캐서린과 니콜라스는 해변에 나갔다. 이른 시간이었다. 니콜라스가 7시에 잠을 깨는 바람에 8시 30분 전후밖에 되지 않았다. 기분은 쓸쓸했지만 너무 따갑지 않은 밝은 태양과 길게 이어진 모래사장이 좋았다. "해변이 다 우리 거네."라고 니콜라스에게 말했던 기억이 난다. 캐서린은 바다로 가서 양동이로 물을 퍼 날랐다. 두 사람은 모래로 마을을 만드는 중이었다. 아니, 캐서린

혼자서. 니콜라스는 엄마가 뭘 하려는지 이해하지 못했다. 캐서린이 양동이에서 쏟아낸 모래로 가게와 집을 만들면 바로 부숴 버렸다. 캐서린은 짜증을 억눌러야 했다. 그러면서도 짜증이 난다는 사실에 죄책감을 느꼈다. 쉬운 일이 아니었지만 그녀는 마음을 다스렸다. 니콜라스가 건물을 납작하게 뭉개자 캐서린은 모래더미 사이를 삽으로 끌며 구불구불한 길을 만들었다.

몇 시간이 지나자 사람들이 하나둘 모여들기 시작하더니 점심 무렵에는 해변이 사람으로 꽉 찼다. 니콜라스는 이미 더위와 피로에 지친 상태였다. 두 사람은 귀중품을 챙기고 타월은 그 자리에 둔 채 카페에 점심을 먹으러 갔다. 손을 잡고 걸어가던 그때는 무척 행복했다. 니콜라스의 작고 통통한 손이 주는 느낌이 좋아 그녀는 그 손을 꼭 쥐었고 니콜라스도 엄마 손을 꽉 눌렀다. 이틀 뒤면 그곳을 떠나야 한다는 생각에 캐서린은 처음으로 그곳에 머무르는 동안 태양빛을 최대한 누려야겠다고 마음먹었다.

점심을 얌전히 먹은 보상으로 캐서린은 니콜라스에게 아이스크림을 사 주었다. 그녀는 딸기, 니콜라스는 바닐라 맛이었다. 둘은 서로의 아이스크림을 한 번씩 핥으며 다시 해변으로 걸어갔다. 엄마가 내민 아이스크림에 코를 박자 니콜라스의 코끝에 딸기 아이스크림 방울이 맺혔다. 니콜라스는 얼굴이 차갑다며 킥킥대더니 뺨과 턱에도 바닐라 아이스크림을 잔뜩 묻혔다. 혀를 내밀어 코와 턱에 묻은 아이스크림을 핥으려 했지만 닿지 않았다. 캐서린은 원피스 끝자락으로 얼굴을 닦아주고 단내를 맡고 달려드는 말벌을 쫓았다.

타월이 있는 곳에 도착하자마자 그들은 더위에 지쳐 풀썩 주저앉았다. 캐서린이 원피스를 벗고 다리를 벌리자 니콜라스는 그 사이에 파고들어 그녀의 배에 기댔다. 캐서린은 아이에게 책을 읽어주었다. 니콜라스의 몸이 점점 무거워지더니 그녀의 팔에 머리를 얹은 채 잠이 들었다. 캐서린은 조심조심 다리 사이에서 아이를 들어 올려 옆으로 눕힌 다음 원피스를 덮어 햇빛을 가려주었다. 아이는 한 시간 넘게 푹 잤고 캐서린은 그동안 책을 읽었다. 행복한 시간이었다. 그녀도 아이를 몸으로 감싼 채 잠이 들었다.

니콜라스가 깨는 바람에 그녀도 잠에서 깼다. 일어나 앉은 그녀는 조나단을 보았다. 몇 사람을 사이에 둔 위치에 자리를 잡고 앉아 있었다. 캐서린과 니콜라스보다 바다 쪽으로 더 나갔지만 두 사람을 바로 볼 수 있는 위치였다. 두 사람을 향한 채 배를 깔고 엎드린 자세였다. 캐서린은 그가 언제부터 거기에 있었는지 의아했다. 그를 못 본 척하고 가방에서 음료를 꺼내 니콜라스에게 건넸다. 조나단은 그때 그들의 사진을 찍었을 것이다. 사진 찍는 모습을 본 기억은 없지만 사진은 봤으니까. 그녀와 니콜라스가 타월에 앉아 있는 사진과 니콜라스에게 마실 것을 건네는 사진. 플라스틱 병이 뜨겁게 달궈져 있었으니 음료도 틀림없이 미지근했겠지만 니콜라스는 군말 없이 마셨다. 비키니에 새삼 신경이 쓰였다. 해변에 있는 다른 사람들의 복장에 비해 더 심한 노출은 아니었지만, 드러난 몸이 갑자기 민망해져서 다리를 모으고 어깨로 흘러내린 비키니 끈을 끌어올렸다.

오후 세 시쯤 캐서린과 니콜라스는 호텔로 돌아왔다. 그 후 몇 시간은 어떻게 보냈는지 잘 기억나지 않지만 평온하게 흘러갔던 것 같다. 두 사람은 택시를 타고 시내로 갔다. 캐서린은 걸어가고 싶었지만 니콜라스에게는 너무 먼 거리라 호텔에서 택시를 불렀다. 카페에서 피자를 먹은 후 손을 잡고 좁은 골목을 거닐다보니 어느 광장에 이르렀다. 그곳에서 회전목마를 본 니콜라스가 기쁨에 겨워 소리를 질렀던 기억이 난다. 동화책에서 바로 튀어나온 듯한 풍경이었다. 니콜라스는 자기 혼자 말을 타고, 엄마는 바로 뒤에 있는 말을 타기를 바랐다. 캐서린은 니콜라스가 말에 연결된 기둥을 꼭 잡도록 아이의 손을 감싸 쥐었다. 그런 다음 아이가 바라는 대로 바로 뒤에 있는 말에 올라탔다. 말이 위아래로 움직이며 빙빙 돌자 그녀는 어지럼을 느꼈다. 아이가 뒤돌아볼 때마다 기둥을 놓치지 않을지 걱정이었지만 니콜라스는 기둥을 꼭 잡은 채 매우 즐거워했다. 니콜라스에게는 무척 신나는 시간이었다.

회전목마 다음은 나선형 미끄럼틀이었다. 아주 높지는 않고 니콜라스 또래 아이들에게 적당한 높이였다. 캐서린이 타기에는 미끄럼틀의 폭이 너무 좁아서 니콜라스를 따라 올라가지 않았다. 아이가 계단을 오르는 모습을 지켜보다가 미끄럼틀 끝에 서서 환히 빛나는 얼굴로 내려오는 니콜라스를 기다렸다. 니콜라스는 깔깔대며 바닥으로 부드럽게 미끄러졌다. 다시 호텔로 돌아갈 시간이 되어 두 사람은 택시 승차장을 찾으러 갔다. 니콜라스는 피곤했는지 칭얼대기 시작했다. 업히겠다고 떼를 썼지만 캐서린은 아이의 손을 꼭 잡고 조금만 가면 된다며 달랬다. 마지막 저녁인 내일도 다시 오자고 약속했다. 그리고 그 약속을 지켰다. 두 사람은 작은 놀이공원을 다시 찾았지만 전날과 같지 않았다. 아무리 애를 써도 전날과 같을 수는 없었다.

그들은 택시 승차장을 찾았다. 택시는 한 대도 없고 택시 그림과 '택시'라고 적힌 표지판뿐이었다. 기다리는 사람은 그들밖에 없었지만, 주위 카페에 앉아 있거나 상점을 구경하거나 산책을 하는 사람은 많았다. 캐서린은 잠기운에 취한 니콜라스를 안아 올렸다. 아이에게서 달콤한 냄새가 났다. 바로 그때 그녀는 조나단을 보았다. 당시만 해도 그의 이름을 알지 못했다. 그는 길 건너 카페에서 한 젊은 여자 옆에 앉아 있었다. 여자가 지도를 보고 있는데 그가 몸을 숙여 함께 들여다봤다. 여자는 놀라는 표정이었다. 캐서린은 두 사람이 원래 아는 사이인지, 방금 만난 사이인지 궁금했다. 두 사람이 갑자기 고개를 드는 바람에 캐서린은 그들과 눈이 마주쳤다. 캐서린은 겸연쩍은 듯 돌아서서 택시가 있는지 살폈다. 택시 한 대, 아니 세 대가 한꺼번에 나타나자 캐서린은 안도감을 느꼈다. 그녀는 니콜라스를 내려놓고 몸을 숙여 기사에게 목적지를 말했다. 택시가 움직이기 시작할 때 창밖을 내다보니 조나단이 그들을 지켜보고 있었다.

캐서린은 호텔 프런트에서 열쇠를 받아 방으로 올라갔다. 니콜라스가 양치질을 하고 잠옷으로 갈아입자 캐서린은 그 방의 덧문을 내리고 침대에 걸터앉아 이야기책을 읽어주었다. 니콜라스는 엄마가 두 방 사이의 문을 열어두면 자기 침대에서 자겠다고 했고 캐서린은 그러기로 약속했다. 그러면 잠을 깼을 때 침대에서 바로 엄마를 볼 수 있을 테니까. 니콜라스는 이야기가 끝나기 전에 잠이 들었고 캐서린은 아이에게 입을 맞춘 다음 그녀의 방으로 돌아갔다. 덧문이 열려 있어 바깥 거리의 소리가 들려왔다. 밤이 가까워지자 거리는 더욱 활기를 띠었다. 그녀는 잠시 눈을 지그시 감고 행복한 기분을 즐겼다. 방 발코니에서 와인 한 잔과 담배를 즐기며 저녁을 마무리하고 싶었다.

캐서린은 방문을 잠그고 아래층으로 내려가 화이트와인 큰 잔을 주문했다. 놀랍게도 바에는 사람이 없었다. 하긴 누가 이 삭막한 호텔 바에서 시간을 보내고 싶겠는가? 캐서린은 술값을 달아놓고 술잔을 위층으로 가져갔다. 술을 엎지르지 않도록 조심하며 문을 열었다. 우선 니콜라스부터 살폈다. 이불은 걷어차고, 아기 때처럼 팔을 위로 뻗고 베개를 껴안은 채 잠들어 있었다. 그녀와 니콜라스에게는 특별한 하루였다. 로버트가 없었지만 빈자리를 느끼지 못했다. 그를 까맣게 잊고 있었다. 그제야 그녀는 그날 하루 종일 로버트를 생각한 적이 없다는 것을 깨달았다. 니콜라스와 단둘이 즐기는 여유가 만족스러웠다. 그날 아침만 해도 하루 종일 짜증을 참으며 니콜라스를 즐겁게 해줘야 할 것이 조금은 부담스러웠지만, 아이와 함께 있는 시간에 빠져들자 그런 두려움은 어느새 사라지고 없었다. 로버트가 가버려서 차라리 잘 됐다고 생각했다. 몇 주 전 로버트에게 니콜라스와 단 둘이 남겨두고 가지 말았어야 했다고, 그가 가버려서 정말 우울했다고 소리를 지를 때 캐서린은 그 말이 사실이라고 믿었다. 그런 감정도 없지 않았지만 아들과 함께 보낸 소박한 하루가 얼마나 행복하고 만족스러웠는지는 깡그리 잊고 있었다. 그랬다. 이제야 지금껏 잊고 있던 그때의 기분이 떠올랐다.

그녀는 와인 잔과 담배를 들고 조그만 발코니로 나갔다. 자리에 앉아 바깥세상을 내다봤다. 그때만큼은 그 세상의 일부가 되고 싶지 않았다. 그녀는 행복했다. 스티븐 브리그스토크의 집 밖에 주차한 차 안에 있는 지금에야 그것을 깨달았다. 그 순간 그녀는 행복했다. 진정으로 행복했던 순간은 그때가 마지막이었다는 생각에 눈물이 다시 쏟아지기 시작했다. 그때 이후로는 그저 행복한 척하면서 살아온 걸까? 꼭 그렇다고 할 수는 없다. 하지만 그녀는 그 노인에게 그때의 행복했던 기분에 대해서는 말하지 않았다. 그가 듣고 싶어할 이야기는 아닐 테니까. 혼란을 주고 싶지 않았다. 그에게는 이야기의 핵심만을 전달해야 했다.

캐서린은 와인 잔을 비운 다음 방으로 들어가 문과 덧문을 닫았다. 초저녁인데도 무척 피곤했다. 샤워를 마치고는 책을 갖고 침대로 갔다. 신을 벗어 던지고 상의를 벗고 있는데 뭔가가 그녀의 눈에 들어왔다. 윗도리를 머리 위로 잡아당기고 팔을 반쯤 뺀 상태로 몸을 돌려 그쪽을 보았다. 이미 날은 어두워졌고 덧문도 닫혀 있었지만 문 앞에 서 있는 키가 크고 건장한 사람의 형체는 또렷하게 보였다. 그의 체취가 코를 자극했다. 그의 로션냄새가 역겨울 만큼 강했던 탓에 눈으로 보기 전부터 냄새로 그를 느꼈던 것 같다. 문은 닫혀 있었지만 그의 손에서 쩽그랑대는 열쇠 소리를 들을 수 있었다. 와인을 쏟지 않는 데만 신경 쓰다가 방문에 열쇠를 꽂아놓은 게 분명했다. 빌어먹을 와인 같으니. 그녀는 팔을 소매에서 뺀 다음 상의로 몸을 가렸다. 나가라고 소리치기 전에 그의 손이 먼저 그녀의 입을 틀어막았다. 큼직하고 뜨거운 손이었다.

손바닥에서 찝찔한 땀 맛이 느껴졌다. 지금까지도 그 감각을 잊을 수 없다. 노인에게도 그렇게 말했다. 지금까지도 당신 아들의 손에서 느껴지던 두려움의 맛, 혹은 짜릿함의 맛이 여전히 기억에 생생하다고. 그 맛과 냄새의 감각이 뇌리에 또렷이 새겨져 아무리 애써도 떨칠 수 없다고. 캐서린은 행복한 순간을 그렇게도 쉽게 잊고 역겨운 기억만 생생하게 기억하는 자신이 원망스러웠다.

캐서린이 그를 때리려고 하자 그는 다른 손으로 그녀를 붙잡았다. 그녀의 상의가 바닥에 떨어졌다. 그는 그녀의 몸을 눈으로 훑었다. 그녀가 손을 빼려고 버둥거리자 그는 순순히 놓아주며 손가락을 자기 입술에 갖다 댔다. 니콜라스의 방 쪽으로 열린 문을 눈짓으로 가리키며. 그는 호주머니에서 주머니칼을 꺼냈다. 칼날을 펼쳐 그녀의 왼쪽 젖꼭지에 갖다 댔다. 브라 컵의 밑 부분을 칼로 지그시 눌렀다. 다른 손으로는 그녀의 목을 움켜잡고 니콜라스의 방문 쪽으로 끌고 갔다. 여전히 그녀의 목을 잡은 상태로 방문을 닫더니 칼을 쥔 손으로 문을 잠갔다.

"소리를 지르면 네 얼굴을 베고 나서 아들놈 얼굴에도 칼집을 내 주지." 그는 캐서린을 죽이겠다고 협박하지 않았다. 만약 그랬다면 그녀는 좀 더 저항을 했을 것이다. 설마 진짜 죽일 거라고 생각지는 않았을 테니까. 하지만 그녀와 니콜라스의 얼굴을 벤다는 말은 믿을 수밖에 없었다. 그는 칼로 자기 팔 안쪽을 그었다. 직선이 생겼다. 다시 한 번 긋자 붉은 십자가가 선명하게 그려졌다. 칼이 얼마나 잘 드는지 보여주려는 것이었다. 그는 캐서린에게 팔을 뻗어 피를 핥게 했다.

캐서린은 그의 말투에 깜짝 놀랐다. 그의 목소리에 깃든 증오를 느끼고 충격을 받았다. 그 순간이 오기 전 그녀를 주시하던 때, 해변에서 그녀에게 맥주병을 들어 보이던 때, 호텔 바에 앉아 그녀에게 미소를 지을 때만 해도 그의 입에서 그런 말이 나올 줄 몰랐다. 목소리 역시 상상과는 딴판이었다. 온화할 거라고만 생각했었는데. 내가 정말 어리석었구나. 수치스럽게도 그가 나를 흠모한다는 착각에 빠져 있었다니. 그 사람이 나를 인간으로 여기지 않는다는 걸 왜 몰랐을까? 그 사람에게 그녀는 분노와 증오를 쏟아내며 괴롭힐 작은 동물에 지나지 않았다. 그것도 모르고 그의 욕망이 무해하고 가벼운 것이라고만 생각했다니. 캐서린은 그때의 기억을 자세히 떠올렸지만 그의 아버지에게 모두 전하지는 않았다. 자질구레한 사실들까지 모두 기억하고 있어야 할 사람은 바로 그녀다. 모든 사실을 기억 속에서 끄집어내어 해묵은 먼지를 불어 없애야만 있는 그대로 직시할 수 있다. 아무것도 남겨 두어서는 안 된다.

그는 그녀의 모습이 잘 보이도록 침대 옆 전등을 켰다. 니콜라스의 방문에 등을 기댄 채 그녀에게 옷을 벗으라고 지시했다. 어깨에 메고 있던 작은 배낭을 발밑에 내려놓더니 그녀에게서 눈을 떼지 않은 채 배낭에서 카메라를 꺼내 목에 걸었다. 그녀가 그 자리에서 꼼짝하지 못하도록 지켜보면서. 나중에 사진을 빌미로 협박하려는 것이 틀림없었다. 그는 문에서 떨어져 방 저편으로 건너갔다. 니콜라스의 방 열쇠는 문에 그대로 꽂혀 있었다.

"벗어." 그는 칼끝으로 그녀의 브라를 가리켰다. 그녀는 끈을 내리고 브라를 돌려 후크를 풀었다. 등 뒤로 손을 뻗어 바로 벗을 수도 있었지만 시간을 끌어야 했다. 저항할 생각이 없는 듯 행동하는 전략이 먹히고 있었다. 니콜라스의 방문으로 돌진해 문을 열고 방에 들어가면 그가 들어오기 전에 재빨리 잠글 수 있을 것 같았다. 하지만 그녀는 열쇠를 더듬어 빼기 전에 그에게 어깨를 붙잡히고 말았다. 그는 그녀의 몸을 돌려 힘껏 뺨을 후려쳤다. 그런 식으로 맞아 본 것은 처음이었다. 어릴 때 가끔씩 어머니에게 손바닥으로 허벅지를 맞은 게 전부였으니까. 귓속이 울리고 이가 부딪칠 만큼 큰 충격이었다.

"엄마? 엄마?" 문 밖에서 작은 목소리가 들렸다. 그는 칼끝을 그녀의 턱밑에 갖다 댔다.

"가서 재우고 와."

"괜찮아, 아가야. 어서 자렴. 아이 착하지." 니콜라스는 엄마 목소리에서 뭔가 이상한 낌새를 느꼈는지 엄마를 보고 싶다고 했다.

"문을 열어놓기로 약속했잖아, 엄마…." 아이는 짜증을 내고 있었다.

"문을 열지 그래." 그가 그녀의 귀에 대고 말했다. "가서 조용히 시키라고."

캐서린은 문을 열고 니콜라스에게 갔다. 그 사람은 아이의 눈에 띄지 않도록 캐서린의 방문 뒤에 몸을 숨겼다. 캐서린은 침대에 앉아 아이의 머리를 쓰다듬었다. 그들을 지켜보는 조나단의 시선이 느껴졌다.

"이게 무슨 냄새야?"

캐서린은 하마터면 웃음을 터뜨릴 뻔했다. 그의 로션 냄새였다. 니콜라스의 말이 우스웠다. 마치 역겨운 냄새인 것처럼 말하다니. 실제로 그랬지만 그 사람은 생각이 달랐을 것이다.

"호텔에 냄새나는 것들 많잖아. 엄마가 샤워를 했거든." 아이의 이마에 입을 맞추며 그녀가 말했다.

"아이 지독해." 아들의 말에 그녀는 애써 미소를 지었다.

"이제 자렴. 엄마가 여기 있잖아. 엄마도 자러 갈 거야." 그녀는 거짓말을 했다.

"문을 열어놓기로 했잖아." 스르르 감기는 눈을 억지로 뜨면서 니콜라스가 말했다.

"그랬지. 미안해. 봐. 이제 열어놨잖아. 우리 예쁜 아기 어서 자렴." 캐서린은 아이의 눈이 감길 때까지 계속 머리를 쓰다듬었다. 겨우 몇 분밖에 걸리지 않았다. 뒤에서 그의 기척이 느껴졌다. 그녀와 니콜라스를 지켜보고 있었다. 그는 칼을 꺼내 잠든 니콜라스의 눈 위를 왼쪽에서 오른쪽으로 긋는 시늉을 했다. 아이의 속눈썹 위로 칼날을 휘둘렀다. 캐서린은 숨이 막혀 그 자리에 얼어붙었다. 하지만 이내 문 쪽으로 몸을 움직이기 시작했다. 그가 아이의 방을 나오도록 유도해야 했다. 다행히 그는 캐서린의 뒤를 따랐다. 그때 니콜라스가 잠을 깼다면 무슨 일이 벌어졌을까?

방에 들어온 캐서린은 그에게 문을 잠그라고 일렀다. 그는 그녀가 더 이상 딴 짓을 할 생각이 없음을 알고 씨익 웃었다.

"좋아." 그가 말했다. "어디까지 했었지?"

니콜라스를 달래러 갈 때 티셔츠를 다시 입었기 때문에 한 번 더 벗어야 했다. 이번에도 꾸물대며 시간을 끌었다. 그의 마음을 돌리고 싶었다. 그가 자신이나 아이를 해칠 생각 없이 그냥 눈으로 보기만 하려는 건지도 모른다고 생각했다. 머리 위로 티셔츠를 잡아당길 때 카메라가 찰칵대는 소리가 들렸다. 어찌해야 할지 난감했다. 포즈를 취해야 하나? 대체 어떻게 해야 하지?

그는 속바지 차림으로 서 있는 그녀를 보았다. 아무 장식 없는 흰 색의 무난한 디자인이었다. 그의 취향이 아니었나 보다. 그는 서랍장 맨 위 서랍을 열어 속을 뒤지더니 휴가를 떠나기 전에 로버트가 사준 속옷을 찾아 그녀에게 건넸다.

"이걸 입어." 그녀는 순순히 따랐다.

"침대에 앉아." 그녀는 침대에 앉았다.

"편한 자세로 앉아봐." 캐서린은 팔로 침대를 짚고 몸을 뒤로 기울였다.

"다리를 벌려." 시키는 대로 했다.

그는 의자에 앉아 그녀를 보았다.

"손을 팬티 속에 넣어." 이런 제길. 그녀는 심호흡을 하며 손을 팬티 속에 집어넣었다.

"네 몸을 만져봐." 그가 말했다. "절정을 느껴보란 말이야." 어쩌란 말인가? 도저히 못할 짓 같았지만 반드시 해야 했다. 그녀가 손가락을 움직이기 시작하자 그는 카메라에 눈을 대고 기다렸다. 그녀의 몸은 건조하기만 했다. 전혀 반응하지 않았다. 손가락을 빨리 움직이자 그가 사진을 찍기 시작했다. 그가 가까이 다가오며 줌을 당기자 캐서린은 눈을 감은 채 머리를 뒤로 젖혔다. 그녀는 입술을 벌리고 숨을 몰아쉬며 윗입술을 깨물었다. 계속 손가락을 움직이며 신음소리를 냈다. 결코 절정에 이를 수는 없겠지만 그를 속일 수는 있을 것이다. 캐서린은 마지막 신음을 토해내고는 움직임을 멈췄다. 손을 여전히 그 자리에 둔 채 움직이지 않았다. 이것이 그가 원하는 전부인가? 그녀의 몸에 손을 댈까? 그녀의 흥분을 지켜본 것으로 만족할까? 귀에 거슬리는 카메라 셔터 소리는 멈추지 않았다. 그녀는 가만히 손을 뺐다. 천천히 몸을 돌려 그를 보았다. 그는 앉아 있었다. 카메라를 목에 건 채 느긋하게 앉아 있었다. 칼을 휘두를 생각은 없어 보였다.

"이제 가 주세요, 제발." 그녀가 말했다. "부탁해요." 그러자 그는 갑자기 태도를 바꾸더니 칼을 꺼내들었다. 그녀가 큰 실수를 한 것이다. 괜한 말을 꺼냈다. 그녀도 그를 원하는 것처럼 행동해야 했다. 그는 칼을 펼쳐 캐서린의 팬티를 찢더니 그녀의 손을 자신의 바지 앞쪽으로 끌어당겼다. 축축했다. 아린 냄새를 풍기는 분비물로 젖어 있었다. 그녀의 손에 잡힌 사타구니가 점점 단단해지자 그녀는 심장이 두방망이질 치고 목구멍이 바싹 탔다. 끝난 게 아니라는 생각에 공포가 밀려오고 속이 울렁거렸다. 그녀 자신과 아들을 위한 두려움이었다. 캐서린은 손으로 그의 성기를 움켜쥐었다. 그의 몸에서 그것을 뽑아버리고 싶었다. 그는 그녀의 손을 치웠다.

"아직 아니야." 안달하는 여자를 달래는 듯한 말투였다. "뒤로 돌아."

"제발, 안돼요." 캐서린은 눈물을 흘리기 시작했다. 그의 동정을 살 수 있지 않을까 기대를 걸었지만 그는 오히려 니콜라스의 방문 쪽으로 걸어갔다.

"엄마가 뭘 하고 있는지 보여줄까?" 그녀는 순간적으로 조금 전에 있었던 일을 니콜라스가 봤다면 아들이 어떻게 반응할지, 어떤 일이 생길지 상상했다. 그 애가 얼마나 충격을 받을까?

"알았어요. 미안해요. 잘못했어요."

그는 가만히 그녀를 보고 있었다.

"제발요, 이리 와요." 그녀가 말했다. 그가 다가오자 그녀는 팔다리를 세워 엎드렸고 그는 이미 끊어질 듯 아슬아슬하게 걸려 있는 그녀의 팬티를 내렸다.

"웃어." 그가 말했다. 그녀는 시키는 대로 했다.

"나를 보고 말이야." 그녀는 고개를 돌린 채 웃음을 지어보였다.

"아까 한 걸 다시 해봐." 그녀가 손을 뒤로 뻗자 그는 그녀의 뒤쪽으로 자리를 옮겨 셔터를 눌러댔다. 캐서린은 눈을 감았다. 그의 모습을 보고 싶지 않았다. 동시에 머리를 바삐 굴리기 시작했다. 어찌 해야 하나? 그를 내보내야 한다. 니콜라스에게서 떼어 놓아야 한다. 그와 함께 호텔을 나가면 어떨까….

"왜 멈추는 거야?" 그것마저 미처 깨닫지 못했다. 캐서린은 다시 손을 움직였다. 점점 속도를 높였다. 손목이 아플 지경이었다. 갑자기 그가 그녀를 움켜잡더니 그녀의 몸 안으로 들어왔다. 찌릿한 통증이 밀려왔다. 그녀의 몸을 돌린 뒤 입을 맞추었다. 그의 치아와 침이 느껴졌다. 로션이 그녀의 혀에 쓴 맛을 남겼다. 그녀는 찍 소리도 낼 수 없었다. 그는 그녀의 입을 틀어막을 필요가 없었다. 니콜라스를 옆에 두고 어떻게 소리를 지를 수 있겠는가? 그 애가 와서 엄마를 구해주기라도 하겠는가? 잠자코 받아들이는 수밖에 없었다. 어서 일이 끝나고 그가 돌아가기만을 바랄 뿐이었다. 그는 그녀의 허벅지를 무릎으로 누른 채 강하게 몸을 움직였다. 끝이었다. 너무 빨리 끝났다. 하지만 그는 젊었고 곧바로 다시 시작할 수 있었다. 다시, 또 다시. 그는 녹초가 될 때까지 계속했다. 시간이 얼마나 지났을까? 오랜 시간이 흐른 것 같은 기분이었다. 세 시간 반. 무려 세 시간 반이나 계속되었다. 그녀는 어찌할 도리 없이 몸을 맡겼다. 저항할 수도, 소리를 지를 수도 없었다. 그녀는 오직 니콜라스만 생각했다. 소리 지르지 말자. 울지도 말자. 그는 캐서린의 옆에 드러눕더니 그녀의 손을 잡고 그녀를 돌아보며 미소 지었다.

"고마워." 그가 말했다. "최고였어." 그가 확 죽어 버렸으면 싶었다. 그가 죽는 꼴을 볼 수 있다면 무슨 일이든 할 수 있을 것 같았다. 그의 아버지에게도 그 말을 했다. 그가 당연히 알아야 한다고 생각했다. 그런 마음을 품은 데 대해 미안한 척할 수도 없었다. 그것이 그녀의 솔직한 심정이었으니까.

그는 배낭에 손을 뻗어 담뱃갑을 꺼냈다. 캐서린에게도 하나를 건넸지만 그녀는 고개를 저었다. 그가 담배를 물고 불을 붙이려 했다.

"여기선 안 돼요." 그녀가 말했다. 니콜라스 때문이라는 말은 하고 싶지 않았다. 그 사람에게 아이의 존재를 상기시키고 싶지 않았다. 그녀는 발코니를 손으로 가리켰다. 그는 덧문과 문을 열고 밖으로 나갔다.

"어때?" 그는 캐서린을 돌아보며 다시 담배를 권했다. 캐서린은 차라리 밖에 있는 편이 낫겠다 싶어 그를 따라 나가 문을 닫았다. 그들은 발코니에 나란히 서서 파티를 즐기는 사람들을 내려다보았다. 행복한 사람들, 평범한 사람들이 한밤의 외출을 즐기고 있었다. 지나가면서 위를 올려다보는 사람도 있었다. 나란히 서서 다정하게 담배를 피우는 그들의 모습을 보았을 것이다. 강간범과 피해자라는 생각은 조금도 하지 못했을 것이다. 그는 담배를 다 피우고 방을 나가면서 캐서린에게 키스했다. 자신이 무슨 일을 저질렀는지 도무지 모르는 모양이었다.

스티븐

2013년 늦여름

여자의 등 뒤로 문이 익숙한 소음을 내며 닫혔다. 이야기를 마친 여자는 나를 보며 미안하다고 했다. 그러고는 곧장 일어서서 걸어 나갔다. 나는 아무 대꾸도 하지 않았다. 이야기 중간에 딱한 번 여자의 말을 끊고 질문을 했을 뿐이다. 여자는 그 질문에 대답을 해 주었다. 나는 일어서서 여자를 문까지 배웅하거나 와줘서 고맙다는 인사를 하지 않았다. 자리에 꼼짝 않고 앉아만 있었다. 낸시의 노트를 태워버린 것이 후회됐다. 그것들을 되찾을 수만 있다면. 나는 낸시의 목소리에서 위안을 얻고 싶었지만 집안은 고요하기만 했다. 한 가지 소리만 빼면. 내가 몸을 심하게 떠는 바람에 앉아 있던 의자가 식탁에 부딪혔다. 나는 떨림을 진정시키기 위해 의자를 꽉 붙잡아야 했다. 내가 왜 낸시의 노트를 태워버리고 사진만 보관했던 거지? 바보 같으니라고.

나는 재킷을 걸치고 호주머니에 열쇠와 버스 카드가 들어 있는지 확인한 다음 집을 나섰다. 길 끝에 있는 버스 정류장으로 성큼성큼 걸어갔다. 왼발, 오른발, 왼발, 오른발, 바로! 낮게 웅웅대는 소리가 들려 뒤를 돌아보니 길 저편에서 버스가 다가오고 있었다. 나는 걸음을 재촉하며 운전수와 눈을 마주치기 위해 몸을 돌렸다. 손을 내밀었지만 나는 여전히 정류장에서 20미터나 떨어져 있었다. 운전수는 나를 앞질러 가더니 차를 멈추었다. 젊은이한 명이 차에서 내렸다. 거의 도착했는데 버스는 나를 태우지 않고 떠나버렸다. 나를 못 봤을까? 그럴 리가 없다. 이렇게 야박할수가. 단 1분, 길어야 3분도 기다려주지 않다니. 나는 모퉁이를 돌아 사라지는 버스 꽁무니에 손가락질을 하고는 다음 버스가 오기를 기다렸다.

어느새 시간이 흘러갔다. 머릿속이 멍했다. 다음 버스가 도착하자 나는 차에 올라 운전수 뒷자리에 앉았다. 맞은편에 노부인이 앉아 있었다. 그녀는 나와 눈을 마주치려 했지만 나는 모른 척하고 창 밖을 내다봤다.

"오후에는 화창하겠어요. 곧 날이 갠대요." 그녀가 말했다. 나는 여자를 보았다. 뭐라 대답을 해야 했지만 내키지 않아서 고개만 끄덕였다. 별로 상대할 마음이 들지 않아 고개를 돌렸다. 다음 정류장에서 한 여자가 어린애 둘을 데리고 타자 그 노인네는 옆자리를 손으로 두드리며 한 아이에게 앉으라고 손짓했다. 그 여자아이는 왠지 불안해 보였고 노부인의 손짓을 눈치채지 못한 것같았다. 하지만 아이 엄마가 미소를 지으며 아이를 들어 그 자리에 앉히고 남자 아이는 안아 올렸다. 아이들은 두 살 전후의 쌍

둥이 같았다. 여자 아이가 나를 빤히 바라봤다. 나도 그 애를 쏘아봤다. 두 여자 사이에는 아무 대화가 없었지만 그들 덕분에 나는 어색함을 피할 수 있었다.

그 노인네의 말대로 버스에서 내릴 즈음에는 찌무룩하던 하늘이 맑게 개고 태양도 빛나고 있었다. 햇빛이 너무 강해서 눈을 찡그렸더니 눈앞에 거무스름하고 모호한 형체만 아른거렸다. 왼쪽으로 돌아 철문으로 들어갔더니 태양이 오른쪽으로 옮겨가면서 내 시야도 밝아졌다. 이곳이 바로 캐서린 레이븐스크로프트와 낸시가 만난 장소다. 조나단과 낸시가 묻힌 곳이기도 하다. 한때는 두 사람의 무덤을 돌보러 가끔씩 들렀지만 못 온지도 꽤 오래됐다. 낸시를 다시 집으로 맞아들인 다음에는 올 필요를 느끼지 못했다. 조나단이 죽자 우리는 때가 되면 그 애 옆자리에 묻히기로 하고 우리 묏자리를 미리 사 두었다.

이유는 알 수 없지만 개를 산책시키러 나온 사람들은 이곳에서 개들을 쉬게 하면서 배변을 시키곤 했다. 평소에는 불쾌했지만 오늘은 조나단과 낸시의 무덤을 등진 채 벤치에 앉아 개들의 모습을 지켜보았다. 여기서 개를 산책시키는 이들은 개념 있는 사람들이라 개가 볼 일을 보고나면 늘 뒤처리를 한다. 한 남자가 아주 능숙하게 개똥을 치우고 있었다. 손에 검은 봉지를 감싼 채 냉큼 집더니 다른 손으로 쓰레기통 뚜껑을 들고 바로 던져넣었다. 그 남자가 걸어가는 모습을 보고 나는 미소를 지으며 고개를 끄덕였다. 시야에서 사라질 때까지 눈을 떼지 않았다. 반대쪽을 돌아보았다. 한 사람이 달리기를 하며 철문으로 들어왔지만 내가 앉아 있는 벤치를 피해 다른 길로 갔다.

나는 일어나서 쓰레기통 뚜껑을 열고, 손을 집어넣어 검은 비닐봉지를 꺼냈다. 그것을 손가락으로 집어든 채 아들의 무덤 쪽으로 걸어갔다. 봉지를 풀었더니 구린내가 확 풍겨와 손을 코에서 멀리 떨어뜨렸다.

"이 썩을 놈 같으니." 나는 소리를 지르며 개똥을 조나단의 무덤에 던졌다. 그 중 일부가 그 애의 비석에 붙었다. 대번에 내 행동을 후회했다. 조나단의 옆에는 낸시가 누워 있다. '헌신적인 엄마, 사랑받던 아내, 영원히 기억될 여인.'

내 행동을 목격한 사람이 있는지 둘러봤지만 아무도 없는 것 같았다. 나는 수돗가로 가서 물뿌리개에 물을 채워 돌아왔다. 조나단의 비석에 물을 뿌렸다. 세 차례나 물을 길어 나른 끝에 똥을 모두 씻어낼 수 있었다. 검은 봉지도 주워 쓰레기통에 넣었다. 나는 무덤으로 돌아가 두 사람 사이에 무릎을 꿇고 흐느끼기 시작했다.

"낸시, 정말 몰랐어? 조금도 의심하지 않았냐고?" 나의 흐느낌은 오열로 변했다. 나는 팔다리를 짚고 그녀의 발치에 엎드렸다. 누군가 내 어깨에 손을 얹었다.

"괜찮아요?"

돌아보니 조금 전에 개를 데리고 지나가던 남자였다. 그는 비석에 적힌 글을 살폈다.

"아내와 아드님인가 봐요?"

나는 고개를 끄덕였다. 어깨나 한 번 두드려주고 갈 줄 알았는데 그는 그 자리에 머물렀다.

"아드님은 어떻게 돌아가셨나요?" 천박한 호기심이 아닌 사려 깊은 질문이었다. 나는 입에 침과 눈물이 가득 고여 말을 제대로 할 수 없었다. 그는 손을 내밀어 내가 일어서도록 도와주었다.

"물에 빠져 죽었어요." 나는 간신히 대답했다.

"안타까운 일이네요." 그가 말했다. 나는 대화를 계속하고 싶었다.

"어린애를 구하다가요." 그가 숨을 멈추었다.

"정말 용감한 일을 하셨네요." 그는 이제 조나단이 어떤 사람인지 알겠다는 듯 고개를 끄덕였다. "그래서 아이를 살렸나요?"

"네, 그랬지요."

"용감한 젊은이였나 봐요." 그는 내 어깨를 두드리고는 가던 길을 갔다.

그건 사실이다. 조나단이 어떤 일을 저질렀든 목숨을 걸고 아이를 구했다는 사실은 누구도 부인할 수 없다. 그날 오후 진정한 용기를 보여주었다. 누구보다 먼저 물속에 뛰어들었다. 경찰도 그렇게 말했다. 그리고는 자기 목숨을 걱정하지 않고 곧장 헤엄을 쳤다. 조나단이 즉시 나서지 않았다면 니콜라스는 누구의 손도 미치지 않는 먼 바다로 떠내려갔을 것이다. 젊은 스페인 남자가 니콜라스를 해변으로 끌고 왔지만 그 애를 구한 사람은 조나단이다. 대부분의 사람들이 그랬겠지만 나 같아도 두려운 마음에 선뜻 나서지 못했을 것이다. 하지만 그 순간 조나단은 자기 목숨은 아랑곳 않고 옳은 일을 하기 위해 용기를 냈다. '정말 용감한 젊은이였어요.' 목격자들은 하나같이 경찰에게, 그리고 내게 그렇게 말했다. 그들은 스페인어로 '그는 자신을 희생했다'고 말했다. 조나단의 용기를 의심했던 내 자신이 부끄러웠다. 나는 그 애를 자랑스러워해야 마땅했지만 그런 적이 없었다. 그것은 용기였을까, 무모한 영웅심리였을까? 사실 우리와 함께 한 19년 동안 나는 그 애가 남들을 위해 자신을 희생하는 경우를 단 한 번도 본 적이 없다.

그때는 왜 그런 일이 일어났을까? 조나단은 왜 헤엄쳐서 돌아올 수 없었을까? 정말 파도가 너무 험해서였을까?

"어쩌다 조나단이 아닌 그 스페인 청년이 아이를 해변으로 데려왔을까?" 언젠가 낸시에게 이렇게 분통을 터뜨렸더니 그녀는 내가 원하는 대답을 했다.

"너무 멀리 나가는 바람에 탈진했던 거죠. 힘든 일을 해냈으니까요. 스페인 청년은 마무리를 했을 뿐이죠."

나는 집으로 돌아와 책상 앞에 앉았다. 고양이가 까칠한 혀로 내 피부를 핥아 보호막을 모두 벗겨버린 느낌이었다. 집안에 들어오자 다시 몸이 떨리기 시작했다. 나는 온몸을 떨며 의지할 대상을 찾다가 가장 가까이 있는 물건을 붙잡았다. 그 여자는 거짓말쟁이다. 그 여자가 오랜 세월 거짓된 삶을 살았다는 건 누구나 알고 있다. 또다시 거짓말을 하고 있는 것이다. 낸시의 의견을 들으려고 귀를 기울였지만 아무 소리도 들리지 않았다. 조나단이 팔에 십자를 그어 피를 핥게 했다는 캐서린의 이야기만 귓가에 쟁쟁했다. 나는 시신을 확인하러 가서 보았던 보라색 흉터를 떠올렸다. 그들 말로는 사고 때문에 생긴 상처라고 했다. 그런 상처가 그토록 깔끔하게 생길 수 있을까? 나는 낸시의 대답을 들으려 귀를 기울였다.

"왜 당신은 그 여자에게 사진에 대해 물어보지 않았어? 여자가 조나단을 만난 적이 없다고 했을 때 왜 따지지 않았어?" 하지만 낸시는 묵묵부답이었다.

"그 여자에겐 아무 증거가 없어." 나는 울부짖었다. 나는 사진을 집어 들어 다시 살펴보았다. 해변에 있는 엄마와 아들의 사진. 카페에서 아들에게 숟가락으로 아이스크림을 먹여주는 사진. 너무나 자연스러워보였다. 엄마도 아이도 미소를 짓고 있다. 휴가를 즐기고 있다. 여자가 카메라를 똑바로 바라보는 사진도 있다. 마치 사진을 찍은 사람이 같은 테이블에 앉아 있는 것 같지만 이제는 더 이상 그렇게 생각할 수 없었다. 우리는 그 애의 열여덟 살생일에 우리 형편으로 감당할 수 있는 가장 비싼 줌 렌즈를 선물했다. 그것들은 파파라치가 찍은 연애 잡지의 사진과 다르지 않다. 멀리서 찍었지만 피사체의 바로 옆에서 스스럼없이 어울리며 찍은 듯한 사진. 친한 사이를 가장한 사진. 하지만 호텔방의 사진은 다르다. 전혀 자연스럽지 않다. 모두 포즈를 취하고 있다. 그 사실을 깨닫고 나는 그 사진을 처음 봤을 때보다 더 큰 충격을 받았다. 더구나 사진에는 내가 그동안 미처 눈치채지 못했던 감정도 담겨 있었다. 공포라고 해야 할까?

조나단의 카메라에 들어 있던 필름을 현상한 사람이 낸시가 아닌 나였더라면, 그 애가 죽은 직후에 낸시가 그랬듯, 나 역시 혼자서 이 사진을 꼼꼼히 살펴봤더라면 낸시가 본 것을 나도 볼 수 있었을까? 아니면 조나단의 침실에서 발견한 포르노 컬렉션을 떠올릴 수 있었을까? 내가 필름을 현상한 이후에 그 포르노를 발견했다면 어땠을까? 그러면 나는 연결고리를 찾을 수 있었을까? 내가 그 도색잡지를 내다버린 탓에 낸시는 끝내 아들의 취향을 알지 못했다. 하지만 나도 굳이 알려고 하지 않았다. 그때 그것들을 내다버리고 몇 년 후 그 사진을 발견했을 때도 그 잡지들을 연상하지 못했다. 나는 내가 보고 싶은 것만 봤다. 하지만 낸시가 의문이다. 그녀는 다른 것을 본 게 아닐지. 그 때문에 책을 쓴 것이 아닐지. 그 책은 다른 누구도 아닌 낸시가 쓴 책이다. 그녀의 아들이 평화롭게 잠들기를 바라며 그런 이야기를 만들어낸 걸까? 하지만 내 아들은 오히려 편히 쉴 수 없게 되었다. 나는 니콜라스의 회복을 위해 기도했다. 낸시가 나를 비웃을 거라 생각했지만 나는 더 이상 그녀를 불러낼 수 없었고 그녀의 침묵이 오히려 고맙게 느껴졌다.

나는 캐서린에게 왜 낸시를 만났을 때 얘기하지 않았냐고 물었다. 왜 낸시에게 강간 얘기를 하지 않았냐고. 캐서린은 놀랍다는 듯 나를 보았다.

"누구에게도 말하지 않았어요. 그분께 더 큰 상처를 주고 싶지도 않았고요." 그렇다면 내게 처음으로 그 얘기를 털어놓은 셈이다. 어쩔 수 없어서라고 했다. 그녀의 뜻과 상관없이 그래야 했다는 것이다. 그녀가 미안하다고 한 말은 진심이라고 생각한다. 나를 동정한 것이었지만 나는 동정 받을 자격이 없다. 나는 그녀가 나를 미워하길 바란다. 내가 나를 미워하는 것보다 나를 더 미워할 사람이 필요하다. 나는 그녀에게 더 할 말이 있어서 전화를 걸었다. 운전 중인지 차 소리가 들렸다.

"당신 아들이 사진을 봤어요." 나는 대답을 기다렸지만 아무 반응이 없어서 말을 이었다. "내 아내는 자신이 고통 받은 만큼 당신에게 고통을 주길 바랐어요." 내가 니콜라스에게 어떻게 접근했는지도 알려주었다. "당신이 조나단과 사랑에 빠졌다고 믿게 했어요. 당신에게 그 애의 목숨보다 조나단의 목숨이 더 중요했다고." 차 소리 사이로 짧은 탄식 소리만 들릴 뿐, 그녀는 아무 말도 없었다. 전화를 끊지도 않았다.

"당신 남편에게도 말해야 해요." 나는 최대한 침착한 목소리로 말했다.

"당신이 말하지 그래요." 그녀가 낮은 목소리로 내뱉었다. 그 목소리를 들으니 최소한 그녀가 나를 미워할 거라는 희망을 가질 수 있었다.

53

캐서린

2013년 여름의 끝

니콜라스가 눈을 떴을 때 그의 침상을 지키던 사람은 로버트였고 그 소식을 캐서린에게 알려준 사람도 로버트였다. 캐서린은 직장에서 제공하는 두 번째 치료 도중에 그의 문자메시지를 받았다. 별로 내키지 않았지만 어쩌면 도움이 되지 않을까 하는 작은 기대를 품고 간 곳이었다. 문자 수신음 소리에 치료사는 얼굴을 찌푸렸다. 전화기도 끄지 않았다니. 캐서린은 자리에서 일어나 당장 가봐야 한다고 말했다. 젊은 여자 치료사는 말없이 고개를 옆으로 기울였다. 캐서린이 느끼기에 이 치료는 입 속의 이를 하나하나 조심스럽게 뽑아내는 과정처럼 느껴졌다. 새 틀니에 적응해야만 전보다 한층 행복해질 수 있다. 그러나 한편으로는 피가 철철 흐르는 입 속의 뻥 뚫린 구멍에 익숙해지는 것도 중요하다.

"제 아들이요. 방금 눈을 떴대요."

치료사는 고개를 반대쪽으로 기울였다.

"중환자실에 있거든요."

치료사는 순간 놀라는 듯하더니 무슨 일인지 이제야 알겠다는 표정을 지었다. 몰랐다 해도 그녀의 잘못이 아니다. 캐서린이 이야기하지 않았으니까. 물론 그녀도 묻지 않았다. 치료사는 제대로 된 질문을 하지 않았고 캐서린은 그런 질문에 수동적인 대답만 했다. 캐서린은 비협조적인 환자였다. 치료를 받을 생각도 의지도 없는 환자였다.

캐서린이 병원에 도착하자 간호사는 로버트가 5분 전에 떠났다고 했다. 그는 캐서린과 마주치지 않으려고 오가는 시간에 신경을 썼지만 캐서린은 더 이상 그런 데 개의치 않았다. 그녀는 무릎을 굽히고 몸을 숙여 니콜라스에게 엄마가 왔다고 알렸다. 이제 다 괜찮을 거라고 했다. 이제 그는 안전할 것이며 엄마는 세상 누구보다 그를 사랑한다고 말했다. 지금껏 사랑했던 그 누구보다. 니콜라스는 눈을 떴지만 눈에는 초점이 없었다. 눈빛이 공허하고 반응도 없었지만 의사가 희망을 주었다. 인내심을 갖고 기다려야 한다고. 시간이 걸릴 거라고. 검사를 더 해봐야겠지만 좋은 징후가 나타나고 있다고. 느린 속도라 해도 결국 완전히 회복될 거라고. 좋은 소식이었다. 니콜라스가 잘못되면 그녀도 스스로 목숨을 끊어야겠다고 생각하고 있었다. 어떻게 죽을지도 정해두었다. 지하철에 뛰어들 생각은 없다. 약과 알코올을 쓸 작정이었다.

로버트는 아직 그녀가 강간당했다는 사실을 모른다. 캐서린은 그에게 털어놓을 기회를 기다리고 있다. 머지않아 때가 올 것이다. 스티븐 브리그스토크가 용기를 내어 그녀 대신 이 일을 해주지 않을까? 그가 하지 않으면 그녀가 로버트에게 직접 말해야 하겠지만 그가 그녀를 믿어주지 않을지도 모른다는 생각에 마음이 무거워졌다. 지금까지는 그를 설득할 필요도, 그녀가 진실을 말하고 있음을 확신시킬 필요도 없다고 생각했지만 이제는 피할 수 없는 일이 된 것 같아 두려웠다. 그녀에 대해 지독한 경멸감을 품고 있는 지금이라면 로버트는 그녀보다 스티븐의 말을 믿을 것이다. 하지만 더 이상 그를 아무것도 모르는 상태로 내버려 두는 것은 너무 잔인한 일이다. 쓸데없이 시간을 지체하며 그를 고문하고 싶지는 않았다. 하지만 그렇게도 빨리 두 사람 사이에 벽을 만들어버린 것도, 그녀를 향한 문을 닫아버린 것도 모두 로버트였다.

니콜라스에게는 곧바로 얘기할 생각이다. 두 사람 모두 목숨을 건지게 됐으니 니콜라스는 다른 사람이 아닌 엄마에게 직접 말을 들어야 한다. 아무리 고통스럽더라도 그 애는 알아야 한다. 하지만 아직은 때가 아니다. 그 애가 충분히 회복되려면 시간이 필요하다. 캐서린은 니콜라스의 손을 쓰다듬었다. 손톱이 길게 자라 있었다. 손톱깎이를 가져와 잘라주어야겠다고 생각했다. 어릴 때 니콜라스의 손톱을 깎아주던 조그만 손톱깎이가 떠올랐다. 그 애의 손톱이 얼마나 부드러웠던지. 결국 캐서린은 니콜라스가 밤에 손톱으로 자기 몸에 상처를 내지 않도록 그의 손톱을 이로 물어뜯었다.

캐서린은 시간을 확인했다. 로버트가 도착했어야 할 시간이지만 아직 안 와서 다행이라고 생각했다. 간호사와 눈이 마주쳤다. 그녀는 캐서린이 시계 보는 모습을 탐탁찮은 눈으로 보았다. 모든 사람이 캐서린을 못마땅하게 여긴다. 다들 로버트 편이다. 가엾은 남편. 현신적인 아버지. 캐서린은 신경질적이고 형편없는 엄마일 뿐이었다. 연약한 노인을 때린 여자. 한때는 그들의 시선이 신경 쓰였지만 지금은 아니다. 캐서린은 침대에 머리를 놓고 눈을 감았다. 아들과 함께할 수 있는 시간에 감사하며.

54

스티븐

2013년 늦여름

"내 아들이 당신 아내를 강간했어요. 아내분이 하신 말을 믿습니다. 그런 짓을 할 만한 놈이라고 생각합니다. 미안해요. 모든 게 미안합니다…."

가엾은 사람. 감당하기 어려운 사실이리라. 내가 너무 갑작스러웠는지도 모른다. 우리는 병원 카페에 앉아 있다. 그는 내게 차를 가져다주었다. 그래야겠다고 했다. 나는 극구 사양했지만 그는 나를 안심시키고 손님 대접을 해 주고 싶었던 것 같다. 어쨌든 본인도 차를 마실 거라며. 그는 내가 초조해하는 이유를 잘못 짚었다. 내가 지난 번 병실에 찾아왔을 때의 일 때문에 초조한 거라 여겼다. 내가 그 얘기를 하자 그는 묵묵히 찻잔을 내려놓았다. 나는 그 말을 또박또박 반복했다. "내 아들이 당신 아내를 강간했어요. 아내분이 내게 그 때 있었던 일을 모두 들려줬어요. 나는 그 말을 믿어요. 면목 없지만 내 아들이 그런 짓을 했을 거라 생각해요….

미안합니다." 말을 더 잇고 싶었지만 거기서 멈췄다. 그에게도 그 말을 소화할 시간이 필요하다. 가만히 있다가 그가 묻는 말에 대답하면 된다.

"제 아내가 그렇게 말했다고요?"

"네."

"캐서린이?"

"네."

"그 말을 믿으신다고요?"

나는 고개를 끄덕였지만 그는 내 어깨너머를 살피고 있었다. 근처에 앉아 있는 사람들이 있었지만 우리 테이블에는 다른 사람이 없었다. 그들에게 우리는 아버지와 아들처럼 보였을 것이다. 아내와 어머니를 병동에 둔 부자가 서로를 위로하고 있다고 여길 것이다.

"사실이에요. 당신 아내가 제 아들에게 강간당했어요."

"그 말을 언제 하던가요?" 건조한 목소리였다. 최면에 걸린 사람 같은 말투였다.

"어제요. 아내분이 우리 집에 왔었어요…."

그는 내 말을 받아들이면서도 내 눈길을 피했다. 내 어깨 쪽을 응시하더니 자신의 찻잔으로 시선을 떨구었다. 양손은 싸구려 찻잔을 감싸고 있었다.

"어제라고요?"

"네. 어제 아침에 우리 집에 찾아왔어요."

그는 고개를 들어 나를 보았다. 피로에 찌든 모습이었다. 그의 눈은 푸른색이었고 한때 금발이었을 머리카락은 잿빛으로 색이 바래 있었다.

"왜 나한테 말하지 않았을까요? 당신이 아니라 제게 말했어야 하는 거 아닌가요?"

그 말에는 대답할 수 없었다. 차라리 다른 질문을 했으면. 내가 대답할 수 있는 질문을 했으면. 침묵이 우리 사이를 파고들었고 나는 그의 내면에 끓어오르는 분노를 느꼈다. 곧 폭발할 것이다. 넷, 셋, 둘, 하나.

"왜 말하지 않은 겁니까? 분명히 알았을 텐데. 왜 진작 말하지 않았냐고!"

"몰랐어요. 어제까지는 정말 아무것도 몰랐습니다." 하지만 나는 알았어야 했다. 진작 알았어야 했다. 그는 주먹을 불끈 쥐더니 뭔가를 찾아 두리번거렸다. 제정신을 잃고 있는 것이다. 나 역시 같은 경험이 있어서 그 심정을 정확히 안다.

"이런 말을 전화로 하고 싶지는 않았습니다. 만나서 직접 말씀 드리고 싶었어요."

"아내를 강간했다고?"

나는 고개를 끄덕였다.

"당신이 그걸 몰랐다고? 어제까지 아무것도 몰랐다고? 그렇게 오래된 일을? 당신 아들이잖아. 진작에 알았어야지. 의심이라도 해봤어야지…. 전에도 그런 적이 있었는지…."

"아니, 생각도 못했어요…."

"그러면 그 사진들은…."

그에게 죄책감이 밀려들고 있었다. 가엾은 사람. 그가 손을 뻗어 내 코트를 움켜잡는 바람에 뜨거운 차를 다리에 쏟고 말았다. 옆 테이블의 여자가 우리를 돌아봤다. 그녀는 내가 왜 소리도 내지 않고 움직이지도 않는지 의아했겠지만 나는 아무런 감각을 느 낄 수 없었다.

"당신에게 미안했는데." 그가 말했다. "빌어먹을 당신 아들한테 고마워하고 있었는데…." 그는 얼굴을 양손에 파묻었다.

"맹세코 몰랐어요. 아무것도 몰랐어요. 당신 아내를 만나고 나 서야, 아내분이 내 앞에 앉아 그 녀석이 한 짓을 말해주고 나서 야…. 하지만 그때도 믿지 않았어요. 자기 아들이 그런 끔찍한 짓 을 했으리라고 누가 상상이나 할 수 있겠어요? 안 그래요…?" 나 는 어느새 비겁하게도 그 책을 쓴 사람은 내가 아니라 아내였다 고 말하고 있었다. 그의 얼굴에 지독한 혐오감이 번졌다. 모든 잘 못을 아내 탓으로 돌리려는 변명처럼 보였겠지만 나는 그저 낸시 가 죽고 나서 한참 뒤에 그녀가 쓴 원고를 발견했다고 말하고 싶 었을 뿐이다. 왜 그것이 진실이라고 믿었는지, 왜 그녀 대신 그 책 을 출판했는지를 말하고 싶었다. 그것은 낸시의 책, 낸시의 말이 었다.

"아내는 그 책을 다른 사람에게 보여줄 생각이 아니었어요. 그 냥 그 자리에 두었어야 했는데…."

"당신이 그 책을 내 아내에게 보냈지. 내 아들한테도. 그 사진 들을 나한테 보내고. 맙소사. 어찌 그런 짓을. 어떻게 몰랐다고 할 수가 있지? 그런 짓을 할 놈 같다고? 지금까진 전혀 의심도 안 하 다가?"

"그러면 당신은 왜 몰랐죠?" 이 질문이 그에게 어떤 충격을 안 겨주었는지 느낄 수 있었다. "왜 그 생각을 못했을까…?" 그는 손 으로 얼굴을 감쌌다. 그의 어깨가 떨리고 있었다. 손을 뻗어 그 를 토닥이고 싶었지만 그럴 수 없었다. 어떤 말을 해도 그는 죄책감을 떨치거나, 그 더러운 책에서 본 아내의 이미지를 지우지 못할 것이다. 아내가 강간당하는 장면이 끝없이 그를 괴롭힐 것이다. 나는 여기서 더 이상 볼 일이 없다. 할 일을 다 했다. 그도 알고 있다. 나는 그를 남겨둔 채 중환자실로 갔다. 안으로 들어가지 않고 창문으로 니콜라스의 모습을 잠시나마 보고 싶었다. 그녀가 아들의 침상 곁에서 무릎을 꿇고 있었다. 잠이 든 것 같았다.

55

2013년 늦여름

　로버트는 캐서린 옆에서 무릎을 꿇은 채 팔로 그녀의 어깨를 감쌌다. 그녀는 계속 눈을 감고 있었다. 그의 얼굴이 그녀의 목에 닿을 만큼 가까웠다. 얼굴이 축축했다. 그의 몸이 떨리고 있었다.

　"용서해줘, 캐서린. 정말 미안해. 제발 나를 용서해줘. 가여운 사람…. 이제 나도 알아. 그 사람이 자기 아들이 한 짓을 말해줬어…." 이 마지막 한 마디에 캐서린은 목이 턱 막혔다. 그녀의 눈은 여전히 감겨 있었다. 현기증이 났다. 그가 그녀의 손을 잡자 캐서린은 잠에서 깼다. 그녀 앞에는 로버트가 아닌 니콜라스가 있었다. 캐서린은 여전히 니콜라스의 손을 잡고 있었다. 그가 머리를 조금 틀더니 엄마를 똑바로 바라보았다. 눈을 떴을 뿐 아니라 초점도 또렷했다. 니콜라스가 자신을 알아보는 것을 알고 캐서린은 기쁨에 휩싸여 눈물을 흘리며 웃었다.

　"일어났구나, 애야." 니콜라스는 말없이 엄마를 보았다. 캐서린은 로버트에게 문자를 보냈다. 그가 이미 병원에 와서 스티븐을 만나고 있는 줄은 몰랐다. 그 자리에 있던 간호사가 처음으로 캐서린을 향해 미소를 지었다. 그때 의사가 들어오더니 그들이 이미 아는 사실을 확인해주었다. 니콜라스의 상태가 크게 나아졌다고. 이런 추세가 지속된다면 일주일 내에 중환자실에서 나갈 수 있다고.

니콜라스가 다시 눈을 감자 그녀도 눈을 감았다. 그때 로버트가 들어왔다.

"아빠가 오셨어." 그녀는 니콜라스에게 속삭였다. 로버트는 캐서린을 보느라 아들이 눈을 뜬 것을 미처 몰랐다가 뒤늦게 송전탑이 낮게 웅웅대는 것 같은 기쁨에 겨운 소리를 냈다.

"니콜라스." 그가 말했다. "우리가 여기 있어. 엄마와 아빠가 여기 있단다. 곧 괜찮아질 거야." 그러면서 그는 캐서린을 가까이 끌어당겼다. 니콜라스는 자신을 내려다보며 미소 짓는 부모를 보았다. 두 사람을 차례로 바라보던 그의 눈에 당혹감이 스쳤다.

"의사를 불러 올게." 로버트가 조용히 말했다.

"안 그래도 돼." 캐서린은 로버트에게 아까 의사에게 들은 말을 전했다.

두 사람은 밤늦게까지 병실을 지켰다. 나란히 앉아 있다가 가끔씩 한 사람이 나가 먹을거리를 사가지고 돌아오곤 했다. 니콜라스가 뭐라고 말을 할까봐 자리를 뜰 수가 없었다. 아들이 깨어나서 처음으로 하는 말을 놓치고 싶지 않았다. 새벽 한 시가 되어서야 그들은 집에 돌아가기로 했다. 캐서린은 그와 단둘이 있게 될 것이 조금 부담스러웠다. 지금 로버트와 대화를 하기에는 너무 피곤했다.

로버트는 병원에 올 때 택시를 탔기 때문에 캐서린의 차로 함께 집으로 향했다. 늦은 시간이었다. 캐서린은 그날 밤을 엄마와 함께 하지 못해서 미안했지만 미리 전화로 니콜라스가 회복중이고 로버트와 함께 집으로 돌아간다고 알렸으니 이해하실 거라고 믿었다. 캐서린은 탈진할 지경이었다. 어서 집에 가서 침대에 드러눕고 싶었다. 너무 지쳐서 말할 기운도 없었지만 그녀의 침묵은 고요하고 평화로웠다. 차 안은 조용하기만 했다. 로버트도 캐서린만큼이나 기진맥진한 상태였기에 얘기를 서두르지 않았다. 두 사람은 위층으로 올라갔다. 캐서린은 몸에 찌든 병원 냄새를 씻어낸 다음 젖은 머리로 침대에 들었다. 머리의 열기를 식혀주는 차가운 느낌이 좋았다. 로버트도 옆에 누워 그녀의 손을 더듬었지만 주저하는 기색은 없었다. 그냥 손을 잡고 싶어 하는 것 같아서 캐서린은 그에게 손을 맡겼다. 몸을 돌리고 싶었지만 그를 마주 보는 자세 그대로 누워 있었다. 오른쪽으로 누워야 더 편했지만 로버트가 서운할까 봐 등을 돌리지 않았다.

"캐서린." 그가 속삭였다.

그녀는 어느새 잠에 취했는지 뭐라고 소리를 냈지만 알아듣기 힘든 말이었다.

"캐서린, 정말 미안해. 절대 내 자신을 용서하지 못할 것 같아…." 캐서린은 눈을 감은 채 그의 뺨에 손을 댔다. 그의 잘못이 아니다. 그는 몰랐고 그녀는 말하지 않았으니까. 하지만 그 말을 하기에는 너무 피곤했다. 그녀는 몸을 돌려 이불을 턱까지 끌어당겼다. 이불에 배인 익숙한 냄새를 들이마셨다.

"왜 말하지 않았어?" 로버트는 그녀의 등에 대고 속삭였다. 여

전히 해명을 요구하는 그가 지긋지긋해서 그 말을 못 들은 척했
다. 마침내 진실이 밝혀졌으니 그저 마음 편히 잠을 자고 싶었다.

두 사람은 다음 며칠 밤낮을 함께 병원에서 보냈다. 두 사람 모
두 니콜라스의 회복에만 신경을 썼다. 그들이 보기에도 니콜라스
는 건강을 되찾고 있었다. 정신이 완전히 돌아왔고 말도 하기 시
작했다. 아직은 조금 어눌했지만 곧 나아질 것이다. 치료를 받으
면 괜찮아질 것이다. 니콜라스는 부모의 사이가 여전히 의아한 모
양이었다. 두 사람을 알아보긴 했지만 뭔가 미심쩍다는 눈빛이었
다. 니콜라스의 눈에서 의혹의 기색을 발견한 캐서린은 가슴이
찢어지는 듯했다. 하지만 아직은 진실을 감당할 수 있는 때가 아
니었기에 그녀는 니콜라스의 의구심을 모르는 척했다. 그날 아침
캐서린은 신선한 과일을 깎아 니콜라스의 테이블에 놓고 그의 컵
에 물을 채웠다. 유아용 물수건으로 손과 얼굴을 닦아주었다. 손
톱을 깎고 손과 발에 크림을 발라주었다. 니콜라스는 잠자코 엄
마에게 몸을 맡겼다. 지금 그는 아기만큼이나 연약했다. 누군가의
도움을 받아야 했다.

캐서린은 니콜라스에게 시간을 주고 싶었지만 로버트가 서둘
렀다.
"니콜라스, 네가 아는 건 사실이 아니란다. 모두 거짓이야. 엄마
는 너를 사랑해. 아빠를 사랑하고. 네가 생각하는 그런 일은 일어
나지 않았어…."
"지금은 안 돼." 캐서린은 그를 말렸다. 무슨 말을 하려는 걸까?
네 목숨을 구해준 사람이 네 엄마를 강간했다? 그녀는 로버트가

조금 원망스러웠다. 그것은 오랜 세월 동안 혼자 간직해 온 그녀의 이야기다. 로버트가 할 얘기가 아니다. 이 일을 발설하지 않은 이유를 니콜라스에게 이해시킬 수 있는 사람은 오직 그녀밖에 없다.

더디긴 해도 니콜라스는 분명 회복하고 있었다. 목구멍에 끼워진 튜브 때문에 고통스러워했지만 점차 말을 할 수 있게 되었다. 안색이 창백하고 형편없이 여위었지만 결국 괜찮아질 것이다. 건강을 되찾을 수 있을 것이다. 캐서린은 하느님께 감사했다. 아니, 감사의 대상이 누구인지 특정할 수는 없지만 어쨌든 니콜라스가 다시 목숨을 구할 수 있어서 감사했다. 니콜라스가 차도를 보이는 동안 캐서린과 로버트도 다시 예전처럼 편안한 사이로 돌아왔다. 로버트는 스티븐 브리그스토크가 죽어버리길 바랐다. 그 사람이 그의 가족에게 저지른 일에 대해 대가를 치르게 하고 싶었다. 이 역겨운 노인이 저지른 악행이 머릿속을 떠나지 않아 잠도 제대로 이룰 수 없었다. 반면 캐서린은 아주 오랜만에 단잠을 잘 수 있었다.

캐서린은 스티븐 브리그스토크를 떠올릴 때마다 슬픔이 밀려왔다. 그녀는 그가 감당할 수 없는 진실을 받아들이는 모습을 지켜봤다. 그는 그것을 부인할 수도 있었다. 캐서린은 그가 그녀를 거짓말쟁이로 몰아붙일 거라 생각했지만 그는 그렇게 하지 않았다. 진실을 접하는 순간 그는 그것이 진실임을 알아차렸다. 캐서린은 그 점을 높이 샀다. 누구나 그렇게 할 수 있는 건 아니다. 진실을 외면하는 편이 훨씬 쉬우니까. 죽은 아들에 대해 그녀가 말한 진실을 받아들일 수 있는 부모는 흔치 않을 것이다. 그녀는 로버트에게 고통을 준 것이 못내 가슴 아팠다. 그런 식으로 이야기를 전해 듣게 했다는 것이 한없이 미안했다. 그녀는 왜 그에게 그 일을 직접 해명할 수 없었는지에 대해 그를 납득시키려 애를 썼다. 조나단 브리그스토크가 죽는 모습을 보고 캐서린은 그가 그녀에게 한 짓에 대해 벌을 받는다고 생각했다. 다시는 누군가에게 같은 짓을 할 수 없을 것이다. 그녀도 법정에 서서 자신의 결백을 증명할 필요가 없어졌다. 캐서린은 그것이 그들의 삶을 오염시킬 위협을 없애버릴 기회라고 생각했다. 니콜라스가 무사히 구출되자 그녀는 더욱 확신을 갖게 됐다. 이제야 깨달았지만 그 짐을 혼자서 짊어지려 한 선택은 옳지 않았다. 그 일이 더 이상 그녀의 삶에 영향을 주지 못하리라고 생각했지만 결코 그렇지 않았다. 니콜라스와의 관계에도 영향을 미쳤다. 하지만 그녀는 지금껏 그 일이 그들의 삶에 침입하지 못하도록 단단히 차단한 줄로만 알았다.

"하지만 결국은 우리 삶에 난입했잖아. 그 책을 통해서 말이야. 왜 그때 말하지 않았어?" 로버트가 간절하게 물었다.

"모르겠어. 말하고 싶었는데…. 말하려고 했는데…."

로버트는 캐서린을 보며 그녀가 그에게 말하려다가 하지 못한 이유를 설명하기를 기다렸다.

"말을 꺼낼 뻔한 적도 있었어. 잘 모르겠어, 로버트. 그런 식으로 누구에게도 말하지 못한 비밀을 간직하다 보면 말이야, 점점 말하기가 어려워져." 이런 대화는 너무 고통스러웠다. 그녀는 수치심과 죄책감에 휩싸인 채 눈물을 흘렸다. 캐서린은 로버트에게서 '나 때문이야? 내가 말문을 막은 거야?'라는 말을 기대했지만 끝내 그 말은 들을 수 없었다. 그런 생각은 조금도 하지 못하는 것 같았고 캐서린도 그를 다그칠 생각은 없었다. 그녀는 더 이상 다툴 힘도 없었다. 로버트에게 '샬롯'이 그녀라고 그렇게 쉽게 믿어버린 이유가 뭐냐고 따지지 않았다. 그의 분노와 증오 때문에 얼마나 고통스러웠는지 아냐고 따지지 않았다. 그녀는 울기만 했고 그는 사과했다. 그녀를 속상하게 하는 것만은 피하고 싶었기 때문에 로버트는 더 이상 묻지 않았다. 캐서린은 그제야 마음이 놓였다. 이런 대화를 계속하다가는 로버트에 대한 원망과 갈등만 깊어질까 봐 두려웠다.

니콜라스가 집에 돌아온 지 2주가 지났다. 캐서린과 로버트는 함께 가서 니콜라스를 데려왔다. 병원에서 신생아를 데려오는 기분이었다. 그들은 마치 새내기 부모처럼 니콜라스를 대하기가 조심스러웠다. 니콜라스가 아기였을 때 캐서린은 로버트가 출근하는 것이 두려웠지만, 이제는 빨리 가버렸으면 하는 마음이었다.

그녀가 니콜라스와 단 둘이 있게 된 첫날이었다. 이제는 때가 된 것 같았다. 그녀는 니콜라스에게 그때 일을 말해 주었다. 불륜이 아니었다. 엄마가 조나단을 사랑한 것도 아니었다. 그 일이 있기 전에는 그 사람을 알지도 못했다. 그때 니콜라스는 옆방에서 자고 있었다. 조나단이 니콜라스를 해치지나 않을까 얼마나 마음을 졸였는지 모른다. 그 사람이 갖고 있던 칼 얘기도 했다. 니콜라스에게 이 얘기를 왜 하지 않았는지에 대해서는 변명하지 않았다. 지금껏 아무에게도 얘기하지 않았다고만 했다.

"그 사람이 제 목숨을 구했다고요?"

"응, 그랬단다."

"왜요?"

"몰라. 그건 알 수 없어. 죄책감 때문이었을까?" 니콜라스의 얼굴이 창백했다. 죽은 사람 같은 흙빛은 아니었지만 피로한 기색이 역력했다. 점심 식사 후에는 낮잠을 자야 했지만 니콜라스는 모든 것을 알고 싶어 했다. 계속 얘기를 듣고 싶어 했다.

"죄책감이라고요?"

"나도 잘 모르겠구나." 캐서린은 니콜라스가 어느 선까지 감당할 수 있을지 고민하며 잠시 말을 멈추었다. "그럴지도 몰라. 이유는 알 수 없지만 어쨌든 그 사람은 너를 살렸어. 너를 찾아 물속으로 뛰어들었지. 그래야 할 의무는 없었는데 말이야. 너를 살리고 싶었던 거야." 캐서린은 니콜라스의 어깨에 손을 얹었다. 니콜라스는 고개를 떨군 채 눈물을 흘리고 있었다. 캐서린이 니콜라스를 끌어당겨 안아주자 그는 엉엉 울기 시작했다. 캐서린은 아들을 꼭 끌어안고 이마에 입을 맞췄다. 아침에 감은 머리에서 샴푸 냄새가 났다. 그녀도 안도감, 사랑, 친밀감에 북받쳐 울기 시작했다. 그 모든 감정을 되찾았다니 꿈만 같았다. 두 사람은 한참 동안 서로를 껴안고 있었다. 니콜라스는 몸을 움직여 엄마를 보았다.

"엄마 우는 모습 한 번도 못 봤었는데."

"그건 좋은 거잖아?"

"꼭 그렇진 않아요." 니콜라스는 메마른 미소를 지었다. 그의 말이 옳았다.

"피곤해 보이는구나." 캐서린이 말했다. "이제 좀 쉬렴. 나중에 얘기하면 되니까." 니콜라스가 고개를 끄덕였다. 다정하고 공감어린 눈빛으로 엄마를 보면서. 그녀가 바라던 것 이상이었다.

"그동안 엄마 노릇을 제대로 못해서 미안하구나." 캐서린이 말했다.

그는 어깨를 으쓱하며 고개를 저었다. 말은 없었지만 적어도 고개를 저었다.

　니콜라스는 위층으로 올라가고 캐서린은 소파에 누워 눈을 감았다. 이런저런 가정들로 머릿속이 복잡했다. 그 일이 있었던 날 경찰을 불렀다면. 로버트에게 전화를 했더라면. 그가 당장 달려오지 않았을까? 그녀는 그럴 기력조차 없었다. 다음날 아침 일찍 잠을 깬 니콜라스가 그녀의 침대에 뛰어들었다. 캐서린은 한숨도 못 잔 상태였다. 전날 밤 그녀는 휴대용 크림 병을 비운 다음 질에 대고 그의 정액을 빨아들였다. 미처 담지 못한 뿌연 액체 몇 방울이 다리 사이로 뚝뚝 떨어졌다. 그녀는 크림 병의 뚜껑을 닫아 세면도구 주머니에 넣었다. 소지품 검사를 당한다면 얼마나 당황스러울지 걱정하던 기억도 났다. 유니폼을 입은 검사원이 아무 의심 없이 그 크림 병에 코를 박는다면. 그녀는 사진도 찍어두었다. 허벅지에 멍이 생겼고 목에 물린 자국이 있으며 뺨을 맞은 상처도 있었다. 경찰이 증거를 요구할 때를 대비해 그녀는 모든 흔적을 기록으로 남겼다.

　하지만 그들이 그녀를 믿어주었을까? 그녀는 문에 열쇠를 꽂아두었다. 아무리 많은 증거를 제시해도 그녀는 법정에서 거짓말쟁이로 몰릴 수 있었다. 젊은 남자를 방으로 끌어들였다고. 그와 이미 아는 사이였다고. 호텔 바에서 그와 술을 마신 적이 있다고. 그 사람과 어울려 다닌 적이 없다는 사실을 누가 증명할 것인가? 그런데 느닷없이 그가 죽었다. 그녀는 다행이라고 생각했다. 그가 죽어서. 그녀의 결백을 증명할 필요가 없어졌으니. 그래서 증거를 죄다 없애버렸다. 크림 병, 자신의 카메라에 담긴 필름. 로버트에게 필름에 빛이 들어가 못 쓰게 됐다고 하자 로버트는 휴가 사진을 한 장도 건질 수 없다는 데 당황스러워했었다.

니콜라스가 침대에 뛰어들자 그녀는 그대로 누운 채 억지로 웃음을 지으며 아이를 맞았다. 그날 아침 그녀의 모든 말과 행동은 공허했다. 마음에서 우러난 것이 아니었다. 식사를 하러 가서도 니콜라스 혼자 아침을 먹었을 뿐 그녀는 아무것도 입에 대지 않았다. 니콜라스가 엄마에게 왜 아무것도 먹지 않느냐고 물었던 기억이 난다. 니콜라스는 해변에 가고 싶어 안달이었다. 그녀는 정말 내키지 않았지만 달리 할 일이 어디 있겠는가? 비행기 편을 바꾸려고도 했었지만 답변을 기다리며 호텔에 머무르는 동안 니콜라스는 무척이나 보챘다. 시간을 바꿀 수 없다는 대답을 듣고서 그들은 해변으로 갔다. 가는 길에 캐서린은 니콜라스에게 고무보트를 사 주었다. 그때만 해도 고마운 물건이었다. 신이 난 니콜라스를 보며 간신히 버틸 수 있었으니까. 니콜라스는 보트가 무척 마음에 드는 모양이었다. 안으로 들락날락하면서 혼잣말로 일인다역의 선원 놀이를 하고 있었다. 그녀는 열기와 충격에 짓눌린 채 눈을 감고 누워 있다가 잠이 들었다. 아들을 계속 지켜보지 못했다. 결국 아이는 물에 빠져죽을 뻔했고 아이를 구한 사람은 뜻밖의 인물이었다.

로버트는 이제 그 일을 오래 숨겨온 이유에 대해 더 이상 묻지 않는다. 캐서린은 용서를 받은 기분이었다. 그는 캐서린이 바람을 피우거나 자신을 배신하지 않았음을 안다. 로버트에게는 새로운 역할이 생겼다. 그는 더 이상 불만을 억누르기만 하는 남편이 아니라 아내를 지원하는 남편이 되었다. 언제나 곁에서 그녀를 도왔고, 그녀가 다시 옛날로 돌아갈 수 있도록 전문가의 상담을 권했지만 캐서린은 과거 일이라면 넌더리가 났다. 절대 과거로 돌아가지 않을 것이다. 돌아가려면 이미 오래전에 돌아갔어야 했지만 이제 더 이상 돌아갈 곳이 없다. 그녀는 오로지 현재에만 집중하고 싶었다.

56

스티븐

2013년 가을

나는 오랜 시간 조나단에 대해 골똘히 생각했다. 그 애를 좀 더 깊이 이해하고 싶었다. 너무 늦었지만 내가 꼭 해야 할 일이었다. 그 애의 용기는 내게도 뜻밖이었다. 그 애의 마지막 행동에는 몸을 사리지 않고 자신을 똑바로 보는 용기가 담겨있다. 나는 최근에야 조나단의 그런 면모를 이해하게 되었는데, 낸시는 과연 알고 있었는지 궁금하다. 그것은 분별심의 일종이 아닐까? 가면 밑에 숨겨진 진짜 자신을 보는 능력? 나는 조나단이 절대 수치심으로 죽는 일은 없을 거라고 말한 적이 있다. 엄마의 사랑 덕분에. 무슨 일을 저질렀어도 엄마에게 용서받았을 테니까. 하지만 나는 그 애가 수치심 때문에 죽었다고 생각한다. 스페인 사람들은 적절한 단어를 사용했다. 희생. 나는 그 애가 캐서린 레이븐스크로프트를 강간하고서 절대 돌이킬 수 없는 길로 들어섰음을 깨달았으리라 생각한다. 수치심에 빠진 조나단은 목숨을 걸었다기보다 일부러 포기했다. 내가 자기만족을 위해 그 애의 동기를 꾸며내고 있는지도 모르지만, 그 애가 평소의 모습에서 예측할 수 없는 행동을 한 이유를 달리 설명할 수는 없을 것 같다. 조나단, 나는 너의 그런 점이 자랑스럽다. 아들아, 너는 옳은 일을 했다.

그 일 이전에 그 애가 또 누구를 강간한 적이 없다고는 장담할 수 없지만 그런 일이 없었다고 믿고 싶다. 그래도 그 애의 여자 친구 사샤가 서둘러 집에 돌아간 데는 그럴만한 이유가 있었을 것이다. 우리는 사샤를 그 애의 여자 친구라 불렀지만 사실 둘은 알고 지낸지 별로 오래 되지 않았다. 조나단한테서 그 애와 함께 여행을 간다는 얘기를 듣고 무척 놀랐던 기억이 난다. 하지만 사샤가 먼저 돌아왔을 때는 별로 놀라지 않았다. 강간과는 상관없는 일이라고 확신하지만 그때 낸시에게 자세한 내막을 물어보지 않은 것이 부끄러울 따름이다. 어쨌든 낸시는 조나단을 두둔하는 입장에 설 수밖에 없었을 것이다. 낸시는 그 애가 아주 어릴 때부터 그런 역할을 떠맡았으니까.

그때의 낸시 목소리를 나는 이제야 제대로 이해할 수 있을 것 같다. 그것은 슬픔에 빠진 여자의 목소리였다. 내가 오랜 세월 생생하게 기억하고 있는 그 목소리가 깊은 절망을 토해낼 때, 나는 뒤로 물러나 잠자코 듣고만 있었다. 낸시는 조나단이 죽기 훨씬 전부터 그 애를 실제와 다른 사람으로 포장했다. 나는 낸시와 한통속이 되어 우리를 불안하게 하는 단서를 모두 은폐했다. 그 애가 어릴 때는 사소한 문제들이었지만 성장하면서 감춰야 할 허물도 점점 늘었다. 결국 그 일이 일어나도록 나는 손 놓고 방치해온 셈이다. 우리 아들은 강간범이었다. 낸시의 아들, 아니, 내 아들이. 낸시는 정말 아무 의혹도 품지 않았을까? 그랬다 해도 내색하지 않았을 것이며, 믿으려고도 하지 않았을 것이다. 내가 낸시를 비호했듯 낸시도 조나단을 비호했다. 나도 낸시처럼 자기기만에 빠졌다. 내 아내를 실제와 다른 사람으로 포장했다. 나는 조나단이 죽기 훨씬 전부터 낸시가 정도를 벗어났음을 인정할 용기가 없었다. 나는 오랜 세월 동안 그녀가 판타지를 꾸며내도록 방조했다. 단 한 번도 이의를 제기하지 않은 채 아들에 대한 낸시의 맹목적인 헌신에 가담했다. 단 한 번도 의심을 품지 않은 채 허구의 조나단, 허구의 낸시와 함께했다. 굳이 변명을 하자면 그것이 모두 사랑에서 나온 행동이었다는 거다. 우리 두 사람 모두 그랬다. 하지만 그것은 핑계가 될 수 없다.

조나단은 아주 어릴 때부터 사람들의 사랑을 받는 아이가 아니었다. 유아원에 보낸 지 한 달 만에 낸시는 아이를 데리고 나와 집에서 돌보겠다고 선언했다. 그 애가 아직 유아원에 다닐 준비가 되지 않았다고 했다. 조나단이 학교 갈 때가 되자 낸시는 늘 그 애 곁에 있기 위해 학교에 일자리를 얻었다. 조나단은 집에 친구를 데려와서 놀기도 했지만 친구 집에 초대받은 적은 없다. 나는 그것을 눈치채고도 모른 척했다. 아이들이 우리 집에 놀러오기 좋아한 이유는 낸시 때문이었다. 아이들을 워낙 예뻐했으니까. 조나단이 어릴 때는 그 애의 문제를 쉽게 덮을 수 있었지만 청소년기가 되자 낸시의 영향력도 흔들리기 시작했다. 그래도 낸시는 변함없이 그 애를 감싸고돌았다. 내가 제동을 걸었어야 마땅하지만 만약 그랬다면 나 역시 조나단을 이해하지 못하는 사람 취급을 받으며 그녀와 크게 다퉈야 했을 것이다.

대신 나는 나만의 작은 환상으로 도피했다. 한때 내가 가르친 아이 중 하나가 내 아들이라면 어떨지 상상해본 적이 있다. 내가 마음을 터놓을 수 있는 아이, 내가 하는 말을 귀 기울여 듣고, 가끔은 버릇없이 굴더라도 내 눈을 보며 나와 공감을 나눌 수 있는 아이. 조나단이 죽은 후 나는 이 환상에 더욱 사로잡혔다. 내 자신을 위험에 빠뜨릴 정도로. 중등교육자격시험과 대학입시 때 내 개인 지도를 받은 아이가 있었다. 나는 한동안 그 아이를 내 아들로 생각했다. 조나단만큼 영리한 아이는 아니었다. 조나단은 별로 애쓰지 않고도 시험을 통과했고 열심히 노력하는 아이들을 비웃었다. 공부에 크게 신경 쓰지 않는 만큼 자신의 미래에도 무관심했다. 낸시의 제안으로 유럽 여행을 보낸 것도 그 때문이었다. 낸시는 그 애에게 자기이해를 위한 시간이 필요하다고 했다.

내가 '입양한' 그 아이는 조나단과 딴판이었다. 그 아이가 집을 떠나 대학에 갈 때 나도 그 아이를 따라갔다. 브리스톨 행 기차에 올라 만나는 사람들에게 대학에 다니는 아들을 찾아간다고 했다. 그들이 내 나이에 대학생 아들을 둘 수 있는지 의아한 눈치를 보이면 늦둥이라고 우겼다. 기차를 타고 브리스톨로 오가느라 꽤 많은 돈을 썼다. 낸시는 그 사실을 모른다. 학교에 휴가를 냈지만 낸시는 내가 아침마다 학교로 출근하는 줄 알았다. 하지만 그 아이 룸메이트에게 얻어맞은 후에는 더 이상 찾아가지 않았다. 차라리 잘됐다 싶었다. 그 일로 정신을 차리게 됐으니까.

그 무엇도 낸시의 잘못이 아니다. 모두 내 탓이다. 우리가 함께 한 처음 20년 동안 그녀에 대한 나의 사랑은 깊이 뿌리를 내렸고, 나는 그때나 지금이나 그 관계를 끝낼 생각도 의지도 없다. 내가 사랑했던 여인, 나와 결혼하여 함께 살았던 여인의 모습은 지금도 눈에 선하다. 하지만 조나단이 태어난 후에 달라진 그녀의 모습도 나는 생생하게 기억하고 있다. 모든 희망을 버린 중년에 우리를 찾아온 그 아이는 우리에게 얼마나 큰 기쁨과 놀라움을 주었는지 모른다. 처음에는 꽃처럼 아름다웠던 아이지만 어느 순간부터 잔가지가 마구 자라듯 제멋대로 엇나가더니, 엄마가 손을 뻗어 잡으려 하자 멀리 달아나 버렸다. 낸시는 조나단을 지키기 위해 그 애를 본래와 다른 사람으로 왜곡하려 했다. 그러기 위해 낸시는 자신을 속여야 했을 것이다. 까칠하고 고집스런 사람이 되어야 했을 것이다. 나는 더 이상 손쓸 수 없을 지경이 되기 전에, 좋은 기억마저 광채를 잃기 전에 가위를 들고 가지를 잘라버렸어야 했다. 때로는 단호해져야만 한다. 적절한 위치에서 가지를 잘라줘야만 식물은 영양분을 흡수하고 꽃을 피울 수 있다.

나는 정원을 손보기 시작했다. 잡초를 뽑고 낙엽을 쓸어 모아 태울 준비를 했다. 이웃에서 냄새 때문에 항의가 많았다. 내가 이웃을 전혀 배려하지 않는다며 불평했다. 하지만 그들의 불평은 내 행동을 저지하기는커녕 부추겼다. 나는 본파이어 나이트에 대비해 큰 모닥불을 피울 준비를 했다. 물건이란 물건은 모두 집에서 끌고 나와 모닥불 안에 던졌다. 결국 남은 것은 내 힘으로 옮길 수 없는 소파, 팔걸이의자, 침대, 서랍을 뺀 화장대와 서랍장뿐이다. 그 물건들은 도끼로 부술 생각이다.

그렇게 나는 낡은 것을 모두 청산할 계획이다. 어제는 제프에게 내 노트북을 넘겼다. 선물이라고 했다. 그가 놀라는 눈치여서 나는 새로 봐 둔 물건이 있다고 했다. 물론 거짓말이다.

"새 책은 어떻게 돼 가요?" 제프가 물었다.

"그냥 포기했어요." 나는 그가 괜한 걱정을 하지 않도록 일부러 쾌활한 척했다. 오늘은 중고품 가게의 여인들을 만나러 갔다.

"몇 가지 물건이 더 남았더라고요." 낸시의 핸드백, 뜨개질 모자, 가디건이 든 캐리어 가방을 열어 보이며 말했다. 나는 그 가디건이 완전히 헤질 때까지 입은 셈이다. 양팔에 구멍이 여러 개 생겼고 맨 위 단추도 떨어져나갔다. 나는 그들이 권하는 커피를 사양했다. 그들은 가방 안을 들여다보았지만 내용물에 선뜻 손대기가 꺼려지는 모양이었다. 나는 이 가디건이 나보다 오래 살아남을지, 아니면 이 친절한 여인들의 손에 그 기구한 일생을 마감할지 궁금했다.

집에 가니 누군가가 낸시에게 남긴 메시지가 있었다. 여전히 내 손으로 낸시의 목소리를 지울 수는 없다. 약속시간을 확인하는 메시지였다. 서둘러 몸을 단장하고 재킷을 걸쳐야 했다.

57

캐서린

2013년 가을

캐서린도 낡은 허물을 벗고 있는 중이다. 그녀는 직장에 전화해서 복귀하지 않겠다고 통보했다. 당장은 일을 계속할 수 없을 것 같았다. 심리치료도 그만두었다. 두 번째 방문 후 더 이상 가지 않았지만 나중에 다른 치료사를 찾아가 치료를 계속할지도 모른다. 그래야 할 것 같다.

캐서린은 엄마 쪽을 돌아봤다. 두 사람은 똑같이 생긴 팔걸이 의자에 나란히 앉아 있다. 캐서린은 아버지가 돌아가시기 전 엄마가 앉던 자리에, 엄마는 아버지의 자리에 앉아 있다. 각자 손에 차를 들고 떠들썩하고 유쾌한 TV 프로그램을 시청하고 있다. 초인종이 울려 캐서린은 문을 열었다. 니콜라스였다. 언제 한 번 할머니를 뵈러 들르겠다고 했었지만 진짜 찾아올 줄은 몰랐다. 니콜라스가 약속대로 그곳에 나타나자 캐서린은 가슴이 뛰었다.

"엄마, 니콜라스가 왔어." 캐서린이 외치자 그녀의 엄마는 의자에서 간신히 일어나 손자를 향해 비틀거리며 걸어왔다.

"잘 왔다, 얘야." 할머니는 몸을 뻗어 손자의 뺨에 키스했다. "이제 괜찮은 거냐?"

"네, 할머니, 이제 괜찮아요." 하지만 꼭 그렇지만은 않았다. 그는 우울하고 외로웠다. 그는 도움이 필요한 약물 중독자였다. 하지만 니콜라스를 항상 귀여워했던 할머니라면 그에게 도움을 줄 수 있을 것이다. 캐서린은 엄마가 양손으로 니콜라스의 손을 감싼 채 그녀의 순수한 사랑을 전달하고 있는 모습을 보았다. 니콜라스는 캐서린의 의자에 편히 앉아 커피 테이블에 놓인 그릇에서 사탕을 한 주먹 꺼냈다. 캐서린은 주전자의 물이 끓기를 기다리며 주방과 거실 사이의 문지방 위에 서 있었다. 그녀는 엄마와 아들의 뒷모습을 바라봤다. 엄마는 떨림증 때문에, 니콜라스는 사탕을 바삭바삭 씹느라 머리가 흔들리고 있었다. 엄마와 니콜라스가 함께 치료를 받으면 어떨까? 하지만 그 생각은 곧 떨쳐버렸다. 니콜라스는 이미 재활치료를 받고 있고 캐서린은 그 치료과정을 방해하고 싶지 않았다. 캐서린은 물을 가득 채운 티포트를 거실에 가져다 놓고 바닥에 앉아 니콜라스의 의자에 기댔다.

"의자에 앉으실래요?" 니콜라스가 물었다.

"아니, 아니, 괜찮아." 니콜라스의 다리를 쓰다듬으며 말했다.

캐서린은 로버트와의 사이에 자녀를 더 두었더라면 어땠을지 생각해보았다. 여동생이나 남동생이 있었더라면 니콜라스는 지금과 다른 사람이 되었을까? 캐서린은 외동이었지만 행복한 어린 시절을 보냈다. 로버트가 아이를 더 갖자는 얘기를 조심스레 꺼낼 때마다 그녀가 내세운 주장이 바로 그것이었다. 사실 니콜라스는 동생을 가질 뻔한 적이 있었다.

캐서린은 스페인에서 돌아올 때 임신한 상태였다. 당시에는 몰랐다. 원래 주기가 들쭉날쭉해서 임신 테스트를 하기 전까지는 월경이 조금 늦어진다고만 생각했다. 직장에 복귀한 지 일주일째 되던 날 캐서린은 점심시간에 임신 테스트기를 사왔다. 화장실에 들어가 문을 잠근 그녀는 혹시나 하는 생각에 마음을 졸였지만 결과가 음성으로 나올 거라 확신했다. 그 정도의 행운조차 누리지 못한다면 너무 비참할 테니까. 그러나 확신은 빗나갔다. 그녀의 몸 안에 아이가 있었다. 그녀는 잠시 변기 시트에 앉아서 앞뒤로 몸을 가만히 흔들며 생각에 잠겼다. 로버트의 아이일 수도 있다. 휴가 기간에도 관계를 가졌으니까. 단 한 번. 로버트는 섹시한 속옷을 사주며 애를 썼지만 겨우 한 번이었다. 어쩌면 아이가 도움이 될지도 모른다. 그녀가 새롭게 관심을 쏟을 대상이 될 수도 있다. 일이 아닌 아기에게로 관심을 돌리는 것이다. 하지만 대체 누구의 아기란 말인가? 아이가 그 사람을 닮았다면? 짙은 색 머리와 눈을 갖고 태어난다면? 캐서린은 울지 않았고 그 자리에서 바로 결정을 내리지도 않았다. 좀 더 시간이 필요했다. 캐서린은 화장실 칸막이의 문을 열고 테스트기를 휴지통에 떨어뜨린 다음 일어서서 거울에 비친 자신의 모습을 보았다.

"좋은 소식일 거예요."

캐서린은 소스라치게 놀랐다. 누가 들어왔다는 사실을 눈치채지 못했다. 한 동료가 그녀 옆에 미소 띤 얼굴로 서 있었다.

"토니를 만났다고 들었어요. 계약은 잘 돼 가나요?"

"아, 네. 어쨌든 아이디어가 맘에 든대요. 내일 연락을 주기로 했어요." 캐서린은 미소를 지으며 종이타월을 뜯어 손을 대충 닦고는 휴지통에 던졌다. 임신 테스트기가 가려지도록. 캐서린은 원하는 대로 다른 사람들의 생각을 조종하고 있는 자신에게 조금 화가 났다. 자신에게 그런 능력이 있는 줄은 미처 몰랐다.

아이를 낳는 문제에 대해 고민할수록 터무니없는 생각처럼 느껴졌다. 캐서린은 병원을 예약하고 로버트에게는 주말에 시골에서 친구를 만나기로 했다고 일러두었다. 하지만 그녀는 런던을 떠나지 않았다. 그곳은 기숙학교 여학생들끼리 벌이는 밤샘파티 같은 분위기였다. 아일랜드에서 온 사람도 몇 있었다.* 수술을 마친 여자들은 환자복 차림으로 과자와 차를 들며 휴식을 취했다. 더 이상 원치 않는 임신을 하지 않도록 간호사와 피임방법을 상담했다. 그곳의 여자들과 함께 험악한 유머를 주고받다보니 기분이 한결 나아졌다. 캐서린은 강간 얘기는 꺼내지 않았다. 분위기를 망칠 생각은 없었으니까. 하지만 그런 일을 당한 사람이 자기만은 아닐 거라 짐작했다. 일요일 저녁에 집에 도착한 그녀는 무척 고단하고 수척한 모습이었다. 그제야 그 일이 아픔으로 다가왔다. 그녀는 로버트에게 끔찍한 주말이었다고 말했다.

'7시까지 갈게.' 로버트의 문자를 보고 캐서린은 이렇게 답했다. '좋아, 이따 봐.'

로버트가 그들을 처가로 데리러 오면 함께 저녁을 먹으러 나갈 예정이었다. 시계를 보니 5시 45분이었다.

---

* 낙태가 비교적 자유로운 영국과 달리 가톨릭 국가인 아일랜드에서는 어떤 이유로도 낙태를 허용하지 않는다.

"엄마, 나가기 전에 머리 좀 감겨 드려요?" 캐서린이 말했다.

"그래, 부탁한다." 엄마는 의자에서 몸을 뺐다. "네 엄마가 나때문에 고생이 많구나." 그녀는 손자에게 이렇게 말하며 욕실로 갔다.

"너도 같이 갈 거지?" 캐서린이 니콜라스에게 낮은 소리로 말했다.

"글쎄요…." 그는 한숨을 쉬었다.

"같이 가자. 할머니도 좋아하실 거야. 아홉 시 전에 돌아올 거고."

"네, 그럴게요. 그런 그렇고 아까 집에서 나오려는데 엄마한테 편지가 왔더라고요. 제가 서명하고 가져왔어요." 그는 캐서린에게 봉투 하나를 건넸다. 한쪽 모서리에 변호사 사무실의 직인이 찍혀 있었다. 캐서린은 체납한 과태료가 있었나 싶어 얼굴을 찌푸리며 봉투를 열었다. 그녀는 편지를 내리 두 번 읽은 다음 가방에 넣었다.

2013년 겨울

"괜찮겠어?" 그녀는 고개를 끄덕였다. 로버트가 그녀의 손 위에 손을 얹었다. 한참을 그러고 있다가 지시등을 켜기 위해 손을 뗐다. 그는 좌회전을 한 다음 속도를 줄여 주차할 공간을 찾았다. 로버트가 차를 세우자 캐서린은 안전벨트를 풀었다. 로버트는 벨트를 맨 상태로 머뭇거리며 손을 내밀었다.

"정말 이래야겠어?"

"응." 캐서린의 대답에 짜증이 묻어났다. 같은 질문만 벌써 네 번째다. 그녀는 문을 열고 차에서 내렸다.

현관문 유리는 여전히 깨진 상태였다. 이번에는 열쇠로 문을 열고 집안으로 들어갔다. 이제 이곳은 그녀의 소유다. 이 집과 내부의 살림살이 전부가. 캐서린은 집안을 천천히 둘러보며 상태를 살폈다. 지난번 방문 때보다 훨씬 더 황폐했다.

"세상에." 로버트였다.

무엇하나 성한 물건이 없었다. 모든 가재도구가 제멋대로 널려 있었다. 캐서린이 위층에서 난간 너머로 아래를 내다보니 거실 한가운데 경악스러운 표정으로 서 있는 로버트가 보였다.

"끔찍하네." 그가 혼잣말하는 소리가 들렸다. 정말 그랬다. 모든 게 끔찍했다. 캐서린은 층계 옆의 방문을 열었다. 아래층과 다름없이 엉망진창이었다. 빈껍데기, 쓰레기, 쪼개진 나무 조각이 여기저기 흩어져 있었다. 로버트가 층계를 올라오더니 옆에 다가와 그녀의 어깨에 팔을 둘렀다. 하지만 캐서린은 가만히 서 있지 않고 휙 돌아서서 옆방으로 갔다. 그 방 역시 다를 게 없었다. 조나단이 쓰던 방 같았다. 빛바랜 연둣색 벽지 위에는 사진이나 포스터를 붙였다 떼어낸 자국이 선명한 사각형으로 남아 있었다. 캐서린은 따라 들어올지 말지 망설이며 문간에 서성대는 로버트를 지나 밖으로 나갔다. 그가 성가시기만 했다. 그는 아내 등쌀에 못 이겨 집주인이 지켜보는 가운데 살 생각도 없는 집을 둘러보는 남편처럼 굴고 있다. 캐서린은 이층의 마지막 문을 들여다보았다. 70년대 분위기를 물씬 풍기는 연녹색 욕실이었다. 캐서린은 문을 닫고 아래층으로 내려갔다. 로버트가 뒤를 따랐다.

두 사람은 거실을 지나 주방으로 가서 정원을 내다봤다. 캐서린이 지난번에 왔을 때와 달리 나무를 손질한 흔적이 있었다. 그 사람은 불필요한 가지를 쳐내고, 잘린 가지들을 잔디 한가운데의 검게 그을린 곳으로 던졌을 것이다. 그 흔적을 보니 불의 규모는 상당했을 것 같다. 가장 마지막으로 그가 불 속으로 들어갔으리라. 그렇다면 이웃의 항의도 적지 않았을 것이다. 사람들은 역겨운 냄새가 퍼져오자 주민자치회에 신고를 했다. 캐서린은 지방 뉴스에서 한 주민이 하는 얘기를 들은 적이 있다.

"그 사람은 아무 소리를 내지 않았어요." 이웃이 말했다. "비명을 지르지도 않았고요. 우리는 아무 소리도 못 들었어요." 소리가 들렸다면 그들은 주민자치회가 아닌 구급차를 불렀을 것이다. 아무도 그의 마지막을 목격하지 못했다. 그가 모닥불을 피우자 이웃들은 창문을 닫았다. 런던 지역 뉴스에서 그 소식이 보도될 때 캐서린은 엄마와 함께 TV를 보고 있었다. 엄마는 끔찍한 소식에 혀를 찼다. 혼자 살던 노인이 불에 타죽다니. 경찰은 이 사건에 의혹을 제기하지 않았다. 시신 근처에서 휘발유통이 발견됐다. 캐서린은 그 사람이 스티븐 브리그스토크라고는 짐작하지 못했다. 그의 변호사가 찾아와 자초지종을 설명하기 전까지는. 그가 캐서린을 단독 상속자로 지정했다는 것이었다. 이 집과 풀햄에 있는 아파트가 그의 전 재산이었다.

"어서 여기서 나가자." 로버트가 재촉했다.

"아니, 당신은 차에서 기다리고 있어. 나는 볼 일이 남았으니까." 하지만 로버트는 가지 않았다. 그는 주방 찬장을 열어보더니 불결한 상태에 질겁했다. 대부분의 그릇이 깨진 채 바닥에 나뒹굴고 있어 로버트는 그것을 발로 걷어차며 이동해야 했다. 그는 자신의 캐시미어 코트에 먼지가 묻을까봐 그것을 손에 들고 거실을 왔다 갔다 하고 있었다. 그는 주위를 두리번거리며 앉을 곳을 찾았지만 마땅한 곳이 눈에 띄지 않았다.

"차에 가서 기다리지 그래?" 캐서린이 말했다. "나 혼자 있어도 되니까." 로버트는 의아한 눈빛으로 그녀를 보았다.

"어서 가라니까. 혼자 있어도 된다고. 어서."

"정말?"

캐서린은 고개를 끄덕였다.

"점심식사를 예약해뒀어. 1시 30분 피에르루이지야. 오후엔 사무실에 돌아가지 않아도 돼." 자상한 남자다. 정말 최선을 다하고 있다. 그가 집을 나가자 캐서린은 거실 창가로 가서 그가 차를 타는 모습을 지켜보았다. 그는 휴대폰을 꺼내더니 전화를 했다. 사무실에 연락하는 것 같았다. 캐서린은 그가 잠시나마 그녀 걱정을 하지 않는다는 사실에 해방감을 느꼈다. 캐서린은 로버트를 떠나기로 결심했다. 아직 그에게 얘기하지는 않았지만. 그를 떠나느냐 마느냐를 두고 혼자서 몇 주나 고민했지만 결국 마음을 정했다.

그를 용서해야 했지만 그럴 수 없었다. 지난 몇 주간 그를 지켜보니 그는 그녀가 바람을 피웠다는 사실보다 강간을 당했다는 사실을 훨씬 쉽게 받아들이는 듯했다. 물론 그는 속상하고 화가 났을 것이다. 자신이 무력하게 느껴지기도 했을 것이다. 옆에서 그녀를 지켜주지 못했으니. 하지만 캐서린이 보기에 그는 처음에 맞닥뜨려야 했던 사실보다 새로 마주한 진실이 훨씬 마음에 드는 것 같았다. 간통보다 강간에 훨씬 안도하다니. 물론 그런 생각을 입 밖으로 꺼낼 리는 없고 절대 인정하지도 않겠지만 캐서린은 느낄 수 있었다. 만약 그에게 선택권이 있으면 그녀가 부정한 쾌락을 즐기도록 내버려둘 바엔 고통을 당하게 만드는 쪽을 선택할거라는 생각마저 들었다. 그는 큰 상처와 배신, 분노에 고통 받았다. 그녀가 어떤 사람인지 모르고 있었다는 사실에, 갑자기 낯선사람이 되어버렸다는 사실에 분노를 참을 수 없다고 했었다. 이제 그는 옛날의 캐서린을 되찾았다고 믿고 있다. 하지만 그건 착각이다. 캐서린은 옛날의 그녀로 절대 돌아갈 수 없다. 로버트의캐서린은 그에게 진실을 말할 수 없는 사람이었다. 그와 짐을 나누느니 혼자서 모두 짊어지는 쪽을 택하는 캐서린이었다. 그가 자랑스러워할만한 강인하고 독립적인 여성이었다. 하지만 이 모두가그의 탓이라기보다 그녀의 탓이다.

캐서린은 니콜라스의 퇴원 직후 어느 날 저녁 로버트가 그녀의손을 잡으며 한 말을 떠올렸다. "캐서린, 난 절대 나를 용서하지않을 거야. 어떻게 당신이 그런 짓을 했다고 믿었을까? 내 자신을용서할 수가 없어…." 그의 말 한마디 한마디에 그를 향한 캐서린의 사랑은 조금씩 사그라들었다. 로버트도 캐서린도 눈물을 흘렸지만 두 사람의 눈물에 담긴 의미는 크게 달랐다. 너무 때늦은눈물이었다. 아주 오래전에 함께 눈물을 흘렸어야 했는지 모른다.캐서린의 눈물에는 분노가 서려 있었다. 로버트는 고통을 당하는그녀의 사진에서 쾌락을 보았다. 그 안에 담긴 잔인함은 놓쳐버린채 욕망만을 보았다. 자신의 질투에만 사로잡혀 그녀의 진짜 모습을 보지 않았다. 캐서린은 조나단이 죽고 나자 그 일을 누구에게도 말할 필요가 없어졌다고 생각했다. 그녀의 결백을 증명할 필요가 없어졌다고 느꼈다. 하지만 다시 털어놓아야겠다고 마음을 바꾼 건 모두 로버트 때문이었다.

캐서린은 뒷문을 열고 정원으로 나갔다. 비가 부슬부슬 내리고 있었다. 그녀는 호주머니에 손을 찔러 넣은 채 테라스를 거닐며 뒤틀린 회색 판자 조각을 내려다보았다. 스티븐 브리그스토크가 직접 깔았을까? 그녀는 풀이 어느 정도 손질된 잔디밭에 발을 디뎠다. 잔디밭 한가운데에 불에 그슬린 구덩이가 있었다. 팔랑이는 노란 조각이 그녀의 눈에 들어왔다. 덤불에 걸린 테이프 조각이 덫에 걸린 새처럼 펄럭이고 있었다. 짧은 경찰 조사의 흔적이었다. 불에서 끌려 나왔을 검은 재 몇 조각도 그곳에 놓여 있었다. 경찰이 사건의 경위를 파악하기 위해 살펴보았을 잔재물이었다. 그들은 아무런 내막도 밝히지 못한 채 이 사건을 더 이상 삶을 지속할 이유가 없어진 고독한 노인의 자살로 마무리 지었다. 경찰이 도착할 무렵에는 그의 몸이 거의 타버린 상태였고 그나마 남은 부위는 조사를 위해 경찰서로 옮겨졌다. 그녀는 검고 흐물흐물한 잿더미에 구두 끝을 묻었다. 스티븐 브리그스토크에 따르면 책을 쓴 사람은 그의 아내라고 한다. 사실일까? 그녀가 책을 썼을까? 그럴 수도, 아닐 수도 있다. 하지만 사실이 어떻든 더 이상 의미가 없다.

캐서린은 집을 뒤돌아보며 과거에는 그 모습이 어땠을지 상상해보았다. 젊은 부부와 어린 아이의 첫 집이었을 것이다. 볕이 잘 드는 정원은 아름답게 관리되어 있었을 테고. 간이 풀장도 있었을까? 소풍을 나온 것처럼 잔디 위에서 점심식사를 했을까? 하지만 그것은 그녀의 기억일 뿐 이 집과는 관계가 없다. 니콜라스가 어렸을 때 그녀와 로버트, 니콜라스가 함께 했던 기억이었다. 니콜라스가 아주 어렸을 때. 스페인으로 휴가를 떠나기 전에. 니콜라스는 풀장을 들락날락하고 그녀는 니콜라스의 곁에 쪼그리고 앉아 있다. 발가벗은 니콜라스는 신이 나서 플라스틱 용기를 나무 숟가락으로 북을 치듯 두드려댔다. 그녀의 기억이었다. 하지만 스티븐과 낸시 브리그스토크 역시 이 집, 이 정원에서 어린 아들과 함께 그런 순간을 함께 했으리라. 가여운 사람들. 그녀는 생각했다. 그들에 대한 분노는 이제 조금도 남아 있지 않다. 그들은 충분히 고통을 받았다. 오히려 스티븐 브리그스토크에게 고마울 지경이다. 그는 캐서린의 맞은편에 앉아 그녀의 이야기에 귀를 기울였다. 거짓말쟁이로 몰아붙이지 않았다. 결백을 증명하라고 요구하지 않았다.

그녀의 전화기가 울렸다. 문자메시지였다. 로버트가 그녀를 기다리다 지루해서 보냈을 거라 짐작했지만 니콜라스의 메시지였다. 그녀에게 괜찮냐고 묻고 있었다. 캐서린은 아들의 목소리가 듣고 싶었다. 니콜라스는 바로 전화를 받았다.

"엄마? 괜찮아요?"

"그래, 괜찮아."

"아직 그 집에 계세요?"

"응."

잠시 침묵이 흘렀다. 그녀가 있는 곳이 어떨지 니콜라스가 상상하고 있을 터였다.

"막 나가려던 참이었어. 아침엔 어땠니?" 캐서린이 물었다.

"좋았어요."

"도움이 됐니?"

"네." 그가 말했다. "다음에는 같이 가실래요?"

그녀는 당황했다.

"엄마?"

"너 치료받을 때 말이니? 엄마가 같이 가면 좋겠니?"

"네. 치료실에서 엄마랑 하고 싶은 말이 있어요. 엄마 얘기도 듣고 싶고요."

"알았다." 무슨 얘기를 듣게 될지 조금은 두려웠지만 니콜라스에게 필요하다면 들어야 했다.

"우리 두 사람을 위한 거예요. 저한테도, 엄마한테도 도움이 될 거예요."

니콜라스는 엄마가 그곳에 오기를 원하고 있다. 니콜라스의 목소리에서도 그의 뜻이 얼마나 간절한지 느낄 수 있었다.

"그래. 꼭 갈게."

"전혀 걱정할 거 없어요, 엄마." 캐서린은 아들의 배려와 그를 이해할 수 있는 기회를 얻게 된 것에 감사하며 눈을 꼭 감았다.

"사랑한다, 애야."

"알아요, 엄마." 니콜라스가 말했다. "저도 사랑해요."

캐서린의 아들인 니콜라스가 엄마만큼 씩씩하지 못할 리는 없다. 캐서린은 그동안 아들에게 그런 믿음을 주지 못한 것이 후회스러웠다.

"이제 가볼게요, 엄마⋯."

"그래." 캐서린은 전화를 끊고 주머니에 집어넣었다.

집을 나온 캐서린은 마지막으로 그 집을 한 번 더 돌아보았다.

이 집이 새로 가정을 꾸리는 젊은 부부에게 팔린다면 그들의 행복으로 이곳의 벽에 스며 있는 불행을 지울 수 있을 거라고 생각했다. 그녀는 현관문을 열고 나와 문을 잠갔다. 로버트는 아직 그녀를 보지 못했지만 그녀는 잠시 그를 바라보았다. 니콜라스의 말이 머릿속을 맴돌았다. '전혀 걱정할 것 없어요, 엄마.'

옮긴이 김효정

연세대학교에서 심리학과 영문학을 전공했다. 글밥 아카데미 수료 후 현재 바른번역 소속 번역가로 활동하고 있다. 옮긴 책으로는 《죽음을 보는 재능》, 《스토커》, 《옆집의 살인범》, 《퍼펙트 커플》, 《조각상 살인사건》 등이 있다.

DISCLAIMER
디스클레이머

초판 2024년 3월 11일 1쇄
저자 르네 나이트
옮긴이 김효정
디자인 전여원
ISBN 979-11-93324-12-7 03840

출판사 북플라자
주소 서울시 강남구 논현동 118-13 5층
홈페이지 www.bookplaza.co.kr

영화 판권, 오탈자 제보 등 기타 문의사항은 book.plaza@hanmail.net으로 보내주세요.
잘못된 책은 구입하신 서점에서 교환해 드립니다.